Bones

Jonathan Kellerman
Bones

Traducción de Alex Gibert

mosaico

A Lila

*Con especial agradecimiento
a Larry Malmberg y Bill Hodgman*

I

Que todo el mundo lo haga no es excusa.
Mentira.

Si todo el mundo lo hacía, era algo normal, se dijo Chance; y en cuanto se informó un poco, supo que no había *nada* malo en ello.

Buscó «copiar exámenes en el instituto» en Google, porque parte del castigo consistía en redactar un trabajo, y descubrió que cuatro de cada cinco alumnos de bachillerato copiaban. Sí, sí, el puto ochenta por ciento.

La mayoría impone su ley. Ya lo decían sus apuntes de Acción Social: *Las normas sociales son el cemento que aglutina a la sociedad.* ¡Justamente! ¡Él lo único que quería era aportar su granito de cemento a la sociedad!

Trató de repetirles el chiste a sus viejos, pero no le encontraron la gracia.

Y tampoco se rieron mucho cuando les dijo que eran sus derechos civiles los que estaban en juego, que el instituto no podía obligarle a realizar un servicio comunitario fuera del recinto escolar, que eso iba en contra de la Constitución y que ya iba siendo hora de llamar a la Unión Americana por las Libertades Civiles.

Al oír aquello su padre le lanzó una mirada envenenada. Chance se volvió hacia su madre, pero ella miró hacia otra parte.

—¿Quieres llamar a la UALC? —preguntó su padre y soltó un carraspeo largo y húmedo, como cada vez que fumaba un puro de más—. Claro, la UALC nos va a echar una mano por nuestras generosas donaciones. —Se le comenzaba a agitar la respiración—. Las donaciones que hacemos cada año, cada puñetero año. ¿A eso te refieres?

Chance no respondió.

—¿Eso dices? Muy bonito. Pues ahora deja que te diga yo una cosa: has copiado en un examen. Punto. ¿Y sabes qué? Que a la UALC tu examen se la trae floja.

—Esa lengua, Steve... —terció su madre.

—¡No empieces, Susan! El crío se ha metido en un marrón de cojones y me da la impresión de que soy el único en esta casa que lo entiende.

Su madre ni siquiera chistó. Empezó a morderse las uñas, les dio la espalda y se puso a trajinar con los platos sobre la encimera.

—Es su puto problema, Susan, no el nuestro. Y a menos que lo reconozca ya puede ir despidiéndose de la Occidental y de cualquier otra universidad medianamente decente.

—Pero si lo reconozco... —repuso Chance con su mejor mirada de don Sincero, como le llamaba Sarabeth, muerta de risa mientras él le desabrochaba el sujetador. *Don Sincero se la colará a todo el mundo pero a mí no me engaña, Chancy. Porque yo sé que en realidad es don Falso.*

Su padre le miró fijamente.

—Bueno —agregó Chance—, reconoce al menos que tengo una coordinación fabulosa.

Su padre soltó una ristra de improperios y salió de la cocina como una exhalación.

—Ya se le pasará —le susurró su madre antes de salir tras él.

Cuando estuvo seguro de que ninguno de los dos iba a volver, Chance sonrió. En el fondo, estaba orgulloso de su hazaña. Un trabajito de coordinación impecable, sí señor.

Puso el móvil en vibrador y se lo escondió en un bolsillo lateral de los pantalones militares, encima de un montón de porquería que llevaba ahí dentro a modo de relleno.

Tres filas más allá, Sarabeth le chivó por SMS las respuestas del examen. Chance podía estar tranquilo, Shapiro era un pobre cegato que se quedaba sentado junto a la pizarra y no se enteraba de nada.

Quién iba a imaginar que Barclay entraría para decirle algo a Shapiro, echaría un vistazo al fondo del aula y le pillaría mirándose el bolsillo.

Toda la clase hacía lo mismo, los bolsillos vibraban sin parar y todo el mundo se partía la caja al comenzar el examen porque Shapiro era un pelagatos que no habría visto a Paris Hilton entrar por la puerta de la clase y abrírsele de piernas.

Que lo haga todo el mundo no es excusa.

Rumley lo había dicho con voz triste, como si aquello fuera un funeral, bajando la mirada desde lo alto de su napia. *Pues qué coño, no hay otra mejor*, le habría gustado responderle.

Pero en lugar de eso Chance se quedó en el despacho de Rumley, apretujado entre sus padres y con la cabeza gacha, tratando de poner cara de arrepentimiento y pensando en las curvas del culo de Sarabeth mientras Rumley peroraba sin descanso sobre el código de honor, la ética y la historia del Instituto Windward y les advertía de que la junta de profesores se reservaba el derecho de informar al departamento de admisiones de la Universidad Occidental y poner serias trabas a la futura carrera académica del chico.

Fue entonces cuando su madre rompió a llorar.

Su padre se quedó ahí sentado, con cara de pocos amigos. Ni siquiera movió un músculo para alcanzarle un pañuelo de la caja que tenía Rumley sobre su escritorio y hubo de ser el propio Rumley quien se lo tendiera, incorporándose sobre su butaca y lanzándole a su padre una mirada de reproche por forzarle a alargar el brazo.

Luego se volvió a sentar y les dio un poco más de palique.

Chance hacía ver que escuchaba, su madre se sorbía los mocos y su padre parecía dispuesto a liarse a palos con cualquiera. Cuando Rumley terminó su discurso, su padre sacó a colación «las contribuciones de la familia al instituto», mencionó el buen rendimiento de Chance en el equipo de baloncesto y recordó sus tiempos en el de fútbol americano.

Al final los tres adultos llegaron a un acuerdo y en sus caras se dibujó una sonrisilla de satisfacción. Chance se sentía un títere, pero adoptó la expresión más seria de su repertorio. Compartir su alegría habría sido un gravísimo error.

Castigo n.º 1: Shapiro prepararía un nuevo modelo de examen y Chance tendría que repetirlo.

Castigo n.º 2: No podría volver a llevar móvil en el instituto.

—Y puede que saquemos algo positivo de este desafortunado incidente —agregó Rumley—. Hemos pensado en extender la prohibición a todos los alumnos.

Joder, si os estoy haciendo un favor, pensó Chance. Tendríais que levantarme el castigo y pagarme por el trabajito de consultoría.

Hasta el momento todo iba bien, y por un momento pensó que se iría de rositas. Pero de eso nada.

Castigo n.º 3: El trabajo. Chance no soportaba los trabajos y siempre se los escribía Sarabeth, pero con éste no podría ayudarle porque tenía que redactarlo solo en el despacho de Rumley.

Claro que tampoco era para tanto... Hasta que llegó el castigo n.º 4:

—Porque tendrás que reparar tu falta de un modo más real, Master Brandt.

Sus padres asintieron: los tres habían decidido ensañarse con él en plan Al Qaeda. Chance hizo ver que estaba de acuerdo.

—Sé que tengo que saldar mi deuda y lo haré con diligente presteza.

Se sacó de la manga un par de palabrejas académicas para quedar bien. Su padre le miró como diciendo «¿a quién quieres engañar, chaval?», pero mamá y Rumley parecieron impresionados.

Finalmente Rumley dictó sentencia:

—Trabajo comunitario.

La madre que le parió.

Y ahí estaba. Cumpliendo la undécima de treinta tardes de condena en la oficina de la protectora Salvemos la Marisma, entre cuatro paredes color vomitona repletas de fotos de patos y bichos de todas las clases. Por la única ventana del cuartucho se veía un aparcamiento al que no entraban más coches que el suyo y el de Duboff. En un rincón había una pila de adhesivos para el coche que él tenía que regalarle a cualquier visitante.

Como nunca venía nadie, Duboff siempre le dejaba ahí colgado para irse a investigar qué efectos tenía el calentamiento global en los cojones de los patos, qué es lo que más cabreaba a los pajaritos, lo gorda que tenían la polla los gansos o vaya uno a saber qué.

Treinta putas tardes pudriéndose ahí dentro hasta aniquilar por completo sus vacaciones de verano.

Ahí encerrado de cinco a diez en lugar de salir con Sarabeth y sus amigos, y todo por una *norma social* que cumplían cuatro de cada cinco alumnos.

Las pocas veces que sonaba el teléfono, se hacía el sueco. Y cuando contestaba, siempre acababa hablando con algún pringado que le preguntaba cómo llegar a la marisma.

¡Pues míralo en la puta web o métete en MapQuest, pedazo de autista!

No podía llamar a nadie por el fijo, pero ayer había inaugurado con el móvil la temporada de sexo telefónico con Sarabeth, que estaba aún más pillada por él desde que supo que no se había chivado a Rumley.

Y ahí estaba, sin nada que hacer. Bebió un sorbo de su lata de refresco, que ya estaba caliente, se palpó la bolsa de plástico del bolsillo y pensó: *más tarde*.

Diecinueve tardes más en su prisión de máxima seguridad. Comenzaba a sentirse como uno de esos chalados de la Hermandad Aria.

Otras dos semanas y media haciendo el puto Martin Luther King y por fin sería libre. Consultó la hora en su TAG Heuer. Las nueve y veinticuatro, treinta y seis minutos más...

Sonó el teléfono, pero hizo caso omiso.

Lo dejó sonar diez veces, hasta que la llamada expiró de muerte natural.

Al cabo de un minuto volvió a sonar y pensó que haría bien en contestar, no fuera que a Rumley le hubiera dado por verificar que cumplía la sanción.

Se aclaró la garganta para meterse en el papel de don Sincero y descolgó el auricular:

—Salvemos la Marisma, buenas noches.

El silencio al otro lado de la línea le arrancó una sonrisa. Alguno de sus amigos quería gastarle una broma. Sería Ethan. O Ben. O Jared.

—¿Qué hay, tío?

—¿Que qué hay? —replicó una voz extraña en un siseo y soltó una risa enfermiza—. Pues hay malas noticias. Enterradas en vuestra marisma.

—Vale, colega...

—Calla la boca y escucha.

Cuando le hablaban así, Chance perdía la paciencia y sintió que se le subía la sangre a la cabeza, como cuando estaba a punto de hacerle una personal a algún pringado del equipo contrario para poner luego cara de no haber roto nunca un plato cuando el tío empezaba a llorarle al árbitro.

—¡Que te jodan! —le espetó.

—En el lado este de la marisma —agregó la vocecita entre dientes—. Buscadlas y las encontraréis.

—Mira, colega, me la trae muy...

—Muerta —le cortó el siseo—. Te la trae muy muerta... *colega.*

Soltó otra carcajada y colgó antes de que Chance tuviera tiempo de mandarle a tomar por...

—¡Buenas, tío! —le saludó otra voz desde la puerta—. ¿Cómo va eso?

Chance seguía rojo de ira, pero se transformó en don Sincero antes de volverse.

Era Duboff, con su camiseta de *Salvemos la Marisma*, sus pantalones cortos de panoli que le dejaban los muslos pálidos al aire, sus sandalias de plástico y su ridícula barbita entrecana.

—Buenas, señor Duboff.

—¡Qué pasa, tío! —exclamó Duboff, alzando un puño—. Oye, ¿ya has ido a ver las garzas reales?

—Aún no he tenido tiempo.

—Unas criaturas increíbles, tío. Soberbias. Despliegan las alas así —dijo abriendo los brazos en cruz.

Pues para serte sincero, me importa tres carajos.

Duboff se acercó y le llegó el olor nauseabundo del desodorante ecológico cuyas maravillas ya había intentado venderle una vez.

—Igual que un pterodáctilo, tío. Y son pescadoras de primera —agregó, acercándose a la mesa y mostrándole su asquerosa dentadura. Hasta que conoció a Duboff, Chance habría jurado que las garzas reales *eran peces*—. A los millonetis de Beverly Hills no les gusta nada que en la época de cría las garzas se lancen sobre sus estanques para pescar sus pececitos pijos. Los peces koi son criaturas aberrantes; los crearon marraneando con la carpa, jodiéndole los genes para conseguir esos colores. Las garzas, en cambio, son naturaleza en estado puro, predadores fenomenales que alimentan a sus polluelos con esos engendros mutantes para restituir el equilibrio natural. Y a los pijos de Beverly Hills, que les jodan. ¿O no?

Chance sonrió, pero la sonrisa no debió de ser muy convincente, porque Duboff se puso un poco nervioso.

—Tú no vives en Beverly Hills, si mal no recuerdo...

—No.

—Vives en...

—Brentwood.

—Brentwood —dijo Duboff, como si le buscara un sentido—. Y tus padres no tienen peces koi, ¿verdad?

—Qué va. Si ni siquiera tenemos perro.

—Mejor —repuso Duboff poniéndole la mano en el hombro—. Los animales de compañía son servidumbre. En el fondo, es igual que la esclavitud.

Duboff no le quitaba la mano del hombro. ¿No sería marica, el tío?

—Ya —asintió Chance retrocediendo un poco.

Duboff se rascó la rodilla, frunció el ceño y se frotó un bultito rosado.

—Acabo de darme una vuelta por si había basura. Me habrá picado algún bicho.

—Alguien tiene que alimentar a esos pequeñuelos —repuso Chance.

Duboff le miró fijamente, tratando de averiguar si le tomaba el pelo.

Chance sacó a don Sincero del baúl y Duboff sonrió, convencido de que el chico hablaba de corazón.

—Supongo que sí... En fin, sólo quería ver cómo iba todo antes de que te vayas.

—Todo va bien.

—Perfecto. Pues nos vemos luego, tío.

—Esto... es que a las diez me marcho.

Duboff sonrió.

—Es verdad. Pues cierra el chiringuito, que ya vendré yo más tarde. —Se detuvo en el umbral, dio media vuelta y agregó—: Las circunstancias serán las que son, Chance, pero lo que estás haciendo es muy generoso.

—Tiene toda la razón.

—Podemos tutearnos, tío.

—Como quieras.

—Entonces, ¿sin novedad en el frente?

—¿Disculpe?

—¿Llamadas, mensajes...?

Chance le dedicó una sonrisa blanquísima, el resultado de cinco años de visitas al doctor Wasserman.

—Nada —repuso, con absoluta seguridad.

II

Bob Hernández necesitaba dinero.

El dinero era lo único que podía sacarlo de la cama a esas horas para ir hasta allí.

A las cinco de la madrugada el almacén de Pacific Public Storage era un lugar de mala muerte envuelto en un espeso manto de niebla, como el escenario de una película de asesinos en serie o cárteles de la droga. El almacén abría las veinticuatro horas del día, pero la mayor parte de las bombillas del pasillo estaban fundidas y el subastador tenía que usar una linterna para avanzar entre las mercancías.

A aquellas horas nadie estaba del todo despierto, salvo el asiático aquel. En comparación con otras subastas, había poquísima gente. Él, cuatro pujadores más y el corredor, un tipo de pelo blanco con traje y corbata que se hacía llamar Pete. El traje era marrón, de saldo, y a la corbata le habría ido bien un poco de viagra; le recordaba a uno de esos picapleitos venidos a menos que rondan por el juzgado del centro esperando en vano a que les asignen algún caso.

La ley de Los Ángeles, desde luego, pero nada que ver con *La ley de Los Ángeles* o *Boston Legal*.

A Bob le habría encantado que le tocara una abogada joven y preciosa como las que aparecen siempre en esas series, una que se volviera loca por defenderle. Y por otras cosas. Una que después de salvarle el culo se le abriera de...

Pero en lugar de eso le asignaron a Mason Soto, un abogado del departamento de policía que se había licenciado en Berkeley (detalle que mencionó de pasada tres veces en una sola conversación) y que trató de congeniar con él hablando de inmigración y de *raza*,* como si fueran colegas de toda la vida.

Mason Soto se había criado en San Francisco y pensaba que el país debía abrir sus fronteras al mundo entero. Bob se había criado en West Covina. Su padre, de abuelos mexicanos, era bombero y veterano de los marines; su madre, policía dedicada a tareas administrativas, provenía de una familia sueco-americana de cuarta generación; sus dos hermanos también eran policías y toda la familia, Bob incluido, pensaba que todo el mundo tenía que atenerse a las reglas del juego y a quienes no lo hacían había que echarlos a patadas.

«Tiene toda la razón», le dijo a Soto, pensando que así pondría un poco más de su parte para librarle de las multas de tráfico y la sanción por incomparecencia, pero el abogado se pasó el juicio entero bostezando y Bob fue condenado al pago de una multa exorbitante y diez días de cárcel, reducidos finalmente a cinco. Como la prisión del condado estaba llena, no pasó más que una noche entre rejas; aunque, la verdad, doce horas en aquel infierno eran más que suficientes.

La multa era un marrón más duradero. Tenía que conseguir tres mil quinientos pavos en el plazo de sesenta días, pero ningún trabajo de paisajismo había llegado a materializarse y ya debía varios meses de alquiler, sin contar con la pensión alimenticia de los críos. Si a Kathy le daba por reclamarla, estaba jodido.

Bob añoraba a los niños, que se habían ido a vivir a Houston con los padres de Kathy. Y, la verdad, también añoraba a Kathy.

La culpa era suya, por andar de aquí para allá cepillándose a mujeres que en el fondo no le importaban una mierda; no se explicaba por qué seguía haciéndolo.

Le había pedido prestados quinientos dólares a su madre para pagar la multa, o eso le había dicho, porque el ayunta-

* En español en el original. *(N. del t.)*

20

miento no aceptaba el pago fraccionado y lo que él necesitaba era un poco de pasta para sacarle rendimiento y saldar todas sus deudas.

La empresa de reforestación de Saugus le había llamado la víspera para que fuera a rellenar los formularios. Igual le encontraban algún trabajillo.

Entretanto, hacía lo que buenamente podía.

Bob se había despertado a las cuatro de la mañana para ahorrarse el atasco entre Alhambra y Playa del Rey y llegar al almacén antes de que abriera.

Sobre las subastas de bienes abandonados había leído meses atrás un artículo en Internet que olvidó por completo hasta el día en que le encajaron el multazo, pero no era tan ingenuo como para buscar un tesoro olvidado como los que a veces llegan a los titulares —un cromo de *baseball* de Honus Wagner o un cuadro valiosísimo— y de momento cifraba sus esperanzas en eBay.

Porque la gente compra cualquier cosa por eBay. Ya puede uno sacar un montón de *heces* a la venta, que en eBay encontrará un comprador.

Hasta la fecha había ido a cuatro subastas y en cierta ocasión había viajado en coche hasta Goleta para participar en una que resultó ser una ruina. Pero en otra que quedaba al lado de su casa dio con una mina de oro, o de plata para ser exactos.

La encontró en un trastero de dos por dos de un almacén de Pasadena lleno hasta los topes de cajas precintadas. La mercancía resultó ser en su mayor parte ropa enmohecida que acabó en un contenedor de beneficencia, pero también encontró unos cuantos vaqueros hechos jirones y un montón de camisetas de conciertos de rock de los ochenta que dieron muy buen resultado en eBay.

Además de la bolsa, claro: una bolsita de terciopelo azul con el emblema de Crown Royal repleta de monedas, entre ellas varias de cinco centavos con la cabeza de búfalo y algún que otro dólar de plata. Se lo llevó todo a un numismático y salió de la tienda con doscientos veinte pavos en el bolsillo: un rendimiento formidable para los sesenta y cinco que había pagado por el lote.

Aquel día se planteó la posibilidad de devolverle el dinero a su madre, pero decidió esperar a haber saldado todas sus deudas.

Bob exhaló un bostezo y se le empañaron los ojos de sueño. Pete carraspeó un poco y dijo:

—Bueno, pasemos al siguiente lote —dijo Pete, y tras un acceso de tos anunció—: Mil cuatrocientos cincuenta y cinco.

Los asistentes le siguieron arrastrando los pies por el pasillo tenebroso hasta una de las puertas candadas que orlaban las paredes de cemento. Eran puertas delgadas cerradas con candados endebles que Bob habría podido echar abajo de una patada, y el almacén cobraba doscientos al mes por módulo. Menudo timo.

—Lote mil cuatrocientos cincuenta y cinco —repitió Pete como un autómata mientras se frotaba la nariz de borrachín y hacía tintinear el llavero.

El resto de postores se esforzaban por disimular su interés. Había dos ancianas gordas con trenzas que podían ser hermanas gemelas y se habían llevado un viejo baúl sellado por cuarenta y ocho pavos. Detrás de ellas, un tipo alto y delgado con pinta de metalero que lucía una camiseta de AC/DC, pantalones de cuero sintético, botas de motorista y unos brazos cuajados de venas en los que el tinte azul de los tatuajes se había impuesto a la piel blanquecina. El metalero se había adjudicado los dos últimos lotes: un cuarto repleto de libros mugrientos y bastante desvencijados por ciento cincuenta pavos y un montón de chatarra oxidada por treinta más.

Y al fondo estaba el asiático, un treintañero de constitución atlética con un polo azulón impecable, pantalones negros informales bien planchados y mocasines oscuros sin calcetines, que aún no había pujado ni una vez.

Lucía un afeitado impecable, olía a loción de marca y había llegado al volante de un Beemer descapotable. El tío tenía estilo, no cabía duda, y Bob se preguntaba si no sería un marchante de arte, uno de esos linces curtidos en mil subastas.

Más le valía no perderlo de vista.

Pete encontró la llave del trastero 1455 y abrió el candado.

—Prohibido el paso, amigos —dijo—. Propiedad privada.

Soltaba la dichosa frase cada vez que abría una puerta.

Por alguna extraña ley de California, los bienes abandonados pertenecían a su antiguo dueño hasta que se vendían, con lo que nadie podía acercarse ni tocar nada hasta que aflojaba la pasta, momento en que los derechos del propietario anterior se esfumaban como un pedo de caniche.

Bob no entendía una palabra de leyes. Cuando los abogados le decían algo era como si le hablaran en marciano.

Pete paseó el haz de la linterna por las mercancías del trastero. Se rumoreaba que había gente que trapicheaba la electricidad del almacén y se instalaba en aquella especie de celdas, pero Bob no acababa de creérselo. Vivir en semejante zulo era como para volverse loco.

—Bien, pues. Comienza la subasta —anunció Pete.

—¿Podría iluminarlo otra vez? —preguntó el tipo asiático.

Pete accedió a regañadientes.

El trastero estaba casi vacío. En un rincón Bob vio medio cuadro de bicicleta y dos bolsas negras de basura.

Pete volvió a toser.

—¿Se ha fijado bien?

El asiático asintió con la cabeza y se volvió de espaldas. No parecía muy interesado. Aunque podía ser una maniobra de distracción para pujar en el último momento y llevarse el gato al agua.

A Bob no le parecía que mereciese la pena. A juzgar por la experiencia que había acumulado, la mayoría de bolsas de basura no contenían más que eso: basura. Pero aún no tenía nada que sacar a la venta en eBay, de modo que si nadie pujaba y era barato...

—Veamos, ¿quién se anima? —dijo Pete y sin esperar respuesta añadió—: ¡Cincuenta dólares! ¿He oído cincuenta? Cincuenta dólares, cincuenta...

Silencio.

—Cuarenta, cuarenta dólares, una verdadera ganga. El metal de la bici ya los vale. —Soltaba el rollo sin mucho entusiasmo. Hasta el momento su comisión debía de sumar una miseria—. ¡Cuarenta...! ¿Nadie? ¿Treinta y cinco? ¿He oído treinta y cinco?

—Veinte —ofreció el asiático.

Lo dijo sin volverse siquiera, pero Bob notó algo extraño en su voz. No algo sospechoso, más bien... calculado.

—Veinticinco —masculló Bob, suponiendo que el metal de la bici tendría algún valor y los propios pedales ya serían valiosos para cualquiera que necesitara pedales.

Hubo otro silencio.

—¡Veinticinco! —coreó Pete—. ¿Quién da más? ¿He oído treinta? ¿Quién da treinta dólares...?

—Treinta —dijo el asiático, encogiéndose de hombros como si no le importara un comino.

Bob dejó que Pete largara su cantinela antes de pujar treinta y cinco.

—Cuarenta —contraatacó el tipo asiático, volviéndose a medias.

—Cuarenta y cinco —dijo Bob.

Las viejecitas aún no habían chistado pero comenzaban a interesarse. Vaya por Dios.

Entonces el metalero se acercó a la puerta y susurró:

—Cincuenta.

—Sesenta —pujó el asiático.

El ambiente del pasillo se cargó de pronto y los pujadores despertaron de su modorra como si acabaran de meterse un chute de cafeína.

El asiático sacó una BlackBerry, leyó un mensaje en la pantalla y la apagó.

A lo mejor la bici era una rareza y la mitad del marco ya valía una pasta. Bob había oído decir que se pagaban fortunas por una vieja Schwinn como la que él había tirado a los dieciséis años, cuando se sacó el carné de conducir...

—Sesenta y cinco —dijo el metalero.

El asiático vaciló.

—Setenta —se le adelantó Bob.

—Setenta y cinco —mejoró el asiático.

—¡Ochenta! —exclamó una voz que se parecía terriblemente a la suya.

Se hizo un silencio y Bob se convirtió en el centro de atención. El asiático se encogió de hombros y Pete se volvió hacia el metalero, que se alejaba ya por el pasillo, frotándose un tatuaje.

—¡Ochenta dólares por esta perla! ¿Quién da más? ¿Ochenta y cinco? Por ochenta y cinco pavos sigue siendo una bicoca —dijo, más por fórmula que por otra cosa—. Muy bien. Ochenta a la una, ochenta a las dos... ¡Adjudicado!

Golpeó con su martillito de plástico contra el portafolios, garabateó algo y se dirigió a Bob:

—Le felicito. Es usted el afortunado adjudicatario de esta joyita. Ochenta pavos, a toca teja —dijo extendiendo la sucia palma de la mano.

Los demás pujantes sonreían, como si acabaran de gastarle una broma, y Bob sintió un frío caldoso en el estómago.

—El dinero, si es tan amable —insistió Pete.

Y tuvo que rascarse los bolsillos.

Más tarde, en el aparcamiento, mientras cargaba en su camioneta las bolsas de basura y la bici mutilada, Bob abordó al tipo asiático antes de que se metiera en su Beemer:

—¿Puja a menudo?

—¿Yo? ¡Qué va! —repuso el tipo con una sonrisa—. De hecho, es la primera vez. Soy anestesiólogo y tengo que estar en el Marina Mercy a las seis. Me enteré de que había una subasta temprano y pensé que me ayudaría a despejarme un poco. Y la verdad es que funciona.

—¿Y qué le hizo pujar por ese lote?

El tipo parecía sorprendido por la pregunta.

—Lo mismo iba a preguntarle yo.

A las siete estaba de vuelta en casa. Las moscas zumbaban ya alrededor de las plantas de yuca que revestían la fachada del edificio y un sol despiadado inflamaba las motas de polvo que entraban por la ventana cuando Bob descargó las bolsas de basura en el mugriento salón de su apartamento.

Pensó que aún tenía tiempo de echar una siesta antes de servirse el primer Bloody Mary del día, inspeccionar el botín y llamar al criadero de árboles de Saugus.

Se desplomó sobre la cama sin quitarse la ropa, cerró los

ojos y pensó en Kathy, en la multa y en lo que sus hermanos dirían de él a sus espaldas.

Se levantó, fue a buscar un cuchillo de cocina y cortó la primera bolsa de basura.

Dentro encontró unos cuantos juegos de mesa: Monopoly, Scrabble, Risk... Pero estaban todos estropeados y ya no quedaba de ellos mucho más que el tablero.

Estupendo.

La segunda bolsa, la más pesada, contenía un rebujo de periódicos viejos. Nada más. ¿A quién coño se le había ocurrido alquilar un trastero para almacenar aquella mierda?

Sintiendo el preludio de un terrible dolor de estómago se agachó y revolvió entre los ejemplares del *Los Angeles Times* en busca de algún titular histórico, pero sólo encontró un montón de artículos anodinos y encartes publicitarios.

Pues vaya. Habría hecho mejor quedándose en la cama.

—Qué idiota —se dijo en voz alta y pasó a examinar el cuadro de la bicicleta.

Chatarra barata. Aún se distinguía el adhesivo de Made in China en los restos de una barra que se podía doblar con las manos.

Asqueado, se preparó un Bloody Mary en la cocina americana y se sentó en el suelo a bebérselo. Al pensar en los ochenta pavos desperdiciados se sintió terriblemente cansado, pero fue al reparar en las bolsas negras del salón cuando comprendió lo imbécil que había sido.

Ya era hora de devolver aquella pila de basura al contenedor. Apuró el Bloody Mary, se puso en pie trabajosamente, arrebujó todos los periódicos en la segunda bolsa y la levantó.

Al fondo de la bolsa le pareció oír un tamborileo, pero supuso que eran imaginaciones suyas. Agitó la bolsa con fuerza y volvió a oírlo: un ruidito como el que hacían las maracas de aquella tienda en Olvera Street. Kathy le había comprado un par cuando empezaron a salir. ¿En qué narices estaría pensando? ¿Creía que a todos los medio mexicanos les gustaban las maracas?

Revolvió entre los papeles, llegó al fondo y encontró el origen del tamborileo.

Era una caja de madera oscura y lustrosa, larga como una caja de zapatos pero más ancha, con incrustaciones ensortijadas de latón, un bonito acabado en laca y un cierre dorado con pasador.

¡Prepárate eBay que allá voy! Sólo de la caja ya sacaría un pico... Podía calificarla de exótica o importada, lo que fuera, o inventarse que venía de... ¿Malasia? No, de algún lugar aún más recóndito: del Everest, del Tibet... *del Nepal.*

Caja exótica o, aún mejor, *joyero exótico de los Alpes del Nepal, de madera maciza de...* parecía de caoba, podía marcarse el farol... *de madera maciza de caoba asiática de primera calidad.* Tal vez podría añadirle un *¡Cómpralo ya!* por cien o ciento treinta.

Y eso sin contar con lo que hubiera dentro. Aunque ya podían ser un montón de garbanzos secos: por sí sola, la caja era la prueba de que no-era-ningún-imbécil.

Descorrió el pasador, abrió la tapa. La bandeja interior era de terciopelo dorado, pero estaba vacía.

El ruido provenía de un doble fondo.

Levantó la bandeja y descubrió un compartimento inferior que contenía... unas cositas blancas y nudosas.

Cogió una. Era suave y blanca, con los extremos en punta, y Bob supo al instante lo que era.

La biología nunca había sido su fuerte, la había cateado en el instituto y al repetirla aprobó por los pelos, pero estaba seguro de lo que era.

Un hueso.

De una mano o un pie. O de una pata, claro.

Y había un montón, llenaban el compartimento casi hasta arriba.

¿Cuántos había...? Tres, cuatro docenas. Bob los contó.

Cuarenta y dos.

Al examinar su propia mano, vio que había dos falanges en el pulgar y tres en los cuatro dedos restantes, lo que hacía un total de... catorce.

Eran los huesos de tres manos completas. O tres patas. Porque no había razón para pensar que no fueran de algún animal. Entonces cayó en que podían proceder de uno de esos esqueletos que usan en las facultades de medicina, de la mano de alguien que hubiera donado su cuerpo a la ciencia para que lo abrieran en canal, lo examinaran y reconstruyeran su esqueleto sujetando los huesos con alambres.

Pero no, eso era imposible porque ninguno de ellos tenía un agujero por el que pasar el alambre.

Qué raro.

Bob cogió uno de los más pequeños y lo sostuvo junto a la última falange de su dedo índice.

No era tan grande como el suyo.

El de un chucho, tal vez.

O el de una mujer.

O el de un niño...

No, eso era demasiado... Tenía que ser de un perro o un gato. ¿Cuántos huesos tenía una zarpa?

No, no, era muy grande para un gato. Sería la falange de un perro mediano, como Alf. Sí, era más o menos la talla de Alf.

Pensó en lo mucho que echaba de menos a Alf, que ahora vivía con Kathy en Dallas.

Cerró el pasador del cierre y la caja volvió a cascabelear.

Huesos.

Buscaría un poco en Internet. A lo mejor podría vender la colección como una antigüedad, como un hallazgo arqueológico de un poblado indio, allá por... Utah. O Colorado, que sonaba más... exótico.

Colección exótica de huesos primitivos.

En eBay estas cosas se vendían solas.

III

Milo tenía un cargo de postín, gentileza del nuevo jefe de policía: *Teniente detective de casos especiales*. O, como él decía: «Meteoro sentado, gran chicharro trufado de los peces gordos».

A la postre, lo que su nuevo cargo entrañaba era la posibilidad de ahorrarse la mayor parte del papeleo asociado a su rango, conservar su minúsculo despacho en la comisaría del distrito Oeste de Los Ángeles y seguir trabajando en sus propios casos de homicidio mientras no llamaran de la jefatura central para asignarle uno externo.

En los últimos catorce meses le habían asignado dos, ambos relacionados con tiroteos y ajustes de cuentas entre bandas callejeras en la jurisdicción de Rampart. No eran casos muy complicados, pero el jefe, que aún se andaba con cautela, había oído rumores de corrupción en la división de Rampart y quería curarse en salud.

Los rumores resultaron ser infundados y Milo hizo lo que pudo para no resultar un incordio. Cuando los casos se cerraron, el jefe insistió en que su nombre también constara en los informes.

—A pesar de que les fui tan útil como un ciego tirando al plato. Desde entonces gozo de gran popularidad, ya te imaginas...

El símil no era tan rebuscado, porque nos encontrábamos en el polígono de tiro de Simi Valley.

Era una mañana canicular de finales de junio. Con el cielo azul y las colinas ocres al fondo, Milo avanzaba pesadamente entre los cinco lanzaplatos de las instalaciones, haciendo blanco en un ochenta por ciento sin despeinarse. Un año antes él había sido el blanco de un psicópata armado con una escopeta y aún llevaba unos cuantos perdigones alojados en el hombro izquierdo.

Yo tuve que vaciar una caja entera antes de disparar accidentalmente sobre uno de aquellos discos verdes.

—Cuando apuntas cierras el ojo izquierdo —comentó mientras yo descargaba la Browning y bebía del refresco recalentado.

—¿Y qué?

—Pues que a lo mejor eres diestro de mano pero zurdo de vista y eso te descompensa el tiro.

Me hizo formar un triángulo con ambas manos, juntando los dedos de modo que encerraran el tronco de un árbol muerto a lo lejos.

—Cierra el ojo izquierdo. Ahora el derecho. ¿Con cuál de los dos se mueve más?

Yo ya conocía el test de dominancia ocular y hasta lo había realizado hacía años, durante unas prácticas de psicología en las que estudié la lateralidad cerebral de niños discapacitados, pero nunca lo había probado conmigo. Los resultados fueron sorprendentes.

Milo se echó a reír y dijo:

—Me lo temía, el bueno es el siniestro. En fin, ahora ya sabes lo que hay que hacer. Y una cosa más: deja de hacerle ascos al chisme de una vez.

—¿Qué quieres decir? —pregunté sorprendido, aunque sabía perfectamente a qué se refería.

—La aguantas como si te murieras de ganas de perderla de vista. —Levantó la escopeta y me la alcanzó—. Sujétala con fuerza y échate hacia adelante... Así, perfecto.

He disparado pistolas y rifles en situaciones peliagudas y he de decir que disfruto tanto de las armas de fuego como de las visitas al dentista, aunque reconozco la utilidad de ambas cosas. Las escopetas, con su elegante simplicidad letal, eran otra historia. Hasta la fecha había logrado rehuirlas.

Las Remington del calibre doce habían sido los juguetes favoritos de mi padre. En el rincón de su armario tenía una 870 de corredera modelo Wingmaster comprada en una subasta de la policía y casi siempre cargada.

Como las copas que se atizaba.

Los veranos, hacia finales de junio, me obligaba a acompañarle a cazar ardillas y aves de poco porte. A él lo único que le interesaba era sembrar la destrucción por el campo y perseguíamos a aquellos animalillos esmirriados con una potencia de fuego desproporcionada. Luego me hacía seguir los rastros de sangre en la tierra y volver con algún fragmento de hueso o una garra o un pico a modo de trofeo. Yo era más obediente que un perro.

Y sus cambios de humor me asustaban mucho más que a un perro.

Mi otra tarea era mantener la boca cerrada y cargar con el petate de camuflaje. Dentro, junto al kit de limpieza, las cajas de munición y alguna que otra *Playboy* muy sobada, guardaba su petaca plateada de whisky, el termo de café con forro escocés y las inevitables latas Blue Ribbon, exudando humedad.

A medida que avanzaba el día, la peste de alcohol de su aliento se hacía más fuerte.

—¿Listo, puntero? —dijo Milo—. Cierra el ojo derecho, abre el izquierdo e inclínate más, un poco más... Imagina que eres una prolongación del arma. Eso es. ¡Ahora quieto! Y no busques el blanco, apunta y ya está. —Se volvió hacia el búnker—. ¡Plato!

Al cabo de media hora me dio una palmada en el hombro.

—Has acertado más que yo, tío. He creado un monstruo...

A las diez y media, mientras cargábamos el equipo en el maletero del Seville, su móvil chirrió las seis primeras notas de «My Way». Milo descolgó con la mirada puesta en un gavilán colirrojo que alzaba el vuelo y al cabo de un instante las facciones de su inmenso rostro pálido se tensaron.

—¿Cuándo...? Vale. En una hora. —Clic—. Lo siento, pero

tengo que volver a la anticivilización. Conduce tú, *por favor.**

No me lo explicó hasta que enfilamos la autopista 118:

—Un cuerpo abandonado en la marisma de Playa del Rey. Lo encontró un voluntario anoche y está en la jurisdicción de Pacífico.

—Pero...

—Pero en la división del Pacífico van faltos de efectivos por culpa de los problemas que tienen con «la represión de la mafia» y el único agente disponible es un novato que Su Santidad se ha propuesto «promocionar».

—¿Un chaval problemático?

—A saber —repuso—. En cualquier caso, ésa es la historia oficial.

—Pero a ti te escama...

Se apartó un mechón negro de la ceja arqueada, estiró las piernas y se frotó la cara con las manos, como si quisiera lavársela en seco.

—La marisma es un tema políticamente sensible y el jefe es sobre todo un político.

Mientras yo conducía Milo llamó para preguntar los detalles y me hizo un resumen: Asesinato reciente, mujer blanca, veinteañera, indicios de estrangulación con ligadura. Amputación limpia de la mano derecha por medio de un corte quirúrgico.

—Uno de ésos —concluyó—. Ya puede abrir bien los ojos, doctor.

La reserva de aves de la marisma ocupa una hectárea triangular de futuro incierto a un kilómetro escaso de la costa, en la intersección de las avenidas Culver, Jefferson y Lincoln. Dos lados del triángulo lindan con autovías y al sur se alza un bloque inmenso de pisos apelotonados. La guinda la pone el estruendo del tráfico aeroportuario de Los Ángeles.

* En español en el original. *(N. del t.)*

El grueso de los pantanos está situado en una hondonada, muy por debajo del campo de visión de los conductores que la bordean, y al aparcar al otro lado de la calle lo único que alcancé a distinguir fue un terraplén de hierba agostada y las lejanas copas de los sauces y los álamos. En Los Ángeles todo lo que no pueda verse desde un coche en marcha no cuenta para nadie y conseguir la protección oficial de la flora y la fauna emparedada entre tanto cemento no es tarea fácil.

Hace cinco años unos estudios de cine dirigidos por una camarilla de multimillonarios que se autocalificaban de progresistas trató de comprar el terreno para montar un plató «ecológico» con el dinero del contribuyente. Mientras pasó desapercibido a la opinión pública el proyecto fue sobre ruedas, como sucede cada vez que el dinero se da la mano con la estrechez de miras. Pero un buen día un locutor de radio quisquilloso descubrió el pastel y le hincó el diente a la «conspiración» como un perro rabioso, suscitando la pronta aparición de una legión de portavoces que se dieron de codazos por desmentir la acusación.

La asociación de voluntarios de Salvemos la Marisma que se formó al poco tiempo condenó públicamente la conducta difamatoria del locutor de radio y aceptó sin chistar los dos Toyota Prius que los multimillonarios donaron a la protectora. De eso había pasado mucho tiempo y por el momento no había ni rastro de excavadoras.

Apagué el motor y dedicamos unos minutos a empaparnos del panorama. A esa distancia no se leía lo que decían unos lindos letreritos de madera chamuscada por los bordes, como los de un campamento de verano, pero yo había ido con Robin hacía un año y sabía que señalaban las plazas de aparcamiento en la calle, gentileza que el precinto amarillo de la policía hacía irrelevante.

Un letrero blanco más grande prohibía a los visitantes salirse del sendero o molestar a los animales. Robin y yo vinimos pensando en dar un buen paseo, pero resultó que el sendero no cubría ni una quinta parte del perímetro de la marisma. Aquel día me topé con un tipo escuálido y barbudo con una chapa de Salvemos la Marisma y le pregunté por qué se había vedado el acceso. La respuesta no pudo ser más seca: «Porque el hombre es el enemigo».

—Adelante —dijo Milo.

Al otro lado de la calle un tipo de uniforme apostado ante el precinto policial sacó pecho como un palomo en celo y nos bloqueó el paso con la mano extendida. Cuando Milo sacó a relucir su placa dorada, el policía musitó un «señor» y se apartó, un tanto defraudado.

Entre los conos naranjas había dos coches aparcados: la furgoneta blanca del forense y un Ford Explorer de incógnito.

—Descubrieron el cuerpo ayer y los perros rastreadores de cadáveres ya están de vuelta —comenté.

—Mira tú por dónde.

A unos treinta metros de allí salió de entre la maleza una pareja de policías uniformados, seguida de un tipo bajo y ancho de hombros con americana azul y pantalones caqui. Mientras se sacudía las solapas, el tipo reparó en nosotros, pero Milo le hizo caso omiso y alzó la vista hacia el inmenso bloque de viviendas.

—Ahí habrá por lo menos cien apartamentos con una vista inmejorable. ¿A quién se le ocurre escoger este sitio para deshacerse de un cadáver?

—Una vista inmejorable de la nada —repuse.

—¿De la nada?

—No hay una sola farola. Cuando se pone el sol, la marisma es la boca del lobo.

—¿Has venido aquí de noche?

—Hay una tienda de guitarras en Playa del Rey que organiza conciertos de tanto en tanto. Hace unos meses vinimos a escuchar uno de flamenco. No serían más de las nueve o las nueve y media y el lugar estaba desierto.

—La boca del lobo —dijo—. Ni que esto fuera una reserva natural de veras.

Le relaté mi visita diurna a la marisma.

—¿Por casualidad no verías merodeando por aquí a algún psicópata baboso que te diera una tarjeta de presentación y una muestra de ADN?

—A O. J. Simpson no lo vi, no.

Milo soltó una carcajada y volvió a pasear la mirada por el monstruoso bloque de apartamentos. Luego dio media vuelta y oteó la extensión de la marisma. Los policías seguían allí, pero el tipo de la americana ya no estaba.

—Y entretanto los pájaros y las ranitas durmiendo a pierna suelta.

Nos deslizamos por debajo del precinto y nos encaminamos hacia una bandera blanca que ondeaba en lo alto de una gran estaca metálica clavada a un metro y medio del sendero en una tierra lo bastante firme para sostenerla. Unos metros más allá la tierra se descomponía en un lodazal glaseado de algas.

El sendero continuaba unos centenares de metros en línea recta y luego torcía bruscamente. Las voces que provenían del otro lado del recodo nos guiaron hasta tres figuras femeninas ataviadas con monos blancos de plástico, agachadas en aguas poco profundas y parcialmente ocultas por matojos de hierba, cañas y juncos.

La inmersión en agua puede frenar la descomposición de un cadáver, pero la humedad combinada con la exposición al aire puede acelerarla. Como el calor. Aquel mes de junio empezaba a parecerse a julio, y me preguntaba en qué estado se encontraría el cuerpo.

Prefería no pensar por el momento en la persona a la que había pertenecido.

El tipo bajo apareció tras el segundo recodo, se quitó las gafas de sol y se dirigió hacia nosotros. Era un joven rubicundo, con el pelo castaño claro cortado al rape.

—¿Teniente? Moe Reed, de la División Pacífico.

—Agente Reed —le saludó Milo.

—Llámeme Moe.

—Moe, Alex Delaware, nuestro asesor psicológico.

—¿Es por lo de la mano amputada? —preguntó Reed.

—Y porque nunca se sabe —repuso Milo.

Reed me dio un buen repaso antes de asentir. Despojados de las gafas, sus ojos eran limpios, redondos y de un azul muy claro. La americana era ancha y con ella parecía aún más cuadrado. Llevaba los pantalones con pinza y vuelta, una camisa informal de un blanco luminoso, corbata de seda verde y azul, y zapatos marrones de cordones con suela de crepé.

El atuendo era el de un pijo de mediana edad, pero no le echaba más de veintitantos. Tenía la complexión piernicorta y membruda de un campeón de lucha libre, el pelo rubio cortado a cepillo y una cara redonda de facciones suaves con la que el sol debía de ensañarse con facilidad, pues la llevaba cubierta de crema solar y exhalaba un olor a cosmético de día en la playa. En la mejilla derecha se había olvidado de protegerse una franja, que ya había adquirido el color de un filete poco hecho.

El portazo de un coche atrajo nuestra atención. Dos ayudantes acababan de salir de la furgoneta del forense. Uno encendió un cigarro y el otro se quedó de pie, viendo fumar a su compañero. Milo volvió la mirada hacia las mujeres de blanco que bregaban en el agua.

—Son las forenses —le informó Reed.

—¿El cuerpo estaba enterrado?

—Lo dejaron tirado en la orilla. No se tomaron la molestia de ocultarlo. Ni siquiera se llevaron su carné de identidad: Selena Bass, con domicilio en Venice. Me pasé por su casa a las siete de la mañana y no había nadie. Es una especie de garaje reconvertido... Pero me preguntaba por los forenses. Ayer la visibilidad era muy pobre y pensé que no estaría de más llamar a la unidad canina para asegurarnos de que la mano no se encontraba por los alrededores. El perro no la encontró, pero se puso como loco. —Reed se frotó la nariz y agregó—. Parece que el caso se complica...

Edith, la hembra de pastor belga —«no es un rastreador de cadáveres sino un sabueso de busca, teniente, aunque creo que no hay mucha diferencia»—, llegó con su adiestrador a la una y media de la madrugada, olfateó el lugar donde abandonaron el cuerpo y echó a correr marisma adentro. A unos diez metros al sur del cuerpo se detuvo y se tiró de cabeza a una poza de cieno salobre que había a dos metros de la orilla.

Luego se puso a ladrar y, como el adiestrador tardaba en llegar, comenzó a aullar.

Al ordenarle que saliera del cenagal, la perra se sentó en la orilla. El adiestrador pidió entonces que le trajeran unas botas impermeables hasta la cadera que tardaron media hora en llegar, pero al cabo de diez minutos Edith echó a correr de nuevo, para detenerse en otro punto de la marisma.

—Jadeaba de excitación, parecía muy orgullosa de sí misma —dijo Moe Reed—. Y no le faltaban razones.

A las cinco de la mañana habían confirmado el hallazgo de otros tres cadáveres.

—De los otros cuerpos no queda más que un montón de huesos, teniente —le informó Reed—. Como sea un cementerio indio nos las vamos a ver con los defensores de las culturas indígenas.

—A mí esto no me huele a historia antigua —comentó el conductor de la furgoneta del forense, que se nos había unido.

—Puede que sea una bolsa de gas natural.

El conductor sonrió burlonamente.

—O una bolsa de patatas con chile que alguien se tomó para cenar —bromeó—. O una plantación de frijoles en mitad de la marisma.

—Ya te avisaré cuando tengas que llevarte la furgoneta —repuso con sequedad Moe Reed y nos condujo hacia el trío de forenses.

Metidas hasta la cintura en aquella sopa entre verde y pardusca, las mujeres departían con seriedad en torno a otra estaca de la que pendía un banderín blanco, mustio en el aire estático y tórrido del pantano. Como no nos vieron, seguimos por el sendero y, al doblar el siguiente recodo, divisamos otros dos banderines. Parecía un campo de golf macabro.

Deshicimos el camino para ir a hablar con las forenses. Dos de ellas eran bastante jóvenes, una negra y la otra blanca. Ambas llevaban la abundante cabellera embutida en una cofia desechable. La otra mujer, más mayor y con el pelo gris muy corto, reconoció a Reed y le saludó agitando la mano.

—Hola, doctora Hargrove. ¿Alguna novedad?

—A estas alturas ya tendríamos que estar delimitando la zona para cavar, pero esto es terreno protegido y no sabemos si tenemos permiso.

—Trataré de averiguarlo.

—Ya hemos llamado a la oficina de voluntariado de la protectora y su representante está al caer. Lo peor de todo es que la tierra se reblandece muchísimo y de forma algo irregular en algunas zonas, y si de lo que se trata es de encontrar todo lo que hay enterrado es posible que cavar sea contraproducente. —Sonrió—. Al menos no hay arenas movedizas.

Sus dos jóvenes colegas celebraron la broma con una carcajada. En sus manos relucían pequeñas herramientas metálicas.

—Entonces, ¿cuál es el plan? —preguntó Moe Reed.

—Nos va a llevar su tiempo hurgar por aquí. A la larga puede que lo mejor sea deslizar algo por debajo de lo que haya ahí dentro, levantarlo gradualmente y cruzar los dedos para que no se nos caiga nada. Lo que sí les puedo decir es que no hablamos de paleontología. Bajo la mandíbula de éste hemos encontrado pedazos de tejido blando y creemos que también los hay detrás de las rodillas. La piel que hemos encontrado parece oscura, aunque podría deberse a la descomposición.

—¿Está fresco? —preguntó Reed.

—Mucho menos que el que dejaron a la intemperie, pero no sabría decir cuánto. El agua puede pudrir o conservar, según se den unos u otros factores. Hasta ahora las muestras que hemos sacado por la zona circundante tienen un pH moderado, a pesar de los detritus, pero es posible que también haya alguna clase de efecto retardado debido a algún tipo de vegetación que frena los efectos de la lluvia ácida, la descomposición vegetal y otras delicias. El caso es que no podremos emitir ningún dictamen hasta que hayamos averiguado todo lo que hay ahí dentro.

—Tejido blando —repitió Reed—. Eso significa que es muy reciente, ¿no?

—Es probable, pero aún es pronto para asegurarlo —repuso Hargrove—. Hace unos años encontraron en una fosa común en Pensilvania el cuerpo de un soldado de la Guerra de Secesión. El pobre fue a parar a una bolsa pobre en oxígeno y humedad junto a una cadena de cuevas subterráneas y aún conservaba retazos de piel y músculo adheridos a las mejillas. La mayor parte del cuerpo estaba momificado, pero había partes que no lo estaban. La barba parecía recién rasurada.

—¡Increíble! —exclamó Reed, cruzando una mirada con la joven forense negra y desviándola al instante—. ¿Y no va a poder darme aunque sea una estimación aproximada, doctora? Extraoficialmente, se entiende.

—Extraoficialmente le diría que no han pasado decenios. De lo que sí estamos seguras es de que a todos los cuerpos les falta la mano derecha. Pero aún no los hemos examinado con detalle y podrían faltar otras partes.

—¿No pueden haber sido los carroñeros?

—No creo que a un coyote o un mapache le haga mucha gracia zambullirse aquí dentro, pero nunca se sabe. Es posible que se haya llevado un bocadito o dos alguna garza o incluso un pelícano o una gaviota, a menos que fuese un predador humano que quisiera un trofeo. Estudiaremos los últimos partes meteorológicos para ver si el viento puede haber influido en la posible deriva y alteración de la temperatura superficial del agua.

—Qué complicado —dijo Milo.

Hargrove esbozó una sonrisa.

—Para eso estamos aquí —repuso—, aunque lo siento por ustedes.

La joven forense negra, una chica preciosa con la cara en forma de corazón y los labios carnosos, le comentó algo a Hargrove.

—Gracias, Liz —repuso, y se volvió hacia nosotros—: La doctora Wilkinson me comenta que los tres cuerpos estaban dispuestos hacia el este. ¿Saben hacia dónde miraba el que dejaron a la intemperie?

Reed caviló un momento.

—Pues ahora que lo dice, también miraba hacia el este. Qué curioso...

La doctora Wilkinson tomó la palabra:

—Aunque es una muestra muy pequeña para sacar conclusiones significativas.

—A mí, cuatro de cuatro me parece una muestra significativa —repuso Reed.

Wilkinson se encogió de hombros.

—Todos hacia el este —comentó la otra forense, una chica pecosa de mejillas rosadas—: De cara al sol naciente. ¿No será alguna clase de ritual?

—También están de cara a la Meca —apuntó Hargrove con una mueca—, así que más vale no menearlo.

Reed no le quitaba los ojos de encima a Liz Wilkinson.

—Muy buena observación —le dijo—. Muchas gracias.

Wilkinson se recompuso la cofia.

—Pensé que debían saberlo.

IV

Reed, Milo y yo volvimos a la entrada de la marisma. La furgoneta del forense ya no estaba, pero los dos policías de uniforme seguían montando guardia.

—Los necrófilos se han ido a comer algo —dijo uno de ellos.

—¿Qué opina, teniente? —preguntó Reed.

—Yo diría que lo tienes todo bajo control.

El joven agente jugueteó con sus gafas de sol.

—Pues, la verdad, algo de ayuda no me vendría mal.

—¿Y eso?

—Tal como están las cosas, convendría un poco de trabajo en equipo.

Milo no contestó y la quemadura de sol de Reed adquirió un tono carmesí.

—Por si no lo ha adivinado, no soy ningún Sherlock Holmes.

—¿Cuánto llevas en el puesto?

—Me alisté al acabar la universidad y hace un par de años comencé a trabajar para la división central de robo de coches. Me transfirieron a la división de homicidios en febrero.

—Enhorabuena.

Reed frunció el ceño.

—Desde entonces me han asignado dos casos. Aparte de éste, quiero decir. El primero lo resolví en una semana, pero lo habría hecho cualquiera. Una o con un canuto. El segundo es un caso de desaparición más viejo que Matusalén y dudo mucho que se resuelva nunca.

—¿En la división del Pacífico asignan casos de desaparición a la sección de homicidios?

—No es frecuente —aclaró Reed—. Los familiares son gente de dinero y querían tenerlos contentos, pero...

—Pero cada caso impone su propio tempo —zanjó Milo—. Ya te irás acostumbrando.

Yo le había visto perder el sueño, engordar y sufrir subidas de tensión por culpa de algún caso sin esclarecer.

Reed escrutó la extensión de tierra parda de la marisma. Un pelícano marrón remontó el vuelo y dirigió su poderoso pico hacia el pantano, pero a medio camino cambió de idea y corrigió el rumbo para dirigirse al Pacífico.

—¿Qué sabes de Selena Bass? —preguntó Milo.

Reed sacó su bloc de notas.

—Mujer blanca, veintiséis años, metro sesenta y cinco, cincuenta kilos, cabello y ojos castaños. Un solo vehículo registrado a su nombre, un Nissan Sentra del 2003 que encontré aparcado junto a su piso. Todo parecía en su sitio, con lo que podemos descartar el secuestro. Tampoco había indicios de que hubieran forzado la puerta. A lo mejor salió con alguien que conocía y la cosa se puso fea.

—¿En qué parte de Venice vivía?

Reed le leyó una dirección de Indiana Avenue entre Rose y Lincoln Boulevard.

—Por ahí circulan bandas callejeras, ¿no?

—Alguna. Si la hubiera pillado por banda algún mafiosillo no le hubiera costado mucho traerla en coche hasta aquí. Parece un lugar muy cómodo para deshacerse de un fiambre. Pero los otros cuerpos...

—Podrían ser otras víctimas del barrio...

—¿El vertedero de una banda?

—O de algún perturbado —repuso Milo—. De alguien que escoge a sus víctimas, las persigue y luego ataca.

Reed frunció el ceño.

—Sí, podría ser que no la conociera.

Un «eh» a voz en cuello desvió nuestra atención.

Hacia nosotros venía agitando los brazos un tipo enjuto, estevado y barbudo, ataviado con una camiseta blanca, unos pantalones cortos de soldado muy subidos y unas sandalias. El mismo hombre que me había soltado el gruñido sobre los humanos meses atrás.

—¡Eh! —volvió a gritar.

Nadie le respondió.

—¿Qué está pasando aquí?

—Disculpe, ¿quién es usted? —inquirió Moe Reed.

—Silford Duboff, Salvemos la Marisma. Ésta es mi casa, por así decirlo, y he venido para supervisarlo todo.

—Su casa —repitió Reed.

—Soy el único que se preocupa.

Reed le tendió una mano que Duboff estrechó de mala gana, como si temiera algún tipo de contagio.

—¿Qué ocurre?

—Ocurre que esta mañana temprano hemos encontrado el cadáver de una chica a la que asesinaron y dejaron tirada a la orilla de su marisma, y al tantear el terreno han aparecido otros tres cuerpos. De momento.

Silford Duboff palideció.

—¿*Tantear*, dice? ¿No estarán cavando?

—Lo justo...

—Pues de eso ni hablar. —Duboff reparó en el banderín que marcaba el lugar donde yacía el cuerpo de Selena Bass—. ¿Qué es eso de ahí?

—Ahí es donde encontraron a la primera víctima. Luego encontraron otras tres, como le digo. Cuatro fiambres.

Duboff se mesó la barba.

—¡Qué desastre!

Reed se quitó las gafas de sol y entornó los ojos.

—Si lo dice por los cuatro fiambres, tiene toda la razón...

—Y han encontrado otros tres *de momento*. ¿Insinúa que puede haber más?

—Por ahora hay tres más, es todo lo que puedo decirle.

—Hay que joderse... ¿Dónde están los otros cuerpos? Voy a echar un ojo.

Duboff comenzó a caminar hacia el banderín, pero Milo le retuvo por el brazo.

—¿Qué hace? —se revolvió Duboff.

43

—Está prohibido el paso hasta nueva orden.

—¡Eso es absolutamente inadmisible!

Milo enseñó los dientes.

—Disculpe, pero es sumamente admisible.

—¿Y eso por qué?

—Porque hay efectivos de la policía trabajando en la zona.

—¿*Trabajando?* ¿Qué quiere decir?

—Buscando pruebas.

Duboff no paraba de mesarse la barba.

—Esto es una reserva natural protegida, no pienso permitir que un puñado de maderos aparquen su mugrienta...

—Son forenses.

—Foren... ¿Están *excavando*? Tengo que hablar con ellos... ¡Ahora mismo!

—Verá, señor Duboff, le agradecemos su interés, pero son especialistas y serán sumamente respetuosos con el terreno.

—Esto no es cualquier terreno, es un...

—Es un lugar precioso —le cortó Milo—. Lo único que nos llevaremos serán las pruebas.

—Es... Es un crimen.

—Como el asesinato.

—Esto es mucho peor —repuso Duboff.

—¿Peor que cuatro muertos? —dijo Reed.

—Miren, yo no... Sé que han matado a cuatro personas y me hago cargo, pero eso no cambia nada. A fin de cuentas, lo único que hacen los seres humanos es alterar el equilibrio natural. Sus dichosos asesinatos son la prueba.

—¿De qué?

—De que vamos a cargarnos el planeta... Y luego nos preguntamos por qué la vida es tan cruel.

—Parece que no tiene en mucha estima a sus congéneres —intervine.

Duboff me miró en hito pero no pareció reconocerme.

—Tiene razón, soy un misántropo militante, pero yo no mato a ninguna criatura que respire. Goma ecológica, ¿ve? —me dijo levantando una sandalia, y con la mirada puesta en el banderín agregó—: Lo único que quiero es asegurarme de que este remanso de paz no deje de serlo...

—Yo diría que la paz ya ha sido turbada —dijo Reed.

—Pues no empeoremos las cosas. Es preciso que hable con esos destripaterrones.

Reed miró a Milo, que intervino:

—Antes va a tener que responderme a unas preguntas.

Acto seguido se lanzó sobre Duboff, cada vez más nervioso, y comenzó a acribillarle con un batiburrillo de preguntas relevantes o aparentemente gratuitas. Al final le preguntó por su paradero durante las últimas veinticuatro horas.

—¿Sospecha de mí?

—Son preguntas que tenemos que...

—¿Y a quién le importa dónde estuve anoche? En fin, qué más da, no tengo nada que esconder. ¡Nada! Me quedé en casa, leyendo una revista. —Sacó la mandíbula—. Un número del *Utne Reader*, por si le interesa.

—¿Vive solo? —dijo Milo.

Duboff sonrió.

—Sí, pero tengo una amiga que a veces se queda a dormir en casa. Una mujer brillante, altruista y sensual que casualmente se ha ido al Green Fiber, el festival de música que se celebra en Sebastopol. ¿Cuándo la asesinaron?

—La hora aún está por determinar.

—Tuvo que ser después de las ocho, porque pasé por aquí a esa hora y le aseguro que aquí no había ningún cuerpo.

—¿Cuánto tiempo se quedó?

—Poco, sólo vine a recoger la basura que hubiera. Al acabar fui a comprar un sándwich al mercado de Culver, que está abierto toda la noche. De verdura y *tempeh*, por si le interesa. Luego pasé por la oficina para ver cómo le iba a nuestro voluntario. —Soltó un bufido—. Nos han endilgado a un niño rico castigado a prestar servicios comunitarios. Como no había novedades, le dejé ahí y me fui a Santa Mónica, a comerme el sándwich en Ocean Front. Hacia las diez y cinco volví a la oficina para asegurarme de que el mocoso ese había cerrado. Y bien que hice, porque se le había vuelto a olvidar. A las diez y media ya estaba en casa, leyendo el *Utne*.

—¿Encontró basura en la marisma?

—Esta vez no había... Ah, me olvidaba: también hablé con Alma, mi compañera. Habíamos quedado en que me llamaría a casa a las once y cuarto. Y me llamó.

—Al voluntario ese —comenzó Moe Reed—, ¿por qué le han castigado?

—Algún marrón escolar, qué sé yo... —repuso Duboff—. No se lo pregunté porque me trae sin cuidado. No ayuda mucho, pero tampoco da problemas.

—Y Alma, su compañera, ¿cómo se apellida? —inquirió Reed, sacando el bloc de notas.

A Duboff se le salían ya los ojos de las órbitas.

—¿Quieren hablar con ella?

—Pura rutina.

—¡Increíble! Uno se rompe los cuernos para cuidar de una reserva natural y ahora se me echan encima como tropas de asalto.

—No exagere —le calmó Reed.

—¡No exagero!

—¿Alma qué más? —insistió Milo.

—¡Santo Dios...! Reynolds, Reynolds. Alma Reynolds. —Recitó a continuación un número de teléfono—. ¿Contentos? Ahora van a tener que dejarme pasar.

Seguimos a Duboff mientras éste se dirigía a grandes zancadas al lugar donde trabajaban las forenses. Reed le alcanzó por el camino y le preguntó si le sonaba el nombre de Selena Bass.

—La única *bass** que conozco y me preocupa es la lubina rayada. Están a punto de borrarla del mapa para satisfacer la descabellada demanda nacional.

—Un poco más y nos canta «People» —bromeé, preguntándome si por fin me habría reconocido.

—Esa canción es un disparate —repuso—. Barbra Streisand no sabe lo que dice.

* * *

* En inglés, «lubina». (*N. del t.*)

El equipo de la doctora Hargrove había encontrado unos cuantos pedazos de hueso que había dispuesto sobre una lona azul extendida en la orilla. Las tres mujeres habían vuelto al agua para pasar el tamiz y escudriñar el fondo con la cara pegada a la superficie.

—¿Qué es eso? —preguntó Duboff.

—Huesos humanos —dijo Reed.

Duboff hizo bocina con las manos y gritó:

—¡Eh, vosotras! ¡Con cuidado!

Las mujeres se giraron.

—El caballero está al cuidado de la reserva —les informó Milo.

—Lo dice como si fuera una nadería —se quejó Duboff.

—El caballero está al cuidado de la reserva, tarea importantísima.

—No se preocupe, que estamos siendo sumamente cuidadosas —le tranquilizó la doctora Hargrove—. No queremos ocasionarle ningún trastorno.

—Su mera presencia es un trastorno.

Hargrove, Liz Wilkinson y su colega pecosa se le quedaron mirando.

Duboff echó otro vistazo a los huesos.

—Ahora, si es tan amable, va a tener que marcharse y dejarles hacer su trabajo —dijo Milo—. Y ya que hablamos de trabajo, señor Duboff. ¿Tiene usted alguno?

—¿Qué quiere decir con eso?

Milo no contestó.

—Pues lo tuve, se lo aseguro. En la librería Midnight Run.

—Cerró el año pasado.

—*Ergo* yo también —repuso Duboff—. Pero tengo un poco de dinero invertido y puedo permitirme una temporada de descanso. Y no me venga con la bromita de las acciones de petróleo o gas. De ésas no tengo ni una.

—Lo siento —dijo Milo—, debe de ser agotador.

—¿El qué?

—Andar por ahí cargando todo ese resentimiento.

Duboff se quedó mudo.

—Encantado de conocerle —zanjó Milo, cogiéndole por el brazo y guiándole de vuelta a la calle.

Reed y yo observamos cómo lo acompañaba a su polvoriento Jetta. Duboff le levantó un dedo admonitor a Milo, impávido, y sin dejar de despotricar se subió al coche y se largó.

Milo se nos acercó alzando burlonamente una mano parlanchina.

—Un tipo raro y huraño, este Duboff, aunque si fuera el culpable supongo que habría sido más cordial —dijo Reed—. En cualquier caso, al menos en parte su coartada es cierta: después de las nueve pasó por la oficina y habló con el voluntario. El chaval se llama Chance Brandt y nos enteramos de lo de Selena a través de él... Se lo iba a contar cuando nos interrumpió ese chalado.

—Pues cuenta.

Reed consultó la hora.

—¿Qué les parece si vamos a hablar cara a cara con el crío? Les pondré al corriente por el camino. De momento sólo he podido hablar con su padre por teléfono y quiero asegurarme de que no se me ha escapado nada. Tengo una cita en su casa en media hora y no llegaremos a tiempo a menos que salgamos ya.

—Tú conduces.

Reed se puso al volante de su Crown Victoria azul oscuro, Milo se sentó a su lado y yo subí al asiento trasero.

—¿Moe es el diminutivo de Moses?

—Sí.

—¡Ah...!

—Con tanta marisma estará pensando en el famoso crío del cesto, flotando entre los juncos.

—Se me había pasado por la cabeza, sí.

Reed se echó a reír.

—Mi madre era muy bíblica —repuso y al cabo de un momento añadió—: Moisés nunca llegó a ver la tierra prometida.

—Háblanos un poco de ese chico: Chance Brandt —dijo Milo.

48

V

Un chaval bien parecido, de mirada insolente.

Chance Brandt estaba despatarrado en un descomunal sofá brocado del descomunal salón de una mansión descomunal de estilo mediterráneo en Old Oak Road, Brentwood. La casa olía a pizza a domicilio y perfumes caros.

El crío llevaba ropa de tenis. Igual que su madre, una rubia despampanante de piernas inacabables, ojos verdemar y cromosomas a todas luces dominantes. El carmín se le había endurecido un poco y tenía los labios pálidos. Quería cogerle la mano a su hijo pero no se atrevía.

Al otro lado de Chance se sentaba su padre, un tipo moreno, fornido, calvo y de mentón prominente, que aún llevaba puesta la camisa azul de vestir y una corbata Hermès dorada.

Los abogados enfurecidos siempre son un regalo para los ojos.

—¡Increíble! —exclamó— Lo que nos faltaba...

Steve Brandt fulminaba a su hijo con la mirada, como si se le acabara de aparecer el mismísimo Edipo.

El chico no abría la boca.

—Lo mío son los testamentos y los patrimonios, Chance —continuó su padre—. Con esto no te puedo ayudar.

—Seguro que no hará falta —intercedió Susan Brandt.

Su marido le lanzó una mirada cargada de veneno. Ella se mordió el labio inferior hasta que se le puso morado y cruzó los brazos.

—A ver, Chance, cuéntanos qué pasó —dijo Moe Reed.

—¿Sin que esté presente su abogado? Ni pensarlo.

—Escuche, si lo único que ha hecho es contestar al teléfono no necesita un abogado.

Chance sonrió.

—¿Te parece gracioso, figura? —le espetó su padre, rojo de ira.

A Susan Brandt se le cortó la respiración, como si acabara de recibir un directo al estómago, y se le empañaron los preciosos ojos verdes.

—Como les ha explicado el agente Reed, estamos investigando un homicidio —terció Milo—. Si Chance está involucrado necesitará el asesoramiento de un abogado, no cabe duda, y haremos lo posible para que lo tenga cuanto antes. Pero no parece que sea el caso. De todos modos, tiene usted derecho a solicitar la presencia de un abogado en cualquier momento. Si eso es lo que quiere, reanudaremos la conversación en la comisaría, previo papeleo, en una sala de interrogatorios con cámaras de vídeo y demás.

—¿Me está amenazando? —dijo Steve Brandt con una sonrisa antipática.

—En absoluto. Sólo le explico lo que habría que hacer. A estas alturas no creemos que Chance sea más que un testigo. Si lo único que ha hecho es contestar al teléfono, no acabo de entender por qué se niegan a cooperar.

Chance alzó la vista hacia nosotros. En sus ojos ya no había ni rastro de petulancia, sólo confusión.

Su padre se cruzó de brazos.

—Muy bien, señor Brandt —concluyó Milo—, encárguese de que Chance esté listo mañana a las siete, cuando mandemos un coche patrulla a recogerle. Aunque si aceleramos un poco los trámites, puede que lo mandemos esta misma noche.

Se levantó para marcharse, pero Steve Brandt le detuvo:

—Espere. Déjeme hablar con mi hijo en privado y le diré cómo vamos a gestionar este... berenjenal. ¿Le parece justo?

Milo volvió a sentarse.

—La justicia es nuestra razón de ser.

* * *

Ciento cincuenta y ocho segundos más tarde padre e hijo volvieron a la habitación, guardando una distancia de un metro y medio.

—Va a contárselo todo —dijo Steve Brandt—. Pero antes les rogaría que me explicaran cómo hemos llegado hasta este punto. Sólo para estar seguro de que dice la verdad.

Su hijo volvió la vista hacia la ventana, que daba a una gran piscina de fondo oscuro.

Moe Reed intercambió una mirada fugaz con Milo y éste asintió, cediéndole la palabra:

—A las once y media de la noche nos llamaron para notificarnos el hallazgo de un cadáver en la Marisma. Al informante se lo dijo alguien que se enteró a través de Chance.

—¿Cómo lo saben? —preguntó Steve Brandt.

—La persona que nos llamó dijo que alguien había llamado esa misma noche a la oficina de voluntariado de la marisma, había hablado con Chance y le había dicho que buscara un cadáver. Chance pensó que era una broma; nuestro informante se lo tomó en serio.

—¿Quién es ese informante?

—Lo estamos averiguando.

El chico seguía en una pose relajada, pero se le había perlado la frente de sudor.

—¿Se basan en un cotilleo de tercera mano? —intervino su madre—. No me parece una información muy fiable.

Al ver la mirada de reproche de su marido comenzó a toquetearse la uña pintada del pulgar.

—O sea, un puñado de críos chismosos con mucha imaginación —dijo Steve Brandt—. ¿De eso se trata?

—Podría ser. Sólo que encontramos el cuerpo donde nos dijeron y se trata de un asesinato. —Reed se volvió hacia Chance—. Tenemos que saber qué pasó exactamente.

El chico no abría la boca. Su padre le puso una mano en el hombro y sus gruesos dedos se hincaron sobre la tela blanca de piqué. No había en el gesto el menor atisbo de ternura y Chance se echó a un lado para librarse de la presa.

—Diles todo lo que sepas y acabemos de una vez.

—Llamaron por teléfono, sí —dijo el chico.

—¿Quién? —preguntó Reed.

—Un capullo con la voz muy rara.

—Esa lengua, Chance —le reprendió su madre con palpable frustración.

—¿Rara? —inquirió Moe Reed.

—Era... como si hablara entre dientes.

—¿Entre dientes?

—Susurraba. Como en las pelis de sierras mecánicas y sangre a chorros, ya sabe. Parecía un robot asesino o algo así.

—Hablaba entre dientes para que no le reconocieras.

—Supongo.

—¿Puedes imitarle un momento para que sepamos cómo sonaba?

Chance soltó una carcajada.

—Haz lo que te piden —ordenó su padre.

—No me matriculé en arte dramático, papá.

—En esta casa ya tenemos drama de sobras, gracias a ti.

—Lo que tú digas —dijo el chico encogiéndose de hombros.

—¡Imita esa voz!

Los labios del chico dibujaron en silencio un «a tomar por...» y los nudillos de Steve Brandt se tensaron hasta adquirir un tono blanquecino.

—Era más o menos así... Hummm... *Hay malas noticias. Enterradas en vuestra marisma.*

—¿Qué más?

—Nada más.

—¿Era un hombre o una mujer?

—Un hombre... creo.

—¿No estás seguro?

—Hablaba... en susurros. En plan falso.

—No era su verdadera voz.

—No. Pensaba que me estaban gastando una broma.

—¿Quién?

—Yo qué sé, algún colega...

—«Hola, ¿está Agustín?...» —bromeó Milo.

Chance le miró sin comprender.

—Así que malas noticias enterradas en la marisma. —dijo Milo.

—Pues sí.

—¿Y qué más te dijo?

—Nada —repuso Chance—. Yo me lo tomé a cachondeo, por eso no le dije nada al tío de ahí, que llegó justo después.

—¿Qué tío? —preguntó Reed.

—El pelagatos que dirige el garito. Se pasa el día controlándome.

—¿El pelagatos ese tiene un nombre? —dijo Reed.

—Duboff. Un hippy de museo.

—A ver si lo he entendido bien: Duboff apareció por la oficina justo después de que respondieras a la llamada.

—No respondí. Escuché lo que dijo y colgué.

—¿Cuánto tardó Duboff en llegar?

—No tardó nada, ya se lo he dicho.

—Y sólo quería controlarte.

—No hace otra cosa.

—¿Y tú qué le dijiste?

—Que todo iba dabuten.

—No le hablaste de la llamada.

—La llamada me la tomé a coña —repuso Chance—. Pensaba que era Ethan, Ben, Sean o algún otro colega.

Mientras decía los nombres nos escrutaba, tratando de averiguar quién le había delatado.

—¿A qué hora llamó el tipo de la voz rara? —preguntó Reed.

—Esto... a eso de... hummm... las nueve y media.

—¿A eso de hummm o a las nueve y media? —gruñó su padre—. ¡Esto no es el patio del colegio, Chance!

Su mujer parecía al borde del llanto.

—¿Puedes concretar un poco? —insistió Reed.

—Fue hacia las... Espere, ya me acuerdo, justo antes miré la hora y eran las nueve y veinte, así que sería un poco más tarde.

—A las nueve y media, pongamos.

—Supongo.

—¡¿Supones?! —clamó Steve Brandt—. ¡Dios, no es un puto problema de aeronáutica!

Chance arrugó los hombros. Su madre se mordió el labio, que ya estaba colorado.

—Las mates no son su fuerte, eso está claro —dijo su padre—. No nos habríamos metido en este lío si no hubiera hecho el payaso en un examen de álgebra que requería *un mínimo de esfuerzo* para aprobar.

Chance se mordisqueó el labio. Sería cosa de los genes, o la reacción natural de cualquiera que conviviera con su padre.

Steve Brandt se aflojó la corbata y sentenció:

—La verdad, aún no sabemos si el chaval tiene algún fuerte.

Su mujer lanzó un grito ahogado.

—Sé realista, Suze, si no hubiera copiado en un examen ahora no estaríamos hablando con la policía. —Se volvió hacia nosotros—. Ya que están aquí, podrían ofrecernos algún programa para mi hijo. Le iría bien un poco de mano dura, como a los delincuentes juveniles. No sé, tal vez podría trabajar en la morgue y tomar contacto con la realidad...

Susan Brandt se puso en pie y salió volando sobre sus elegantes y bronceadas piernas. Chance tenía los ojos clavados en el rostro rubicundo de su padre.

—Estoy cabreado, chaval, vaya si lo estoy —rezongó Steve Brandt—. Voy todo el día de cráneo, el trabajo se me amontona y tengo que venir a casa a media jornada por *esto*. Y tú, mientras tanto, jugando al *tenis*...

—Mamá dice que me irá bien un poco de ejer...

Brandt hizo callar a su hijo con un gesto autoritario y se dirigió a Milo:

—¿Aún organizan esas visitas guiadas por la morgue?

—No lo sé, pero que yo recuerde estaban dirigidos a jóvenes con multas por conducir en estado de embriaguez y cosas así.

—O sea, que va a irse de rositas una vez más.

Los labios de Chance articularon un insulto en silencio.

—¿Qué acabas de decir? —le interpeló su padre.

Silencio.

—Señor Brandt —dijo Milo—, comprendemos que esté frustrado por lo que haya podido hacer su hijo en el pasado, pero bajo nuestro punto de vista se está mostrando muy dispuesto a cooperar. Si lo único que hizo fue hablar con sus amigos de una llamada que tomó por una broma, no va a irse de rositas porque no ha hecho nada malo. Si por el contrario está implicado de algún modo en el homicidio, no creo que una visita a la morgue pueda arreglar nada.

El rostro de Steve Brandt perdió algo de color.

—No está implicado, eso seguro. Sólo trato de evitar mayores... complicaciones.

—¿Eso es lo que soy? ¿Una complicación?

Su padre esbozó una sonrisa.

—Mira, mejor no respondo a esa pregunta.

Ahora fue su hijo quien se puso rojo.

—Haz lo que tengas que hacer, tío... Si quieres, puedes enchufarme a un puto detector de mentiras...

—¡Calla la boca! Y cuando hables conmigo aparca ese tonito de superioridad, niñato de mierda...

Chance se puso en pie como un resorte y apretó los puños.

—¡No me insultes! ¡No me insultes, joder!

Steve Brandt dio una palmada sobre el brocado del sofá y comenzó a jadear de cólera. La respiración de Chance se había acelerado todavía más.

Milo tuvo que intervenir:

—¡Que todo el mundo se calme ahora mismo! Chance, siéntate... ahí, donde estaba tu madre. Y usted, señor Brandt, déjenos hacer nuestro trabajo.

—Que yo sepa, no hago otra cosa que...

—Le recuerdo que es un caso de homicidio... Tenemos largas jornadas por delante y no queremos que al salir de aquí nos llamen por una denuncia de malos tratos.

—¡Qué disparate...! ¿Te he puesto la mano encima alguna vez, Chance?

No hubo respuesta.

—¿Alguna vez te he puesto la mano encima?

Chance sonrió y se encogió de hombros.

—¡Demonio de crío! —maldijo su padre.

Chance seguía en pie.

—¡Siéntate! —le ordenó Milo.

El chico obedeció.

—Hijo, quiero una respuesta rápida: ¿Cuánto tardó en aparecer el señor Duboff tras la llamada?

—Nada. Segundos.

El dato concordaba con la historia de Duboff. O había dejado el cadáver de Selena Bass allí él mismo o el asesino había esperado a que se fuera y le dejara el campo libre.

O había tenido suerte y no se había topado con Duboff por casualidad.

En cualquier caso, la denuncia había llegado poco después de que se deshicieran del cuerpo. Alguien quería que encontraran a Selena Bass y que la identificaran cuanto antes.

Los otros tres cuerpos estaban sepultados, no obstante. Podía ser que hubiera ido ganando confianza y quisiera pavonearse un poco, proclamar que la marisma era su territorio... ¿Se trataba acaso de algún Duboff o alguien de su especie?

—¿A quién le hablaste de la llamada? —preguntó Reed.

—Sólo... a Sarabeth. ¿A quién se lo habrá largado?

—¿Cómo se apellida?

—Oster —respondió Steve Brandt—. Como los grandes almacenes, ya sabe.

Como nadie dijo nada añadió:

—Su familia está forrada, vive en una casa en Brentwood Park y es hija única. A primera vista parece una chica dulce e inocente, pero fue ella la que le pasó las respuestas del maldito examen de álgebra y yo de ustedes pondría en cuarentena todo lo que les diga.

Chance soltó un gruñido.

—¡Huy, qué miedo! —dijo su padre.

VI

Steve Brandt nos acompañó hasta la entrada de falsos adoquines y abrió la verja con un control remoto.

—Entonces, está fuera de sospecha, ¿no?

—De momento sí.

—Créanme, al chaval le falta sesera para matar a alguien —dijo con una sonrisa de satisfacción avinagrada, antes de regresar a la luz y el calor del hogar.

Moe Reed se encargó de llamar a Tom L. Rumley, director del Instituto Windward, que le prometió «recabar con la mayor premura toda la información relevante» sobre la llamada que contestó Chance Brandt. A cambio, la policía debía prometerle que no aparecería por la escuela, pues era «tiempo de asueto» y habían recibido «una visita de Dubai».

Reed le rogó que esperara al teléfono y se volvió hacia Milo:

—¿Teniente?

—Lo más probable es que no haya sido más que una cadena de cotilleos, deja que el hombre quede bien. ¿Alguien tiene hambre?

Volvimos a la marisma a recoger el Seville y Reed nos siguió con su coche hacia la comisaría del Oeste.

—Bueno, ¿qué opinas? —dijo Milo.

—¿Del caso o de Reed?

—De ambos.

—El chico parece sensato y con ganas de aprender. Y de este caso hay mucho que aprender.

—¡Cuatro fiambres!

—Ahora que se le ha abierto el apetito, no hay razón para que se plante con cuatro.

—Siempre puedo contar contigo para alegrarme el día.

El Café Moghul de Santa Mónica Boulevard, a pocas manzanas de la comisaría, es algo así como un segundo despacho de Milo.

A la mujer de gafas ataviada con un sari que regenta el restaurante se le iluminó la cara al vernos, como siempre que Milo entra por la puerta. Además de las magníficas propinas que deja, la mujer lo tiene por una especie de rottweiler humano. La apariencia obviamente policial de Reed, que le seguía de cerca, la llevó al borde del éxtasis.

—Langosta —anunció antes de acompañarnos sonriendo y canturreando a la mesa habitual de Milo al fondo del local y llenarnos los vasos de té helado con clavo—. Ahora traigo un surtido de ensaladas. Un poco de todo.

—Y si es mucho de todo aún mejor —repuso Milo al tiempo que se quitaba la chaqueta y la lanzaba sobre una silla vecina. Reed se sacó la americana y la colocó cuidadosamente en el respaldo de su silla. Iba en manga corta y sus bíceps ocupaban casi toda la bocamanga de la camisa.

Al instante comenzó la procesión de manjares.

—Supongo que dejará buenas propinas —comentó Reed.

—¡Dios! —exclamó Milo—. ¿Es que todo en este mundo ha de ser cuestión de dinero?

A veces Milo habla de trabajo durante las comidas. Otras veces se las toma como un sacramento que no debe perturbarse con asuntos mundanos.

Aquella tarde era una fiesta de guardar. Moe Reed contempló cómo Milo engullía, mascaba, tragaba y se pasaba la servilleta por la cara, pero no tardó mucho en sumarse al festín y encorvarse sobre su plato como un presidiario hambriento. Las montañas de langosta, arroz, lentejas, berenjenas condimentadas y espinacas con queso *paneer* desaparecían al tiempo que el joven policía iba superando la velocidad de deglución de su superior. Reed era de complexión robusta pero macizo como una roca.

La mujer de gafas traía ya el pudin de arroz cuando le sonó el móvil.

—Reed —contestó, arqueando abruptamente unas cejas tan pálidas que apenas se distinguían—. Sí... Espere, que busco algo para apuntar. —Echó un brazo hacia atrás para coger su bloc y escribió algo en una caligrafía impecable—. Muy amable... No, ahora mismo no.

Clic.

—Rumley, el director del instituto. Dice que ha reconstruido el curso del chismorreo. Chance Brandt se lo contó a Sarabeth Oster, que también lo encontró graciosísimo. Ella se lo dijo a otra chica, una tal Ali Light, que a su vez se lo contó a su novio, Justin Coopersmith, al que le pareció tan endemoniadamente gracioso que se lo contó a su hermano mayor, un alumno de segundo curso de la Universidad de Duke llamado Lance, que pasa el verano en casa. Parece que Lance Coopersmith tiene un mayor sentido de la ética que el resto, porque fue él quien nos llamó. Le pareció que era su deber.

—No será muy complicado de verificar.

Reed asintió.

—Esta mañana he pedido que rastreen la llamada. No llegó por la línea de emergencias, así que llevará más tiempo y no habrá grabación. ¿Pregunto si han averiguado algo?

—Adelante.

Al cabo de un momento Reed nos dio el parte:

—Un móvil registrado a nombre de Lance Allan Coopersmith, empadronado en Pacific Palisades. ¿Quiere que lo verifique?

—De momento no. Va a ser un día muy largo, come un poco más de langosta —dijo Milo, al tiempo que sacaba su móvil para solicitar una orden de registro del apartamento de Selena Bass.

* * *

Dejé el Seville en el aparcamiento de la comisaría del distrito Oeste y volví a subirme en el asiento de atrás del coche de Reed para acompañarles a Indiana Avenue. Tardamos veinte minutos, que Milo empleó en averiguar cómo avanzaba la solicitud.

Le concedieron la orden de registro por teléfono y le prometieron que expedirían el justificante.

—¿Sabes alguna otra cosa de ella, aparte de lo que había en la dirección de tráfico? —le preguntó a Reed.

—Sí. No está fichada en ninguna parte. Hoy pensaba buscar su nombre en Google.

Milo entró en el sistema de acceso telefónico a redes de Reed y accedió a Internet.

—Un placer hablar con Dios sin intermediarios. Veamos... dos resultados... y el segundo es una copia exacta del primero... parece que era profesora de piano y presentó en un recital a un alumno suyo... Un tal Kelvin Vander.

La búsqueda de imágenes no dio ningún resultado.

—La enseñanza de piano no es una profesión de alto riesgo que digamos —comentó Reed.

—Nada como una balada bien triste para empezar la semana con energía —dijo Milo.

—¿Y el resto de cuerpos, teniente?

—Veamos qué encuentran las recolectoras de huesos. Entretanto, trabajaremos con lo que tenemos.

Aproveché para contarles mi hipótesis sobre un asesino obsesionado por la marisma.

—Podría ser —dijo Milo.

Reed guardó silencio.

El garaje reconvertido de Selena Bass era un piso de dos habitaciones situado en la parte trasera de una casa de dos viviendas adosadas de una planta con muros de estuco blanco.

La primera de las dos viviendas, oculta entre bananos y falsos jazmines, estaba ocupada por la casera, Anuta Rosenfield, una vieja eminencia confinada a una silla de ruedas. Una alegre cuidadora filipina nos hizo pasar a un salón diminuto con cortinajes de terciopelo rosa, repleto de plantas de interior y figuras de porcelana sobre inestables pedestales.

—Cumplirá cien años este enero —nos informó la cuidadora.

La anciana ni siquiera parpadeó. Tenía los ojos abiertos pero nublados y un regazo tan endeble que no hubiera podido soportar una de sus muñecas de porcelana.

—¡Qué maravilla! —celebró Milo, inclinándose hacia la silla de ruedas—. Señora Rosenfield, ¿podría darnos las llaves del piso de la señora Bass?

—Está sorda y tampoco puede ver. Pregúntenme a mí —dijo la cuidadora, tocándose el pecho—. Me llamo Luz.

—Luz, ¿podría darnos...?

—¡Pues claro, chicos! —exclamó, sacando una llave del bolsillo de su uniforme.

—Muy amable.

—¿Selena... está bien?

—¿La conocía?

—Conocerla no la conozco, pero la veo a menudo. Casi siempre al salir. A veces salimos de casa al mismo tiempo.

—¿Cuándo fue la última vez que la vio?

—Mmm... Ahora que lo dice, hace mucho que no nos cruzamos. Y saben qué, no he visto luces en su piso desde hace... varios días, por lo menos. —Respiró hondo—. Y ahora aparecen ustedes. ¡Vaya por Dios!

—¿Varios días? —preguntó Reed.

—Cuatro, creo —repuso Luz—. Podrían ser cinco, tampoco llevo la cuenta.

—¿Cómo es ella?

—No hablamos nunca, sólo nos sonreímos y nos saludamos. Parece simpática. Es guapa, delgada... sin caderas, como las chicas de ahora.

—¿A qué hora suele salir del trabajo? —preguntó Milo.

—A las siete de la tarde.

—No la cuida de noche.

—La hija de la señora Rosenfield llega a las siete. Se llama Elizabeth y es enfermera en el hospital Saint John. —En un susurro de complicidad agregó—: Tiene setenta y un años, pero le gusta trabajar en la sala de urgencias de maternidad... con los bebés. Fue ahí donde la conocí. Yo soy auxiliar de enfermería y también he trabajado en la maternidad. Me gustan los bebés, pero esto me gusta más —dijo, dando una palmada en el hombro a la anciana a su cuidado—. La señora Rosenfield es un encanto.

Una cálida sonrisa bailó un tango por los labios de la vieja mujer. Alguien se había molestado en empolvarle la cara, ponerle sombra de ojos y hacerle la manicura. La atmósfera de la habitación era pesada, bochornosa, fragante de rosas y gaulteria.

—¿Qué más puede contarnos de Selena? —le preguntó Milo.

—Mmm... Una chica simpática, ya le digo... Un poco tímida, acaso. Como si rehuyera la conversación. A Elizabeth nunca la he oído quejarse de ella y es de las que se quejan.

—¿Cómo se apellida Elizabeth?

—Mayer. Es viuda, igual que su madre. —Bajó la vista y agregó—: Es algo que las tres tenemos en común.

—Vaya —dijo Milo—, la acompaño en el sentimiento.

—Fue hace ya mucho tiempo.

La señora Rosenfield volvió a sonreír. A saber en qué estaría pensando.

—¿Quién vive en la casa adosada?

—Un francés que no pasa mucho por casa. Es profesor, creo. La mayor parte del tiempo vive en Francia. Ahora mismo está allí.

—Y se llama...

Luz sacudió la cabeza.

—Lo siento, tendrán que preguntárselo a Elizabeth. A él no le he visto ni cinco veces en dos años. Es muy guapo, lleva el pelo largo como ese actor, ese tan delgaducho... Johnny Depp.

—Veo que llevan una vida tranquila —dijo Milo.

—Muy tranquila.

—¿Alguna vez ha visto a Selena con algún amigo?

—Con un amigo no. Una vez le vi con un hombre. La esperó con el coche aparcado en la acera y ella se subió.

—¿Qué coche era?

—Lo siento, no lo vi.

—¿Podría describirnos al hombre?

—Me daba la espalda y era de noche.

—¿Alto, bajo? —insistió Reed.

—De estatura media, yo diría... Ah, ahora que me acuerdo, era calvo. Pondría la mano en el fuego. O era calvo o iba rapado, como los jugadores de baloncesto. Le relucía la cocorota.

—¿Era blanco? —preguntó Reed.

—Negro no era, eso seguro —repuso Luz—. Aunque supongo que podría ser un negro paliducho o un mulato. Lo siento pero le vi de espaldas, podría ser casi cualquiera. ¿Creen que le hizo algo a Selena?

—A estas alturas no tenemos ningún sospechoso. Por eso es tan importante todo lo que nos pueda contar.

—Un sospechoso. O sea que la han...

—Sí, lo siento.

—¡No...! —Sus ojos se llenaron de lágrimas—. Una chica tan joven, ¡qué pena! Dios santo... Ojalá pudiera ayudarles.

—Ya lo hace —dijo Milo—. ¿Podría decirme su nombre completo, para el informe? Ah, y un número de teléfono...

—Luz Elena Ramos... ¿Corro algún peligro aquí?

—No, que nosotros sepamos.

—Vaya —repuso Luz—, pues no me tranquiliza mucho. Mejor que me ande con ojo.

—Le aseguro que no tiene por qué alarmarse, señora Ramos, pero andarse con ojo nunca está de más.

—En cuanto les he visto llegar he pensado que algo terrible había sucedido. He trabajado ocho años en un hospital y sé qué cara tienen las malas noticias.

Los cuarenta metros cuadrados de vivienda de Selena Bass no acababan de disimular que sus primeros inquilinos eran de cuatro ruedas. El suelo de cemento agrietado estaba pintado de bronce y lacado, pero a través de la película brillante se distinguían las manchas de aceite, y en toda la estancia persistía un vago hedor a gasolina. Un techo bajo de paneles blancos de mampostería reducía aún más el espacio vital. Las paredes estaban recubiertas de los mismos paneles, clavados chapuceramente a los listones de madera. Los parches de cinta adhesiva eran notorios y las cabezas de los clavos despuntaban como el acné en una cena de graduación.

—Una joya del interiorismo —comentó Milo.

—Puede que el piano no le diera para más —dijo Reed.

Nos pusimos los guantes en el umbral mientras examinábamos la habitación. No se apreciaba ningún desorden ni signos palpables de violencia.

—Habrá que llamar a la científica —dijo Milo—, pero a primera vista no parece ninguna sala de operaciones macabra.

Milo fue el primero en pasar. Reed y yo le seguimos.

Una serie de armarios de conglomerado en ángulo recto separaban el dormitorio de una minúscula cocina americana rinconera equipada con una nevera pequeña, un microondas y una cocinilla eléctrica de dos placas. En la nevera había agua embotellada, condimentos, una nectarina podrida, una rama mustia de apio y un envase anónimo de comida china a domicilio.

Moe Reed comprobó que sus guantes estaban bien puestos antes de inspeccionar el envase. Pollo agridulce, teñido de un naranja zanahoria. Ladeó el envase para que lo viéramos.

—Más sólido que una cuajada. Tendrá una semana, como poco.

El colchón de matrimonio estaba tendido directamente sobre el suelo, con un cubrecama de batik marrón y una pila excesiva de cojines de madrás con demasiado relleno. Milo levantó el cubrecama por una esquina. Sábanas azul lavanda, limpias y alisadas. Las olió y sacudió la cabeza.

—¿Qué hay, teniente?

—No huelen... ni detergente, ni olor corporal, ni perfume. Nada de nada. Como si las hubiera cambiado pero no llegara a usarlas.

Se acercó a una mesita de noche de abedul de imitación que contenía unos pantalones de chándal ligeros, un camisón blanco de franela, un reloj despertador de saldo y un peine.

Milo examinó el peine.

—No veo un solo pelo, pero puede que la cuadrilla de las pinzas encuentre algo. Por cierto, agente Reed...

Reed llamó a la policía científica y Milo continuó su recorrido por la habitación. Abrió la tapa de un gran cubo de basura amarillo. Vacío. Por el suelo, otros cojines hacían las veces de sofá improvisado. Bien rellenos y firmes, como si nunca hubieran soportado peso alguno.

Guardaba la ropa en los tres cajones de un tocador de contrachapado y en un armario metálico de dos metros pintado de un verde oliva desvaído. A la izquierda del armario había un retrete en el que apenas cabía una persona de pie. En lugar de puerta tenía una cortina de nailon, la ducha era de fibra de vidrio y en el exiguo espacio sobrante había un lavamanos de diseño barato y un inodoro. En el suelo yacía un botiquín raquítico.

Todo estaba seco e impoluto, y en el botiquín no había un solo medicamento.

La estética espartana del piso tenía su excepción en el rincón consagrado a la música, donde se amontonaban un par de teclados eléctricos, un amplificador, una mesa de mezclas, un monitor de pantalla plana de veinte pulgadas sobre un pie oscuro, dos sillas negras plegables y varias pilas de partituras que me llegaban hasta la cintura.

Reed echó un vistazo a la música:

—Clásica... más clásica... un poco de rock alternativo... *más clásica*.

—No veo los cedés ni el equipo de música —observó Milo.

—Habrá un iPod por alguna parte —dijo Reed.

—¿Y dónde está el ordenador que hace que funcionen el resto de trastos?

Reed frunció el entrecejo.

—Se lo han llevado.

A continuación inspeccionaron el tocador y el armario metálico. Vaqueros, camisetas, chaquetas, ropa interior de talla pequeña. Zapatillas de tenis, botas, sandalias negras de tacón alto, zapatos de vestir rojos y blancos. A un lado del perchero colgaba una docena de vestidos de colores festivos.

Ni rastro de discos, ordenadores portátiles o cualquier otro componente informático.

Reed se arrodilló ante el tocador y abrió el cajón inferior.

—Bueno, bueno...

Dentro había un top de cuero, dos pares de medias de red, tres bragas negras bordadas de naranja con un orificio en la entrepierna, tres pelucas negras baratas y tres enormes consoladores morados.

Las tres cabelleras postizas eran largas, con flequillo. En un costurero de vinilo azul guardaba unos envases de maquillaje blanco, un delineador negro y varios lápices de labios del color de un moratón maduro. Cuando Reed lo sacó del cajón rodó hacia adelante una fusta de cuero negro.

—Profe de piano de día, ama sadomasoquista de noche —dijo Milo—. Puede que viviera en otra parte y usara este cuchitril de picadero.

Reed se había quedado de una pieza.

—A lo mejor también venía para dar clases de música, teniente.

—Lo dudo. No hay ningún piano con cara y ojos ni partituras para aprendices. —Cerró el cajón y echó un nuevo vistazo a la estancia—. Si vivía en este tugurio, llevaba una vida muy austera. A lo mejor le han soplado un par de cosas, pero no llevo aquí ni cinco minutos y ya estoy por comprarme una caja de Prozac. —Se acercó al armario metálico y pasó la mano por el estante superior—. Vaya, vaya, qué tenemos aquí...

Era una caja de cartón de Macy's repleta de papeles.

El de más arriba era la última declaración de la renta de Selena Bass. Sus ingresos anuales eran de cuarenta y ocho mil dólares por concepto de «servicios de consultoría musical autónoma»; las deducciones por «equipamiento y suministros» ascendían a diez mil.

Debajo estaban los trece cheques mensuales sujetos con un clip, cada uno por valor de cuatro mil dólares y todos a cargo de la cuenta de fideicomiso familiar de Simon M. Vander en Global Investment, sita en la calle 5 de Seattle.

El concepto de los pagos estaba pulcramente detallado en letra de imprenta y era siempre el mismo: *Clases para Kelvin*.

—El niño de la web —apuntó Reed.

—Cincuenta de los grandes por enseñar a un crío a tocar el piano —dijo Milo.

—Si se dedicaba por completo a un alumno, puede que tenga talento o sea una especie de niño prodigio.

—O que eso crean sus padres. ¿Por qué no vuelves al coche y buscas a Simon Vander en la red? Y también al niño, ya que estás.

—Voy.

Milo acabó de examinar los papeles de la caja. La foto del carné de identidad expedido en California era la de una chica de cara enjuta y ojos grandes con la barbilla partida y el pelo castaño claro. Llevaba el flequillo corto, como el de las pelucas. Para disfrazarse más cómodamente, tal vez.

—¿Para qué querría el carné de identidad si ya tenía el de conducir?* —pregunté.

—A lo mejor se mudó a California sin el permiso y tuvo que sacarse éste.

Junto al carné había varios recibos de una tienda de Betsey Johnson en Cabazon, cerca de Palm Springs, y una factura de hacía seis meses con cargo a su tarjeta de crédito por valor de quinientos dólares, que había pagado recientemente, con el incremento gradual del interés al ritmo de usura acostumbrado.

Del fondo de la caja Milo sacó la impresión de un correo electrónico suelto enviado cuatro meses antes desde una cuenta de Hotmail con nombre de usuario engrbass345. Lo leí por encima de su hombro.

Sel, no sabes cómo me alegro de que por fin hayas encontrado un trabajo. Y que además te guste. Cuídate, cariño, y la próxima vez no tardes tanto en dar señales de vida.

Un abrazo,
Mamá

* En Estados Unidos el carné de conducir cumple la función de documento de identidad. Las personas que no se han sacado el permiso de conducir pueden solicitar un carné de identidad alternativo. (*N. del t.*)

Milo exhaló un suspiro.

—Llegó la hora de dar parte a la familia—anunció.

—Tu pasatiempo favorito.

—Prefiero estrangular cachorritos.

Reed entró como una exhalación, agitando su bloc de notas en ademán de triunfo.

—Simon Vander está podrido de dinero. El fondo de inversión lo tiene en Seattle pero vive aquí, en Pacific Palisades. Tenía una cadena de supermercados en los barrios mexicanos y la vendió hace dos años y medio por la friolera de ciento once millones. Después de eso desaparece del mapa en Internet, salvo por otros tres resultados relacionados con Kelvin, recitales todos ellos. El niño tiene diez años, he encontrado una foto.

Nos mostró el retrato en blanco y negro de un chico bien parecido de rasgos asiáticos.

Milo le enseñó a Reed el correo electrónico de la caja.

—¿La contactamos por correo electrónico? —preguntó.

—Si vive por aquí, prefiero hacerlo en persona.

—«Engrbass» —dijo Reed—. A lo mejor es ingeniera.* Entre tanto, puedo intentar localizar a los Vander y ver si saben algo de la vida privada de Selena.

Se había referido a la víctima por su nombre de pila. Comenzaba a fraguarse el vínculo emocional.

—Me parece una idea buenísima —asintió Milo.

Reed frunció el entrecejo.

—Ni que hubiera inventado la rueda.

* En inglés *engineer* y abreviado «engr». *(N. del t.)*

VII

Simon Mitchell Vander tenía cinco vehículos registrados a su nombre en dos domicilios distintos: un Lexus GX de tres meses, un Mercedes SLK de un año, un Aston Martin DB7 de tres años y un Lincoln Town Car de cinco registrados en la calle Marítimo, de Pacific Palisades, y un Volvo familiar de siete años en una dirección de la autopista del Pacífico a la altura de Malibú.

Moe Reed no tardó en ubicar ambas direcciones en el mapa:

—La Costa Beach y el extremo norte de Palisades. Están las dos a tiro de piedra.

—A lo mejor le gusta mojarse los pies —dijo Milo—. Siendo entre semana, yo apostaría por la casa principal. Si no acertamos, nos habremos ganado un día de playa.

El trayecto a Pacific Palisades comenzó con un buen atasco en Lincoln que no mejoró mucho en Ocean Front, seguido de un rápido descenso a Channel Road y un tramo de costa a todo trapo. Una brisa clemente rizaba el océano, que parecía un merengue de cobalto. Los surfistas, los voladores de cometas y los amantes del aire puro se habían apropiado de las playas.

La calle Marítimo era una cuesta que serpenteaba por encima de la vieja finca de Getty. A medida que ascendía, las propiedades aumentaban de tamaño y el precio del metro cuadrado se ponía por las nubes. Reed conducía rápido y el coche pasaba zumbando entre setos de buganvilla y muros de piedra picada que se abrían de vez en cuando a unas vistas increíbles del océano.

«Callejón sin salida: se prohíbe el paso», rezaba la señal.

Al cabo de unos segundos el aviso se materializaba en una verja de tres metros de hierro forjado, con postes que imitaban inmensos troncos de coral y una maraña de barras de hierro modeladas como tentáculos de pulpo. Más allá de aquel admirable trabajo de forja se veía una entrada oval embaldosada con losas cuadrangulares de pizarra que habían sido regadas hacía poco y aún estaban perladas de agua. La entrada estaba flanqueada por palmeras dátileras de hojas afiladísimas, tras las cuales se entreveía una casa sorprendentemente modesta.

Era de una planta, con los muros pardos y la techumbre de tejas rojas. La puerta principal se escondía tras un patio cerrado donde estaban aparcados los cuatro coches que Vander tenía registrados en aquella dirección. Reed aporreó el interfono. Se oyeron cinco timbrazos y luego se hizo el silencio.

Volvió a intentarlo, y al cabo de cuatro timbrazos respondió una voz masculina que parecía la de un adolescente:

—¿Sí?

—Policía de Los Ángeles. Venimos a hablar con el señor Simon Vander.

—¿La policía, dice?

—Sí. Queríamos hablar con el señor Vander.

Un compás de silencio.

—No está.

—¿Dónde podemos encontrarle?

Dos compases más.

—Ahora mismo está en Hong Kong.

—¿En viaje de negocios?

—Está de viaje, no sé más. Pero si quieren dejarle un recado, se lo haré llegar.

—Disculpe, ¿con quién tengo el placer?

Otro momento de vacilación.

—Soy el administrador de la finca.

—Su nombre, por favor.

—Travis.

—¿Sería tan amable de salir un momento a la entrada, señor Travis?

—¿Puedo preguntarle de qué se trata...?

—Salga un momento y se lo explicamos.

—Esto... Esperen, ahora salgo.

Al cabo de un momento se abrió la puerta del patio y apareció en el umbral un hombre con camiseta azul marino, vaqueros claros y una gran gorra gris de punto, que entornó los ojos para pasarnos revista. La camiseta le iba grande y la llevaba por fuera, con los faldones ondeando al viento. El dobladillo de los vaqueros ocultaba el empeine de unas zapatillas blancas de deporte. Llevaba la gorra calada hasta las orejas.

Se encaminó hacia nosotros con paso vacilante. Tenía un hombro más alto que el otro y a cada dos pasos se le torcía hacia fuera un pie en una suerte de tropiezo intermitente. Al llegar a la verja nos repasó a través de los tentáculos de hierro, entre los que atisbamos una cara larga y demacrada de pómulos huesudos y ojos hundidos de color castaño. Cubría su rostro una barba hirsuta de tres días que aún era negra pero comenzaba a encanecer, igual que el poco cuero cabelludo que la gorra dejaba al descubierto. Tenía la boca torcida hacia la izquierda, como si profiriera un lamento perpetuo. Si a la mueca se le sumaban los andares pendulares, todo apuntaba a alguna clase de trauma neurológico. Tendría entre treinta y cinco y cuarenta años, en todo caso era muy joven para haber sufrido un derrame cerebral. Pero la vida es cruel.

Milo le mostró la placa a través de los barrotes.

—Buenas tardes, señor Travis.

—Huck. Travis Huck.

—¿Nos deja pasar, señor Huck?

Huck apretó el botón del control remoto con un dedo larguísimo y las dos hojas de la verja se abrieron hacia dentro.

Aparcamos frente a la primera palma de dátiles y bajamos del coche. La finca estaba unos metros por encima de las vecinas y con sus dos hectáreas y media era sin duda la joya de la corona. Los taludes ajardinados y los arriates de geranios eran más bien discretos; el golpe de efecto lo daba una piscina sin bordillo exterior cuyas aguas caían a pico, fundiéndose con las del Pacífico.

Vista de cerca, la casa perdía por completo su modesta apariencia inicial. Era de una sola planta para no obstruir las vistas del océano, pero la superficie que ocupaba era inmensa.

Travis Huck se metió un dedo en la gorra para enjugarse el sudor que le chorreaba por detrás de la oreja y le perlaba las mejillas. Hacía mucho calor para una gorra de lana. O el tipo transpiraba con facilidad.

—Si quieren dejarle algún recado al señor...

—El recado —le cortó Milo— es que hemos encontrado asesinada a Selena Bass y estamos entrevistando a todos sus conocidos.

Huck parpadeó. La boca contrahecha y triste se tensó para adoptar una expresión neutral que la tensión acumulada en torno a los ojos desmentía.

—¿Selena? —balbució.

—Sí.

—No...

—La conocía, entonces.

—Le da clases de piano a Kelvin, el hijo de los Vander.

—¿Cuándo fue la última vez que la vio?

—¿La última? Pues ahora mismo no... Ya les digo, viene a darle clases. Cuando las necesita.

—Cuando Kelvin las necesita.

Volvió a pestañear.

—Eso es.

—¿Tengo que repetirle la pregunta?

—¿Cómo dice?

—¿Cuándo la vio por última vez?

—Déjeme pensar —dijo Huck, como si fuera más que una fórmula y tuviera que pedir permiso. El sudor le resbalaba por la barbilla y goteaba sobre las pizarras—. Debió de ser hace dos semanas... —Se caló aún más la gorra y rectificó—: No, quince días. Quince días exactos.

—¿Cómo está tan seguro?

—Los señores Vander se fueron hace dos semanas justas y

la víspera de la partida vino a darle una clase a Kelvin. La dedicaron a Bartók.

—¿Adónde se han ido?

—De vacaciones —repuso Huck—. Estamos en verano.

—Y viajan en familia —dijo Reed.

Huck asintió.

—¿Podrían decirme qué le ha ocurrido a Selena?

—Nada bueno, es lo único que podemos decirle por el momento.

No hubo respuesta.

—Entonces, ¿la última vez que pasó por aquí fue hace quince días?

—Sí.

—¿Cómo la encontró, anímicamente?

—Tenía buena cara. —Huck fijó la vista en la losa mojada a sus pies—. Le abrí la puerta cuando llegó y la acompañé a la salida cuando se fue. Estaba bien.

—¿Sabe de alguien que pudiera querer hacerle daño? —preguntó Reed.

—¿Hacerle daño? Escuche, ella sólo venía para darle clases al niño. Como los demás.

—¿Los demás?

—Kelvin recibe todas sus clases a domicilio. Por aquí pasan expertos en todos los campos: arte, gimnasia, karate... Un comisario de la fundación Getty le da clases de historia del arte.

—¿No le gusta el colegio? —inquirió Milo.

—Es muy listo para ir al colegio.

De pronto se le dobló una rodilla y tuvo que apoyarse en el capó del coche de Reed. Tenía la frente empapada.

—Y además de listo es un gran pianista —apuntó Moe Reed.

—Toca música clásica —repuso Huck, como si eso zanjara la cuestión.

—¿Cuánto tiempo hacía que Selena le daba clases?

—Pues calculo que... un año. Más o menos.

—¿Dónde se las daba? —preguntó Milo.

—¿Dónde? Pues aquí, en casa.

—¿Nunca iba a casa de Selena?

—Por supuesto que no.

—¿Por supuesto que no?

—Kelvin lleva una agenda muy apretada —dijo Huck—. No puede perder el tiempo yendo de aquí para allá.

—Pero no tiene una hora fija para las clases de piano.

—Con las clases de piano es más flexible —admitió Huck—. Las puede tener una vez por semana o cada día.

—Según las necesite.

—Cuando tenía un recital inminente, Selena venía más a menudo.

—¿Da muchos recitales?

—No tantos. Disculpen, pero aún no me hago a la idea... Tan buena chica.

—¿Qué más puede decirnos de ella?

—Era buena chica —repitió—. Algo reservada pero muy amable. Y puntual.

—Le pagaban muy bien para llegar tarde —dijo Moe Reed.

—De eso no tengo ni idea.

—¿No firma usted los cheques?

—Yo sólo cuido de la propiedad.

—¿Quién los firma, entonces?

—Los contables del señor Vander.

—A saber.

—Una asesoría de Seattle.

—Y usted cuida de las propiedades, en plural.

—¿Cómo?

—Los Vander tienen otra casa en la playa —aclaró, señalando hacia el océano con el pulgar.

—¡Ah, la otra! Ahí vivía el señor Vander antes de casarse... Ya no la usan mucho.

—Pues guarda ahí un coche.

—¿El viejo familiar? No creo ni que tenga batería.

—Una casita vacía en primera línea de mar es una verdadera pena —comentó Milo.

—El señor viaja mucho —repuso Huck.

—¿Los viajes son parte de la educación especial de Kelvin?

—¿Cómo dice?

—Ya sabe... ver mundo, aprender de otras culturas.

—Supongo. —Las cejas de Huck relucían como untadas en clara de huevo—. Estoy desolado.

—Selena le caía bien.

—Sí, pero no es eso. Es la sensación de conocer a alguien y de repente saber que ha... —Huck alzó las manos al cielo—. Tengo que decírselo al señor Vander y a Kelvin, y a la señora Vander también. Cuando se enteren van a quedarse... ¿Cómo puedo ponerme en contacto con ustedes?

Reed le tendió una tarjeta y Huck silabeó el nombre en silencio.

—Estamos buscando a los familiares de Selena —dijo Reed—. ¿Sabe dónde podemos encontrarlos?

—No, lo siento. —Hizo una pausa y agregó—: Pobre Kelvin... Va a necesitar otra profesora.

Volvimos a bajar hasta la autopista del Pacífico y a los pocos minutos llegamos a la Costa Beach, donde Moe Reed dio un brusco cambio de sentido para aparcar frente a una tapia de cedro.

Era un terreno de unos doce metros de ancho al borde de la carretera. A la derecha de la tapia se alzaba un garaje, también de madera. La puerta estaba candada. Milo llamó al timbre, pero no contestaron. Antes de irse dejó su tarjeta prendida al picaporte.

—¿Qué les ha parecido Huck? —nos preguntó Moe Reed mientras volvíamos a la ciudad.

—Un tipo curioso.

—Sudaba como un cerdo, el tío. Y, bueno, no podría poner la mano en el fuego, pero parecía... muy en guardia. ¿Desbarro, teniente?

—Estaba nervioso, sí, pero tal vez sea que no quiere hacer enfadar al jefe. ¿Algún diagnóstico, doctor?

Les conté la hipótesis de la lesión nerviosa.

—Lo que más me ha llamado la atención es que llevara la gorra esa con el calor que hace —dijo Reed—. Y no parecía que hubiera mucho pelo debajo, por cierto. Hombre blanco de complexión media con la cabeza rapada... podría ser el tío que vio Luz Ramos.

Milo caviló un momento y buscó su terminal portátil.

Travis Huck no tenía antecedentes penales y en su foto de la dirección de tráfico lucía una tupida melena rizada. Había renovado su carné hacía tres años y estaba domiciliado en la casa de calle Marítimo.

Milo siguió tecleando. En la red no había nada sobre Huck.

—Que sea un tío raro con la cabeza rapada no es motivo suficiente para arrestarle, pero será mejor que no le perdamos de vista.

—¿Y qué hay de Duboff, el bocazas aquel de la marisma? —dijo Reed—. Como usted dice, doctor, parece muy encariñado con el lugar. Obsesionado, diría yo. ¿No puede ser que el lugar tenga alguna clase de significado sexual para él y por eso deje ahí los cuerpos?

—Ya... Un ecologista en serie —bromeó Milo.

—Yo tampoco le perdería de vista —tercié—, pero como dijo Moe, es cierto que no trató de pasar desapercibido. Todo lo contrario. Se nos lanzó encima y admitió que estaba en la marisma a la hora en que se deshicieron del cadáver.

—Podría ser una finta psicológica —conjeturó Reed—. O arrogancia pura y dura... A lo mejor se cree más listo que nosotros, como esos asesinos imbéciles que mandan mensajes por correo o vuelven a la escena del crimen para regodearse.

—Es posible.

Los dedos de Milo danzaban frenéticamente sobre el teclado.

—Mira por dónde, el amigo Duboff sí que tiene antecedentes.

En los últimos diez años Silford Duboff tenía siete arrestos en su historial, todos ellos durante marchas de protesta que habían terminado en enfrentamientos con las fuerzas del orden.

Jaleos antiglobalización ante el Century Plaza, exigencias salariales para empleados de hostelería en San Francisco, sentadas de protesta por el aumento de la potencia nuclear en la planta de San Onofre, oposición al desarrollo inmobiliario costero en Oxnard y Ventura. La séptima vez, como era de esperar, lo habían trincado cuando protestaba contra la especulación multimillonaria de la marisma.

Seis de los arrestos eran simples casos de resistencia a la autoridad, pero en el altercado antiglobalización se le acusó de agresión a un agente de policía, se declaró culpable de un delito menor de agresión y pagó la fianza. La condena fue revocada dos años más tarde, cuando en la vista de una demanda popular el juez de apelación falló en contra del Departamento de Policía de Los Ángeles por los disturbios ocurridos durante la manifestación.

—De esa me acuerdo. ¡Se armó la gorda! —dijo Milo—. O sea, que al tío le gusta sentarse en medio de la calzada a entonar cánticos. En fin, como historial delictivo tampoco es muy violento. Más que un caso clínico me parece un caso perdido.

—El movimiento antiglobalización capta a anarquistas y gente así, ¿verdad? Eso me recuerda a la gorra de Huck. Los anarquistas llevan prendas parecidas. ¿Y si Huck y Duboff son un par de contestatarios que han descubierto que prefieren un rollo más duro de protesta?

—Si van a las mismas manifestaciones, ¿cómo es que siempre trincan a Duboff y Huck se libra?

—Duboff es un bocazas sin una pizca de tacto. Huck es más solapado. Yo creo que es eso lo que me ha dado mala espina...

—El dúo maléfico —repuso Milo—. De día luchan por la libertad, pero cuando el sol se pone salen a estrangular mujeres inocentes, amputarles las manos y lanzar sus cuerpos a un estercolero.

Reed pisó el acelerador.

—Es algo rebuscado, sí.

—Chaval, a estas alturas algo rebuscado es mejor que nada. No estaría de más que lo sondearas. Si encuentras el nombre del *señor** Huck en la lista de afiliados de alguna agrupación

---

* En español en el original. *(N. del t.)*

a las que pertenezca el *señor* Duboff o cualquier vínculo entre ellos, por nimio que sea, seguiremos la pista del dúo homicida.

—Si los asesinos fueran dos, les habría sido más fácil deshacerse de los cuerpos —apunté—. Mientras uno aparca, el otro arrastra el cadáver. O lo arrastran los dos y luego salen pitando.

—¿No habría que hablar también con los contables de Vander y preguntarles por el resto de profesores que pasaban por la casa?

—¿Por si se la cargó algún colega del trabajo?

—Por si algún colega nos puede decir algo más que Huck —replicó—. Si en su piso no había ningún indicio de vida social a lo mejor es porque no la tenía, porque los profesores particulares de Kelvin Vander no tienen tiempo para otra cosa. —Sacudió la cabeza—. ¡Cincuenta de los grandes por darle clases a un crío...! ¿No sería su relación con la familia lo que la perdió?

—¿A ella y a otras tres difuntas mancas?

Reed tardó un momento en contestar:

—Vida social no tendría, pero cuero no le faltaba. Tiene razón, teniente, es posible que se montara sus fiestas en otra parte. Y de momento la otra casa por la que sabemos que pasaba es la de los Vander.

—Un ejercicio de Bartók para el niño y una escapada a la caseta del jardín para azotar con la fusta al profesor de karate —dijo Milo.

—O a Huck. O al propio señor Vander, ya que estamos.

—¡Claro! Y al fontanero, al mozo de la piscina, al florista y al jardinero —coreó Milo.

Reed guardó silencio.

—De acuerdo, llama a los contables y averigua todo lo que puedas sobre el personal. De todas formas, hasta que no identifiquemos a las otras no hay mucho más que hacer.

—Cincuenta de los grandes... —insistió Reed—. Por esa pasta su jefe podría haber pedido un extra. Huck dice que los Vander están de viaje, pero los ricos no hacen nunca el trabajo sucio: lo contratan.

—Gente rica ergo mala gente.

—Sólo digo que hay quien se cree que por estar forrado puede hacer lo que quiera.

—Para ti y para mí, Moe, cincuenta mil dólares es un pastón; la gente como Vander se gasta más en el seguro de la vajilla. En fin, por mí que no quede. A ver qué encuentras. Y no te olvides de hablar con las forenses...

—Lo haré —dijo Reed—. Gracias, teniente.

—¿Por qué?

—Por la formación.

—Mira, chaval, dos cosas: uno, hemos compartido ya suficiente frustración para que empieces a tutearme; y dos, ya te mandaré la factura por la formación. —Se desperezó y soltó una carcajada—. ¿Te parece bien cincuenta mil?

VIII

De vuelta en su minúsculo despacho, Milo releyó el correo electrónico de la madre de Selena, encendió el portátil y buscó «ingeniera» y «Bass». La búsqueda arrojó un montón de resultados, pero ninguno cuadraba.

—Vamos a probar con su dirección de correo... Bingo... Bienvenidos a la web de Emily Nicole Green Bass. Parece que tiene una tienda de joyería antigua en... Great Neck, Nueva York. Y aquí hay una foto de la señora con su reluciente mercancía. Tienen cierto aire de familia, ¿no?

La foto era el primer plano de una cincuentona de rostro enjuto que exhibía un juego de pulseras. Tenía los ojos grandes y la barbilla partida. Un flequillo corto de pelo blanco le caía por la frente en mechones desiguales.

Selena Bass a una edad que ya nunca tendría.

—Menudos genes —convine.

—Ni que lo digas... Bueno, empieza la diversión.

Milo respiró hondo y descolgó el teléfono.

Diez minutos más tarde colgó y dio un largo bostezo.

La inspiración masiva de aire no era casual: estaba exhausto.

Emily Green Bass gritó, sollozó y colgó. Al cabo de un minuto le llamó para disculparse y lloriqueó un poco más. Milo la escuchó pacientemente, mordiendo un purito sin encender.

Cuando la mujer se quedó sin cuerda, Milo comenzó con las preguntas.

Selena era la hija única de su segundo matrimonio; el primero le había dado dos hijos, uno de los cuales vivía en Oakland, que era donde ella se encontraba de visita, para conocer a su nieta recién nacida.

—Y yo que pensaba que era el momento más feliz de mi vida... —musitó.

Hacía cinco años que no veía a Selena. El correo electrónico que Milo había encontrado era uno de los pocos que se habían mandado últimamente.

Selena daba señales de vida. *Por fin.*

Cuando Milo le preguntó por qué le había llevado tanto tiempo, la mujer rompió de nuevo en sollozos.

—Mañana cogeré el primer vuelo a Los Ángeles —anunció.

A las cuatro de la tarde el subjefe de policía Henry Weinberg llamó para preguntar cómo avanzaba la investigación.

Milo conectó el altavoz del aparato:

—Por el momento no tenemos nada de nada, señor.

—Pues ya va siendo hora de airearlo en los medios, teniente.

—Preferiría esperar a que los forenses se pronunciaran. Parece que son huesos duros de roer...

Al otro lado de la línea se hizo el silencio.

—Así podremos... —prosiguió Milo.

—Le he oído, teniente. Bonito juego de palabras. ¿Si le ponemos frente a las cámaras piensa explotar su vis cómica?

—Dios me libre.

—Dios y el jefe, teniente. Y no me pregunte cuál es cuál. Llame a esos recolectores de huesos ahora mismo y asegúrese de que están arrimando el hombro.

La doctora Hargrove aún estaba en la marisma y fue Liz Wilkinson quien contestó al teléfono.

—¡Hola, teniente! Ya sabemos cuatro cosas de la primera víctima. A juzgar por el puente nasal es muy posible que fuera una mujer negra, de entre veinte y treinta y cinco años de edad.

La descripción coincidía punto por punto con la de ella misma, pero su voz no destilaba otra cosa que ciencia.

Milo garabateó la información en su bloc.

—¿Algo más?

—Es probable que haya tenido al menos un hijo, y sufrió una fractura de fémur derecho lo bastante grave como para necesitar un implante metálico. No hemos encontrado restos de titanio, pero las incisiones de los tornillos no dejan margen de duda. No me extrañaría que cojeara un poco.

—¿La fractura era reciente?

—El crecimiento óseo posterior es considerable. No hablamos de meses sino de años, pero se la hizo cuando ya era adulta. Aparte de eso, el único hallazgo interesante es la rotura del hioides. Y la mano amputada, claro.

—La estrangularon.

—Es lo más probable. Calculamos que llevaba varios meses sumergida, pero es sólo una suposición. Eleanor... la doctora Hargrove sigue trabajando en los otros dos cuerpos con Lisa, la doctora Chaplin. Nos llevará tiempo porque están muy desarticulados y no queremos pasar por alto ningún detalle. Yo he vuelto porque Eleanor me ha pedido que tome nota de lo que hemos averiguado hasta ahora. Ahora le paso por correo electrónico lo que le acabo de contar.

—Gracias.

—Una cosa más, teniente. Justo cuando salía de la marisma ha aparecido el voluntario aquel, el de la barba. El policía de guardia le ha cortado el paso y han cruzado unas palabras. Yo quiero comenzar a trabajar mañana temprano, en cuanto salga el sol, y voy a estar sola porque Eleanor y Lisa no pueden llegar hasta las nueve. Me gustaría evitar cualquier distracción.

—Me encargaré de que haya una patrulla de guardia antes de que llegue.

—Mil gracias. Es un lugar precioso, pero a veces hay un silencio... de mal agüero.

Milo consultó la lista de personas desaparecidas del departamento, buscó mujeres negras de edades comprendidas dentro de los límites determinados por Wilkinson y encontró cinco coincidencias, la más reciente de hacía medio año. La ficha no mencionaba que la desaparecida cojeara o tuviera la pierna rota, pero imprimió el listado de todas formas.

—Ya es hora de comenzar a buscar en otros condados. Esperemos que no fuera una pobre desgraciada a la que nadie echara en falta.

Dicho esto se encendió el purito, inundando su ratonera de nubes ilícitas de humo. Tosió, se aflojó la corbata, escupió una brizna de tabaco que no entró por poco en la papelera y se acercó el teclado.

Me fui sin mediar palabra, mientras Milo golpeaba las teclas con furia.

El tráfico de regreso a la ciudad y varios carriles cerrados sin razón aparente hicieron del trayecto a casa un verdadero suplicio, y eran casi las seis cuando llegué a Beverly Glen.

Enfilar el viejo camino de herradura a casa fue una súbita inyección de paz; la fachada, enmarcada entre pinos y sicomoros, me dio la bienvenida con su blanca simplicidad.

Llamé a Robin, pero no contestó. Me quité la chaqueta, pillé una cerveza de la nevera, bajé las escaleras de la cocina y bordeé el estanque del jardín.

Al sentir mis pasos los peces koi se precipitaron hacia la orilla. Doce adultos y cinco alevines. La mitad de las crías habían muerto antes de llegar a los tres centímetros, pero las supervivientes ya alcanzaban los treinta centímetros y tenían un hambre voraz. Les lancé unas migas de pan y contemplé como la plácida superficie del agua se convertía en una vorágine de peces en pleno atracón, disfrutando por unos minutos de la sensación de omnipotencia antes de retomar el camino de piedra que conduce al estudio.

Robin suele quedarse trabajando en su estudio hasta que la interrumpo. Aquella tarde la mesa de trabajo estaba vacía y la encontré arrellanada en el sofá, rizándose y alisándose ociosamente el pelo con un dedo mientras hojeaba un libro sobre laúdes renacentistas. Blanche había recostado la cabeza sobre su regazo, con las orejas de conejo caídas y el hocico plano comprimido en un montón de arrugas de terciopelo.

Blanche, la otra fémina de mi vida, es una bulldog francesa de color vainilla y diez kilos de peso con unos modales como raramente los tienen las de su raza y un temperamento angelical. Baste decir que algunos de mis pacientes solicitan su presencia durante las sesiones. Aún no he decidido cuál será su comisión.

Las dos se volvieron hacia mí a un tiempo, inaugurando de este modo una nueva disciplina olímpica: la sonrisa sincronizada. Le di un beso a Robin en la mejilla y otro a Blanche en su cogote nudoso.

—¡Qué hombre! Da a su novia el mismo trato que a su perra.

—La diferencia es que ella jadea de agradecimiento.

—Y orina por los arbustos.

—No veo cuál es el problema.

—¡Huy, no me tientes!

Nos besamos de nuevo y me senté a su lado. La piel y el cabello le olían a cedro y Gio.

—¿Has tenido un buen día? —preguntó, pasándome los dedos fríos por la nuca.

—Está mejorando por momentos.

Blanche contempló el siguiente achuchón con la cabeza ladeada y las orejas erectas.

—¿Celosa, niña? —le dijo Robin.

Blanche sonrió.

Para cenar nos inventamos una tortilla de queso con champiñones y mientras nos la comíamos le pregunté cómo le había ido a ella.

—Me he pasado el día holgazaneando. Le estoy cogiendo el gusto.

Hacía una semana ya que había terminado un encargo importante: la réplica de cuatro instrumentos antiguos Gibson para un magnate de Internet podrido de dinero que los había donado en una función benéfica. Llevaba algún tiempo sopesando la idea de emprender un nuevo proyecto, pero de momento se limitaba a hacer reparaciones.

Me acordé entonces de la guitarra de flamenco de sesenta años pero aún fragante que le habían dejado para que recompusiera el mástil.

—¿La Barbero ya está lista?

—Sí. Ha sido más fácil de lo que creía. Paco ha venido a recogerla hace un par de horas. Debes de haber estado muy ocupado. Han llamado de la consulta hace un momento y me han dicho que no te habías pasado en todo el día. Hay un abogado que quiere que le asesores.

Me dijo su nombre.

—¿Ése? —rezongué—. Si algún día paga sus facturas puede que encuentre a alguien que vuelva a trabajar para él.

Me acabé la cerveza y me desperecé.

—Te noto agobiado.

—Es Milo quien anda agobiado, yo sólo le he acompañado para echar un vistazo.

—¿Qué tenéis entre manos?

Vacilé un momento, hasta que el instinto de protección dejó de menear su cabecilla paternalista. En los viejos tiempos nunca le hablaba de mis casos policiales. Después de un par de separaciones con sus respectivas reconciliaciones empezaba a verle el sentido a compartirlos con ella.

Aun así, me ceñí a lo esencial.

—¿La marisma? —preguntó—. ¿Adonde fuimos una vez a dar un paseo y no nos dejaron?

—¡La misma!

—A mí aquel sitio me puso los pelos de punta, ¿sabes?

Lo mismo había dicho Liz Wilkinson.

—¿Y eso?

—No sabría decirte. Me pareció un lugar de mal agüero, eso es todo. ¿Dónde abandonaron los cadáveres?

—El más reciente estaba tirado junto a la entrada este. Los otros estaban sumergidos en el cieno un poco más allá, al lado del sendero.

—¿Los transportaron hasta allá en coche? En un sitio así un coche habría llamado mucho la atención, Alex, sin contar con la cantidad de apartamentos con vistas a la marisma.

—De noche nadie habría reparado en un coche sin luces, ni siquiera a vista de pájaro.

Robin apartó su plato y se sirvió una copa de zumo de arándanos con un golpe de Grey Goose.

—Sepultaron tres cuerpos en el cieno y dejaron uno a la intemperie... ¿Por qué?

—Puede que el asesino se sintiera más seguro.

—A mí me parece una fanfarronada —repuso—. Como si fuera algo de lo que jactarse.

El magnate de Internet le había enviado a Robin una caja de películas de Audrey Hepburn. Habíamos visto ya casi todos los DVD, pero me había reservado *Charada* para una noche larga y tranquila como ésa.

No habíamos visto ni diez minutos cuando sonó el teléfono. Me hice el sordo y apreté a Robin contra mí. Al cabo de unos segundos se reanudó el repiqueteo del timbre. Cogí el mando y dejé congelado a Cary Grant.

—Estás libre a las diez, ¿verdad? —dijo Milo al otro lado de la línea—. La madre de Selena viene por la mañana a la comisaría.

—Claro.

—¿Todo va bien?

—Muy bien.

—¿Interrumpo algo?

—Una obra de arte de la intriga con actores de lujo.

—Una película.

—Eres un lince.

—Supongo que no tendrá mucho que ver con la vida real. Vuelve a tus sueños de celuloide, ya hablaremos mañana de los huesos.

—¿Qué hay de los huesos?

—Oye, no quiero sustraerte a tu Robin, tu perrita y tus actores de lujo.

—*¿Qué hay?*

—La doctora Hargrove ha tardado menos de lo que creía en recomponerlos. Las tres víctimas sumergidas tienen el esqueleto completo, salvo por la mano derecha. La segunda es una mujer negra de la misma franja de edad que la primera, la de la pierna rota, y es probable que también la estrangularan. Por la longitud de los fémures, medía un metro setenta como mínimo y las marcas de peso indican que debía de ser muy obesa. Hargrove calcula que la sepultaron hace medio año, más o menos, pero no puede asegurarnos nada. La tercera es una mujer blanca de estatura normal y mayor que las otras, en torno a la cincuentena. También tiene el hioides roto, pero no hay muchas otras marcas que sirvan para identificarla. Puede llevar muerta tanto tiempo como la segunda o más, es difícil de establecer. El otro bombazo es que en las listas de desaparecidos del Departamento de Policía de San Diego figura una mujer negra llamada Sheralyn Dawkins: veintinueve años, varios arrestos por consumo de drogas y prostitución callejera, la pierna rota en un accidente de coche hace cinco años y cojera perceptible.

—San Diego está a ciento noventa kilómetros de aquí —dije—. ¿No andaremos tras la pista de un nómada?

—Eso ya sería el colmo. Le he encargado a Reed que localice a su familia y vaya a notificárselo. Hay que incentivar al chico, ¿no? Me parece a mí que tiene la autoestima un poco baja...

—¿Les sacó algo a los contables?

—Ni una sílaba. En Global Investment le pasaron con el abogado de Vander, que le remitió a su secretaria, quien le pasó finalmente con una secretaria *auxiliar* que le tuvo un buen rato esperando y le prometió que se pondría en contacto con él cuando averiguara algo. Tampoco ha encontrado ningún dato sospechoso relacionado con Huck o Duboff ni nada que indique la existencia de un vínculo previo entre los dos.

—La vida de un sabueso está llena de emociones.

—Ya veremos qué noticias nos trae de la familia de Dawkins. A lo mejor se mudó a Los Ángeles y podemos relacionarla con alguien.

—Si vivió aquí, se me acaba de ocurrir que la marisma está a un paso del aeropuerto y esa zona está plagada de prostitutas callejeras.

—Hummm... Esa teoría ya me gusta más —dijo—. Bueno, te dejo con tu peli. ¿Qué estáis viendo?

—*Charada*.

—Revolcones por París y diálogos de lo más ocurrente. Ojalá el mundo del crimen fuera así de divertido.

—¿Quieres que te la preste?

—Déjalo. Ahora mismo no puedo permitirme tanta fantasía.

IX

A la mañana siguiente llegué puntual a la reunión con la madre de Selena Bass.

—Ya han comenzado —me informó el recepcionista—. Sala D, primer piso.

No habían echado el pestillo a la puerta y antes de entrar ya oí el rugido del aire acondicionado. Milo estaba sentado enfrente de Emily Green Bass. Llevaba la corbata bien anudada y la expresión facial más dulce del repertorio. He visto a Milo practicar delante del espejo antes de reunirse con los duelos de alguna víctima. Por lo general, le basta con relajar los músculos del rostro y desprenderse por un momento de la mirada de predador.

El cabello cano de Emily Green Bass había crecido y lo llevaba recogido en una trenza. Vestía un suéter negro de licra, una larga falda gris y zapatos oscuros de ante sin tacón. Tenía una joyería, pero no se había puesto ninguna alhaja. Sus rasgos parecían esculpidos en piedra, pero eran demasiado angulosos para resultar bellos. Habría sido muy guapa en sus tiempos; ahora era una estatua glacial.

A ambos lados de la mesa se sentaban dos hombres corpulentos de unos treinta y tantos. El mayor llevaba un polo amarillo, pantalones informales marrones y náuticos. Iba bien afeitado y tenía el pelo cobrizo, peinado con raya de ejecutivo, un cuello de toro y una nariz de tres martinis diarios.

El otro era algo más moreno, igual de grandote pero con la

cara más huesuda. Vestía una sudadera de un gris desvaído con el lema *David Lynch Rules*, pantalones militares arrugados y botas altas de cordones. La melena castaña ondulada le llegaba por los hombros y llevaba una mosca triangular de un rubio muy claro. Del bolsillo trasero le colgaba una cadena cromada que tintineó cuando se volvió hacia mí.

Milo hizo las presentaciones:

—La madre y los hermanos de Selena, el doctor Delaware.

Emily Green Bass me tendió una mano larga y blanquísima que parecía recién sacada del congelador. La apreté brevemente entre las mías y vi cómo se le empañaban los ojos grises.

—Chris Green —se presentó el del polo amarillo.

—Marc —murmuró el de la mosca.

—Estábamos hablando de la vida que llevaba Selena en Los Ángeles. Al parecer, tuvo contacto con Marc después de mudarse aquí.

—Vino a verme a Oakland —asintió Marc—. Me contó que las cosas le iban bien, y a mi madre le dijo lo mismo por correo electrónico.

Emily Green Bass no me quitaba los ojos de encima.

—Me alegro de que haya llamado a un psicólogo. Lo que ha pasado tiene que ser obra de un psicópata. No ha habido nada fuera de lo común en la vida de Selena, desde hace tiempo al menos.

—Nunca lo hubo —objetó Marc Green—. Aquello no fue más que una gilipollez de adolescente.

—Si tú lo dices, Marcus... —repuso su madre con una sonrisa lánguida—. A mí no me lo pareció cuando tuve que lidiar con ello.

Marc se encogió de hombros. La cadena volvió a hacer ruido y se llevó una mano al cinto para acallarlo.

—Yo hice tonterías parecidas y Chris también. La única diferencia es que nosotros sabíamos disimular.

Volvió la vista hacia su hermano en busca de ratificación.

—Es cierto —admitió Chris.

—Por desgracia para Selena —prosiguió Marc—, tenía que confesarlo todo. Era superior a ella, ¿verdad?

—Parecía un poso católico —comentó Chris, sonriendo con tristeza—. Sólo que no somos católicos.

—Primero ponía el guión a prueba con nosotros —rememoró Marc—: que si me he fumado un canuto, que si he visto una peli porno de la tele por cable, que si he mentido para que mamá no sepa dónde he estado. No nos lo cuentes, idiota, le decíamos. Y sobre todo no se lo cuentes a mamá. Luego se lo contaba todo, claro.

Emily Green Bass rompió a llorar.

—Cosas de adolescentes —terció Milo.

—Estamos perdiendo el tiempo —zanjó Marc Green.

—Selena estaba muy inmersa en su mundo musical —repuso su hermano.

—¿Y qué? —le interpeló Marc.

—Tranqui, tío. Sólo quiero que sepan la verdad...

—La verdad es que Selena llegó al lugar equivocado a la hora equivocada y se topó con la reencarnación de Ted Bundy.

Todos guardaron silencio.

—Puede que esto os parezca una primicia —prosiguió—, pero que estuviera tan metida en el rollo de la música no la convertía en un bicho raro. Selena tenía una mentalidad convencional. Cuando conoció a alguna de la gente con la que tengo que moverme fue ella quien la encontró rara.

—¿Qué gente es ésa? —preguntó Milo.

—Gente del trabajo —dijo Marc.

—¿Y dónde trabaja?

—Eso no viene al caso.

—Sólo nos quiere ayudar, Marcus —intervino su madre.

—Pues que le cunda —se volvió hacia Milo y agregó—: Trabajo donde haga falta.

—Es ingeniero de sonido —dijo Emily Green Bass.

—Me dedico a la grabación o la amplificación, sobre todo en conciertos y pelis independientes. Y ya que se ha abierto oficialmente la veda de currículos familiares, mi hermano mayor aquí presente trabaja para Starbucks, una tienducha de café desconocida que hay en Seattle.

—Marketing y distribución —concretó Chris.

—¿Cuándo fue a verte Selena, Marc? —pregunté.

—Hace un año y seis meses después, creo. La primera vez yo estaba trabajando en una peli y ella me acompañó al rodaje. Fue entonces cuando me dijo que me movía con gente muy rara. Y la verdad es que tenía razón porque aquella peli era un verdadero circo. La mitad de los diálogos eran en italiano y el resto era pantomima... tenía que ser una especie de tributo a Pasolini, pero nadie tenía pajolera idea de italiano.

—Y el Oscar es para... —bromeó su hermano.

—Bueno, no todos tenemos la suerte de trabajar en tu fabuloso imperio de cafeína.

—¿Y la segunda vez...? —inquirió Milo.

—La segunda vez la invité a casa un fin de semana para presentarle a Cleo, mi mujer, aunque por entonces era sólo un rollo. Acabamos de tener una niña y ahora mismo tendría que estar en casa, así que, por favor, abreviemos.

Milo se retrepó en su silla y cruzó las piernas.

—Si no tienes nada más que contarnos, la puerta está abierta.

Marc se rascó la perilla y se acomodó un mechón detrás de la oreja. Tenía el cuello surcado de un tatuaje azul y verde. *Cleo*, decía, entre una corona de hojas de parra. Ojalá que el matrimonio aguante, pensé.

—¡Qué coño! —exclamó al fin—. Tengo plaza en el vuelo de las nueve, ya no vale la pena cambiarlo.

—¿Conque Selena fue dos veces a verte, eh? —dijo Chris—. Pues a mí ni siquiera me devolvía las llamadas.

—Estaría muy ocupada para perder el tiempo con tu cháchara empresarial.

Chris apartó la mirada de su hermano.

—Entonces, la llamaste... —le preguntó Milo.

—Quería ver cómo le iba.

—¿Cuándo fue la última vez que hablaste con ella?

—No sé... hará dos años.

—Por si no se han dado cuenta, somos una familia muy unida —dijo Marc.

—Con el padre de Chris y Marc rompí cuando los niños tenían uno y tres años y desde entonces no he vuelto a saber de él —explicó su madre y miró a sus hijos con rencor, como si la culpa fuera suya—. Al padre de Selena lo conocí un año después. Dan siempre fue muy bueno con vosotros.

No hubo objeción.

—Dan falleció cuando Selena tenía seis años. La crié yo sola y seguro que habrá quien piense que la cagué.

—La educaste bien, mamá —dijo Chris.

—¿Podemos centrarnos en Selena? —les increpó Marc.

Los dos guardaron silencio.

—¿A qué vienen tantos rodeos? —continuó—. Selena tenía talento, pero era una chica de lo más convencional. No digo que nunca le diera una calada a un canuto, pero ni siquiera en su peor etapa hizo nada realmente digno de reproche ni se lió con algún indeseable. Todo lo contrario. Chris y yo la llamábamos «hermana C»: Ce de celibato.

—Fue ella misma quien se puso el mote —puntualizó Chris.

—¿Nunca tuvo novio? —preguntó Milo.

—No —repuso Marc.

—¿Señora Green Bass?

—No, nunca supe de ninguno.

La mujer se llevó las manos al rostro y Marc se inclinó para darle una palmada en el hombro que ella esquivó.

—¡Dios! —exclamó entre sus dedos húmedos—. Esto es una pesadilla.

A Marc le temblaban los labios.

—Lo único que digo es que Selena no pudo habérselo buscado, mamá. La vida es dura y hay que joderse, punto. Un día cruzas un paso de peatones y pasa algún gilipollas a cien por hora y te arrolla. Me sucedió hace poco. Justo después de que Cleo diera a luz a Phaedra. Salgo del hospital a por una botella de champán, loco de alegría, pongo un pie en la calzada y un puto camión del *San Francisco Examiner* aparece de la nada y por un pelo que no me atropella.

—¡Marcus, eso no me lo cuentes ni en broma! ¡Prefiero no saberlo!

—Entonces, no se le conocía ningún novio —terció Milo—. ¿Y amigos, tenía? A alguien debía de frecuentar aquí en Los Ángeles.

No hubo respuesta.

—Le gustaba el trabajo —comentó Emily Green Bass—. Al menos fue eso lo que me dijo cuando se decidió a mandarme un correo.

—Clases de piano para un niño de papá —repuso Marc—. Me dijo que era un curro fabuloso. Me llamó para contármelo porque yo también hice mis pinitos en la música: tocaba el bajo. Claro que nunca llegué al nivel de Selena. Yo era pasable, ella era brillante. Se sentaba al piano a los tres años y los dedos se le movían solos por el puto teclado. A los cinco se cascaba un Gershwin de oído. Le dabas cualquier cosa y te la tocaba. Una vez la vi coger un clarinete por primera vez en su vida y sacarle una escala del tirón. Comprendió cómo había que soplar a la primera.

—Nos la pintas como un prodigio.

—Nadie usó nunca esa palabra. Tenía unas dotes increíbles, eso es todo.

—A mí me costaba horrores mantener la familia a flote y ya me iba bien tenerla ocupada.

Marc retomó la historia:

—Un día llego a casa... Les hablo de hace años, Selena no tendría más de ocho o nueve años... En fin, llego y me la encuentro en el salón rasgueando mi guitarra. Era una guitarra nueva, un regalo de cumpleaños, y me molestó que me la hubiera cogido sin permiso, pero entonces me di cuenta de que la sabía tocar. No había recibido una sola clase en su vida y ya se había sacado de la manga unos cuantos acordes. Y los tocaba mucho más limpios que yo.

—Cuando tenía once años vi que quería seguir adelante con el piano, así que la apunté a un curso —prosiguió su madre—. Por entonces aún vivíamos en Ames, Iowa. Había una tienda de instrumentos que había puesto en marcha un programa escolar de educación musical. Selena no tardó en superar al primer profesor que le pusieron y lo mismo sucedió con los dos siguientes. Me dijeron que tenía que encontrar a alguien con formación clásica más sólida. Cuando nos mudamos a Long Island encontré a una anciana de Nueva York que había sido profesora en la Unión Soviética, la señora Nemerov, Madame Nemerov la llamaban, un vejestorio que iba siempre con vestidos de gala. Selena estudió con ella hasta que cumplió los quince. Luego lo dejó de un día para otro y me dijo que odiaba la música clásica. Yo le advertí que iba a desperdiciar el talento que Dios le había dado, que si lo dejaba no volvería a tocar, pero ella dijo que me equivocaba. Yo me puse echa una... Digamos que fue una de nuestras peores discusiones. Fue una época muy dura, Selena había aparcado sus estudios por completo y sacaba suficientes pelados o muy deficientes. Cuando yo me quejaba, me aseguraba que la vida le enseñaba más de lo que podía aprender en cualquier mierda de colegio.

—Pues nos han jodido —murmuró Marc.

—¿Dejó de tocar? —pregunté.

—No. Me equivocaba. De hecho practicaba aún más, aunque nada de clásico. Es cierto que de vez en cuando volvía a Liszt, Chopin o lo que fuera... —Esbozó una sonrisa triste—. Le encantaban los estudios de Chopin, sobre todo los menores. O eso decía, porque yo de música no tengo ni idea. Selena heredó todo el talento de su padre, que tocaba la guitarra, el banjo, cualquier cosa. Lo suyo era el *bluegrass*, porque era de Arkansas. Madame Nemerov decía que Selena era una de las mejores alumnas de lectura vista que había tenido y que tenía oído absoluto. En su opinión, podía haber sido una gran concertista de piano si hubiera querido.

—Pensaba que andar de gira por ahí tocando Beethoven para una panda de estirados le privaría de llevar una vida normal —explicó Marc.

—¿Y cuál fue la alternativa? —replicó su madre—. No hacer absolutamente nada hasta cumplir los veintiuno y luego liar los bártulos y mudarse a Los Ángeles sin decirme una palabra y sin ninguna perspectiva laboral...

—¿Se escapó de casa?

—Cuando son mayores de edad ya no se escapan: se van. Un buen día llegué a casa y se había largado, dejándome una nota para decirme que se iba a «la costa», que no tratara de impedírselo. Yo estaba desesperada. Al cabo de unos días me llamó, pero no quiso decirme dónde estaba. Al final le sonsaqué que estaba en Los Ángeles, pero se negó a darme su dirección. Me dijo que se ganaba la vida haciendo «bolos», aunque no sé muy bien que quería decir con eso.

—Actuaba en locales —aclaró Marc—, tocaba música de fondo al órgano.

Su madre le miró de hito en hito.

—Vaya, primera noticia —le recriminó.

—Pues me alegro de haber venido para ponerte al corriente.

Emily Green Bass le levantó a su hijo la mano, pero se contuvo a tiempo, temblando de rabia.

—Teniente, si Selena y yo no teníamos mucho contacto fue por decisión suya, no mía. Me dejó completamente al margen de su vida. No tengo ni idea de lo que habrá hecho durante todos estos años. Y estar en la inopia ha sido un suplicio. Si no hubiese tenido un negocio que administrar habría venido a buscarla. Llamé a la policía una vez, pero como no sabía su dirección, no supieron decirme con qué comisaría hablar. Además era mayor de edad y se había ido por su propio pie, con lo que nadie podía ayudarme. El único consejo que me dieron fue el de contratar a un detective privado, pero era muy caro y a Selena le hubiera molestado que me pusiera a fisgonear, de modo que decidí ocuparme de mis asuntos y convencerme a mí misma de que las cosas le iban bien.

—¿Cuándo dice que llamó a la policía? —preguntó Milo.

—Cuando se fue. Hará cuatro... cinco años. Siempre tuve la esperanza de que me llamaría para pedirme dinero y así podría saber qué hacía. —Se encaró con su hijo—. Y ahora resulta que tú siempre lo has sabido.

Marc Green no sabía dónde meterse.

—No me pareció que fuese tan importante —dijo.

—Para mí lo era.

—Ella no quería que supieras qué hacía. Pensaba que habrías tratado de impedírselo.

—¿Por qué iba a hacer tal cosa?

Silencio.

—No lo habría hecho nunca —dijo Emily Green Bass—. Mira, Marcus, vas a decirnos todo lo que sabes. *Todo.*

Marc se mesaba el cabello.

—¡Dínoslo!

—No es nada importante. Seguro que...

—¡Déjate de cuentos y suéltalo ya!

—Muy bien. Selena no quería que lo supieras porque se había metido en un ambiente que no era el suyo. Ella sólo tocaba el piano.

—¡¿Pero de qué estás hablando?!

—Mamá, me hizo jurar que guardaría el secreto y no tenía motivo para romper mi...

—Ahora ya lo tienes —zanjó Milo.

—Muy bien, pero de verdad que no tiene ninguna importancia. Selena tocaba en locales, como digo, y a raíz de eso empezó a tocar en fiestas. —Se volvió hacia su madre—. De algunas de esas fiestas prefería que no supieras nada porque pensaba que te habría dado algo.

—¿De qué fiestas hablas?

No hubo respuesta. Emily Green Bass cogió a su hijo por la muñeca y acercó su cara a la suya.

—¿Por quién me tomas, Marc? ¿Por un fósil? ¿Por una vieja que ha perdido el contacto con la realidad? A mí también me gusta el rock. ¡Tu hermana está *muerta* y estos señores han de conocer la verdad!

Marc se pasó la lengua por los labios.

—No hablo de música, mamá. Hablo de fiestas... especiales. De orgías, ¿vale? De un atajo de viciosos que necesitaban música de fondo.

—¡Dios mío! —exclamó su madre, soltándole la manga.

—¿No querías saberlo? Pues ahora ya lo sabes. Selena estaba sin blanca, no tenía un chavo. Buscaba cualquier cosa en anuncios clasificados de periódicos gratuitos y un día encontró una oferta para tocar el órgano en una fiesta privada. Tenía el Korg y el Pro Tools que le regalaste cuando cumplió los dieciocho y le pareció buena idea.

—Para usar esos equipos hace falta un ordenador, ¿no? —preguntó Milo.

—Y un enchufe, no te jode... ¡Pues claro que se necesita un ordenador!

—En su piso no encontramos ninguno.

—¿Y estaba todo lo demás?

—Eso parece.

—¡Qué raro!

—¿Insinúa que la mataron para robarle el Mac? —dijo Chris.

—O los datos que había dentro —apuntó su hermano.

—¿A qué datos te refieres? —inquirió Milo.

—No sé. Es sólo una idea.

—¿Una idea?

—Ya sabe, después de tocar en tantas fiestas... a lo mejor apuntó algo o tomó nota de lo que vio y a alguien le interesaba preservar su anonimato.

—Degenerados... —musitó Emily Green Bass—. ¡Dios mío!

—Háblanos de esas fiestas —dijo Milo.

—Lo único que me dijo es que eran fiestas guarras en casas particulares. No entramos en detalles. A decir verdad, prefería no saberlos.

—Queremos toda la verdad —insistió su madre.

—Ésta es toda la verdad.

—No paras de repetir lo mismo, maldita sea, y en cuanto te apretamos un poco nos cuentas otro chisme. Siempre te has hecho de rogar...

Marc apretó los dientes.

—Mirad, lo único que sé es que Selena tocaba para gente que montaba orgías en casas particulares. Yo sólo sé lo que ella me dijo, que querían música en vivo porque eran unos putos exhibicionistas y follar delante de una jodida pianista era parte del puto calentón.

—No seas ordinario... Dios mío, teniente, ¿y si alguien la obligó a hacer... algo más que tocar el piano?

—Nunca me contó nada parecido, mamá. Nunca. Ella tocaba el piano eléctrico, eso es todo. Le pagaban bien y estaba la mar de contenta.

—¿Te dijo cuánto cobraba? —preguntó Milo.

—No. Tampoco se lo pregunté. —Balanceó la cadena y jugueteó con el llavero—. En fin, ahora que hemos puesto la vida de Selena bajo el microscopio y hemos violado su intimidad, ¿por qué no salen por ahí a hacer el sabueso, que para eso les pagan?

—¡Tranqui, tío! —terció su hermano.

Marc se dejó caer en su silla.

—¿Cuándo te hablo de esas fiestas?

—La segunda vez que vino a verme.

—Hace seis meses.

—Selena sabía que de la familia yo era el único que no iba a juzgarla. En el fondo, el tema le hacía más gracia que otra cosa. Todos esos viejos follando y chupándosela y ella ahí en medio, tocando Air Supply... Luego lo dejó: encontró el trabajo de profe y vio que le gustaba más.

—¿Cómo lo encontró?

—No me lo dijo.

—A lo mejor se le cruzaron los cables a alguno de esos degenerados —apuntó su madre.

—Lo averiguaremos, puede estar segura —dijo Milo—. De su último trabajo sí le habló, ¿verdad?

—Me dijo que la habían contratado a tiempo completo para darle clases a un genio del piano. Me escribió un correo y le contesté de inmediato. Le pedí que me llamara, me llamó y charlamos un poco. Sonaba feliz. —Continuó con un hilo de voz—: Pensaba que volvería a llamar... Le dije que estaba muy orgullosa de ella y le rogué que viniera a verme, aunque fuera un par de días. Me prometió que lo pensaría, pero al final no vino.

—Guardaba una copia impresa de su mensaje —dijo Milo—. Está claro que significaba mucho para ella.

—Gracias.

Milo se dirigió a los hermanos:

—Entonces, ¿no sabéis cómo conoció a los Vander?

—En el mundo de la música casi todo funciona por el boca a oreja... Hummm, ya veo por dónde van. Se preguntan si los Vander la oyeron tocar en uno de sus maratones de folleteo y la contrataron. Pues tiene sentido.

—¿Por qué?

—Porque esos ricos de mierda hacen lo que les da la puta gana.

—¡Dios mío! —exclamó su madre.

—Sacar conclusiones precipitadas no nos va a servir de nada —intervino Milo—. Lo único que sabemos de los Vander es que contrataron a Selena para que le diera clases de piano a su hijo. Y eso es justamente lo que buscamos: cualquier vínculo con la gente que la rodeaba. Así que si alguien tiene alguna otra idea, que por favor la ponga sobre la mesa.

—A mí la teoría de los ricos cabrones me suena bien —dijo Marc—. Selena se los encuentra en uno de sus bolos para degenerados y le ofrecen un trabajo a cambio de...

—¿No has oído lo que acaba de decir? —le cortó su hermano—. Sacar conclusiones precipi...

Marc se revolvió:

—Míralo, habla quien tanto nos ha ayudado con su testimonio. ¡Que te den!

—¡Basta! —exclamó Emily Green Bass—. Esto es insoportable, es como si ya no quedara nada que no estuviera *podrido*.

X

Emily Green Bass y sus hijos se marcharon por separado en tres coches de alquiler.

—Nada como una familia unida —dijo Milo—. Me parece a mí que Selena se había distanciado de los tres.

—La gente viene a Los Ángeles para distanciarse de todo.

—¿Te refieres a mí, a ti o a todo el mundo?

—Si te sientes aludido por algo será.

De vuelta en su despacho comenté:

—Lo de las orgías privadas podría explicar que guardara todos esos juguetitos. Puede que empezara tocando el piano y acabara ofreciendo otra clase de servicio.

—La chica era guapa y ese rollo de hermanita de la castidad seguro que le pone cachondo a más de un libertino... —Sonrió—. Creo que la última vez que oí esa palabra fue en boca de Whoopie Goldberg haciendo de monjita traviesa. —Desenterró un purito de uno de los cajones de su escritorio, le quitó el envoltorio y lo hizo girar entre los dedos—. ¿Qué opinas del hermano picajoso?

—Es el único que tenía algún tipo de relación con Selena, pero la gente con tan mal genio es imprevisible...

Milo verificó si tenía antecedentes.

—Está limpio —concluyó—. Puede que al chico no le falle el instinto y los Vander apoquinaran esos cincuenta mil anuales por algo más que unas cuantas clases de piano.

—Con un hijo que es un prodigio lo normal sería que hubieran contratado a algún profesor famoso y no a una pianista muerta de hambre que había dejado colgada su carrera. Además, para Selena las clases eran la excusa perfecta.

—Primero tocaba las teclas del nene y luego las de sus papis...

—De ahí los excesos sudoríparos de Travis Huck y las evasivas de los contables de Vander cuando Reed trató de contactarles. Y no deja de ser casualidad que los Vander estuvieran de viaje cuando encontraron el cadáver de Selena.

—La riqueza y la lujuria son temibles cuando van de la mano —asintió Milo—. Marc Green será un bocazas malhumorado de la lucha de clases, pero eso no significa que esté equivocado. —Se pasó una mano por la cara—. Una casa al final de la calle, cercada y sin vecinos a la vista. El escenario ideal para cierta clase de veladas. Selena le dijo a Marc que necesitaba el dinero. Tal vez le ofrecieron un suplemento por las actuaciones extramusicales y vio algo que le hizo echarse atrás.

—O amenazó a alguien con ventilar sus pasatiempos.

—¿Chantaje?

—Los peores secretos se pagan mejor.

—La fórmula de oro.

—Aunque hay otra posibilidad, una aún más deprimente.

—A saber.

—Que le llegara la fecha de caducidad y la pusieran en la calle. Ahí podría residir el vínculo entre Selena y Sheralyn Dawkins. Y puede que con las otras víctimas, si es que también hacían la carrera.

—Alguien buscaba mujeres de usar y tirar.

—En las orgías lo importante es la variedad: no hay que dejar que decrezca el entusiasmo. A lo mejor contrataban siempre a profesionales, pero cuando apareció Selena con su apariencia inocente debió de levantarles los ánimos.

—Tal vez su castidad no fuera tan sólo aparente. Puede que a su edad no se hubiera metido en nada de eso de no toparse con la gente equivocada. ¿Tú crees que pudo pasar tantos años tocando en locales de alterne sin tomar parte?

—Todo es posible —repuse—. Es la salsa de tu trabajo y del mío.

Al llamar a la morgue nos dijeron que la autopsia de Selena Bass habría de esperar tres días más. Milo trató de engatusar al encargado para saltarse la cola, pero no consiguió más que vagas promesas. En cuanto colgó el auricular le llamó Weinberg, el subjefe de policía, para saber cuándo pensaba hacer públicos los asesinatos.

—Pronto —respondió, y durante un buen rato se quedó escuchando al auricular con expresión impasible.

—A ver si lo adivino —le dije en cuanto colgó—: Inmediatamente sería mejor.

—Los mandamases tienen el guión escrito, corregido y listo para ser recitado con acartonada gravedad. A esos malditos chupatintas les encantan las conferencias de prensa, les permiten fingir que se ganan el sueldo a pulso.

—No es por entrar en polémica, pero tenemos dos víctimas no identificadas y los medios podrían sernos útiles.

—Los medios son como las inyecciones de penicilina: son una gaita y siempre acabas con el culo dolorido, aunque a veces ayudan. Pero la prensa es un arma de doble filo, porque cuando se le da a la noticia demasiado bombo a la gente se le afloja la lengua y ve pistas por todas partes. Voy a ver si las recolectoras de huesos saben algo más.

Eleanor Hargrove se encontraba en la marisma. Ya habían hallado y etiquetado todos los huesos y los estaban preparando para transportarlos al laboratorio. La doctora no creía que cupiera esperar muchos más datos con vistas a su identificación, aunque la víctima número tres tenía «una dentadura bastante curiosa».

—¿Curiosa? —preguntó Milo.

—Conservaba aún dos colmillos de leche y nació sin muelas del juicio. Si disponéis de algún registro dental no os costará mucho identificarla.

Milo le dio las gracias, llamó a Moe Reed para confirmar que el joven agente viajaría a San Diego al día siguiente y quedó con él para un segundo almuerzo en el Café Moghul al cabo de una hora.

—¿Le gusta la comida india? —le dije.

—Eso es lo de menos.

Reed ya estaba tomando un té cuando llegamos. Llevaba la misma americana y los mismos pantalones; la camisa y la corbata eran del mismo estilo. Las horas bajo el sol lo habían dejado como una chuleta al punto y parecía exhausto.

La mujer del sari nos trajo todo lo que tenía aquel día en el menú.

Milo se lanzó sobre la comida, pero Reed no probó bocado.

—¿No te gusta la comida india?

—He desayunado tarde.

—¿Dónde?

—En un IHOP.*

—¿Tortitas a la alemana con puré de manzana?

—Unos huevos.

—Pues mejor que recargues pilas para el camino —dijo dándose una palmada en su prominente barriga—. ¿Alguna noticia?

—He hablado con Alma Reynolds, la novia de Duboff, y yo diría que está igual de chalada que él. La tía no paraba de decirme que la marisma es sagrada... y eso que ella es atea. Eso me ha traído a las mientes las manos cortadas y se me ha ocurrido que podían ser parte de algún rito religioso, pero me he informado sobre las comunidades religiosas principales y ninguna lo practica, ni siquiera los *wicca* o los vuduistas. Reynolds me ha confirmado que pasó unos días fuera de la ciudad, como dijo Duboff, y sigo sin encontrar ningún detalle escabroso en su pasado. El jefe que tuvo en la librería de izquierdas asegura que Duboff no era nada violento, que sacaba fuera del local a las arañas y los bichos que encontraba para no tener que matarlos.

* International House of Pancakes: Popular cadena de restaurantes especializados en desayunos, fundada en 1958. *(N. del t.)*

—Hitler era vegetariano —dijo Milo.

El joven agente le clavó sus ojos azules.

—¿Ah, sí?

—*Der Führer und der Tofu.*

Reed prosiguió con una media sonrisa:

—De Travis Huck tampoco he averiguado nada, pero hay algo en él que me escama, Loo. Estaba nerviosísimo y respondió con evasivas.

—Puede que quiera proteger a los Vander.

Milo le resumió lo que nos había contado el hermano de Selena.

—Conque fiestas guarras... Tendríamos que indagar un poco más.

La puerta se abrió al estruendo del tráfico. Un hombre negro y bien parecido acababa de entrar en el restaurante.

Rondaría los treinta años y medía un metro noventa, llevaba el pelo muy corto y vestía un traje gris marengo escogido con esmero para lucir su atlética figura y una camisa de seda azul eléctrico que relucía como sus zapatos negros de cocodrilo.

La mujer del sari se acercó para atenderle y el tipo no precisó más que unos segundos para arrancarle una sonrisa. Luego se dirigió hacia nuestra mesa. Más que caminar, parecía deslizarse.

—¡Un fantasma del pasado! —exclamó Milo.

Moe Reed bullía intranquilo en su silla. Le había cambiado la cara y tenía los labios prietos y los ojos tan entornados que apenas se distinguían sus iris pálidos bajo los párpados. Su mano apresó con fuerza la taza de té.

El hombre llegó a la mesa precedido por una vaharada de colonia ligera y afrutada. Tenía las facciones limpias y la piel inmaculada de un joven Belafonte. Le tendió la mano a Milo con una sonrisa.

—Enhorabuena por el ascenso, teniente Sturgis.

En el pecho de la camisa lucía un pin con el monograma de la ADF. El traje estaba hecho a mano, con las solapas en punta y ojales en las mangas, y los zapatos de cocodrilo parecían recién estrenados.

—¡Ex agente Fox! ¡Cuánto tiempo! Te presento a nuestro asesor psicológico, Alex Delaware, y a...

—Ya nos conocemos —dijo Moe Reed, mirando hacia otra parte.

El hombre escrutó a Reed un momento, apretó la mandíbula y me obsequió con una sonrisa.

—Aaron Fox —se presentó—. El mundo anda muy necesitado de psicólogos.

Le estreché la mano, cálida y áspera.

Fox cogió una silla de una mesa vecina, la puso del revés y se sentó a horcajadas. Se sirvió una taza de té y dio un sorbo.

—¡Qué bueno! Y refrescante. Yo diría que lleva algo de té blanco y puede que un toque de jazmín.

Reed desvió la mirada hacia la ventana. Tenía las manos apretadas en dos puños bien prietos.

—Así que no hace falta que os presente —dijo Milo.

Aaron Fox se echó a reír.

—No, a no ser que alguno de los dos tenga Alzheimer —dijo, posando la mano sobre el hombro macizo de Reed—. ¿Aún te funciona el cerebro, Moses? El mío sigue en activo, que yo sepa.

Reed no despegaba los labios.

—Con un cerebro como el tuyo, Moses, no creo que tengas que preocuparte por el momento.

Reed le miró sin verle.

—Siempre ha sido muy modesto —prosiguió Fox—. Cuando éramos críos, yo me arrogaba injustamente todos los méritos de cualquier logro, por trivial y nimio que fuera. El marketing y la propaganda lo es todo, ¿no es cierto? No basta con tener el producto: hay que venderlo. Pero mi hermanito no comulga con ese credo. Es más listo que yo, pero nunca ha sido de los que se dan pisto...

Reed apartó la mano de Fox y la posó en la mesa con sumo cuidado.

—¡Ya estamos! Nunca voy a dejar de avergonzarle. Supongo que son las prerrogativas del hermano mayor...

—¿Sois hermanos? —dijo Milo, sorprendido.

—¿No lo sabías? Pues sí, dos productos del mismo depósito genético. Pero sólo compartimos el cromosoma X: dos padres y una madre. Siempre he sospechado que ella prefiere a Moses, pero supongo que él os diría lo contrario. ¿Me equivoco, Moses?

Reed se levantó y se fue al lavabo.

—No sabía que mi presencia aún le afectara tanto —comentó Fox y dio un sorbo a su taza de té.

—¿Te gusta la cocina india? —le ofreció Milo, pasando una manos sobre los platos.

—No me disgusta, pero prefiero la fusión: *chinois*, medicaliforniana, *sushi* del suroeste. No hay mejor caldo de cultivo para la creatividad que la mezcla artística de culturas. ¿Has estado en el nuevo restaurante de Montana? Sirven una ternera *wagyu* del Japón que está de muerte. Parece que le dan un masaje a la pobre bestia antes de rebanarle el pescuezo. ¿No te recuerda un poco al departamento?

Milo esbozó una sonrisa.

—¿Cuánto hace que lo dejaste, Aaron?

—Siglos —dijo Fox—. Este septiembre hará tres años, para ser exactos. Debería dar una fiesta para celebrarlo.

—La empresa privada te trata bien, ya lo veo.

—Yo la trato bien, no veo por qué ella habría de tratarme mal. —Se acarició la seda de la manga—. La verdad es que esto es la panacea, Milo. Se premia la iniciativa y el buen rendimiento, tienes toda la libertad del mundo y los únicos jefes son quienes firman los cheques, lo que por otro lado les da todo el derecho a exigir resultados.

—Suena bien —repuso Milo—. Siempre que uno rinda.

—De momento no me puedo quejar.

Moe Reed volvió del lavabo, apartó su silla de la de Fox y se sentó.

—Algo me dice que no pasabas casualmente por aquí, Aaron —dijo Milo—. Y tampoco has venido por la comida...

—Por la comida no, eso seguro —repuso Fox—. He desayunado muy tarde en el Hotel Bel-Air, con un futuro cliente.

—¿Crepes de albaricoque con esa salsa que les ponen?

—Las crepes están buenas, pero son muy grasientas para la primera cita. He pedido unos huevos... Al plato, con cebolleta.

—Es capaz de darnos la receta —gruñó Reed.

—Tienes razón, ya basta de cháchara —dijo su hermano—. No he venido para hablar de comida sino de Selena Bass.

—¿Qué pasa con ella? —dijo Milo.

—Puedo daros el nombre de un sospechoso. Y sin pediros nada a cambio.

Reed soltó un bufido.

—¿Un sospechoso? —preguntó Milo.

—Un tal Travis Huck.

—Ya hemos revisado sus antecedentes —dijo Reed—. Está limpio.

Fox sonrió con malicia.

—Estará limpio con ese nombre.

—¿Tiene un alias? —dijo Milo.

—¡Travis Huck es el alias! Su verdadero nombre es Edward Travis Huckstadter —dijo Fox, tomándose su tiempo para deletrearlo—. ¿Nadie va a apuntarlo?

—¿Y de qué está huyendo?

—¿De qué va a ser? De su pasado.

XI

Aaron Fox dejó su taza de té, se llevó la mano a un bolsillo interior de la chaqueta y plantó ante Milo un montón de recortes de periódico. El excelente corte del traje había disimulado el bulto.

—¿Por qué no les haces un resumen a estos pobres funcionarios del Estado? —dijo Milo.

—Será un placer. Edward Travis Huckstadter se crió en Ferris Ravine, uno de esos pueblos granjeros del interior perdidos en el monte, a la altura de San Diego. El padre, desconocido; la madre, una borracha chiflada. Cuando Eddie tenía catorce años se lió a trompazos con un compañero de clase y lo mató. Fue condenado por asesinato, pasó algún tiempo en un centro penitenciario de menores y luego circuló por un sinfín de hogares de acogida. No sé qué pensará el doctor, pero a mí me parece un cuadro psicológico de cuidado.

—¿A los catorce? —dijo Moe Reed—. Pues ahora tiene treinta y siete. Son veintitrés años sin una sola mancha en su historial...

—Que no haya sido arrestado no significa que se haya portado bien, Moses. Lo que cuenta es que ya mató a alguien y tenía relación con vuestra víctima. Para colmo, desde que cumplió los dieciocho su paradero es una incógnita. No se inscribió en la Seguridad Social ni hizo ninguna declaración de la renta hasta hace tres años, cuando comenzó a trabajar con su nuevo nombre para un millonario llamado Simon Vander. Está claro que mintió para conseguir el puesto, porque no me imagino a ningún ricachón contratando a un colgado con un homicidio en su haber. Vamos, chicos, ya le habéis visto. No me digáis que el tipo no os ha dado mala espina...

—¿Cómo sabes que le hemos visto? —preguntó Milo.

—Lo he oído por ahí.

—¿Tú le conoces?

—Aún no he tenido el placer, pero llevo veinticuatro horas siguiéndole de cerca.

—¿Por qué?

—En cuanto aireasteis el caso me contrataron para que le vigilara.

—En las noticias no mencionaron a Selena.

—En la tele no y en el *Times* tampoco, pero el *Evening Outlook* le dedicó un párrafo entero. ¿Queréis que os pase una copia?

—No, gracias. ¿Has averiguado algo?

—Hasta ahora lo único que ha hecho es ir de compras al supermercado, pero tiene la sonrisa torcida y cuando camina parece que esté pasando la fregona.

—Vamos, que no te gusta la pinta que tiene —dijo Reed—. Supongo que para ti eso es medio veredicto...

Reed sospechaba de Huck como el que más, pero el comentario no parecía guardar mucha relación con el caso.

Fox puso la mano sobre los recortes de periódico.

—¡Pero si mató a alguien cuando era un crío!

—Hace veintitrés años.

—¿Tenéis algún candidato mejor?

Reed no respondió.

—Lo suponía —dijo Fox—. Mirad, yo sólo os doy una pista digna de tener en cuenta. Lo que hagáis con ella es asunto vuestro.

—Los historiales delictivos juveniles son confidenciales —dijo Milo—. ¿Cómo has dado con el de Huck?

Fox sonrió.

—¡Qué servicial! —exclamó Reed.

Los ojos de avellana de Fox centellearon. Estiró la muñeca y consultó la hora en su Patek Philippe de esfera azulada.

—Te veo muy interesado en trincar a Huck —coincidió Milo.

Aaron Fox tardó una fracción de segundo en decidir cómo encajar el comentario. Finalmente optó por la serenidad:

—Interesado no. Sólo me atengo a los hechos.

—¿Quién te ha contratado?

—Ojalá os lo pudiera decir.

—O sea —dijo Reed—, que hemos de expedir una orden de arresto por un accidente que ocurrió hace veintitrés años y que ha averiguado por medios ilícitos un informante demasiado cagón para dar la cara, ¿es eso?

Los cuerpos de los hermanos se tensaron como lanzas, retrotraídos por un instante a sus viejas riñas infantiles. Fox fue el primero en desviar la mirada, sonriendo y encogiéndose de hombros.

—Escucha, Moses, lo que el agente Sturgis quiera hacer de la información con la que os he obsequiado no es de mi incumbencia. —Se levantó de su silla—. Yo ya he cumplido con mi deber cívico. Qué pasen un buen día, caballeros.

—Si es verdad eso de que tu cerebro sigue en activo —repuso Reed—, recordarás la ley de obstrucción a la justicia.

Fox se pasó una mano por el cuello de su camisa de seda.

—Cuando te pones así se te ve el plumero, hermanito. Tienes más cuento que los vendedores de esas carracas que te empeñas en conducir. —Se volvió hacia Milo y agregó—: Se rumorea que hay más víctimas en la marisma y la rueda de prensa está al caer. Si yo tuviera que subir al estrado, preferiría tener algo de carnaza que darles a esos periodistas cuando comiencen a acribillaros a preguntas.

—No te preocupes —le dijo Milo, pasando el pulgar regordete por los recortes de periódico—, estudiaremos todo esto con calma. Y si nos dices quién te ha contratado para que sigas a Huck y por qué, puede que hasta le demos algún crédito.

—La información es buena —replicó Fox—. Si no os lo parece, allá vosotros.

Sacó un billete de veinte de su cartera de cocodrilo y lo dejó caer sobre la mesa.

—No te molestes —dijo Milo.

—No es molestia. Siempre pago a mi manera.

Inclinó levemente la cabeza a modo de despedida y se marchó.

Moe Reed seguía inclinado hacia adelante, dispuesto a embestir.

—Conque tu hermano, ¿eh? —dijo Milo.

Reed asintió.

—La brigada antivicio no tenía fichada a Sheralyn Dawkins, pero será mejor que me dé una vuelta por el aeropuerto, a ver si averiguo algo antes de tirar hacia San Diego.

Antes de que Milo pudiera responder se puso en pie y salió en estampida.

—¡Ah, los placeres de la vida familiar! —exclamó Milo.

—Así que Huck también es de San Diego... —comenté.

—Sí, qué curioso... Pero ¿por qué habríamos de darle el gusto a Fox?

Revisamos los recortes de prensa en el despacho de Milo. Tres artículos de *The Ferris Ravine Clarion* aparecidos a intervalos de un mes y firmados por Cora A. Brown, la dueña y jefa de redacción del periódico. El primero era una crónica de la tragedia. Los dos restantes no añadían mucha información.

Los hechos se correspondían con los que Aaron Fox nos había resumido: En una cálida tarde de mayo el alumno de octavo Eddie Huckstadter, un chico tímido y solitario según sus profesores, respondió finalmente a un mes de provocaciones por parte de otro alumno de un curso superior, un grandullón llamado Jeffrey Chenure. En el transcurso de la pelea, Eddie, cuya talla era muy inferior, golpeó a su forzudo oponente en el pecho. Jeff Chenure dio un traspié, perdió el equilibrio y se abalanzó hacia Eddie sin dejar de agitar los puños. Antes de que pudiera tocarlo dio un grito y cayó de espaldas fulminado.

—Parece un accidente o, en el peor de los casos, un homicidio en defensa propia —dijo Milo—. Me sorprende que lo mandaran al correccional.

Arrugué los recortes y dije:

—Esto es lo que Fox quería que leyeras, pero puede que haya más.

En Internet no encontramos ninguna referencia a Eddie Huckstadter y su nombre tampoco aparecía en ninguna base de datos de delincuentes fichados.

—No me extraña. Si Fox hubiera encontrado más trapos sucios, me los hubiera ofrecido *desinteresadamente*. —Milo se puso en pie—. Me he pasado con el té, me tendrás que disculpar un momento.

En su ausencia llamé por teléfono a la redacción de *The Ferris Ravine Clarion*, sin muchas esperanzas de que aún existiera.

—*Clarion* —respondió una voz de mujer.

Me presenté por encima y pregunté con quién hablaba.

—Con Cora Brown. Dueña del periódico, redactora, columnista de opinión y encargada de los anuncios clasificados. También saco la basura a la calle. ¿La policía de Los Ángeles, dice? ¿Y qué desea?

—Quería preguntarle por un artículo aparecido hace muchos años sobre un chico del pueblo, Eddie Huckstadt...

—¿Eddie? ¿Qué ha hecho ahora ese pobre crío...? Bueno, supongo que ya será un hombre. ¿Se ha metido en algún lío?

—Está entre los testigos de un caso que investigamos. Al informarnos un poco fuimos a dar con sus artículos.

—¿Un caso de qué?

—De asesinato.

—¿Asesinato? No querrá decir que...

—Ya le digo que es sólo un testigo.

—Ah, bueno... ¿No se habrá convertido en un delincuente, verdad? Eso sí que sería una tragedia.

—¿Por qué lo dice?

—Por los malos tratos que sufrió. Esas cosas dejan huella.

—¿Se refiere al correccional y los hogares de acogida?

—Y a todo lo demás —repuso Cora Brown—. A su madre, sin ir más lejos. La vida es una lotería y ese pobre crío nunca tuvo mucha suerte. Si le interesa mi opinión, yo creo que lo condenaron injustamente. El chico con quien forcejeó era el hijo de un granjero adinerado de la región. Era una familia de matones acostumbrados a hacer las cosas a su manera y sin mediar preguntas. Con los inmigrantes eran durísimos, los trataban como a esclavos. Criando a un niño en ese entorno, ¿qué se puede esperar?

—¿Los Chenure aún siguen por ahí?

—La última vez que oí hablar de ellos se acababan de mudar a Oklahoma. Vendieron la granja a un gran industrial agropecuario y se fueron a criar ganado.

—¿Cuánto hace de eso?

—Mucho. Se fueron justo después de lo que le pasó a Jeff. Su madre no volvió a ser la misma.

—Dice que era una familia adinerada. Eddie, en cambio,...

—Eddie vivía en un tráiler con una borrachina lunática por madre. En realidad, esta clase de cosas pasan en las escuelas todos los días. —Hizo una pausa—. Tampoco digo que mueran niños todos los días, en ese sentido fue una tragedia... Jeff era un demonio de crío, pero no era más que un niño. Debía de tener algún problema de corazón para caer fulminado de esa manera.

—Eddie no le pegó tan fuerte.

—¡Qué va! Pero eso no impidió que Eddie acabara en un centro de menores. Y ahí se quedó, olvidado por todos, hasta que lo sacaron.

—¿Quién lo sacó?

—¿No ha leído los artículos? Pensaba que los había leído todos.

Le detallé las fechas de los tres que tenía.

—La historia no acabó ahí —repuso—. Al cabo de un año publiqué otro artículo.

—¿Sobre qué?

—Sobre su liberación. Se interesó en el caso una abogada de oficio de Los Ángeles, ¿cómo se llamaba...? Deborah no sé cuántos. Espere, deje que lo consulte en el ordenador. Mi nieto es uno de esos genios de la informática y para la asignatura de ciencias escaneó y catalogó cincuenta años de ediciones para introducirlas en una base de datos *on line*. Llega hasta los tiempos de mi padre... En fin, aquí lo tengo. Debora sin hache Wallenburg. —Me deletreó el apellido—. Si me da su correo electrónico, le envío el artículo.

—Muchas gracias.

—No hay de qué. Sólo espero que Eddie no haya escogido la mala senda.

Cuando Milo volvió, blandí en el aire el archivo adjunto que acababa de imprimir.

—La parte de la historia que Fox se calló —anuncié—. Una abogada de oficio que llevaba la apelación de otro chico del correccional se enteró a través de un funcionario del centro de que un recluso recibía maltratos constantes y había pasado por la enfermería con fuertes contusiones en la cabeza.

—Ahí tienes tu lesión nerviosa.

—Probablemente. El funcionario le explicó que Eddie ni siquiera tenía que haber pisado el centro y la abogada, una tal Debora Wallenburg, revisó la condena, coincidió en que era abusiva y expidió un mandato judicial de emergencia. Al cabo de un mes Eddie fue puesto en libertad y absuelto de todos los cargos. Como su madre era incapaz de mantenerlo, le mandaron a un hogar de acogida. He buscado a Wallenburg en la web del colegio de abogados y resulta que ahora se dedica al derecho mercantil en un bufete de Santa Mónica.

—¡Mira por dónde! Una abogada altruista que no lo es sólo de boquilla...

—Puede que Fox no encontrara el último artículo. O que lo encontrara y decidiera ocultárnoslo. ¿Qué clase de tipo es?

—No le conozco lo bastante. Trabajó en la división de Wilshire durante un tiempo y se labró una reputación de poli estrella, listo y ambicioso. Luego le trasladaron al distrito Oeste, pero al poco tiempo lo dejó. De eso hará unos cuatro años.

—¿Lo dejó o le despidieron?

—Por lo que he oído, lo dejó.

—Pues no se parece mucho a su hermano que digamos —observé—. Y no hablo sólo del color de piel.

—La tortuga y la liebre, sí. Nada como un par de hermanos bien avenidos. Ya has visto cómo le gusta a Fox aguijonear a su hermano. Y lo mal que el chico responde.

—Ponerle en evidencia debía de ser un plus para Fox. Ahora ya puede volver con su cliente y pasarle la factura.

—Alguien está pagando para que trinquemos a Huck.

—Y no paga mal —asentí—. Fox lleva trajes hechos a medida y pasea un reloj de diez mil dólares.

—Puede que en casa de los Vander alguien se haya enterado de que hemos ido a husmear por su mansión y quiera encauzar nuestras pesquisas.

—Huck es un bicho raro, el candidato ideal... No sé, es posible que sea nuestro hombre. Lo primero que Cora Brown me preguntó fue si el pobrecito Eddie se había convertido en un delincuente. Por todo lo que había tenido que soportar.

Milo se apartó un mechón de pelo negro de la ceja y comenzó a leer el artículo.

—Fue condenado injustamente y absuelto, pero tuvo que compartir techo con auténticos delincuentes. Debió de salir de ahí con los sesos del revés.

—Si a eso le sumas un hogar roto y el peregrinaje posterior por las casas de acogida, el resultado podría ser cualquier cosa.

—Y el tío desapareció del mapa hasta hace tres años... En suma, lo que vosotros llamaríais un caso de conducta desviada de alto riesgo.

—¿Y tú cómo lo llamas?

—Una pista.

XII

La rueda de prensa se retransmitió en el telediario de las once.

Milo se quedó a un lado, observando impasible cómo el subjefe de policía Weinberg seducía a las cámaras mientras solicitaba con su mirada de acero la participación ciudadana.

Se divulgó una mínima fracción de los hechos: «Hallado en la marisma el cuerpo de Selena Bass y otras tres víctimas no identificadas». De las manos amputadas no dijeron una palabra. Los cuatro canales asociados a la cadena terminaron la noticia con un bálsamo de quince segundos dedicado a un refrito de transmisiones antiguas acerca del grupo de multimillonarios que querían comprar el terreno, rematados con unas secuencias precocinadas de patos, garcetas y garzas reales.

Milo sabía lo que le esperaba y tuvo que posponer el viaje de Moe Reed a San Diego para que le ayudara contestando al teléfono. A la una de la madrugada ya habían llamado sesenta y tres personas con información sobre el caso. La siguiente media hora les granjeó cinco pistas más. Hacia las tres todas las pistas, salvo una que identificaba al «hombre de confianza» de Sheralyn Dawkins, habían sido catalogadas de irrelevantes.

Reed había pedido que mandaran una patrulla a vigilar la casa de Travis Huck, pero por el momento no había noticias.

—Supongo que habría que empezar por el señor Duchesne.

—Interrogatorio matinal con macarrilla de medio pelo —dijo Milo—. ¿Hay mejor forma de empezar el día?

Joe Otto Duchesne se negó a describirnos su «ocupación».

—Considérenme un director de relaciones públicas —dijo.

Según su partida de nacimiento había cumplido cuarenta y tres años en marzo, pero con aquel cuerpo escuálido, la tez cenizosa, el pelo cano y la boca desdentada parecía lo bastante viejo para ser su propio padre. Según la brigada antivicio tenía bajo su protección a cuatro o cinco prostitutas del aeropuerto que le reportaban pingües beneficios.

Duchesne estaba cómodamente arrellanado en la silla de la sala de interrogatorios y se expresaba con una fluidez tan sorprendente como sus ropas raídas. Sus antecedentes eran un tributo de veintitrés años a la drogadicción, aunque, dijo, que llevaba «siete meses de abstinencia absoluta». A pesar del calor llevaba los puños bien abotonados a la muñeca.

Había acudido voluntariamente, y Milo desplazó la mesa hasta un rincón para dejarle espacio y mantener relajado el ambiente. Moe Reed y yo observamos la entrevista por un monitor desde la sala contigua. El joven agente no perdía ripio, como un alumno de pago en un seminario para hacerse rico.

A fin de cuentas, era él quien había encontrado a Duchesne tras seis horas de dura pesquisa, preguntando a las patrullas locales, a las fulanas que trabajaban en las inmediaciones del aeropuerto y a otros macarras de medio pelo que holgazaneaban junto a los *meublés* de la zona.

Fue una de las prostitutas quien se acordó de Sheralyn Dawkins y le confirmó que la mujer desaparecida había trabajado para «ese blanquito esmirriao».

—Joe Otto —le dijo—, lo encontrarás en el Centinela.

Reed le mostró una foto de Dawkins del archivo policial de San Diego.

—Es Sheri, sí. La coja. Puta madre pal negocio.

—¿La cojera?

—Hay tíos que flipan con eso —dijo la fulana—. Ya me gustaría a mí tené una deformidá de ésas.

* * *

Duchesne nos expuso abiertamente su «nuevo plan de empresa»:

—Últimamente apalabro las citas en la web de clasificados de Craiglist.

—¡Qué eficiente! —exclamó Milo—. Y seguro que guardas todas las direcciones de correo electrónico y los teléfonos de tus clientes.

Duchesne sonrió, mostrándole un par de colmillos solitarios.

—Últimamente, ya le digo. No hará ni un par de semanas que lo uso.

—¿Y cómo cubres las vacantes?

Vaciló antes de responder:

—A la vieja usanza.

—Colgando anuncios por la calle, vamos...

Duchesne se hurgó en la cavidad de una encía.

—Prefiero llamarlo marketing urbano.

Además de los arrestos por consumo de drogas le habían puesto entre rejas cinco veces por lenocinio, pero calificaba las estancias en prisión y el pago de las fianzas como «gastos estructurales corporativos».

—Gajes del oficio empresarial —dijo Milo.

—Pues tengo un título en administración de empresas. Me licencié en la Universidad de Utah hace veintiún años y llegué a trabajar para IBM. Es la pura verdad. Puede llamarles para verificarlo.

—Te creo, tío, te creo. Háblame un poco de Sheralyn.

—¿Están seguros de que es ella?

—No, pero su descripción se ajusta al cuerpo que encontramos.

—Ya, la pierna —asintió Duchesne—. La conocí el invierno pasado... en febrero, creo. O puede que en enero... No, en febrero. Acababa de llegar y vagaba por las calles, sola y muerta de frío. La recluté yo porque nadie más la quería.

—¿Y eso?

—Por la cojera. A la pobre le costaba mantenerse en pie mucho rato y eso mengua la productividad. Le compré toda clase de zapatos, le puse plantillas, rellenos, apósitos de gel, lo habido y por haber. Ninguno de esos chismes ayudó mucho, pero Sheralyn no tiraba la toalla. Era buena chica y trabajaba duro.

—Te caía bien.

—Era buena chica —repitió—. No era la cimitarra más afilada de la armería, pero tenía algo... una calidez especial. Yo la recluté por pura caridad, pero al final lo de la pierna funcionó de maravilla.

—¿Y eso?

—Cierto sector de los consumidores se sentía atraído por ella.

—Los hay que las prefieren cojas —tradujo Milo.

—Vulnerables, más bien.

—¿Algún cliente se aprovechó de su vulnerabilidad?

—No, señor. Para eso estoy aquí —replicó Duchesne, hinchando su pecho esquelético y agitando un puño descarnado. La viva estampa de la pedantería.

Moe Reed sacudió la cabeza al contemplar la escena en el monitor.

—¿Nadie se puso violento con ella?

—Jamás.

—¿Estás seguro?

—Teniente, Sheralyn no trabajó para mí más que un mes y todo fue como la seda.

—¿Qué te contó de su vida?

—Sólo me habló de Oceanside, de la base militar y sus «maniobras», je, je. Al final la policía militar decidió tomar medidas contra la saludable diversión de los reclutas y la situación se puso fea. Qué injusticia, ¿no le parece? Enviamos a esos muchachos a luchar por nuestras libertades y ni siquiera les dejamos gozar de sus días de asueto.

—Así que vino a Los Ángeles.

—Donde los pastos son más verdes.

—¿Te habló de la vida que llevaba en Oceanside?

—Me dijo que tenía una criatura y que la cuidaba su madre.

—¿En Oceanside?

—No me dijo dónde. Tampoco me dijo si era un niño o una niña y yo no husmeé. —Entornó los ojos llorosos—. El negocio es el negocio.

Milo asintió.

—Dame algo a lo que hincarle el diente, Joe.

—Eso es todo... Ah, sí, también me dijo que estuvo casada con un soldado de la marina que al poco tiempo la abandonó. No puedo asegurárselo, pero no veo por qué habría tenido que mentirme sobre algo así. —Duchesne se meneó un colmillo suelto—. Teniente, si el cuerpo que encontraron era el suyo me voy a poner nostálgico. ¡Y yo que pensaba que me había dejado tirado! No tendría que haber dudado de ella...

—¿Se fue así, de improviso?

—De la noche a la mañana —repuso Duchesne—. La última vez que la vi estaba contentísima. Al día siguiente volví y ya no estaba. Y sus cosas tampoco. No me había dejado ni una nota, ni una dirección donde encontrarla. —Frunció el ceño—. No me lo explicaba, la verdad.

—¿Por qué no iba a dejarte tirado, a ver?

—Porque la traté mejor que nadie en su vida. Claro que...

—¿Claro que qué?

—Con las mujeres nunca se sabe. ¿No me invitaría a una Coca-Cola?

—Claro.

Moe Reed se puso en pie. Al cabo de un momento ya había vuelto al cuarto de atrás y en el monitor Duchesne sorbía con fruición de su refresco.

—Dime una cosa, ¿cuál crees que pudo ser la razón por la que se fue?

—Eso es lo que yo llevo preguntándome desde aquel día. Supuse que sería cosa de su hijo o de su madre, pero no tenía ningún número donde localizarla.

—Puede que encontrara un curro mejor.

Duchesne frunció los labios.

—¿No podría ser?

—¿Mejor, en qué sentido?

—Dímelo tú.

—Soy un empresario honrado, conmigo siempre estuvo a gusto. —Terminó su refresco, dejó la lata sobre la mesa y eructó—. Yo la acogí cuando nadie quería saber nada de ella.

—¿Se te ocurre quién podía querer hacerle daño?

—Tal como está el mundo, seguro que había un montón de gente que quería hacerle daño. ¿Que si sé de alguien en concreto? Lo siento, pero no. Mientras trabajó para mí no hubo ningún problema.

—¿Tenía algún cliente habitual?

Duchesne sacudió lentamente la cabeza.

—La fidelización lleva su tiempo. A decir verdad, no trabajó para mí más de... veinte noches.

—¿Y dónde vivió durante ese tiempo?

—Conmigo.

—A saber.

—Aquí y allá —repuso Duchesne—. No soy de echar raíces.

—En moteles.

—Entre otros sitios.

Milo insistió en que le diera nombres. Duchesne vaciló un momento, le dio unos cuantos y pidió otra Coca-Cola. Cuando la hubo vaciado Milo deslizó por encima de la mesa una hoja con seis fotos impresas: media docena de hombres blancos rapados en dos filas de a tres. Travis Huck era el de la esquina inferior derecha.

—¿Fue uno de estos tíos? —preguntó Duchesne.

—¿Reconoces a alguno?

Duchesne estudió las fotos una a una, dedicando a todas ellas diez segundos de la misma mirada vidriosa. Al final sacudió la cabeza.

—No.

—¿Había algún otro calvorotas entre sus clientes?

—Calvorotas —parecía que la expresión le hacía gracia—. Pues no, lo siento.

—Escucha, Joe: a ti la chica te caía bien, fuiste el único que cuidó de ella y ahora alguien va y se la carga.

—Ya lo sé, ya... Lo que pasa es que mis empleadas comienzan a trabajar al anochecer y ella no era la única.

—Vamos, que no viste a ninguno de sus clientes.

—No siempre los veo. Si hay algún problema me llaman al buscapersonas y llego volando. —Se dio otro golpe en el tórax—. Pero Sheralyn no tuvo que llamarme.

Duchesne comenzó a agitar la pierna izquierda y paró al momento.

—¿Tienes algo que contarme, Joe? —dijo Milo—. ¿Algo que guarde relación con un calvo, quizá?

A Duchesne le brillaron los ojos de alarma.

—¿Eres adivino, colega?

—Puedo reconocer a un hombre angustiado cuando lo veo.

—¿Y por qué habría de estarlo?

—Porque le tenías cariño a Sheralyn y sabes muy bien que no te habría dejado tirado, lo que significa que alguien la raptó, puede que la misma persona que luego la dejó tirada en la marisma como un montón de basura.

Duchesne apretó la lata entre sus dedos de araña y trató de estrujarla, pero no logró sino abollarla un poco. La apartó a un lado y volvió a hurgarse la encía despoblada.

—¿Joe?

—Una vez la tuve con un calvo, pero el tío no estaba con Sheralyn. Fue antes de que llegara.

—Estuvo con otra chica.

Duchesne asintió.

—Me llamó porque el tipo había empezado a hacer cosas raras. Era un calvorotas, como usted dice. La chica jadeaba de lo nerviosa que estaba y me dijo que buscara a un cabeza rapada. Cuando llegué a su habitación, ya se había ido.

—¿Le hizo algo a la chica?

—Un moradito de nada. Era un pedazo de mujer y sabía cuidar de sí misma.

—¿A qué clase de cosas raras se refería?

—Quería atarla. Se lo piden a todas horas, pero de eso ni hablar. Cuando se negó el tipo sacó una navaja. Y no era una navaja normal sino un chisme de médico. Eso es lo que me dijo.

—Un bisturí.

—Para acojonarla cortó una hoja de papel en sus narices.

Duchesne simuló la estocada ascendente.

—¿Y sólo le hizo un morado?

—¡Gracias a Dios! A la chica le entró el yuyu y se fue de ahí pitando. El hombre la persiguió, la agarró y alcanzó a encajarle un puñetazo... Por suerte no fue un navajazo. —Se frotó la sien—. Le hincó bien los nudillos, al día siguiente se le veía la marca y lo tenía todo hinchado. Un moratón enorme y negro como la pez. Con la piel que tenía y aun así se le notaba.

—Era oscura de piel —dijo Milo.

—Una negra preciosa.

—¿Y se llamaba?

—Laura la Grande. Así la llamábamos.

—¿Y en el registro civil cómo la llaman?

—Ni idea —repuso Duchesne—. A nosotros Laura la Grande ya nos iba bien.

—Era muy alta.

—Y grande. Dos toneladas de puro cachondeo.

—¿Dónde la puedo encontrar?

Se tomó su tiempo para contestar:

—No lo sé, teniente.

—No me digas que también cogió el portante.

Duchesne juntó las palmas en actitud piadosa.

—Esa gente tiene una vida muy inestable, ¿sabe?

El resto del interrogatorio duró lo que Duchesne tardó en engullir dos chocolatinas regadas con una tercera lata de Coca-Cola. Milo le preguntó si conocía a alguna prostituta más madura.

—Yo en plantilla no tengo a ninguna abuela, si a eso se refiere —dijo Duchesne—. Yo vendo buen rollito. ¿Puedo marcharme ya?

—Claro, Joe. Gracias. Y llámanos si te enteras de algo más.

—Créame, teniente, estas cosas no son nada buenas para el negocio.

Moe Reed y yo entramos en la sala de interrogatorios recién desocupada.

—Una chica grande llamada Laura —dijo Milo.

—Podría ser perfectamente la víctima número dos. ¿No os parece curioso que dos de ellas tuvieran al mismo macarra?

—¿Duchesne te ha dado mala espina?

Reed caviló un momento.

—Si está implicado, no lo acabo de entender. Nadie le ha

obligado a venir y mucho menos a contarnos nada. A no ser que sea lo bastante ladino para jugárnosla en la cara.

—A lo mejor alguien se enteró de que Duchesne era un macarra inofensivo y decidió aprovecharse de sus protegidas —dije.

—Un macarra beta en toda regla, es cierto —coincidió Milo—. Tiene su lógica. Yo diría que Duchesne nos ha dicho todo lo que sabe. Buen trabajo, Moses. Hora de volver a la carretera del aeropuerto a seguir buscando; yo me encargo de encontrar a los familiares de Sheralyn. Con mucha suerte alguno de los dos averiguará algo que nos permita identificarla. En el peor de los casos, podemos sacarle una muestra de ADN a su madre o su hija y ver si coincide con el de los huesos. Aunque, la verdad, me extrañaría mucho que la víctima número uno no fuera ella.

—¿Y qué pasa con Laura la Grande?

—Ya veremos qué sacamos de ese apodo. En cuanto a la víctima número tres, debe de ser la que lleva más tiempo criando malvas y las calles tienen muy mala memoria. Aunque es posible que alguien recuerde a una fulana blanca y entrada en años.

—Si es de por aquí, tal vez el asesino actuó en esa zona hasta que se cansó, decidió buscar otra clase de emociones y encontró a Selena —conjeturó Reed—. Su piso no quedaba tan lejos del aeropuerto. Ni de la marisma, si a eso vamos.

—Psicosocialmente, Selena representa una progresión considerable —observé—. Podría haber víctimas de transición.

—¿Por ejemplo?

—Mujeres que no ejercieran la prostitución pero considerara de una clase inferior.

—Para luego ir trepando por la escala social.

—El perro no encontró nada más en la marisma, pero sólo rastreó el margen Este.

—Pues vaya una idea festiva —dijo Milo—. Si se tratara de cualquier otro lugar nos darían los permisos sin problema y bastaría con llamar a la excavadora, pero esa tierra es sagrada.

—Quizá el asesino opina lo mismo.

Al ver que Milo sacaba un purito del bolsillo, Reed arqueó sus pálidas cejas.

—No te preocupes, chaval, que no voy a contaminarte los pulmones... Obtener los permisos para excavar en otras zonas de la marisma va a ser un lío; será mejor terminar la faena con los cadáveres que ya tenemos. Así que andando.

—Lástima que Duchesne no reconociera a Huck —dijo Moe Reed mientras se dirigía hacia la puerta.

—Dice que no ve a los clientes a menos que haya problemas, el muy fanfarrón —repuso Milo—. Pues cuando Laura la Grande se las vio con el cabeza rapada no le fue de mucha ayuda, que digamos. Vaya un empresario modélico.

—Un calvo armado de un bisturí —dijo Reed—. Se necesitaría algo más para cortar una mano, ¿verdad, doctor?

—Te equivocas de doctor, pero tienes razón —repuse—: lo suyo sería una sierra de amputación.

—O cualquier otra, siempre que esté lo bastante afilada —arguyó Milo—. Con un poco de fuerza y coordinación, un cuchillo de carnicero chino serviría.

—A lo mejor tiene alguna clase de formación médica —apuntó Reed.

—Hace veinte años habría tirado por ahí —dijo Milo—, pero hoy día cualquiera puede aprender cualquier cosa por Internet.

—La libertad —asintió Reed.

—La libertad, sí. No hay mejor ideal por el que vivir, pero como concepto es más bien resbaladizo. —Desenvolvió el purito y se lo embutió entre los labios—. Voy a encenderlo, chaval. Estás avisado.

Acompañamos a Reed a la puerta y cruzamos la calle hasta el aparcamiento del personal, donde se detuvo ante un reluciente Camaro negro.

—Pues no es ninguna carraca —dijo Milo.

—¿Cómo?

—Tu hermano dijo que sólo conducías carracas.

—Mi hermano es un listillo —sentenció Reed.

Se subió al coche, pisó el acelerador antes de poner la marcha y salió disparado, haciendo rechinar los neumáticos.

XIII

Milo y yo bajamos a pie por Butler Avenue. El frío esplendor de los grandes edificios gubernamentales no tardó en dar paso a bungalós y bloques de apartamentos de posguerra; como para adaptarse al nuevo escenario, el cielo adquirió un azul más intenso.

—¿Alguna otra idea sobre Huck? —inquirió Milo—. ¿O sobre cualquier otra cosa?

—Ya son dos los testigos que nos han descrito a un calvo: el acompañante de Selena que vio Luz Ramos y el tipo del bisturí. Parece que Huck tiene cada vez más números, pero a estas alturas no sé qué podemos hacer, aparte de vigilarlo de cerca.

—¿Te parece demasiado pronto para invitarlo a pasar por la comisaría?

—Si lo ha planeado todo así de bien, lo más probable es que se haya agenciado un buen abogado. Antes de empezar a disparar, yo me aseguraría de contar con suficiente munición.

Milo guardó silencio y retomó la palabra al cabo de media manzana:

—El Camaro de Reed era prestado o alquilado. Lo he consultado en el registro y el coche que tiene a su nombre es de hecho una carraca: un Dodge Colt de cinco puertas del setenta y nueve, comprado hace diez años de segunda mano. Antes de comprarse ese trasto arrastraba por ahí un familiar Datsun del setenta y tres.

—Sí que tienes controlado al personal.

—¡Dios me libre!

Desde el arresto de varios policías y un detective privado por tráfico de información confidencial, el reglamento interno prohibía investigar a nadie que no fuera sospechoso.

—¿Y a qué se debe tanta curiosidad?

—Me pareció que entre Fox y él los coches eran motivo de disputa.

—Uno de tantos.

—¡Precisamente! Ahora mismo lo último que necesito es un pique familiar que interfiera en la investigación. —Esbozó una sonrisita—. Por llamarla de alguna manera.

—¿Y Fox qué coche tiene?

—Un Porsche C4S nuevo de trinca.

—La tortuga y la liebre.

Milo se encendió el puro y exhaló un anillo de humo perfecto hacia el cielo. Lo hizo con aire despreocupado, pero le delató el rubor de las mejillas.

—Fox y Reed te preocupan.

—He preguntado por ahí. El padre de Fox era un policía del distrito Suroeste llamado Darius Fox. Murió en acto de servicio hace treinta años. Fue antes de que yo llegara, pero he oído hablar del caso. Lo conoce todo el mundo porque se usa como caso práctico durante la instrucción, como ejemplo de «todo lo que puede salir mal».

—¿Al registrar una casa o al detener un coche?

—¿No me digas que también lees las hojas de té?

—Habrá sonado la flauta.

—Un control de tráfico rutinario. Pararon a un Cadillac con un faro trasero roto en la treinta y siete con Hoover. Resultó que el coche era robado, pero antes de averiguarlo Darius y su compañero metieron la pata hasta el fondo. En vez de empezar por verificar la matrícula, Darius dejó que lo hiciera su compañero y fue a hablar con el conductor. Hay que pensar que eran otros tiempos. El coche patrulla no tenía acceso directo a la base de datos y había que preguntar por radio; como los archivos no estaban computerizados la operación llevaba su tiempo. Razón de más para andarse con ojo.

—¿Eran novatos?

—Qué va. Darius llevaba ocho años en el cuerpo y su compañero seis, que había pasado casi íntegramente patrullando con él. Puede que eso también influyera. Supongo que se habían convertido en una especie de matrimonio comodón, abandonado a la rutina. Aquel día estaban a punto de terminar el turno y debían de tener prisa por acabar. El caso es que Darius se acercó al Cadillac y dio unos golpecitos en la luna de la ventanilla. Cuando se abrió, asomó el cañón de una pistola y...

Milo ahuecó las manos y dio tres palmadas. El ruido alteró la paz de la tarde y una anciana que cuidaba de sus flores se volvió hacia nosotros. La sonrisa que le dedicó Milo hizo que la vieja se aferrase a sus podaderas hasta que pasamos de largo.

—Tres disparos a quemarropa que dejaron huérfano de padre a un crío de tres años: Aaron. Su compañero llamó para avisar que había un policía abatido, se atrincheró detrás de la puerta y comenzó a disparar. Alcanzó al Cadillac en el maletero, pero no pudo evitar que se fuera de ahí pitando. Se apresuró entonces a socorrer a su compañero, pero Darius estaba muerto antes de tocar el suelo. Aquella noche dieron una batida monumental para encontrar el coche y peinaron los hospitales y las consultas privadas por si el compañero de Darius había herido a algún ocupante del Cadillac. *Nada.** Al cabo de dos semanas el coche apareció en un chatarrero, cerca del muelle de Wilmington. Las ventanas estaban rotas, los asientos rasgados, los parachoques desmontados, no había ninguna huella, nada de nada. A Darius lo enterraron con banda de gaitas y toda la parafernalia; a su compañero le abrieron expediente, le amonestaron y acabaron por degradarlo. Al poco tiempo abandonó el cuerpo. Parecer ser que trabajó durante algún tiempo en la construcción, luego tuvo un accidente y vivió de la pensión de invalidez cinco años más, hasta que murió de una infección hepática.

—¿Le dio a la botella?

* En español en el original. (*N. del t.*)

—Vete a saber. A lo mejor ya le daba antes. —Dio una profunda calada que consumió medio centímetro del purito—. Siete meses después del funeral de Darius Fox la viuda se casó con su compañero de patrulla en Las Vegas. Al cabo de dos meses, dio luz a un niño.

Tiró el purito, lo aplastó contra la acera, lo recogió y siguió paseándolo en la mano.

—¿Te imaginas ya el desenlace, pitonisa?

—El compañero de Fox es el padre de Moe Reed.

—John «Jack» Reed, se llamaba. Dicen que se esforzó por ser un buen padre para los dos.

—Pero al cabo de unos años también la palmó.

—Y la madre volvió a casarse un par de veces. De hecho, acaba de enterrar al cuarto.

—Pues vaya un historial familiar.

—¡Ya te digo! Esperemos que no nos arruine el caso.

En el despacho le esperaban seis nuevos mensajes de posibles testimonios. Milo comenzó la ronda de llamadas y a la quinta se enderezó en su silla.

—No sabe cuánto le agradezco que se haya tomado la molestia, señora. Si es tan amable de darme su...

La línea se cortó.

—Será mi aliento —musitó, apartando el auricular.

Al apretar el botón de rellamada ni siquiera obtuvo el tono. Volvió a probar con idéntico resultado.

—¿Una mujer que sabe algo?

—Una mujer que se ha negado a identificarse. Llamaba para decirme que una de las víctimas podría ser una tal Lurlene Chenoweth, alias Laura la Grande.

Milo rastreó el número, pero resultó ser el de una tarjeta de prepago.

—Si tiene un móvil de prepago podría ser una compañera de fatigas. Las noticias vuelan. Alguna fulana se habrá enterado que Duchesne estuvo aquí y ha atado cabos.

Al introducir el nombre de Lurlene Chenoweth en la base de datos apareció la foto de una mujer de piel de azabache, con la cara redonda, el ceño fruncido y un rebujo de pelo naranja. Treinta y tres años, metro setenta y cinco, ciento veinte kilos, ninguna cicatriz o tatuaje. Cuatro arrestos por ejercer la prostitución callejera, uno por posesión de cocaína, dos por embriaguez y alteración del orden público y tres delitos de agresión, todos ellos relacionados con peleas de bar y considerados menores.

—Grande y pendenciera —dijo Milo.

—Se libró del cabeza rapada porque llegó rápido a la puerta. Algún detalle debió de ponerla en guardia y se anduvo con ojo.

—A lo mejor saltaba a la vista que era un chalado. Lástima que se lo volviera a encontrar. —Se retrepó para poner sus botas sobre la mesa, se aflojó los cordones y arrugó los dedos de los pies—. Dos de las fulanas de Duchesne han muerto. ¿Y si se trata de una guerra territorial entre macarras y el cabeza rapada no es más que un sicario a sueldo?

—Si ha habido una guerra, ya me explicarás cómo es que Duchesne sigue en activo. Como persona, no es que imponga mucho. Además, ¿qué pinta entonces Selena?

—Tres golfas y una profe de piano. No tiene mucho sentido, es cierto.

—Una profe de piano que tocaba en orgías.

—Los ricos necesitan variedad, tú mismo lo dijiste.

—Si son ricos con secretos que ocultar, no sería tan extraño que hubieran contratado a Travis Huck.

—¿Porque está metido en el mundillo?

—O porque también tiene un pasado.

—El alma atormentada que encuentra por fin un trabajo como Dios manda... y con vistas al océano. Sí, podría ser un seguro de lealtad. En la jerga de la gente bien, un administrador no es más que un recadero, ¿verdad? Huck puede ser el alcahuete, la persona a la que mandan a buscar la mercancía delicada.

—Las flores, el caviar y la víctima de la velada...

Milo soltó una risa metálica.

—A su lado, Joe Otto es un pobre diablo.

* * *

La madre de Laura la Grande vivía en una casa muy bien conservada del distrito de Crenshaw. Beatriz Chenoweth era tan alta como su hija, pero más flaca que un palillo.

Vestía una blusa verde menta, pantalones negros de pierna ancha y bailarinas. El salón de su casa estaba pintado de un azul muy oscuro con ribetes blancos y amueblado con divanes de flores y sillas bien macizas. De las paredes colgaban reproducciones de varios maestros impresionistas.

La mujer reaccionó a nuestra presencia con serena resignación:

—Lo sabía...

—Señora, no estamos seguros de que...

—Yo sí lo estoy, teniente. ¿Cuántas chicas habrá de su talla? ¿Y cuántas de ellas cree que llevan esa clase de vida?

Milo no respondió.

—Tengo cuatro hijas —continuó Beatriz Chenoweth—. Dos de ellas son profesoras de primaria, como yo, y la pequeña es azafata de Southwest Airlines. Lurlene era la tercera y apuró mi paciencia y mi energía hasta la última gota.

—No tenemos la seguridad de que algo le haya sucedido a su hija y espero de corazón que no sea ella —dijo Milo—, pero si nos deja sacarle una muestra de ADN podremos averiguar si...

—¡Pues claro que le ha sucedido algo! Llevo un año entero aterrada, esperando este momento. Porque un año es el tiempo que llevo sin noticias de Lurlene. Y ella me llamaba, pasara lo que pasara me llamaba. *Siempre.* «¿Cómo estás, mamá?», me decía, como si fuera una conversación cualquiera. Luego era siempre la misma historia: necesitaba dinero. Por eso se metió en todo aquello, por dinero. O más bien por algo que cuesta mucho dinero. —Había alzado la voz pero su rostro permanecía impasible—. Comenzó en el instituto, teniente. Alguien le dio anfetaminas para adelgazar. No funcionaron, no perdió ni un solo kilo, pero se enganchó de todas formas. Fue el principio del fin.

—Lo siento mucho, señora.

—Lurlene era la única obesa. Salió a su padre. El resto de mujeres de la casa nunca hemos tenido problemas de sobrepeso. La segunda fue modelo de pasarela y todo.

—Debió de ser muy duro para Lurlene —dije.

La anciana bajó la cabeza, como si de pronto le pesara demasiado.

—Todo fue duro para Lurlene. Era la más lista de las cuatro, pero la gordura le arruinó la vida. Se burlaban de ella.

Comenzó a llorar en silencio. Milo hurgó en su reserva de pañuelitos de celulosa y le tendió uno.

—Gracias... No comprendí la carga que era para ella hasta mucho más tarde. ¡Todas esas discusiones sobre el montón de mantequilla que se untaba en el pan...! Pesó cinco kilos al nacer, cuando mis otras hijas no llegaron ni a los tres y medio.

—Así que empezó por las anfetaminas —recapituló Milo.

—Empezó por ahí, sí. Pero si quiere saber qué otras cosas tomó, no tengo ni idea. Seguramente usted podría decirme mucho más que yo.

Milo guardó silencio.

—Quiero saberlo, teniente.

—Por lo que he leído en su ficha, tenía problemas con la cocaína y el alcohol.

—Lo del alcohol ya lo sabía. Una vez la arrestaron por andar borracha.

Los arrestos por conducción en estado de embriaguez eran dos, pero Milo se lo calló.

—¿Se puso en contacto con usted cuando la arrestaron?

—¿Si me pidió que le pagara la fianza, quiere decir? No, me lo dijo más tarde.

—Alguien se la pagó.

—Me dijo que la pagó ella misma. Para eso me llamó, para pavonearse. Cuando le pregunté de dónde había sacado el dinero, se rió y nos pusimos a... discutir. Supongo que yo ya sabía cómo se ganaba la vida, pero no quería darme por enterada.

La anciana carraspeó.

—¿Le traigo un poco de agua? —se brindó Milo.

—No se moleste, gracias. —Se pasó una mano por el cuello—. No es sed lo que tengo aquí dentro.

—¿Qué puede decirnos de las amistades de su hija?

—Nada en absoluto —repuso Beatriz Chenoweth—. Su vida privada nunca la sacaba a colación y, como le digo, yo tampoco quería conocerla. ¿Le parece impropio de una madre?

—Por supuesto que no...

—No me era indiferente, se lo aseguro. Era más bien... un mecanismo de protección. Tengo otras tres hijas y cinco nietos que me necesitan y no puedo... No podía... —De nuevo agachó la cabeza—. Todos los terapeutas a los que consultamos no dijeron que Lurlene tenía que asumir las consecuencias de sus actos.

—¿Consultaron a muchos? —pregunté.

—Ya lo creo. Primero a los de las escuelas. Luego fuimos a una clínica recomendada por el seguro y allí conocimos al doctor Singh, un buen hombre de origen indio. Nos dijo exactamente lo mismo: para cambiar, Lurlene tenía que querer cambiar. Nos recomendó a Horace y a mí unas cuantas sesiones de terapia para lidiar mejor con el problema. Le hicimos caso y nos ayudó mucho. Luego le dio un infarto y se murió. Horace, quiero decir. Al cabo de un mes traté de ponerme en contacto con el doctor Singh y me dijeron que había vuelto a la India. —Frunció el ceño—. Parece ser que estaba aquí de prácticas.

—¿No sabe de nadie con quien Lurlene se relacionara? —insistió Milo.

—Desde que escogió esa senda, no.

—¿Qué edad tenía cuando comenzó a...?

—Dieciséis. Dejó los estudios y se marchó de casa. Sólo me llamaba cuando necesitaba dinero... Era muy luchadora, teniente. Yo pensaba que podría plantar cara hasta a las dichosas drogas.

—Ésa es una lucha difícil.

—Bien que lo sé, bien que lo sé. —Los largos y huesudos dedos de la anciana se aferraron a la tela negra de su pantalón—. Pero cuando digo luchadora, lo digo en todos los sentidos de la expresión. Lurlene no podía tolerar la autoridad y se resistía porque sí. Su padre tenía que salir de casa para calmarse. Una vez pegó a su hermana pequeña con tanta fuerza que a punto estuvo de desnucárnosla. Charmayne se pasó una semana con dolores en las cervicales. Llegó a un punto que, Dios me perdone, pero fue casi un alivio cuando dejó de aparecer por casa.

—La entiendo perfectamente.

—Y ahora resulta que es ella quien se la ha ganado. —Se puso en pie y se alisó los pantalones—. Voy a salir un rato a airearme, luego llamaré a sus hermanas y ya pensarán ellas qué les cuentan a sus hijos. Eso es cosa suya, yo lo único que quiero es disfrutar de mis nietos... Me disculparán si no les acompaño hasta la puerta.

XIV

—Pues ya podemos tachar a Duchesne de la lista —dijo Moe Reed mientras esperábamos que la mujer volviera del lavabo.

Reed, Milo y yo estábamos sentados en un reservado con bancos de plástico naranja de un tugurio de pollo y tortitas de Aviation Boulevard, cerca de West Century. El local apestaba a pluma quemada y grasa recalentada, y de tanto en tanto era sacudido de arriba abajo por el estruendo de los jumbos, que hacía vibrar la vidriera empañada y los ladrillos y amenazaba con derribar el asbesto de un techo muerto de miedo.

Nuestras tres tazas de café estaban intactas, con la superficie irisada por una marea de aceite. La mujer había pedido unos muslos y unas alitas extradulces y extracrujientes, una ración doble de gofres de canela y un refresco gigante de naranja. En cuanto se acabó el pollo pidió otra ración, y ya había dado cuenta de la mitad cuando se excusó para ir al «servicio».

Se llamaba Sondra Cindy Jackson, pero la llamaban Sin. Era una chica negra de veintitrés años con la cara bonita, los ojos tristes y unas uñas larguísimas pintadas de azul y parcialmente incrustadas de bisutería. Tenía la dentadura sana, pero lucía una funda de oro en el incisivo izquierdo. Llevaba la melena recogida en un entramado de trencitas de rasta lo bastante complejo para explorar los límites de la teoría de cuerdas.

Sondra era la decimoctava prostituta con la que Moe Reed había hablado en dos días de pesquisas por la zona aeroportuaria, y la primera que aseguraba conocer la identidad de la víctima número tres.

Tenía la constitución de una bailarina, pero hacía gala de un apetito asombroso. Engullía su comida a dos carrillos y aún le quedaba tiempo para coquetear un poco y hacerse la remilgada.

Reed comenzaba a impacientarse. Milo, en cambio, transpiraba la paz de un Buda.

Había empleado las últimas cuarenta y ocho horas en atender al interminable goteo de llamadas inútiles, no había averiguado nada más sobre Laura la Grande y tampoco había localizado a los familiares de Sheralyn Dawkins en los condados de San Diego, Orange o Los Ángeles. Los días así de productivos suelen acabar con su paciencia, pero a veces su efecto es justamente el contrario.

Reed echó otro vistazo al lavabo. Habíamos escogido la mesa de modo que Sin no pudiera salir sin pasar por delante de nosotros.

—En cuanto vuelva le aprieto las tuercas.

—Como quieras —repuso Milo—, pero yo le daría algo más de tiempo.

El joven agente había mudado su camisa encorbatada por un polo gris con una ancha banda roja, unos vaqueros nuevos y unas Nike de un blanco inmaculado. Tenía la mirada despejada y las mejillas rubicundas brillantes y bien afeitadas. Sus pectorales de buey y sus enormes hombros ponían a prueba las costuras del polo.

Quería pasar desapercibido, pero hubiera cantado menos con el uniforme puesto. Sondra Cindy Jackson le vio el plumero al instante y si se subió al Camaro fue únicamente a cambio de sesenta dólares y una cena caliente.

—No te olvides de pedir que te lo reembolsen todo —le dijo Milo.

—Cuando terminemos.

—¡Yastoy! —exclamó Sin alegremente desde el otro lado del pasillo.

El sostén de terciopelo rosa y la minifalda blanca realzaban el tono oscuro de su piel. Era una chica muy fina, salvo por los pechos operados, que habían adquirido proporciones de dibujos animados. A saber cómo había podido costeárselos.

—¡Hola! —dijo Milo—. Ven, que se te va a enfriar...

La chica le dedicó una sonrisa con destellos dorados, se deslizó sobre su silla y atacó con avidez su segunda ración de pollo. Al cabo de cuatro bocados volvió a hablar:

—Estáis muy calladitos.

—Estamos esperando —rezongó Reed.

—¿A qué? —dijo Sin, haciéndole ojitos.

Reed parpadeó.

—A que nos cuentes —dijo Milo.

—¿El qué..? Ah, ya, lo de Mantooth.

—¿Mantooth?* —inquirió Reed.

—Así se llama.

—Mantooth.

—Sí.

Reed sacó su bloc de notas.

—¿Es su nombre de pila?

—Su apellido —repuso Sin—. Se llamaba Dolores Mantooth, pero prefería Mantooth a secas. A ella le molaba.

Le dedicó otro parpadeo a Reed, que se quedó mirándola.

—Por lo del diente, ya sabe. Como echarse al diente: *chew, chew, chew.* ¿Os gusta esa canción? *We chewin' on it...* Bueno, qué pasa, ¿no os van los *blues* o qué?

—Pues me suena, pero ahora no caigo —dijo Milo.

—*We chewin' on it all day long.*

—Bonnie Raitt —apunté.

—¡Quién va a ser si no! Un pedazo de canción de las guarras. Así era Mantooth. Esa pájara tenía un piquito que te digo yo...

—¿Y quién era el gallo de su corral? —preguntó Reed.

—¿Cómo? —dijo Sin.

—¿Que quién era su chulo? —terció Milo.

—Jerome.

—¿Jerome qué más?

—Jerome Jerome. No es broma, el tío tenía el nombre igual que el apellido. No digo yo que su vieja le pusiera ese nom-

---

* En inglés, literalmente, «diente de hombre». (*N. del t.*)

138

bre, pero así es como le llaman: Jerome Jerome. Aunque será mejor que no preguntéis por él, porque la palmó.

—¿De qué?

—De sobredosis.

Cogió una alita con delicadeza entre dos dedos y la mordisqueó vorazmente hasta el hueso.

—¿Cuándo? —preguntó Reed.

Sondra se encogió de hombros.

—Lo único que me dijeron es que la había palmado.

—De sobredosis.

—¿De qué otra cosa la iba a palmar?

—O sea, que es sólo una suposición.

—¡Ay, agente Reed! —exclamó Sin, mirándole con lástima—. Jerome no paraba de chutarse y un buen día la palmó. Digo yo que no la palmaría de viejo...

—¿Y Dolores nunca trabajó para Joe Otto Duchesne? —inquirió Milo.

—¿Para Joe Otto? ¡Venga ya! Ése sólo mueve carne negra, que es la que más alegra.

—Háblanos de Dolores.

—Era vieja, blanca y fea —enumeró blandiendo un hueso de pollo.

—¿Cuándo fue la última vez que la viste?

—Hummm... Hará un año, más o menos.

—Dices que era vieja. ¿Cuántos años le echabas?

—Cien —repuso Sin soltando una carcajada—. O ciento cincuenta. Estaba hecha un guiñapo.

En un abrir y cerrar de ojos hizo desaparecer del plato un helado de melocotón, a cambio del cual no nos dio ninguna otra información útil. Al acabar Reed le tendió su tarjeta y la prostituta se la quedó mirando como si se tratara de un insecto exótico.

En cuanto la chica salió del restaurante nos encaminamos hacia el coche y la vimos alejarse por el bulevar meneando las caderas. El Camaro de Reed no tenía terminal móvil y Milo había cogido de la comisaría un Chevrolet más moderno, equipado al completo.

En la base de datos no constaba ninguna Dolores o Dolores Mantooth. Para obtener su identidad tuvimos que jugar unos minutos al Scrabble contra el sistema del departamento.

DeMaura Jean Montouthe. Rubia, ojos verdes, metro sesenta y cinco, sesenta y cuatro kilos, cincuenta y un años de edad y treinta de intermitentes arrestos por delitos menores.

En su ficha no constaba ninguna anomalía dental, aunque el Departamento de Policía de Los Ángeles tampoco se distingue por la exhaustividad de sus exámenes médicos.

Milo llamó a la brigada antivicio y en cuestión de segundos obtuvo el nombre completo de su chulo: Jerome Lamar McReynolds. En la morgue confirmaron que había muerto hacía catorce meses de una sobredosis doble de cocaína y heroína, dictaminada a partir de las marcas en el brazo y un análisis de sangre. La autopsia no fue necesaria.

—El tío se pegó el chute definitivo y DeMaura se quedó indefensa. El asesino vio que andaba sin chulo y jugó sus cartas.

—Una presa muy sencilla para un predador adinerado —dijo Reed, frotándose el bíceps flexionado.

—Ésa es la clave —asintió Milo—: convertir a las mujeres en presas.

XV

Siguieron tres días de pesquisas infructuosas.

Milo y Reed peinaron las inmediaciones del aeropuerto pero no dieron con ninguna prostituta que se hubiera topado con un putero calvo armado de un bisturí. Diana Salazar, una agente de la brigada antivicio que había arrestado más de una vez a DeMaura Montouthe, creía que tenía a su familia en Alabama, pero no estaba segura. En el censo fiscal del estado no figuraba nadie con ese apellido.

—Oye, Diana, ¿por casualidad no conocerás a su dentista? —le preguntó Milo.

—¡Pues claro! Y si quieres te doy también el nombre de su peluquero y su preparador físico.

—¿Cómo era DeMaura?

—Buena gente. No era muy lista, pero nunca armaba alboroto cuando la pescábamos con un señuelo. La verdad es que de joven era bastante guapa.

—La única foto que he visto es de hace dos años.

—¡Qué te voy a contar! —dijo Salazar—. Ya sabes cómo envejecen, las pobres.

Nadie había oído que DeMaura, Sheralyn Dawkins o Laura la Grande hubieran trabajado en fiestas privadas.

—Si hubieran ido a una fiesta nos lo habrían restregado por la cara —les aseguró un chulo—. Sobre todo la Grande, con lo que le gustaba buscarnos las cosquillas. Pero que no se te ocurriera buscárselas tú a ella, porque te las tenías.

—¿Sucedió alguna vez? —dijo Reed.

—¿El qué?

—¿Te peleaste con Laura la Grande?

—¡Qué va! Si me peleo con ella, esa furcia se la gana.

—Pues se la ganó.

—Lo que tu digas, colega. Tengo que irme.

Una fulana llamada Charvay, una chica joven y vivaz, sin cicatrices, segura de tener toda la vida por delante, se acarició los pechos y resumió la opinión general con una carcajada:

—¿Ésas? ¿Con tíos ricos? ¡Venga, hombre! ¿Qué clase de imbécil del Westside habría invitado a esas carcamales a una de sus fiestas de paparazzi?

Milo se pasó todo el trayecto de vuelta enfurruñado. Reed se dio cuenta y pisó el acelerador.

—Puede que los Vander no tengan nada que ver y Huck sea un psicópata que actúa por libre —dijo.

Seguíamos sin tener noticias de la unidad que vigilaba al administrador de la finca de los Vander. La ubicación de la casa al final de un callejón sin salida en lo alto de la colina reducía los puestos de observación en la calle Marítimo y la vigilancia desde la bocacalle de abajo no había sido muy provechosa: Huck no salía de casa ni a por tabaco. Milo decidió mantener a la patrulla en su puesto hasta que oscureciera y le ofreció a Reed partirse el turno de noche.

—No me importa hacerlo entero, Loo —repuso Reed—. Quiero tener al tío bien controlado.

—Si te pones así, en un par de días voy a tener a un zombi por compañero.

—Con el debido respeto, sé lo que me digo.

—¿Has oído hablar alguna vez del poder reparador del sueño?

—Yo no necesito muchas horas. No te preocupes, que iré cambiando de lugar y no me verá nadie. Pasar desapercibido es algo que siempre se me ha dado bien.

—¿Ah, sí?

—Claro. Soy el hermano pequeño.

La mayor parte de la vida adulta de Huck era una incógnita y una de las pocas personas que podía despejarla era Debora Wallenburg, la abogada que le había sacado del centro de menores. Pero tampoco era cosa de pedírselo. En el mejor de los casos, el secreto profesional sería un muro infranqueable; en el peor, alertaría a Huck, que si estaba sucio se daría a la fuga.

Puesto que no necesitaban mis servicios, pasé consulta en un caso de custodia que no parecía muy complicado y tuve algo de tiempo que emplear en largos paseos con Blanche y agradables cenas con Robin.

Fue durante aquellos días cuando me llamó Emily Green Bass desde su casa de Long Island:

—He pedido su número al colegio de psicólogos del estado, doctor. Espero que no le importe.

—En absoluto. ¿En qué puedo ayudarla?

—Si le llamo a usted y no al teniente Sturgis es porque... no se trata exactamente del caso de Selena. —Se le quebró la voz—. El caso. No sé ni cómo uso esa palabra.

Esperé en silencio.

—Con el teniente Sturgis ya he hablado y sé que no han progresado mucho —prosiguió—. Si le llamó a usted... bueno, en realidad no sé por qué le llamo. Supongo que me siento... No quiero robarle tiempo inútilmente, doctor.

—No me lo roba.

—Lo dice sólo porque... Lo siento, ya no sé ni lo que hago.

—Escuche, ha soportado usted más de lo que la mayoría de gente llegará a soportar.

Hubo otro silencio. Cuando volvió a hablar, lo hizo en voz baja y ronca:

—Supongo que yo, que lo que quiero... Doctor Delaware, no puedo quitarme de la cabeza la entrevista del otro día. Mis hijos... Seguro que les parecimos una familia estrambótica y rota. Y no es así.

—Lo que sucedió fue absolutamente normal.

—¿Ah, sí?

—Sí.

—Usted ha visto a otra gente en mi... situación.

—A mucha, y no hay pautas establecidas.

Hubo un largo silencio a ambos lados de la línea.

—Gracias. Supongo que es lo que quería oír. Quería que supiera que en realidad somos una familia normal y corriente... Ahora que le he llamado me parece una ridiculez. ¿Qué necesidad tengo yo de causarle buena impresión?

—Lo que necesita es controlar la situación.

—Y eso es imposible.

—Aun así a veces es bueno intentarlo. En la reacción de sus hijos yo lo que vi fue más bien una muestra de cariño y amor. Hacia usted y hacia Selena.

Un estrépito de sollozos hizo vibrar el minúsculo auricular. Esperé a que se atenuara.

—Le prometo que no sé qué hice mal. Con Selena, quiero decir. Quizá si Dan hubiera aguantado un poco más; era muy buen padre. Le salió un tumor en el cerebro, y eso que no fumaba, ni bebía, ni... Le tocó la negra, eso es todo. Le pasó a él. Los médicos me dijeron que son cosas que *pasan*. Igual se lo tendría que haber explicado mejor a Selena, pero era tan joven que pensé... —Aspiró bruscamente—. Ella perdió a su padre y yo al amor de mi vida. Después de aquello todo se nos fue desmoronando.

—Siento mucho que haya tenido que pasar por eso.

Silencio.

—Escuche —agregué—, lo que le pasó a Selena no tuvo nada que ver con la muerte de su padre.

Tal vez fuera mentira, pero a quién podía importarle.

—Entonces, ¿con qué tuvo que ver?

—Es otra de esas cosas que no tienen explicación.

—Pero si no se hubiera mudado a Los Ángeles... —Soltó una risa amarga—. Si esto, si aquello, si tal, si cual, habría debido, habría podido, habría sido: qué patético... Me mantuvo completamente al margen de su vida, ¿sabe?

—De un modo u otro, los hijos siempre acaban por marcharse. Si no se marchan sobre el mapa, se marchan por dentro —repuse, sintiendo aflorar en mi cabeza las imágenes de mi propia fuga a campo traviesa a los dieciséis años.

Puntos suspensivos de desierto, vías muertas de ferrocarril y puestos de hamburguesas aislados. De pronto, el sobresalto de una ciudad en el horizonte, las perspectivas entusiastas y aterradoras de una nueva vida.

—Siempre lo hacen, sí —asintió Emily Green Bass—. Supongo que es ley de vida.

—Lo es. La gente que permanece demasiado tiempo en un lugar suele acabar atrofiada.

—Es verdad... Selena hizo lo que quería, ni más ni menos. Como siempre. De niña tenía una fuerza de voluntad pasmosa. Sabía lo que quería y se lanzaba a por ello. Por eso me cuesta tanto pensar que llegara a sentirse... superada. Era chiquita pero tenía mucha personalidad, doctor. No pesaba más de cincuenta kilos, pero si la conocías te olvidabas de que era tan... pequeña. —Sollozos—. ¡Era mi niña, doctor! Mi niña.

—Lo siento mucho.

—Ya sé que lo siente... Parece usted un buen hombre. Si se entera de algo, de lo que sea, me llamará, ¿verdad?

—Por supuesto.

—¡Qué pregunta más tonta! No hago más que preguntar estupideces.

Había terminado la consulta de la custodia infantil y me disponía a escribir el informe cuando me llamó Milo:

—¿Hay hambre para una buena cena?

Eran las tres de la tarde.

—Una hora un poco particular para cenar.

—Pues llámalo merienda. He quedado con Reed en media hora: quiere verme.

—¿Qué pasa?

—Me ha dejado un mensaje en el contestador, pero no ha entrado en detalles. Lo que está claro es que el chico parecía excitado.

—Contad conmigo —repuse—. ¿Delicadezas de curry y *tandoori*?

—Pizza. El crío necesita una alimentación variada. Además, allí su hermano no podrá localizarle.

La «alimentación variada» pensaban encontrarla en una pizzería de Venice, no muy lejos de Sawtelle. El local era una especie de establo sobredimensionado y las mesas eran de madera, con bancos a ambos lados. A aquellas horas el comedor estaba desangelado y apestaba a queso rancio. En la única mesa ocupada había dos camioneros cuyos enormes tráilers ocupaban la mitad del aparcamiento. Las pizzas que tenían delante eran superlativas, a su medida.

Turbaban el silencio los silbidos y tintineos de las máquinas de videojuegos del fondo, una ristra de autómatas ociosos que reclamaban en vano un poco de atención.

Milo y yo llegamos a la vez. En el aparcamiento no vimos ningún Camaro negro, pero Moe Reed ya nos esperaba sentado a la barra. Se había vuelto a poner la americana y la corbata y parecía algo incómodo con su jarra de cerveza de raíces.

—¿Has cambiado de coche? —preguntó Milo.

—¿Cómo?

—Ahí fuera no he visto ningún Chevrolet negro.

—¡Ah, el Camaro! —exclamo Reed—. Era de alquiler. Me lo he cambiado.

—¿Has dejado la carraca en el taller?

Reed se puso colorado.

—A ver si lo adivino: llevas coches de alquiler para seguir a tu hermano. En fin, habrás rellenado los formularios para que te lo reembolsen, al menos...

Reed negó con la cabeza.

—¿Qué pasa, chaval? ¿Te sobra la pasta o qué?

—No me preocupa, eso es todo.

Milo chascó la lengua.

—Vas a hacer enfadar al tío Milo... Bueno, ¿y hace cuánto que le sigues?

—Hummm... Desde que nos abordó en el restaurante. Pero

no entorpece mi trabajo, Loo, te lo prometo. Lo sigo en mis horas libres. Está convencido de que me muevo en un montón de chatarra y con el Camaro no corría ningún riesgo. Ayer me lo cambié, para estar seguro.

—¿Y ahora qué llevas? ¿Un Ferrari?

—Un Cadillac gris. Con las lunas ahumadas, por si acaso. Como Huck no va a ninguna parte, pensé que a lo mejor podía averiguar quién pagó para ponérnoslo en bandeja. No es que haya dejado de apostar por Huck, pero quería saber quién contrató a Aaron. Si hablamos con ese alguien igual podemos enterarnos de algo más.

Al terminar bajó la cabeza y bulló en su silla, inquieto, como un niño que acaba de soltar una retahíla de excusas a unos padres disgustados.

—Buena idea —le tranquilizó Milo—. ¿Has averiguado algo?

—Pues sí.

Reed había seguido a Fox a un sinfín de almuerzos de trabajo «en el Ivy, en el Grill on the Alley, en el Jean-Paul... en todos los restaurantes por donde se mueve». Al verificar las matrículas del resto de los comensales —recurso algo rudimentario, por no decir desesperado—, fue a dar con el coche que buscaba:

—Un BMW 3 registrado a nombre de Simone Vander, domiciliada en Breakthorne Wood, en una casa que hay en lo alto de la colina, en el distrito de Beverly Hills. Según los archivos, Simone es una mujer blanca de treinta y un años sin causas judiciales pendientes, órdenes de arresto ni antecedentes penales. Su descripción física concuerda con la de la mujer que se reunió con Aaron en el Geoffrey's.

—¿En el Geoffrey's de Malibú?

—Sí.

—Así que la niña vive en Beverly Hills y va a cenar a la playa —dijo Milo—. ¿Quién es? ¿Otra ex mujer?

—Su hija —repuso Reed—. He encontrado su certificado de nacimiento y nació aquí, en el hospital de Cedars-Sinai. Su padre es Simon Vander y su madre se llama Kelly. También he indagado un poco a su madre. Tiene un Volvo de cinco años y vive en un piso de Sherman Oaks.

—¿El padre y su segunda mujer se dan la gran vida y la madre se conforma con un piso?

—Sí, pero la casa de Simone no está nada mal —repuso Reed—. Una mansión solitaria y rodeada de árboles.

—¿Ya has ido a verla?

—Esta mañana.

—Simon y Simone, qué bonito —dijo Milo—. ¿Cómo se diría en vuestra jerga, Alex? ¿Vinculación afectiva? ¿Identificación emocional?

—Con un par de tecnicismos más ya sólo te faltará el diván.

Milo se volvió hacia Reed:

—¿Qué pizza quieres? Yo estoy pensando en una especial, ultra grande, de base gruesa y borde relleno de cualquier extravagancia, con salchichas, anchoas, albóndigas y cabeza de alce.

Reed parecía decepcionado.

—¿He estado perdiendo el tiempo?

—En absoluto, pero lo primero es lo primero. Ya está eligiendo su pizza, agente Reed.

—Mmm... Una margarita. Con un par de trozos me basta.

—Ponle un poco de alegría, chaval. Yo pediré una mediana de salchicha, con extra de ajo y guindilla. Ve a que te tomen nota y luego te pasas por la máquina de chicles y nos traes unos de menta verde sin azúcar, no vaya a ser que la señorita Vander nos demande por abuso de autoridad.

XVI

Reed dejó el Cadillac en el aparcamiento de la pizzería y los tres nos subimos al coche de Milo.

Breakthorne Wood era una calle empinada mal asfaltada que describía una parábola por encima de Benedict Canyon, con los recodos, la anchura y el agradable sabor de un viejo camino de herradura. Yo me sentía como en casa.

La propiedad se encontraba en un extremo —la predilección por los callejones sin salida debía de ser una de las cosas que Simone Vander tenía en común con su padre— y estaba rodeada por una verja de hierro sencilla entre postes de ladrillo viejo, el mismo que habían usado para construir la casita con tejado de madera que se distinguía entre los barrotes. Adornaban la fachada de ladrillo unos listones de pino de veta oscura. Las ventanas eran de losanges de vidrio, la puerta de roble tallado a mano y remataba el conjunto neorrústico una veleta con la bruja montada en su escoba.

Tenía el BMW 335i descapotable de color tomate aparcado en la entrada de piedra y cubierto, como el suelo circundante, de un manto de borrajo procedente de unos inmensos pinos carrascos que daban sombra a la casa y ocultaban buena parte del tejado. Entre las ramas se atisbaban a lo lejos las manchas beis y verde claro de las colinas.

Reed llevaba todo el trayecto hecho un nudo de nervios y no paraba de justificarse por haber tomado la iniciativa de seguir a su hermano, pese a que Milo en ningún momento se lo había echado en cara.

«Puede que no saquemos nada en claro, pero al menos averiguaremos qué sabe de Huck.»

«Quizá viviera en la casa o haya estado de visita y aunque no se preste a hablarnos de Huck, de las fiestas o de lo que sea, podremos intuir si allí se cocía algo raro o no.»

«En el peor de los casos, sabremos que no hay nada que saber y no tendremos que rompernos más los cuernos. Aunque, la verdad, yo sigo creyendo que Huck no es trigo limpio. Si no, ¿por qué iba alguien a pagar para ventilar sus trapos sucios?»

El joven agente se mordía ahora la mejilla ante el interfono de Simone Vander, con las manos hundidas en los bolsillos.

—Adelante, chaval. Llegó el momento de lucirse —le instó Milo, agitando un dedo en el aire.

—¿Me ciño a algún tema en concreto? —preguntó Reed.

—El que te dicten tus tripas —dijo Milo

Reed frunció el ceño.

—Es un premio, Moses, no una reprimenda.

Reed pulsó el botón.

—Y si sacas buenas notas te dejaré llevar el coche —agregó Milo—. Pero sólo por la autopista...

—Sí —contestó una voz juvenil de mujer. En segundo plano se oía cantar a otra voz femenina.

—¿Señorita Vander? Soy el agente Reed, de la policía de Los Ángeles.

—¿Ocurre algo?

—Nos gustaría hablar con usted unos minutos, si es tan amable. Sobre Travis Huck.

—¡Ah! —La música se desvaneció—. De acuerdo, déjenme un segundo.

Pasaron varios minutos hasta que se abrió la puerta de madera tallada y apareció en el umbral una mujer de estatura mediana, pálida, zanquilarga y flaca como un alambre, con cara de muchacha y una melena escalada de pelo negro. Llevaba un top a rayas blancas y rosas de escote ancho, bombachos blancos cortos atados con un cordel a la rodilla, unas sandalias rosas con tacón en cuña y unos pendientes de aro dorados, lo bastante grandes para distinguir el orificio desde el otro lado de la verja.

Simone Vander nos escrutó un momento y agitó una mano. Moe Reed la saludó y ella apretó un botón para dejarnos pasar.

—Soy Simone. ¿Qué sucede? —preguntó con una voz suave y melódica, subrayada por un vibrato que le confería un tono vacilante.

Era una de esas bellezas que ganan en las distancias cortas. Tenía la tez de porcelana, el pelo de un gris azulado en las sienes, las facciones finas, una pose elegante, las cejas depiladas con esmero y los ojos muy redondos, con unos iris castaños enormes y las pupilas dilatadas por la curiosidad.

Sostenía el control remoto de la verja en una mano que parecía tallada en marfil, y al sonreírnos se me antojó mucho más joven.

Moe Reed volvió a presentarse y a continuación nos presentó a Milo y a mí. En mi caso se ahorró el tratamiento: no era cuestión de complicar las cosas.

—Si son tres supongo que será importante —dijo Simone Vander.

Antes de que Reed pudiera responder se oyó el rugido de un motor a nuestras espaldas.

Un Porsche descapotable gris plata se había detenido tras la verja, con el motor encendido. Tenía la capota bajada y se distinguía el cuero terracota de la tapicería. Al volante iba Aaron Fox, con gafas de sol de espejo, americana de lino beis y camisa negra.

—¡Qué rápido! —exclamó Simone Vander mientras le abría la verja.

Fox salió del coche abotonándose la americana. Completaban el traje unos pantalones de lino de magnífico corte. Los mocasines negros de piel negra dejaban al descubierto medio empeine color café.

—Agente Fox —le saludó Milo.

—Teniente Sturgis. Pasaba por aquí y he pensado que podía sumarme a la reunión.

Se dispuso a saludar a Simone Vander, pero Moe Reed le cerró el paso.

—¿Algún problema? —dijo Fox.

—No es buen momento.

—He sido yo quien le ha llamado —dijo Simone—. Después de hablar con ustedes por el interfono. Sí que has venido rápido, Aaron.

—¿Por qué le ha llamado? —preguntó Milo.

—No sé... Me ha parecido buena idea que estuviera presente. Al fin y al cabo, es quien mejor conoce a Travis.

Reed giró sobre sus talones para dirigirse a Simone. Al lado de su cuerpo de culturista, ella parecía un palitroque reseco.

—Para eso le ha contratado, ¿no?

Simone Vander no respondió.

—La señorita Vander tiene todo el derecho de contratarme para realizar cualquier servicio dentro de la legalidad —intervino Aaron Fox—. Y, como acaba de decirles, todo lo que sabe del señor Huck se lo he contado yo. Así pues, ¿por qué no...?

—Porque preferimos hacer las cosas a nuestra manera —le cortó Reed, desplegando los hombros como para ganar presencia. Era más ancho que Fox, pero éste le sacaba cinco centímetros. Fox se irguió para subrayar su envergadura.

Simone Vander miraba fijamente a los hermanos, un tanto sorprendida.

El duelo de supremacía física estaba servido. Ya sólo faltaba que sonara el gong.

—Aaron, ya sabemos que te debes a tus clientes... —comenzó Milo.

—Sobre todo con tus tarifas —dijo Reed.

—... pero ahora mismo queremos hablar con ella a solas.

Fox permaneció impávido.

—A solas —recalcó Reed.

La sonrisa de Fox era demasiado ancha y repentina para resultar creíble. Se tiró de las solapas de lino y encogió los hombros.

—Me quedaré por aquí cerca, Simone —dijo—. Llámame cuando hayáis terminado.

—Muy bien... Y gracias.

Sin dejar de sonreír, Fox le dio a su hermano una palmada en el hombro con tanta fuerza que se oyó el eco. Reed apretó sus enormes puños.

—Un placer verte, hermanito.

Subió a su Porsche e hizo bramar el motor sin desembragar. Antes de arrancar asomó la cabeza por detrás del limpiaparabrisas y levantó ambos pulgares, mirando a Reed.

—¡Muy bonito, el Cadillac!

La sala de estar de Simone Vander era alegre y acogedora, aunque un tanto recargada, con sillas de calicó, muebles de roble de aspecto vetusto y estampados de flores con ribetes blancos deshilachados. Junto a la cocina, alicatada de un rojo brillante, se exhibía una colección de muñecas japonesas en una vitrina. El suelo lo ocupaba casi por completo una alfombra de Aubusson en tonos crema y azul lavanda. Del equipo de música Bang & Olufsen manaba la voz de Tori Amos, que cantaba a una paloma negra.

Un baúl chino de alcanforero hacía las veces de mesa de centro. Encima, entre los floreros y las velas, había tres fotos con marco dorado.

Dos de ellas eran de Simone Vander: en una iba a lomos de un precioso caballo castaño; la otra era un primer plano en el que aparecía con una taza de café en la mano y el océano al fondo.

La foto más grande, situada en el centro exacto de la mesa, era un retrato más formal: un hombre alto, barbudo y cargado de espaldas de unos sesenta años, con el pelo gris peinado hacia adelante en un curioso emparrado, junto a una mujer diminuta de rasgos asiáticos a la que debía de sacarle al menos veinte años, y un niño de ojos almendrados de unos ocho años, cogido a ambos de la mano. El niño y el hombre iban de esmoquin y la mujer lucía un largo traje de fiesta rojo. Los dos adultos sonreían; el niño apretaba su boquita minúscula.

Simone Vander acarició el marco de la foto con la uña pintada y sonrió.

—Mi hermano Kelvin. Es un genio.

Apagó la música y nos invitó a tomar asiento en el más largo de los sofás. Los esponjosos cojines se comprimieron un palmo bajo nuestro peso. Simone Vander nos preguntó si queríamos beber algo y cuando declinamos la oferta se sentó en una silla de respaldo recto y cruzó las piernas. Era una silla alta y teníamos que alzar la vista para mirarla a los ojos.

Se toqueteó una manga e hizo oscilar la sandalia en la punta del pie.

—Disculpen —dijo—. Por haber llamado a Aaron, quiero decir. Es que me ha ayudado mucho.

—Haciendo averiguaciones sobre Travis Huck —dijo Reed.

—Sí.

Se encajó un mechón de pelo negro detrás de su oreja plana y delicada. Bajo la piel traslúcida que unía la mandíbula y el lóbulo se distinguía una red de capilares azules. Cruzó los brazos sobre el pecho como para abrazarse y dijo:

—Supongo que querrán saber qué me llevó a contratar sus servicios.

—En efecto —asintió Reed.

—Me lo recomendaron —explicó, sondeando nuestros rostros en busca de conformidad o discrepancia.

—¿Quién?

—Un hombre que trabajó para mi padre en temas inmobiliario. Había recurrido alguna vez a sus servicios y me dijo que era el mejor. Yo no estaba muy segura, todo esto me resulta un tanto extraño. Me refiero al hecho de contratar a un detective. Pero cuando me enteré de lo de Selena pensé que era lo mejor.

—La conocía —dijo Reed.

—Era la profesora de piano de mi hermano. Cuando iba a ver a mi familia a veces me la encontraba y charlábamos un rato. Parecía buena chica. Cuando me enteré de lo que le había pasado me quedé de piedra.

—¿Y de qué charlaban? —preguntó Reed.

Simone sonrió.

—De cosas sin importancia, ya sabe... Era un encanto. Mi hermano Kelvin la adoraba. Ha tenido otros profesores, gente de conservatorio, todos muy estrictos y estirados. Le apretaban muchísimo y un día se hartó. Lleva tocando desde los tres años y está cansado de ensayar seis horas al día. Que sea un genio no hace del pobre crío un esclavo, ¿no? Además, estaba hasta las narices de la música clásica y quería componer sus propias piezas. A papá y Nadine, la madre de Kelvin, les pareció bien. No son como otros padres en su situación.

—¿A qué situación se refiere?

—A la de criar a un genio, un niño prodigio —repuso—. Por lo que vi, Selena era la profesora perfecta para Kelvin. Me dijo que de niña había pasado por una situación parecida: tenía mucho talento y querían que ensayara a todas horas. —Frunció el entrecejo—. ¡Qué horror! A Kelvin le va a dar algo cuando se entere...

Reed lanzó una mirada a Milo.

—O sea, que Selena le caía bien —dijo Milo.

—¡Cómo iba a caerme mal! —Se apretó una mano contra la mejilla. Al separarla le quedó una leve marca rosada—. Qué horrible. Hasta el modo en que me enteré fue horrible. Me arreglaba para salir y lo oí en las noticias. No estaba prestando mucha atención, ya saben, y cuando escuché su nombre me dije: no, te habrás confundido. Lo consulté en la web de uno de los canales de televisión, pero no habían publicado la noticia y me olvidé del asunto. Pero a la mañana siguiente, volví a oírlo. No me lo podía creer.

—¿Qué le llevó a sospechar del señor Huck? —preguntó Moe Reed.

—Tampoco es que *sospechara* de él. Yo no diría tanto. Sólo que... Bueno, lo primero que hice cuando me enteré de lo que había pasado fue llamar a mi padre. Su móvil nacional estaba fuera de servicio y transfirieron la llamada al internacional, porque se encontraba en Hong Kong. Le pillé en mitad de una reunión, pero se lo dije. Se quedó helado y me dijo que se lo diría a Nadine y Kelvin cuando hablara con ellos.

—¿No estaban con él?

—No, están en Taiwán, visitando a la familia de Nadine.

Papá está estudiando un proyecto inmobiliario en Hong Kong.

—Volvamos a Huck... —dijo Reed.

—Sí, digo que no es que sospechara de él, sino que siempre me ha dado... mala espina. —Hizo una pausa—. Y sé que estaba muy interesado en Selena...

—¿Interesado en qué sentido... señora?

—No tiene por qué llamarme así —dijo Simone Vander—: ¡Señora!

—Decía que Huck estaba interesado en Selena...

—Físicamente. Tampoco es que le pillara echándole los trastos directamente, claro, pero de eso las mujeres entendemos. —Esbozó una sonrisa a medias—. Yo al menos me considero bastante perspicaz.

—¿Qué hacía?

—La miraba —dijo Simone—. De aquella manera, ya sabe, como si fuera a comérsela. —Se puso a juguetear con su pelo—. Yo, la verdad, no quiero meter a nadie en un lío... pero, para ser sincera, a veces me parecía que también a mí me miraba así. Tampoco había por qué alarmarse, nunca se pasó de la raya, generalmente ni abría la boca. Pero cuando supe lo que había pasado... No se lo dirán ¿verdad? Que contraté a Aaron, digo.

—Por supuesto que no —repuso Reed—. Si su conducta era indecente, tenía usted todo el derecho.

Simone respiró profundamente.

—Yo no diría tanto como indecente. Nada más lejos de mi intención que acusar a nadie de nada, pero la verdad es que Travis siempre actúa de un modo muy... Solapado no, la palabra sería... ¿encubierto? Ya sabe, como los espías.

Frunció el ceño, insatisfecha con su elección léxica.

—Furtivo —propuso Milo.

—¡Eso, furtivo! Es como si operara en clave, como si se pasara la vida cubriéndose las espaldas. Cuando uno ve a alguien así, le da también por cubrirse las suyas. Yo soy muy directa y, bueno... el caso es que a mi padre le cae bien y él sabrá lo que hace. ¿Quién soy yo para enmendarle la plana?

—¿Le cae bien?

—No me lo ha dicho, pero se le nota. Por eso nunca he armado un escándalo. Papá tiene muy buena mano con la gente. En parte es por eso que le van tan bien los negocios. —Se rió entre dientes—. ¿Quién cree que me ha comprado esta casa? Con mi trabajo no podría permitírmela, soy la primera en reconocerlo.

—¿Y usted a qué se dedica?

—Trabajo con niños pequeños. Soy monitora, maestra de preescolar, y también he hecho mis pinitos en la enseñanza compensatoria. Y, bueno... más me valdría callármelo, pero durante un tiempo quise ser actriz, como todo el mundo. Querer no siempre es poder. Ahora mismo me he tomado una temporada sabática y a lo mejor acabo por hacer algo completamente distinto. En cuanto a mi padre, no es como se imaginan que debe ser una persona de su posición. Es un hombre de la calle, de natural confiado. Siempre dice que prefiere confiar y sufrir una decepción que vivir como un cínico. Ya conocen el dicho: «Un cínico es un hombre que conoce el precio de todo y no da valor a nada». Me lo aprendí de tanto oírselo.

—Y Travis Huck aún no le ha decepcionado —dijo Reed.

—Eso parece. Puede que sea porque Travis no posee una vida propia y se pasa todo el tiempo haciendo recados. Sé que a mi padre y a Nadine les ayuda horrores, pero es justamente eso lo que me preocupa, que está demasiado metido en sus vidas. —Hizo una pausa, se dobló hacia adelante como un *origami* y exhaló el aire lentamente—. Es más que un trabajo lo que tiene: Huck vive en la casa, es uno más. Por eso contraté a Aaron, para asegurarme de que no había por qué preocuparse. Y, bueno, ya saben ustedes lo que averiguó: Travis *mató* a alguien.

Volvió a abrazarse a sí misma.

—¿El señor Fox se lo ha contado todo? —preguntó Reed.

—Sé que fue una pelea de críos en el colegio, pero uno de ellos acabó muerto y Huck se fue a la cárcel. Ayer me puse a pensar en ello y no pude pegar ojo en toda la noche. —Posó sus ojos castaños en Milo—. Aaron me ha dicho que continuarían la investigación, teniente. Que usted nunca deja escapar una pista...

XVII

Simone Vander nos acompañó hasta la verja y Milo se puso al volante para bajar sin prisas la cuesta de Benedict Canyon.

—¡Conoce a Huck, Loo! Y yo creo que con su testimonio gana puntos la hipótesis del asesino en solitario.

Milo soltó un gruñido por respuesta.

Al llegar a Lexington Road, Reed volvió a intentarlo:

—No será un problema, Loo.

—¿El qué?

—Mi relación con Aaron.

—Nadie ha dicho que pudiera serlo.

—Si algo podemos sacar en claro de lo que nos ha dicho —dijo Reed, cambiando de tema—, es que los Vander no huyen de nada. ¿Qué pensáis ahora de las orgías donde tocaba Selena?

—Buena pregunta.

—Entonces, ¿siguen siendo sospechosos?

—No veo por qué descartarlos, ni a ellos ni a nadie. Selena tenía un estilo de vida... alternativo —agregó Milo con una sonrisa—. ¿Será por eso que la mataron, a ella y a las demás? Vete a saber.

—A Selena le robaron el ordenador —recordé—. Eso apunta a la existencia de secretos que el asesino quería mantener ocultos.

—O de datos que pudieran relacionarle con Selena y que era preciso eliminar —dijo Reed—. Lo que implicaría que se conocían. Huck conocía a Selena, y ahora sabemos que además estaba loco por ella. Si le sumáis el calvo que vio Ramos, reconoceréis que el tío tiene cada vez más números.

—A mí me dio muy mal rollo —dijo Milo—, pero a los Vander no. Simon es un lince de los negocios. Dice su hija que es un confiado, pero eso no le convierte en un pardillo. ¿Por qué le iba a ofrecer su techo a Huck si no se fiara de él?

—No sé. ¿Por su estilo de vida extrava... alternativo?

Milo no contestó hasta que hubimos recorrido un par de kilómetros más de Sunset Boulevard:

—De acuerdo, invitaremos al señor Huck a una entrevista en la comisaría. Si lo tratamos bien, puede que no llame inmediatamente a su abogado. Pero vamos a darle un par de noches más a la patrulla de vigilancia. Con un poco de suerte saldrá por fin de la casa, se irá derecho a Century Boulevard y abordará a alguna fulana mientras el agente Reed le sigue de cerca, tratará de hacerle algo a la chica y tú saldrás heroicamente en su rescate. Si eso pasa, la rueda de prensa te la dejo a ti y yo me encargo del papeleo.

—¿Le crees capaz de semejante torpeza? —dijo Reed—. ¿Crees que puede volver a las andadas con todos esos cuerpos recién desenterrados?

—Pero si te mueres de ganas de vigilarle, chaval...

Reed guardó silencio.

—Sí, sería una idiotez por su parte, pero si no hubiera ningún delincuente idiota este trabajo sería menos agradecido que un cáncer de colon. Además, desde su punto de vista las cosas no pintan tan magras. Hemos charlado con él dos minutos, no le hemos hecho ninguna otra visita y en la rueda de prensa dejamos bien claro que no teníamos ninguna pista. Debe de pensar que no tenemos ni pajolera idea. Y, a decir verdad, no va tan desencaminado.

—O sea, que esperamos a que recupere la confianza y pase al ataque.

—La elección de las víctimas indica que ya tiene confianza. Empezó con mujeres que nadie iba a echar en falta y las enterró con disimulo. Como no le pillaron, eligió una víctima menos anónima, la dejó bien a la vista y llamó para asegurarse de que la encontraban.

—Don susurros —asintió Reed—. Pero ¿por qué se deshace de todas en la marisma? ¿Porque allí se siente más cómodo?

—La marisma podría ser parte de la diversión —apunté.

—¿Quieres decir que el lugar le pone? ¿Y eso?

—Ya lo dijo la doctora Hargrove: la marisma es sagrada, y en los crímenes de carácter sexual lo que prima suele ser la profanación. ¿Qué mejor escaparate podía encontrar para sus hazañas? También puede haber motivos de orden más práctico. El acceso a la marisma está restringido; si hubiera seguido enterrando los cadáveres en el cieno, podrían haber pasado años hasta que alguien los descubriera.

—Pero el tipo no quería esperar y decidió publicitarlos. —Reed lanzó un silbido—. El mundo está enfermo.

—Ahí lo tienes, chaval: el primer paso para convertirse en un buen poli de homicidios —dijo Milo.

—¿Cuál?

—Comprender el mundo en el que vives.

Las palomas se habían ensañado con el Cadillac de Reed.

—¡Qué monada de pajaritos! —exclamó.

Era asombroso lo que se parecía a Milo por momentos.

Antes de que pudiera sacar la llave le sonó el móvil:

—Reed —respondió—. Lo siento mucho, señora... Sí, por supuesto.

Sacó su bloc de notas, garabateó algo y colgó.

—Mary Lewis, la madre de Sheralyn Dawkins. Vive en Fallbrook. ¿Qué tiene prioridad, vigilar a Huck o ir a hablar con ella?

—Ve a hablar con la pobre mujer —repuso Milo—. Y llévate el equipo para tomarle una muestra cutánea. Si cotejamos su ADN al menos podremos asegurarnos de que se trata de Sheralyn. Ya me encargo yo de Huck.

—Según lo que tenga que decir podría ir tirando ahora, regresar rápido y estar de vuelta en casa de los Vander en ocho o nueve horas.

—Si sales ahora vas a pillar el atasco, así que olvídalo. Ve a por el equipo del ADN y una muda para pasar allí la noche y sal cuando la autopista esté más despejada. Tomas la ruta de la costa, buscas un hotel en Capistrano o donde sea, te regalas una buena cena de marisco, ves la televisión por cable y por la mañana estarás fresco para ir a ver a la señora Lewis.

—¿Me recomiendas algún hotel?

—El departamento no te va a pagar el Ritz-Carlton. Si te llega para un colchón y alguna chuchería de una máquina expendedora ya te puedes dar con un canto en los dientes. Y, por amor de Dios, rellena los formularios... No, mira, déjalo: ya lo haré yo.

—Los rellenaré yo. Prometido.

—Bla, bla, bla.

Los dos se marcharon juntos del aparcamiento de la pizzería y yo me fui a casa. Por el camino llamé a Robin para preguntarle si quería que pasara a buscar la cena.

—Me he adelantado. Tengo aquí unas costillas de buey de primera.

—¿Qué celebramos?

—Celebramos las costillas. Había pensado en invitar a Milo y Rick, si es que Rick libra esta noche.

—¿Te ha dado la vena hospitalaria?

—Me he puesto el vestido de anfitriona, tengo lista la coctelera y he comprado medio buey, que debería bastar para Milo. Se me ocurrió después de que te llamara esta mañana. Hace siglos que no hablo con él... y aún más que no les vemos a los dos juntos en plan relajado.

—Buena idea —dije—, pero esta noche Milo tiene guardia.

—Vaya. ¿A qué hora?

—Al anochecer.

—Podemos cenar pronto.

—¿Te encuentras bien?

—¿Por qué lo dices?

—Por el ataque agudo de sociabilidad.

—He estado muy sola últimamente, cariño. Tú sales por ahí y conoces a gente, pero yo me paso el día en casa hablando con Blanche y con mis planchas de madera.

—Ahora mismo llamo a Milo.

—Ya le llamo yo. A mí no sabe decirme que no.

El doctor Rick Silverman no tenía turno de urgencias y fue una grata sorpresa para ambos invitados.

—¡Carne roja! —exclamó Milo—. El deber y la seguridad pública tendrán que esperar.

Rick llegó el primero, con una camisa de seda granate, los vaqueros bien planchados, mocasines de malla y un inmenso arreglo floral de orquídeas para Robin. Llevaba la melena gris más larga que de costumbre y su bigote era un alarde de maestría quirúrgica. Robin le agradeció las flores con un beso; Blanche le restregó la cabeza contra el dobladillo.

—¡Hola, preciosidad! —dijo, arrodillándose para acariciarla—. ¿No puedo llevármela como regalo de fin de fiesta?

—Te quiero mucho, Richard, pero no tanto —dijo Robin.

Rick jugó un rato más con el perro y le echó un vistazo al asado, que crepitaba sobre la parrilla.

—Eso huele que alimenta, menos mal que llevo una dosis extra de Lipitor. ¿Os ayudo en algo?

—Está todo controlado. ¿Un Manhattan con hielo? Maker's Mark, un tapón de vermú y un golpe de angostura. Sin cereza, ¿verdad?

—¡Qué memoria! No es que me aparte nunca de los clásicos, pero aun así. —Se sentó y Blanche se estiró a sus pies. Dejando colgar el largo brazo, Rick le acarició los belfos con sus diestros dedos de cirujano—. El grandullón llegará de un momento a otro.

—Ha llamado hace media hora —le informó Robin—. Me ha dicho que le habían llamado de la comisaría del centro y me llamaría si no podía llegar. No ha vuelto a llamar.

—¡La comisaría del centro! Otra vez...

—¿Otra vez?

—El nuevo jefe es de lo más quisquilloso, Milo dice que no ha visto nada igual. Seguramente es mejor que en los viejos tiempos, cuando le dejaban pudrirse en Siberia, pero la atención personalizada también puede ser un engorro. ¿No, Alex?

—Cuando tienes que rendir hay más presión.

—Exacto.

Rick probó a llamar a Milo al móvil, pero le saltó el contestador. No se molestó en dejarle un mensaje.

Robin le trajo el cóctel y me lanzó una mirada:

—¿Un Chivas, amor?

—Gracias.

Mientras me lo ponía, Rick se llevó su Manhattan a la ventana de la cocina y contempló las copas de los árboles recortados contra el cielo.

—Me había olvidado de lo bonito que es. —Dio un sorbo—. Parece que lo de la marisma no va a resolverse de un día para otro, ¿verdad?

Asentí con la cabeza.

—Qué horror —dijo—. Pobres mujeres... Aunque confieso que mi punto de vista es un poco egoísta. Asquerosamente narcisista, de hecho. Me han invitado a dar un discurso en una reunión de antiguos alumnos, y pensaba que podríamos ir los dos y luego darnos un garbeo por Nueva Inglaterra. Milo nunca ha estado por allí.

—¿En la Universidad de Brown o en la de Yale?

—En Yale. —Se echó a reír—. Tampoco es para echar cohetes, esas reuniones siempre son embrutecedoras.

La puerta principal se cerró de un portazo y una voz rugió:

—¡Huele a res!

Milo entró en la cocina como una exhalación, repartió abrazos y aspiró todo el oxígeno de la habitación. En el rostro de Rick se dibujó una expresión de alivio.

En tres minutos Milo se bebió un cartón de zumo de la nevera, apuró una cerveza de un trago, inspeccionó el asado como si fuera una prueba incriminatoria y pasó un dedo por un goterón del jugo de la carne sobre la encimera para probarlo.

—¡Huy, esto va a estar riquísimo! ¿Qué hay del vino?

Los cuatro comimos con ganas y nos despachamos una botella de un Pinot neozelandés.

Cuando Robin le preguntó a Milo cómo le iba, se tomó la pregunta literalmente y comenzó a resumirle los crímenes de la marisma.

—Nos vas a arruinar el apetito —dijo Rick.

Milo se cerró con un dedo la cremallera de los labios.

—Cuenta, cuenta, que a mí me interesa —se quejó Robin.

—A ti sí —dijo Milo—, pero al doctor Silverman el tema le repugna y el doctor Delaware ya está hasta el gorro. Quien haya secuestrado las patatas, que libere un par de rehenes.

La conversación fue derivando hacia temas más triviales. Milo no participaba mucho y engullía su carne como una cosechadora. Rick se esforzaba en no prestar atención a su velocidad de deglución. Llevaba mucho tiempo tratando de convencer a Milo para que se hiciera un chequeo.

Al final de la cena Blanche entró con paso inseguro después de su siesta. Es el único perro al que Milo reconoce tenerle cariño, pero cuando se restregó contra su pierna la ignoró. Rick se la subió al regazo y le acarició las orejas.

—¡Guau! —dijo Milo, con la mirada perdida.

—¿Postre? —preguntó Robin.

—No gracias, estoy lleno —dijo Rick.

—Felicidades —exclamó Milo.

—¿Por qué?

—Por hablar por ti.

Salimos al jardín, comimos algo de fruta, bebimos café, miramos los peces y tratamos de identificar las constelaciones en la noche sin luna.

—Pues vamos a titilar —dijo Milo, encendiéndose un puro.

—Al menos has tenido la decencia de encenderlo afuera y no intoxicar a los anfitriones —dijo Rick.

Milo le alborotó el pelo.

—Qué considerado soy.

—Podrías serlo alguna vez con tus propios pulmones.

Milo se llevó una mano a la oreja.

—¿Eh? ¿Cómo dices, hijo?

Rick exhaló un suspiro.

—Yo sabes que estoy por encima de la química —declaró Milo.

—¡Ya está otra vez con su teoría! Llamen al jurado del Nobel.

—¿Qué teoría? —preguntó Robin.

—Dice que después de tanto tiempo en el departamento tiene las vísceras petrificadas y son inmunes a las toxinas.

—¡El Hombre de Granito! —bromeó Milo, fumando con avidez. Acercó su Timex a la bombilla de bajo voltaje de uno de los faroles y exclamó—: ¡Vaya, se me ha hecho tarde!

Se levantó, aplastó el cigarro contra una piedra, nos abrazó a todos y se marchó.

Rick recogió la colilla y la sostuvo entre el pulgar y el índice.

—¿Dónde tiro esto?

A medianoche Robin y yo ya estábamos en la cama, entre sábanas limpias y frescas.

Ella se durmió enseguida; yo hube de vérmelas con la marejada cerebral de costumbre y tratar de apaciguarla. Cuando sonó el teléfono ya estaba de vuelta en Missouri, manejando con maestría la Remington de mi padre y sintiéndome más grande que él, más grande que un oso.

—Bueno, Al, por fin lo has entendido —dijo mi padre.

Ring ring ring ring ring.

Qué estupidez: en el bosque no hay teléfonos. Me cubrí la cabeza con la sábana y seguí siendo un gigante.

XVIII

Robin se levantó a las seis y se fue a trabajar a su estudio.

La sorprendí algo más tarde, mientras deslizaba una garlopa afilada como una cuchilla sobre un rectángulo inmaculado de picea: por el tamaño y el grosor de la madera, la futura tabla armónica de una guitarra acústica.

—La copia de una Stromberg —confirmó—. Voy a probar con varetas diagonales, a ver si le saco algún matiz interesante.

—Te he traído un café —dije.

—Gracias. Tienes una legaña... así, ya está. ¿Has descansado?

—¿Por qué? ¿He dado muchas vueltas en la cama?

—Unas cuantas. ¿Has oído el mensaje del contestador?

—Aún no. —Di un largo bostezo—. ¿A qué hora lo dejaron?

—Hay dos. Uno es de las doce cuarenta y el otro de las cinco; los dos de Milo.

Le localicé en su despacho.

—¿Huck ha movido pieza?

—Huck no ha hecho nada, como de costumbre, pero tenemos un nuevo cadáver en la marisma.

—¡Dios mío! Pobre mujer...

—No exactamente.

Entre las siete y media y las nueve de la víspera, Silford Duboff y su novia, Alma Reynolds, disfrutaron de una cena vegana en el Real Food Daily de La Cienega Boulevard.

—En realidad, la única que disfruté de la cena fui yo —dijo Reynolds al otro lado del cristal ahumado—. Sil la pasó malhumorado, absorto en sus pensamientos. No me pregunte cuáles, porque no pude sonsacárselos. La noche empezaba a ser frustrante, pero no le dije nada. Sil pidió su plato preferido de la carta, la cena de televisión, que normalmente le cura todos los males. Esta vez no sirvió de nada. Sil se cerró en banda, así que al cabo de un rato dejé de insistir y acabamos de cenar en silencio.

Le contaba la historia a Milo con seguridad y una curiosa distancia, como si estuviera impartiendo una clase.

Alma Reynolds era una cincuentona alta y maciza, con la nariz aguileña, la mandíbula prominente, unos penetrantes ojos azules y la melena entrecana recogida con severidad en una trenza que le llegaba hasta la cintura. El tono didáctico de su voz no era casual: había sido profesora auxiliar de ciencias políticas e historia económica en la Universidad de Oregón durante quince años, tras los que se había jubilado por culpa de «los recortes presupuestarios, la apatía estudiantil y la burocracia fascistoide».

Estaba sentada frente a Milo, con la espalda muy tiesa y sin derramar una lágrima, con la misma camisa azul que vistiera la víspera bien metida por dentro del pantalón de franela gris y unas sandalias de cáñamo. Llevaba unas gafas de lectura con montura de carey colgando de una cadenita sobre el pecho y unos sobrios pendientes de plata y turquesa.

—Así que no sabe qué le preocupaba —insistió Milo.

—No tengo la menor idea. A veces le da por ahí. Es poco comunicativo, como la mayoría de los hombres.

Milo no se lo discutió; a Reynolds tampoco le hubiera importado entrar en polémica.

—Nos fuimos nada más acabar los postres —dijo—. Visto su comportamiento, decidí compensar los daños con un buen libro. Le pedí que me llevara a casa y le dejé bien claro que él tendría que irse a la suya.

—También vivía en Santa Mónica, ¿no?

—A dos manzanas de mi casa, sí, aunque las distancias son relativas: hay días en que dos manzanas son años luz. Ayer fue uno de esos días.

—¿Y eran frecuentes esos días?

—Frecuentes no, pero tampoco eran excepcionales —repuso Alma Reynolds—. Sil podía ser muy difícil.

—Como la mayoría de los hombres.

—A él se lo pasaba porque era un hombre *de bien*. Si algo debe quedarle claro, teniente, es eso. —Respiró hondo y musitó—: Qué caray, tampoco hay por qué contenerlas.

—¿Contener qué?

—Las lagrimas.

Como si esperaran la señal, dos lagrimones le bajaron por las mejillas. Reynolds enterró los dedos en su espesa melena gris y soltó un gemido.

Milo se tomó su tiempo y le hizo repetirle lo ocurrido.

En lugar de llevar a Alma a su casa, Duboff torció hacia la marisma. Ella protestó pero él hizo caso omiso. A continuación hubo en el coche una «discusión» que ella aprovechó para echarle en cara su obsesión enfermiza por la marisma. Él le dijo que se sentía responsable del lugar, que no podía evitarlo. Ella replicó que el puto lugar estaba bien y no había que preocuparse tanto. Él le dijo que no hablara así de la marisma y ella le increpó y le dijo que era una ridiculez, que la policía no había hecho nada que pudiera alterar el equilibrio natural y ya iba siendo hora de hacer borrón y cuenta nueva.

Sil no le hizo caso.

Ella bramó que aquello era el colmo, pero él siguió conduciendo como si nada.

De tener un móvil lo habría usado, pero no tenía. Y Sil tampoco. Digan lo que digan, las torres de comunicaciones móviles son cancerígenas, por no hablar de los devastadores efectos que tienen entre las aves y los insectos, y Alma prefería irse a vivir a Tombuctú que entregarse a un estilo de vida malsano e irresponsable.

Ella insistió en que parara el coche y Sil pisó el acelerador.

—*¿Qué te ha dado?*

Sil se hacía el sordo.

—*¡Déjate ya de idioteces y respónd...!*

—*Hay una cosa que he de ver.*

—*¿Qué?*

—*Una cosa.*

—*Ésa no es respuesta.*

—*No tardaremos nada, cariño...*

—*¡Qué cariño ni qué ocho cuartos! Ya sabes cómo me molesta que...*

—*Después vamos a casa y te hago un té...*

—*¡Tú a tu casa y yo a la mía, joder! Si me tomo un té, ya me lo haré yo.*

—*Como quieras...*

—*A ti lo que yo quiera te trae sin cuidado.*

—*No te pongas dramática, sólo he de ver una cosa.*

—*¿Dramática, dices? ¡Me has secuestrado! Es una agresión psicológica intole...*

—*Será un momento*

—*¿Qué será un momento?*

—*No importa.*

—*Si no importa, ¿por qué tienes que ir?*

—*No te importa a ti.*

—*¿De qué coño ha...?*

—*Me han llamado y me han dicho que la solución está allí.*

—*¿La solución de qué?*

—*De lo que ha pasado.*

—*¿De qué hablas?*

—*¡De aquellas mujeres!*

—*¿De las mujeres que han encontrado en...?*

—*Sí.*

—*¿Quién? ¿Quién te ha llamado?*

Silencio.

—*¡Respóndeme!*

—*No me ha dicho quién era.*

—*Mientes. Siempre se te ve el plumero.*

Silencio.

—*Vamos, que te llama un perfecto desconocido y tú acatas sus órdenes como un androide.*

Silencio.

—*Es absurdo, Sil, te lo repito...*

Silencio.

—*La obediencia ciega aniquila el espíritu...*

—*No se trata de mí sino de la marisma.*

—*¡La maldita marisma está perfectamente bien! ¿Es que no te entra en la mollera?*

—*Está visto que no.*

—*¡Increíble! Te llaman por teléfono y tú acudes corriendo como un perro faldero.*

—*Puede que sea eso lo que haga falta.*

—*¿El qué?*

—*Un perro. Fue un perro el que encontró los cuerpos.*

—*Así que ahora vas de sabueso. ¿Eso quieres, Sil? ¿Convertirte en un androide uniformado?*

—*Será un momento.*

—*¿Y qué se supone que tengo que hacer mientras tú husmeas por ahí?*

—*Espérame en el coche. No tardo nada.*

Pero tardó.

En el coche aparcado en Jefferson, cerca de la entrada Este, Alma fue poniéndose nerviosa y acabó por asustarse. No se avergonzaba de reconocerlo. Para ser sincera, el lugar siempre le había dado miedo, sobre todo de noche. Y con más razón en una noche de luna nueva, con un cielo negro y opaco como la pez.

No se veía a nadie. A nadie.

Y aquellos horribles bloques de apartamentos, aquella abominación del narcisismo antropocéntrico alzándose entre las tinieblas. Había algunas luces encendidas, pero tampoco ayudaban mucho. A esa distancia parecían luces de otro planeta.

No le quedaba más remedio que esperar.

Cinco minutos. Seis, siete, diez, quince, dieciocho. ¿Dónde coño estaba?

Al final decidió sobreponerse a la inquietud mediante la ira, una técnica que había aprendido de un colega de la facultad de Oregón que daba clases de psicología cognitiva: la de sustituir una emoción que incapacita por otra que capacite para la acción.

El ejercicio funcionaba, y Alma fue enfureciéndose cada vez más pensando en Sil, en aquel hombre arrogante y compulsivo, en aquel mongoloide desconsiderado. La había dejado ahí plantada, el muy imbécil.

Cuando volviera, le iba a armar la de Dios.

Al cabo de veinticinco minutos Sil aún no había aparecido y su ira comenzó a recular ante el avance inexorable de la inquietud.

No, era peor que la inquietud: era miedo puro y duro, no se avergonzaba de reconocerlo.

Había que emplear otra estrategia, enfrentarse a la impotencia con la acción.

Alma salió del coche y se encaminó hacia la marisma.

La oscuridad que la envolvía era total y se detuvo.

Gritó su nombre.

No hubo respuesta.

Le llamó aún más fuerte.

Nada.

Dio otro paso al frente pero el muro de oscuridad era infranqueable y tuvo que detenerse. ¿Dónde estaba la linterna de bolsillo de Sil?

—¡Ya estás saliendo de ahí y llevándome a casa! ¡Y no me llames hasta que te llame yo a ti!

El puño surgió de la nada.

Fue un buen golpe y le alcanzó de pleno en el estómago, con tanta fuerza que pensó que iba a sacar las tripas por la boca.

Una descarga eléctrica de dolor se adueñó de su cuerpo y la dejó sin respiración.

El segundo golpe lo encajó en la cabeza y la mandó directa al suelo, donde un pie remató la faena pateándole la espalda.

Alma se hizo un ovillo y rezó para que no se ensañaran más.

La paliza terminó tan repentinamente como empezó.

Alma oyó unos pasos que se perdían en la noche. Como no escuchó el motor de ningún coche, permaneció en el suelo. Me está observando, pensó. Estuvo ahí un buen rato antes de plantearse la gran pregunta:

¿Era Sil?

Si no, ¿dónde estaba Sil?

Duboff había recibido un navajazo poco antes, en el sendero. Las manchas de sangre habían manchado la tierra a cuatro metros escasos del lugar donde encontraron a Selena Bass. El asesino se había cuidado de pasar una rama por el suelo hasta la calzada, para borrar las pisadas. Tampoco había pelos sueltos o fluidos corporales que no fueran los de Duboff, ni huellas de neumáticos en la calle.

El navajazo fue profundo, por la espalda, y le perforó el pulmón izquierdo. Se lo asestaron con tal fuerza que le rompieron también una costilla. Acabaron el trabajito cortándole el pescuezo de oreja a oreja, cuando ya estaba tendido de bruces.

—Seguramente le estiró del pelo, le rodeó la garganta y ¡zas! —me explicó Milo más tarde.

El ataque a traición en la oscuridad no debió de llevarle más que unos segundos, pero Alma Reynolds esperó en el coche casi media hora, tiempo más que suficiente para borrar las huellas.

Cuando llamó a Duboff, el asesino se percató de su presencia. El segundo grito le ayudó a localizarla y ya sólo tuvo que abalanzarse sobre ella. Se trataba de una testigo potencial, pero estaría demasiado concentrado en su propia huida y no se molestó en liquidarla.

El asesino se esperaba un encuentro a solas, pero Duboff, siempre a contracorriente, llegó acompañado de Alma Reynolds, exponiéndola sin querer a un peligro mortal.

—¿Se encuentra ya mejor? —se interesó Milo.

Alma respondió con aire ofendido:

—Ya le he dicho que no me he hecho nada. Lo que me duele es el ego.

Se puso en pie, disimulando a duras penas un mohín de dolor.

—Hijo de perra —musitó mientras salía con rigidez de la sala—. Cómo le voy a añorar...

Milo y yo nos trasladamos a su despacho.

—Duboff era un misántropo gruñón —dije—, pero confiaba lo bastante en la persona que le llamó como para encontrarse con ella a oscuras. Alma Reynolds dice que mentía, que sabía quién le había llamado. El cebo era perfecto: la solución del caso.

—Pues a mí como cebo me parece un poco pobre —objetó Milo—. ¿Por qué iba a picar alguien como él?

—Imagínate los titulares: ecologista militante pone en evidencia a la policía y mantiene intacta su tierra sagrada.

—Supongo que tienes razón.

—Además, a él no le asustaba la marisma de noche. Alma dice que iba a menudo, como la noche en que encontraron a Selena y a punto estuvo de coincidir con el asesino.

—Tan a punto que me huele a chamusquina.

—¿Quieres decir que pudo tomar parte?

—El trabajito habría sido mucho más sencillo entre dos, como tú dijiste, y no creo que haya mucha gente más vinculada sentimentalmente a la marisma que Duboff. Además, era un bicho raro. Recuerda que al principio sospechamos de él y lo descartamos porque no tenía antecedentes penales graves ni relación alguna con Huck. Vete a saber, a lo mejor fue una cagada como un piano.

—¿Qué insinúas? ¿Que fue allí a hablar con su cómplice? ¿Y por qué llevó a Reynolds?

—Porque pensó que sería un momento, como le dijo. Lo que no sabía es que su cómplice le tenía reservada una sorpresa.

—Habría que averiguar si el nombre de Huck figura en alguna de las listas de correo de la protectora.

—Lo que habría que saber es dónde coño estuvo anoche.

Por algo tengo el culo cuadrado de esperar en el coche contemplando la fronda. No vi a nadie entrar o salir de la casa, pero eso no significa nada, porque pudo salir antes de que llegara y volver después de que me llamaran por lo de Duboff.

—¿A qué hora te llamaron?

—A las doce pasadas. Pero para entonces ya llevaba muerto un buen rato. Nuestra amiga Alma no llevaba reloj, pero asegura haber salido del restaurante poco después de las nueve y supone que serían las diez cuando se llevó la paliza. Se quedó allí tumbada medio grogui media hora más, luego se levantó y se puso a buscar a Duboff. Fue una tontería como una casa, pero la adrenalina y la sensatez no hacen buenas migas. Cuando lo encontró corrió hacia la calle dando voces. No la oyó nadie, claro, ya sabes que de noche aquello está desierto. De modo que volvió al coche de Duboff y fue a dar parte a la comisaría de la división del Pacífico. En el informe consta que llegó a las once y treinta y dos. La metieron en una sala, le tomaron la declaración, mandaron un coche a la marisma para verificar la ubicación del cadáver y llamaron a Reed, que estaba en Solana Beach y me llamó a mí. Yo había ido a descargar la vejiga, vi el mensaje, le devolví la llamada y salí cagando leches hacia la marisma, dejándole a Huck todo el tiempo del mundo y el horizonte despejado para volver a casa. —Se pasó una mano por la cara—. Me hago viejo, Alex. Antes de salir tendría que haber llamado al timbre de los Vander. Si Huck no estaba en casa, a lo mejor había alguien que pudiera abrirme, la señora de la limpieza o quien fuera, y lo habría sabido.

—Te pidieron que fueras a la escena del crimen y fuiste. No te tortures.

—Pero ¿qué prisa tenía si ya estaba fiambre? —Soltó un par de tacos—. Sí, fue la reacción lógica. Lo que equivale a la falta más absoluta de creatividad.

—Me sorprende.

—¿El qué?

—Que se flagele de esta manera el hombre de granito.

—De arenisca, diría yo.

XIX

Acelerar la orden de registro del piso de Silford Duboff no sirvió de mucho. El único hallazgo sorprendente fue de orden filosófico: la obra completa de Ayn Rand bien sobada y con las esquinas dobladas, escondida debajo del colchón como si de pornografía se tratara.

—No encontramos navajas, pistolas, garrotes, juguetitos guarros, fluidos corporales fuera de lugar, notas incriminatorias ni nada —me informó Milo—. Tampoco había ningún ordenador, pero Reynolds asegura que Duboff no tenía. En la nevera no había más que frutas, vegetales y toda clase de mierda integral. Tres hurras por la vida sana.

Moe Reed volvió de Fallbrook con una muestra cutánea de la madre de Sheralyn Dawkins y de su anonadado hijo de quince años. La madre era el ama de llaves de una lujosa finca dedicada al cultivo de aguacates. Devon Dawkins, su nieto, era un estudiante de matrícula que dedicaba su tiempo libre a las labores del campo.

—Una buena mujer —dijo Reed—. La descripción que me hizo de la pierna rota de Sheralyn encaja a la perfección con la de la víctima. No quería hablar delante de su nieto, pero le hizo salir y lo desembuchó todo de corrido. Sheralyn era una chica problemática desde el instituto. Problemas de autoestima, de drogas, de alcohol y de golfos.

—La misma historia que nos contó la madre de Laura la Grande —dijo Milo—. ¿Te habló de algún golfo en particular?

—Se refería a los que conoció en su adolescencia y ni siquiera sabía sus nombres. Ése es el problema: Sheralyn era muy celosa de su intimidad y nunca le contaba nada. Hace años que dejaron de tener contacto. Me dio la impresión de que a la madre ya le venía bien, que agradecía la oportunidad de criar a Devon como Dios manda. Es un chico majísimo, la verdad. No fue fácil darle la mala noticia.

—¿Cuánto tiempo hace que viven allí? —pregunté.

—Se mudaron a San Diego cuando el padre de Sheralyn dejó el ejército. Se reintegró a la vida civil como director de mantenimiento del distrito escolar y murió hace doce años. Sheralyn nació en San Diego y allí se quedó hasta que colgó los estudios en segundo de bachillerato. De Travis Huck su madre no ha oído hablar en su vida y su foto no sirvió para refrescarle la memoria.

—Si fuera todo tan fácil, la vida sería un coñazo —dijo Milo.

—Cuando Devon se fue me dijo algo que podría ser importante: a Sheralyn le gustaba el dolor. No tanto provocarlo como padecerlo. Su madre me dijo que de adolescente se hacía cortes en los brazos, se arrancaba las pestañas y a veces se quemaba con cigarrillos. Había días que volvía a casa con el cuello y los brazos repletos de moratones después de estar con algún chico. Su madre la amenazó con llevarla al psiquiatra y Sheralyn le dijo que se ocupara de sus asuntos, se fue de casa y no volvió en un par de días. La gota que colmó el vaso llegó cuando a los dieciséis años se quedó embarazada y se negó a decirle quién era el padre. Sus padres temían por el niño, porque ya estaba metida en la droga, y cuando nació trataron de convencerla para que les dejara adoptarlo. Sheralyn se puso hecha una furia y se marchó. No supieron de ella hasta al cabo de tres años. Se presentó en su casa sin previo aviso y se quedó un par de días. A los padres les pareció buena señal, pero Sheralyn lió los bártulos y volvió a marcharse en mitad de la noche, dejando a Devon al cuidado de sus abuelos.

—Necesitaba otra ración de dolor —dijo Milo.

—Y que alguien le estrujara el pescuezo —asintió Reed—. Una fulana masoquista debe de ser presa fácil para un sádico... El cliente empieza por el jueguecito de la asfixia, que para ella es sólo una forma placentera de ganarse la vida, y cuando aprieta más de la cuenta ya es demasiado tarde. ¿Tiene sentido, doctor?

—Lo tiene y mucho —repuse—. Además, podría ser el vínculo entre Selena y las demás víctimas. A lo mejor las orgías donde tocaba cambiaron a un rollo más duro y se unió a la fiesta.

—Pensó que tenía la situación controlada, pero se le fue de las manos —dijo Reed.

—La historia de Sheralyn me recuerda un poco a la de Selena —dijo Milo—. Las peleas entre madre e hija, la huida de casa...

—¿Y ahora qué? —pregunto Reed.

—Acaba de llamar el jefe —repuso Milo—. Quería hablar de Caitlin Frostig.

A Reed se le ensombreció el rostro.

—¿Me he metido en algún marrón?

—Nada de eso. Quería saber cómo va el caso de la marisma. Le he dado la versión más sincera y él me ha largado su discursillo de jefe paciente y comprensivo. Luego ha sacado el tema de Frostig.

—Quiere tenerme controlado.

—Su Graciosa Virulencia se interesa personalmente por sus tropas, eso es todo.

—No te habrá insinuado que debería dedicarle más tiempo a Caitlin, ¿verdad? Porque ya no sé qué más podría hacer.

—Quería asegurarse de que aparcas a Caitlin hasta que cerremos el caso. Y eso me lo ha dicho antes de enterarse de lo de Duboff. O sea que ahora, con más razón.

—Ah, bueno... ¿Nos asignarán refuerzos?

—¿Por qué? ¿Los quieres?

—¡Qué va! Era sólo por saber. Sobre todo ahora que ha aparecido otro cadáver y teniendo en cuenta lo verde que estoy. No tengo precisamente un historial de récord.

Milo le puso la mano en el hombro.

—Esto es un caso de homicidio, chaval, no una competición. No se trata de batir récords sino de ir con calma y esperar a que la cosa cuaje. Nadie con dos dedos de frente (y el Rey Sol los tiene) va a confiar en que resolvamos el caso en la segunda pausa publicitaria.

—Vale —dijo Reed—. ¿Se refirió a Caitlin por su nombre?

—Por su nombre y apellido.

—Seguramente le habrán llamado. El padre de Caitlin trabaja para un magnate de la tecnología.

—¿Caitlin es la chica desaparecida de la que te ocupabas? —pregunté.

Reed asintió con la cabeza.

—Una universitaria que dejó el trabajo hace trece meses y desde entonces no se ha vuelto a saber nada de ella. El caso está más empantanado que el barro de la marisma y se lo dan a un novato como yo, con sólo otro caso en su haber. Si es el castigo que me toca por haber mosqueado a alguien, no acabo de ver cómo ni a quién.

—El primer caso lo resolviste. Eso es sacar la bola del estadio a la primera bateada, como quien dice.

—Sólo que esto tampoco es un partido de béisbol. —Reed se ajustó el nudo de la corbata—. Bueno, ¿cuándo hablamos con Huck?

Un buen charco de agua se extendía bajo el Aston Martin, el Lincoln Town Car y el Mercedes de Simon Vander. La humedad oscurecía la pizarra del suelo de la entrada.

—Día de lavado —dijo Reed—. O han contratado un servicio especial de lavacoches o Huck está por aquí cerca. El Lexus no lo veo, a lo mejor ha ido a llenar el depósito. Quienquiera que los haya lavado.

Apretó el botón del interfono, pero no respondieron. Las dos tentativas siguientes fueron igualmente infructuosas.

Cuando Milo llamó al número fijo de los Vander le saltó el contestador. Adoptando un tono de voz neutro le dejó a Travis Huck un mensaje para que se pusiera en contacto con él, cordial como la invitación a una partida de póquer.

Nos pusimos a hacer tiempo ante la verja tentacular. Al cabo de veinte minutos el cartero pasó por la casa y metió el correo publicitario y la propaganda por la ranura de uno de los postes.

Reed le abordó antes de que se marchara:

—¿Conoce a los inquilinos?

El cartero sacudió la cabeza.

—Nunca he visto a nadie. —Pasó un dedo por la verja—. Cuando traigo paquetes los dejo ahí delante y nadie me firma el recibo.

—Gente reservada, ¿eh?

—Gente de pasta —sentenció el cartero—. Hay que guardar las distancias, ya sabe...

—¿Qué clase de paquetes les trae?

—Vino, cestas de fruta, toda clase de exquisiteces... ¡La buena vida!

Se echó su bolsa al hombro y se alejó calle abajo.

Milo esperó un poco para descender también por la calle Marítimo y desapareció tras el primer recodo. Volvió al cabo de unos minutos.

—Nada de nada. Ya va siendo hora de moverse. Déjales tus credenciales, Moses.

Reed deslizó una tarjeta por el buzón y dejó otra prendida entre la verja y el poste.

—¿Se habrá largado?

—Siempre cabe la posibilidad.

Doblamos hacia la autopista del Pacífico. El sol era un flan recién salido del horno y el océano un rompecabezas derretido de verdes y azules. No había ningún Lexus aparcado frente al refugio playero de los Vander y al interfono tampoco respondieron.

Moe Reed dio una palmada a la gran valla de madera que vedaba el paso a la playa.

—Ya sólo les falta cavar un foso...

—Para eso está el dinero.

Recorrimos la autopista de arriba abajo y paramos en todas las gasolineras que había hasta Broad Beach en busca del Lexus. En Pacific Palisades el precio de la gasolina de alto octanaje se acercaba ya al dólar con treinta por litro, un robo que no impedía que los automovilistas hicieran largas colas para darse el chute petroquímico. Huck no estaba entre ellos.

—Volvemos, llamamos al depósito y preguntamos cuándo tendrán la autopsia de Duboff, a ver si han hecho algún tipo de examen preliminar o han encontrado algo útil. Luego convendría verificar que la víctima número tres es DeMaura Montouthe. No creo que cueste mucho identificarla, pero no podemos permitirnos cagarla. La fulana aquella nos dijo que era de Alabama, pero podría ser de Arkansas o de cualquier otro estado sureño. No me extrañaría que fuera de Arizona o hasta de Albania. Si suena la flauta, localizaremos a algún familiar suyo al que DeMaura le hablara de algún cliente que la tuviera amedrentada.

—Como el tipo del que huyó Laura la Grande.

—Exacto —repuso Milo—. En un mundo ideal, se entiende.

Al llegar a la comisaría un recepcionista de civil abordó a Milo:

—He tratado de localizarle, teniente.

—No he recibido ningún mensaje —repuso Milo.

—Pues vaya si lo he intentado.

—¿A qué teléfono llamabas?

El recepcionista le cantó un número, que en el último dígito fallaba por dos enteros.

—A mí es el número que me han dado —se excusó el tipo con pachorra—. Tampoco importa, porque lo que quería decirle es que tiene visita y le espera arriba, en su despacho.

James Robert Hernández, Bob para los amigos, era un tipo musculoso de metro ochenta y cinco y ojos azules, con el pelo cobrizo peinado hacia atrás y una perilla de diez centímetros a juego. Vestía unos vaqueros con el dobladillo vuelto, botas de motociclista muy baqueteadas y una camisa lisa remangada hasta los hombros. Tenía el brazo repleto de tatuajes turquesa, de las gruesas muñecas a los tremendos bíceps. Piolindo,

Popeye y una legión de amartelados querubines. El brazo derecho proclamaba caligráficamente su devoción por «Kathy». No eran creaciones penitenciarias, más bien parecían el trabajo de un profesional. Hernández tenía antecedentes, pero eran de poca monta: conducción en estado de embriaguez, multas de tráfico, incomparecencias.

Después de buscar su nombre en la base de datos Milo regresó a la sala de interrogatorios y se sentó frente a él. Durante su breve ausencia, yo había esperado con Hernández, comentando la actualidad deportiva.

Moe Reed estaba en otra sala, examinando la preciosa caja de madera que Hernández había traído. Antes de empezar había llamado a la oficina del forense y había pedido autorización para llevar personalmente la caja al laboratorio de la doctora Hargrove.

—¿Conque huesos humanos? —preguntó Milo.

—Tienen toda la pinta —repuso Hernández—. Yo no soy médico ni nada, pero lo he mirado en Internet y la forma coincide. Tres manos completas, en total.

—Vaya, sí que lo ha investigado a fondo...

—No quería hacerles perder su tiempo.

—Muy amable. Y ahora, ¿quiere explicarme cómo los encontró?

—No los encontré: los *compré*. No los huesos, sino un montón de cosas. En los almacenes subastan las parcelas de quienes dejan de pagar las mensualidades. Ya sabe, lo mismo que hacen ustedes con los coches confiscados. —Esbozó una sonrisa—. Yo perdí un El Camino en una de sus pujas.

—¿Qué más había en el lote?

—Un par de bolsas llenas de basura y una bici que podía tener algún valor y resultó ser un pedazo de chatarra. En las bolsas encontré varios juegos de mesa y una montaña de periódicos viejos. Lo tiré todo salvo la caja, porque la madera es buena. Luego descubrí lo que había dentro y llegué a la conclusión de que eran huesos humanos porque no se parecen a los de ningún otro animal. Entonces llamé a la división del Pacífico y me pasaron con el agente Reed, que me dijo que viniera. Y aquí estoy.

—¿La caja estaba envuelta?

—Sí, en una de las bolsas de basura. Es de palisandro brasileño, una madera muy rara de un árbol protegido. Aunque, la verdad, hubiera preferido que contuviera joyas o monedas.

—¿Cuánto tiempo hace que la encontró?

—Dos semanas. Traté de averiguar de dónde provenían y por lo que he visto son humanos. Por eso no los he puesto a la venta en eBay; no me pareció correcto.

—¿En eBay aceptan esta clase de cosas?

—Ni idea. Tampoco lo he intentado, ya le digo. Seguramente los habría vendido, pero cuando me enteré de los asesinatos me dije que tenía que avisarles. —Miró a Milo detenidamente—. La marisma está a dos pasos del almacén y ya sé que han encontrado cuatro cuerpos y aquí sólo hay tres manos y es probable que no tenga nada que ver, pero pensé que sería mejor dar parte.

—Y pensó bien. ¿Dónde está ese almacén?

—Se llama Pacific Public Storage y está en Culver Boulevard, cerca de Jefferson.

—Usted vive en Alhambra.

—En Alhambra, sí.

—Pues no le quedaba muy cerca que digamos.

—Más que otras subastas a las que he ido. Una vez me fui hasta San Luis Obispo —dijo y le mostró su dentadura amarillenta—. Joder, si me dice que hay alguna ganga a tiro le juro que me voy al fin del mundo.

—¿La compraventa de bienes es su principal ocupación?

—Qué va. Yo estudié paisajismo, pero es que ahora mismo no tengo trabajo.

—¿Cuánto tiempo es ahora mismo?

—Demasiado. —Se retrepó en su silla y soltó una carcajada—. Ya me lo advirtieron mis hermanos.

—¿El qué?

—Que me exponía a un interrogatorio. «No te cortes, Bobby, ve a la comisaría si quieres. Adelante, tú cumple como un buen ciudadano, pero van a sospechar de ti porque para eso nos pagan, para que no nos fiemos de nadie.»

—¿Sus hermanos están en el cuerpo?

—Gene es policía en Covina, Craig en South Pasadena, y mi padre era bombero. ¡Si hasta mi madre está metida! Es administrativa en la comisaría de West Covina.

—Y usted es el inconformista —repuso Milo con una sonrisa.

—No se lo tome a mal, teniente, pero no hay bastante dinero en el mundo para tenerme encerrado en un coche o un despacho. Si quiere hacerme feliz, deme una retroexcavadora y un par de hectáreas de terreno. Por cierto, que tendría que ir tirando. Tengo una entrevista de trabajo en Canoga Park y no quiero llegar tarde. Quieren transplantar unas palmeras gigantes, que es mi especialidad.

Milo le tomó los datos, volvió a darle las gracias y le estrechó la mano.

Al llegar a la puerta, Hernández se detuvo.

—Ah, una cosa más —dijo—. Que conste que no he venido por eso, pero un día de éstos tengo que comparecer en el juzgado por una cuestión de multas pendientes y si pudiera echarme un cable se lo agradecería.

—¿Ha venido por recomendación de su abogado?

—La idea ha sido mía, pero mi abogado me ha dicho que a lo mejor ayudaba. Y lo mismo opinan mis hermanos. Puede llamar a cualquiera de los dos, ellos responden por mí. —Hizo una pausa—. Si estoy meando fuera del tiesto, me lo dice y santas pascuas.

—¿Quién es su abogado?

—Uno de oficio, recién salido de la facultad. La verdad es que el tío me saca de quicio. Se llama Mason Soto y creo que le preocupa menos mi caso que detener la guerra de Irak.

Milo anotó el nombre y el teléfono de Soto.

—Le diré que ha sido de gran ayuda al Departamento de Policía de Los Ángeles, Bob.

Hernández sonrió encantado.

—No sabe cómo se lo agradezco... Al principio pensé que serían los huesos de uno de esos esqueletos que usan en las facultades de medicina para aprender anatomía, pero no había ningún agujero por el que pasar un alambre y mantenerlos unidos. Vaya, que eran huesos sueltos. —Se mesó la perilla—. Ya me dirá qué persona en su sano juicio guardaría algo así.

XX

Los búnkers beis de Pacific Public Storage ocupaban una manzana entera y estaban rodeados por una alambrada de seis metros. El logotipo de la empresa era una pila de maletas.

Pasamos por delante y cronometramos el trayecto hasta la marisma antes de dar media vuelta: seis minutos a velocidad moderada.

El aparcamiento del almacén contaba con una cámara de seguridad y un cobertizo prefabricado que hacía las veces de recepción. Sentado a una mesa encontramos a un joven regordete y hastiado, con un polo naranja con el logotipo bordado en el pecho y una etiqueta de identificación en la que se leía «Philip». Sobre el mostrador había una biografía de Thomas Jefferson boca abajo y en la radio se desgañitaba un locutor deportivo.

—¿Aficionado a la Historia? —le preguntó Milo.

—Estoy estudiando. ¿Qué desean?

—Policía.

Al ver la placa, Philip dio un respingo.

—Hemos encontrado mercancía de contrabando proveniente de uno de sus trasteros. El 1.455.

—¿Contrabando? ¿Drogas o algo así?

—Dejémoslo en mercancía ilegal. ¿Qué puede decirme de ese trastero?

Philip fue pasando hojas del libro de contabilidad:

—Mil cuatrocientos... cincuenta y cinco. Está vacío.

—Eso ya lo sabemos, señor...

—Stillway, Phil Stillway.

—La mercancía en cuestión apareció al subastar el contenido de esa unidad hace dos semanas, señor Stillway.

—Yo no llevo aquí ni una semana.

Milo tamborileó sobre el libro de contabilidad.

—¿Sería tan amable de decirnos quién alquiló la unidad?

—Eso no consta. Aquí sólo tengo los nombres de los arrendatarios actuales.

—¿Arrendatarios? ¿La gente vive en sus trasteros?

La pregunta le dejó boquiabierto.

—No, no, sólo arriendan el almacenaje. Guardan sus cosas, sus... pertenencias. No hay inquilinos, eso va contra el reglamento.

Milo le guiñó el ojo y sonrió.

—Ah —dijo Philip—, era broma...

—¿Quién arrendó el 1.455 y cuándo?

Philip dio dos pasos hasta un ordenador, se sentó y pulsó unas teclas.

—Aquí dice que llevaba dos meses de impago y que eso fue hace... dos semanas. Hummm... Sí, es verdad que lo subastaron. —Aporreó un poco más el teclado—. El contrato lo firmaron hace... catorce meses. Un año pagado por adelantado y sesenta días de retraso en los pagos.

—¿Cómo lo pagaron?

—Aquí dice que en efectivo.

—¿Y quién es el arrendatario?

—Un tal Sawyer, T punto Sawyer.

—¿Dio alguna dirección?

—Apartado de correos 3489, Malibú, California, código postal 90156.

El código postal de Malibú era el 90265. Milo lo apuntó todo frunciendo el ceño.

—¿Dejó algún otro contacto el señor Sawyer?

Philip le cantó un teléfono con prefijo 818. El de Malibú es el 310, pero con la proliferación de los móviles nunca se sabe.

—Muy bien —dijo Milo—. Si no le importa, echaremos un vistazo a la grabación de seguridad.

185

—¿Cómo dice?

—Tiene una cámara ahí fuera.

—¡Ah, la cámara! —repuso Philip—. La tienen ahí por si alguien entra después de las ocho, que es cuando se cierran las puertas.

—¿Cierran a las ocho?

—Sí, pero si el arrendatario deja un depósito le dan una tarjeta magnética para que pueda entrar a cualquier hora.

—¿Y cuándo conectan la cámara?

—Cuándo no hay nadie en la oficina.

—A saber...

—De noche —repuso Philip—. A partir de las ocho.

—¿El tal T. Sawyer pidió la tarjeta magnética?

Philip tecleó un poco más.

—Sí, la pidió... Y parece que no nos la ha devuelto porque aún tenemos el depósito. Doscientos dólares.

—Ya —asintió Milo—. En fin, veamos esa grabación. Y si nos ahorras las dos últimas semanas, mejor.

—Pues va a ser difícil —repuso Philip—. La cinta se reutiliza al cabo de cuarenta y ocho horas...

—¿Sólo se conserva dos días? Pues vaya un sistema de seguridad.

—Oiga, ¿esa mercancía de contrabando es peligrosa? No serán residuos tóxicos, ¿verdad? A mis padres no les hace ninguna gracia que trabaje aquí, les preocupa lo que la gente pueda almacenar...

—No hay nada tóxico ni radiactivo. ¿Sabe de alguien que nos pueda decir algo más del señor Sawyer?

—Puedo preguntar, pero lo dudo. Todo lo que necesitamos saber está aquí —agregó, dando una palmadita al monitor.

—Ya veo. ¿Podemos ver esas cuarenta y ocho horas de película?

—Claro.

Alargó el brazo, encendió un reproductor de vídeo conectado al ordenador y la pantalla se puso gris.

—Vaya —murmuró Philip, aporreando el teclado—. No se ve muy bien, no sé yo...

—No abandones tan rápido, Phil.

Después de una lectura detenida del menú de ayuda y varias tentativas fallidas, conseguimos ver un primer plano en blanco y negro muy granulado de la verja del almacén, una imagen completamente estática salvo por el indicador de la hora, que se movía a toda velocidad. La cámara estaba inclinada y la imagen abarcaba una parte ínfima del aparcamiento, no más de cinco metros de asfalto muy alejados de las plazas de aparcamiento.

—Todo lo que siempre quiso saber sobre la entrada a un almacén y no se atrevió a preguntar —bromeé.

Phil esbozó el principio de una sonrisa pero cambió de idea al reparar en la expresión de Milo.

Al cabo de un rato la pantalla volvió al gris y apareció un mensaje de error.

—Me parece que está estropeada —concluyó Philip—. Tendré que decírselo al jefe.

—¿Puedes pasarla rápido para asegurarnos de que no hay nada más?

Philip obedeció. El resto de la cinta estaba en blanco.

—Danos la llave de la unidad 1.455.

—Supongo que no tengo alternativa.

—Mira, plantéatelo así —repuso Milo—: si ahí dentro hay alguna sustancia peligrosa y nos la das, seremos nosotros los que palmaremos.

—De todas formas, yo no puedo abandonar la oficina —repuso Philip, hurgando en un cajón—. Creo que es ésta. Si no abre, no puedo hacer más.

—T. Sawyer —comenté de camino al trastero.

—Lo alquilaría con Huckleberry Finn. ¡Qué bromista...!

El almacén estaba organizado en torno a una serie de pasillos estrechos y mal iluminados que se cruzaban en ángulo recto como enormes serpientes de ladrillo gris. De puerta en puerta se sucedía una serie dispar de candados, algunos de ellos bastante sólidos.

La unidad 1.455 estaba cerrada con el cerrojo sencillo de la empresa. Milo se calzó los guantes, abrió la puerta y se adentró en la penumbra de un trastero vacío de unos cuatro metros cuadrados. Habían fregado el suelo y no quedaba ni una mota de polvo. Un tufo a lejía invadió el pasillo.

Milo se frotó los ojos y barrió las superficies del trastero con el haz de su linterna.

—Ni sé ni si vale la pena llamar a la científica.

—Hombre, si no te piden muchas explicaciones...

—Les diré que pasen el luminol. Igual hay suerte.

Regresamos a la recepción, donde Philip jugaba en el ordenador de la empresa a un videojuego de ninjas y extraterrestres abigarrados y mujeres de ojos de azabache con unos pechos que desafiaban la ley de la gravedad.

—¡Hola! —nos saludó, sin dejar de mover el ratón.

—¿Sabes si la empresa limpia las unidades que se quedan vacías? —inquirió Milo.

—Sí.

—¿Con lejía?

—Con un desinfectante especial que nos mandan de la central —dijo Philip—. Ese mejunje lo mata todo. Así el siguiente arrendatario no tiene que preocuparse.

—¡Qué considerados! —dijo Milo.

—Pues sí.

Philip, que acababa de encontrarse a un demonio con la lanza en ristre materializado en medio de una nube explosiva de color malva, entrecerró los ojos y se inclinó hacia el monitor lanzando un grito de guerra.

Milo pisó el acelerador con furia, convirtiendo los callejones secundarios hasta la comisaría en un circuito de carreras improvisado. Tenía prisa por comprobar si darían el visto bueno a la orden de registro de las dependencias de Huck en casa de los Vander.

Los ayudantes del fiscal del distrito con los que había hablado hasta el momento no le habían dado muchas esperanzas, pero aún quedaban dos por consultar.

—Uno es John Nguyen, que a veces nos echa una mano.

—Cómo te gusta mariposear con abogados.

—Prefiero los residuos tóxicos, créeme.

*   *   *

Dejé a Milo con sus quehaceres jurídicos y volví a casa pensando en molares e incisivos.

DeMaura Montouthe, la favorita para el puesto de víctima número tres, tenía cincuenta y un años, lo que en el mundillo de la prostitución la convertía en poco menos que un fósil. La foto de archivo de hacía diez años que Moe Reed había desenterrado era la de una mujer de ojos mustios y cara larga, surcada de arrugas y coronada por una especie de fregona rubia platino. La vida que llevaba era la ruta más directa hacia la desintegración física y mental, y cualquiera le hubiera echado sesenta y tantos.

Y sin embargo conservaba una dentadura envidiable.

¿Sería cosa de los genes o se trataba de un último vestigio de vanidad, producto de cuidados especializados?

Busqué centros de odontología gratuitos en el condado de Los Ángeles y encontré ocho, a los que procedí a llamar en mi calidad de médico.

A la cuarta llamada di en el blanco.

Era una clínica de barrio de atención directa, adscrita a la facultad de Odontología de la universidad y situada en Rose Avenue, al sur de Lincoln, a tiro de piedra del garaje reconvertido de Selena Bass. Y a pocos minutos en coche de la marisma.

Le pregunté a la recepcionista cuándo habían pasado consulta por última vez a la señora Montouthe, pero esta vez mi condición de «doctor» se quedó corta:

—Está en el registro, es lo único que puedo decirle.

—¿Quién es su dentista?

—La doctora Martin. Ahora mismo está pasando consulta.

—¿Y cuándo saldrá?

—Estará ocupada toda la tarde... Espere un momento, atiendo otra llamada y estoy otra vez con usted.

—No se moleste.

La fachada del Centro Comunitario Adjunto de Salud Dental del Distrito Oeste era el escaparate reconvertido de una tienda embutida entre una heladería de diseño y una boutique de moda retro. A ambos lados se sucedía un desfile de gente guapa. Junto a la puerta de la clínica, abierta de par en par, dos vagabundos fumaban y bromeaban. Uno de ellos había apilado sus posesiones terrenales sobre la acera; el otro blandía en alto una dentadura postiza y se reía a mandíbula batiente con su boca desdentada.

—¡Mira lo bien que *man dejao*!

—¡Déjame *probala*! —exclamó su compañero.

—A cambio *duna* lata de *zopa*.

—¡*Pue* no faltaba *má*!

En cuanto me vieron venir aplazaron sus trueques y me cortaron el paso con dos palmas agrietadas de pedigüeños sincronizados.

—¡Una *limoznilla pal dezayuno, doctó*!

—No hombre, que *yaztarde pal dezayuno*... ¡Algo pa *matá* el gusanillo, *doctó*!

—¡Y *pa domezticá* al mono!

Celebraron la broma con un choque de palmas y una carcajada ronca al unísono. Les di un billete de cinco a cada uno, dieron un chillido y me dejaron pasar con una reverencia.

Cuando trataron de repetirle el numerito a una mujer con leotardos negros que salía de la heladería con un helado de doble bola y cubierto de virutas de caramelo, ésta les espetó:

—¡A tomar por culo!

En la sala de espera color aguamarina de la clínica, una mujer gruesa de ojos medrosos apretaba contra su pecho a un bebé llorón y miraba con disimulo a un vejete con la cara chupada que dormitaba repantingado en la silla vecina. El viejo tenía las ropas mugrientas y podría haberse unido sin problemas a los dos vagabundos de la puerta para interpretar una nueva versión de los *Tres amigos*. En un rincón, sentado muy derecho, había un joven flacucho y fofo de unos veinte años con una cresta de cherokee, los brazos llenos de señales, una pala ausente y dos ojos vengativos.

La recepcionista era rubia, bonita y pechugona. La piel que

revelaba su camiseta sin mangas era tersa y morena. Al oír mi nombre se le mustió la sonrisa.

—La doctora Martin sigue ocupada.

—Esperaré.

—Puede tardar un buen rato.

—Cuando haga una pausa, haga el favor de decirle que es muy posible que DeMaura Montouthe esté muerta.

—Muer... —Se llevó una mano a la boca—. ¿Qué clase de doctor es usted?

Le mostré mi placa de colaborador de la policía y movió los labios sin pronunciar palabra. Parecía indispuesta.

—¡Dios mío! Espere un momento —repuso por fin y se perdió tras una puerta de servicio.

—Todo el mundo se muere —rezongó el chico de la cresta.

Faye M. Martin, doctora en cirugía dental, era una belleza de unos treinta años con la piel marfileña, una cara en forma de corazón enmarcada en una melena cobriza, ojos de un negro límpido y una figura escultural que ninguna bata blanca habría podido disimular. El parecido con Robin era apabullante (podría haber sido su hermana pequeña) y, Dios me perdone, pero no pude evitar un temblor en la entrepierna.

Al estrecharle la mano traté como pude de guardar la compostura; la gravedad con que me recibió y la imagen de su paciente muerta ayudaron.

Mientras me acompañaba a una sala de tratamiento desocupada me preguntó qué hacía un psicólogo trabajando para la policía. Le di la versión resumida de la historia y pareció conformarse.

La sala olía a carne cruda y menta. De las paredes colgaban pósters con recomendaciones de higiene bucal y unas fotos horrorosas que ilustraban lo que podía ocurrir cuando se descuidaba. Los tubos dentífricos y cepillos de dientes gratuitos compartían los estantes con sondas cromadas, curetas y botellas de algodones. A uno de los lados colgaba la hoja clínica en una carpeta roja.

Faye Martin se sentó en el borde de una silla con ruedas, alargó una mano hacia la hoja clínica, cruzó las piernas y se desabotonó la bata, revelando una blusa negra, pantalones informales del mismo color y una cadena dorada de la que pendían dos amatistas gruesas y sin forma. Tenía más curvas de lo que aparentaba a primera vista, pero parecía completamente ajena a su propia belleza.

El otro asiento disponible era la butaca del paciente, que seguía reclinada.

—Huy, disculpe —dijo, reparando en ello y ajustando el respaldo. En cuanto me senté añadió—: Bueno, ya que estamos, abra la boca y echemos un vistazo a esa dentadura... Perdón, ya sé que no es momento para bromas.

—No hay mejor momento —la tranquilicé.

—Supongo que tiene razón... —masculló—. Fue una muerte violenta, ¿me equivoco?

—Si el cadáver es el suyo, lo fue.

—El cadáver —repitió, volviendo a sentarse—. Pobre mujer. ¿Saben quién la mató?

—En eso estamos. Si confirmáramos su identidad ya tendríamos mucho ganado

Le referí a continuación las irregularidades dentales que me había descrito la doctora Hargrove.

—Es ella —asintió Faye Martin—. ¡Dios mío!

—¿No necesita mirar las radiografías?

—Si hubiera de jurarlo ante un tribunal las miraría, pero estoy segura de que es ella. Esa conjunción de anomalías es muy rara. DeMaura y yo solíamos bromear sobre sus dientes de leche. «Ya ve que no he acabado de madurar», me decía. —Cogió la hoja clínica, le echó un vistazo y la volvió a dejar sobre el estante—. Tenía una risa espléndida. En general, su aspecto era... bueno, el que cabía esperar con su estilo de vida, pero sus dientes eran los de una mujer saludable. —Se pellizcó el botón de la bata con una uña sin esmaltar—. Era una mujer buena, doctor Delaware, y muy alegre. En su situación, me parecía admirable.

—Se diría que la conocía bien.

—Todo lo bien que se puede conocer a alguien en una consulta. Nuestros pacientes adultos suelen carecer de domicilio fijo y no son lo que se dice fieles, pero DeMaura vino con bastante regularidad durante mucho tiempo. —Volvió a revisar la hoja clínica—. Tres años. Los seis primeros meses la trató el doctor Chan y cuando se jubiló me la pasaron a mí.

—¿A los pacientes se les asigna un dentista fijo?

—Tratamos de funcionar como una consulta privada, en la medida de lo posible. Con DeMaura tampoco era muy complicado, porque sólo necesitaba limpiezas... Bueno, creo que al principio le cambié un empaste.

—Si sólo necesitaba limpiezas, ¿cómo es que venía tan a menudo?

—Era propensa a desarrollar placa. —Jugueteó con la carpeta—. El doctor Chan le hacía dos revisiones al año pero yo le asigné una visita cada tres meses para tenerla más controlada, no tanto dentalmente como en temas de salud general. La única forma de asegurarme de que recibía una asistencia médica adecuada era mandarla desde aquí a un especialista.

—Ella confiaba en usted.

—Me tomaba el tiempo de escucharla. La verdad es que me gustaba charlar con ella, era muy graciosa. El caso es que un día dejó de venir, ya hará... —pasó una página— quince meses. ¿Cuándo murió?

—Por aquellas fechas, posiblemente.

—Con lo puntual que era, tendría que haberme imaginado que algo le había sucedido... La llamé, pero el número que nos dejó no daba línea y no teníamos más datos de contacto.

—Es curioso que cuidara tanto de sus dientes.

—Tenía unas raíces profundísimas y eso da más margen para los descuidos —me explicó—. Se lo dijo otro dentista cuando era joven y era algo de lo que se sentía muy orgullosa. Lo asociaba a su apellido. «Mon*touthe*,* ¿se da cuenta? —me decía—. Es mi karma, doctora, soy la Reina de los Piños.» Es cierto que en el campo de la salud no tenía muchos más motivos de orgullo.

—¿De qué padecía?

—¡Huy, de todo! Artritis, bursitis, ataques agudos de pancreatitis, problemas hepáticos, un brote de hepatitis A, que

---

* *Touthe* se pronuncia igual que *tooth*, «diente». *(N. del t.)*

yo sepa, y las enfermedades venéreas habituales... No era seropositiva, al menos de eso se había librado. Poco importa, ahora.

—¿A qué hospital la mandaba?

—A la Clínica Gratuita de Marina. Una vez llamé para asegurarme de que no se saltaba las visitas periódicas y me dijeron que en cuanto recogía sus recetas no volvían a verle el pelo.

—No debía de haber allí nadie en quien confiara.

Me clavó sus ojos castaños de largas pestañas y se ruborizó.

—Supongo que a veces ejerzo su especialidad sin estar titulada —dijo.

—Y bien que hace. Es la primera persona que encuentro que sabe algo de ella. Aún no hemos encontrado a ningún familiar o amigo suyo.

—Amigos no tenía, o eso decía. Me confesó que no le gustaba la gente, que era feliz yendo sola por el mundo. Se llamaba a sí misma «la ramera solitaria». En cuanto a su familia, la repudió hace mucho tiempo, cuando vivía en Canadá.

—¿En Canadá?

—Sí, en Alberta.

Solté una carcajada.

—Nos dijeron que era de Alabama.

—Bueno, la A la tiene...

—¿Y dice que su familia la repudió?

—Sé que eran granjeros, fundamentalistas religiosos, pero no me dio más detalles. Ella hablaba; yo le limpiaba los dientes y escuchaba. Se sorprendería de lo que nos llegan a contar los pacientes. —Se apartó un mechón de pelo de la cara—. En la escuela de odontología no nos dieron muchas clases de psicología, pero me habrían venido bien.

—¿Hay algo en su hoja clínica que nos pueda ser útil?

—Aquí sólo consta el estado de sus dientes y sus encías. Todo lo demás quedó entre estas cuatro paredes. De todas formas, puedo hacerle una copia de la hoja clínica. A su forense no le costará mucho establecer la identificación oficial. Si no tiene tiempo, mándeme lo que tienen y la haré yo.

—Muy amable. ¿Y qué quedó entre estas cuatro paredes?

—Lo que hacía para ganarse la vida. Desde el principio me dejó bien claro que era una «mala mujer», como ella decía. Hacía el amor por dinero... aunque ella hubiera usado otra expresión. Tampoco es que nuestras conversaciones se redujeran a eso, no crea. La mayor parte del tiempo lo pasábamos de cháchara. DeMaura se ponía a hacer el payaso, comenzaba a reírse de algún chiste que había oído por la calle, trataba de repetírmelo, lo machacaba y nos partíamos de risa. En momentos así me olvidaba de quién era, de lo que era; se convertía en una amiga más con la que charlar de nuestras cosas. La última visita fue distinta. En primer lugar, tenía mucho mejor aspecto. Llevaba un maquillaje más fino, no la horterada que se ponía para trabajar. La ropa también era más decente y se había lavado el pelo. Borrar de un plumazo tantos años de mala vida era una misión imposible, pero aquel día intuí cómo debía de ser antes de que las cosas empezaran a torcerse.

—Yo la única foto que he visto es la del archivo policial y, bueno...

Faye frunció el entrecejo.

—Estaba hecha un cromo, sí, pero sus facciones eran simétricas y bien proporcionadas. Tenía la fisonomía de una mujer guapísima, doctor Delaware, y aquel día vi un vestigio. Le dije que estaba muy guapa y le pregunté adónde iba. Me dijo que tenía una cita con su novio. La verdad es que me sorprendió un poco, porque aparte de sus clientes nunca me había hablado de ningún hombre.

—O sea, que lo duda.

—Por firme que fuera su dentadura y arreglada que se pusiera, estaba lejos de ser una mujer deslumbrante. Sin embargo, el hombre que me describió era joven y bien parecido.

—¿Mucho más joven?

—Su edad no me la dijo, pero recuerdo que lo llamaba chaval: «Un chaval guapísimo, podría ser su madre pero le gustan maduritas». Para serle franca, pensé que se lo había inventado. O que exageraba. Cuando acabé la limpieza y mi auxiliar se marchó, DeMaura me habló de la vertiente sexual de la relación y por primera vez la vi ilusionada... excitada, supongo.

Como si aún pudiera sentir algo. Pensé que, si existía, el tipo debía de gustarle de veras y temí que le hubieran gastado una broma pesada o que hubiera tomado como personal una relación profesional.

—¿Cree que pudo enamorarse de un cliente?

—Y, por lo que me dijo a continuación, de la peor especie. Al parecer, le gustaba hacerle daño... y a ella le gustaba que se lo hiciera.

—¿Cómo le hacía daño?

—No se lo pregunté. Preferí ahorrarme los detalles escabrosos, la verdad es que me daban un poco de asco. Le aconsejé que se andara con cuidado, pero me dijo que era sólo un juego.

—¿Un juego? ¿Eso dijo?

—Sí. Luego se puso las manos alrededor del cuello, sacó la lengua y sacudió la cabeza como si la estrangularan. —Entornó los ojos—. ¿Fue así como murió?

—Hay indicios de estrangulación, pero ya sólo queda de ella un montón de huesos.

—Dios mío —dijo—. Entonces no era invención suya, sucedió de veras.

—¿Qué más le contó de su novio?

—Déjeme recordar. —Se frotó la piel tersa entre sus cejas pulcramente perfiladas—. Ahora me arrepiento de no haberle pedido más detalles... Me dijo que le gustaba masajearle la cabeza al tipo, que la cabeza era su debilidad. Si le dejaba darle un masaje en la cabeza, el tipo hacía con ella lo que quería. Eso me dijo: que hacía con ella lo que quería. Por lo visto, tenía una cabeza muy suave, «como un culito de bebé». Supongo que sería calvo. —Frunció el ceño—. Yo le di un cepillo de dientes, un palillo dental y un tubo de Colgate Total.

Se puso en pie de un salto y añadió:

—Espere un momento y le paso una copia.

—Nos ha sido de gran ayuda. Y puede estar tranquila, no tiene nada que reprocharse.

Se volvió hacia mí y sonrió.

—Hay quien sí estudió psicología.

XXI

El ayudante del fiscal del distrito John Nguyen manoseaba una pelota de béisbol. Era una pelota nueva de los Dodgers, repleta de firmas. En la estantería, otras tres esferas de cuero se exponían en vitrinas de plástico junto a los archivos y los tomos de jurisprudencia. Nguyen había trepado lo bastante alto para disfrutar de un despacho en una esquina del piso diecisiete del Centro de Justicia Penal Clara Shortridge Foltz. Foltz fue la primera abogada de la Costa Oeste y me preguntaba qué habría pensado del mamotreto impersonal de veinte pisos que llevaba su nombre.

El panorama se componía mayoritariamente de terrazas y aparcamientos fríos como el acero. Los espacios públicos eran una parte ínfima. Cuando Milo, Reed y yo nos hubimos apiñado frente al escritorio de diseño, tampoco quedaba mucho espacio para caminar en el despacho.

—¿Eso es todo? —dijo Nguyen, pasando un dedo por la costura de la pelota—. A ver si lo he entendido: una presunta víctima se fue con un presunto putero que podría ser su novio imaginario y sufrir de alopecia...

—Laura Chenoweth también huyó de un rapado homicida y a Selena Bass la vieron subir al coche de un calvo —adujo Reed.

—Historias ambas basadas en testimonios de segunda mano, lo que prácticamente las convierte en habladurías. Me parece a mí que no estáis muy al tanto de la moda. El pelo rapado es lo que más se lleva. —Nguyen se acarició su pelo negro e hirsuto cortado al rape—. Lo siento, pero con lo que tenéis nadie os firmará el permiso.

—Vamos, John, sabes que hay más —protestó Milo—. Todo indica que Huck se ha dado a la fuga.

—¿Por qué? ¿Porque no estaba en casa cuando fuisteis a verle? Además, cuando hablasteis con él llevaba gorra. ¿Cómo estáis tan seguros de que va rapado?

—Por los lados se le veía el cuero cabelludo.

—A lo mejor se rapa la nuca y lleva el resto del pelo encrespado, como el chalado ese de la peli de Lynch, ya sabéis a cuál me refiero...

Silencio.

—*Cabeza borradora* —recordó Nguyen—. Yo qué sé, igual le quitáis la gorra y os aparece un afro de un palmo. Os basáis en una descripción física que no se aguanta ni con muletas y, si queréis salir a pescar jueces, por mí adelante, pero no me pidáis que interceda con unas pruebas tan insignificantes. —Echó un vistazo a la foto de archivo más reciente de Travis Huck—. ¡Aquí el tío tiene unos rizos de concurso! Y es que, aunque pudierais demostrar que se ha rapado, tendríais que probar que lo hizo antes de que vieran al calvo con Selena. No, aún peor, antes de que conociera a Montouthe. ¿Y eso cuándo fue? ¿Hace dos años?

—Quince meses —dijo Milo.

Nguyen siguió jugueteando con su pelota de béisbol.

—Mirad, no es que no me fíe de vuestro instinto, pero lo que tenéis hasta ahora es muy poco convincente. En fin, supongamos por un momento que hurgáis lo bastante para hacer del señor Huck un sospechoso creíble. Pues bien, todavía habría que solventar otro problema, el de entrar en la casa. Porque no es la residencia de Huck sino la de su patrón, que no es sospechoso de nada.

—Todavía —repuso Reed.

Nguyen hizo rodar la pelota entre las yemas de los dedos.

—¿Tenéis algo más que contarme? Lo digo por tener una visión de conjunto.

Milo le habló de las orgías que Selena Bass le había descrito a su hermano y de su posterior contrato como profesora de piano de Kelvin Vander, sin olvidar que su familia se había ido de viaje.

—Así que la chica cambió sus tonadillas picaronas por una fuga de Bach —dijo Nguyen—. ¿Y qué?

—Bach podría ser sólo la excusa para tenerla en casa a intervalos regulares —apuntó Reed.

—Vaya, vaya, una pandilla de millonarios pervertidos en Hollywood... ¡Pues vaya novedad! La pregunta es la misma, chicos: ¿quién dice que esas «orgías» no fueran más que una forma de diversión limpia, sana y adúltera? No tenéis absolutamente nada que relacione esas fiestas con las presuntas prácticas sadomasoquistas de las otras dos fulanas. Y en cuanto a la tercera, esa Chenoweth, por lo que decís no parece la clase de mujer que se deja atar a la cama. Más bien al contrario.

—Selena guardaba una fusta de cuero en el...

—A lo mejor le gustaba la hípica. Las chicas se pirran por los caballos. —Nguyen hizo girar la butaca, colocó la pelota en su soporte de plástico y cerró cuidadosamente la vitrina—. Llamadme quisquilloso, pero por ahí os van a tratar aún peor. Yo en vuestro lugar me andaría con cautela.

—¿Es decir?

—No mováis ficha hasta tener pruebas de peso.

—Si los Vander nos dieran permiso para registrar su casa, ¿tendríamos derecho a entrar en las dependencias de Huck? —pregunté.

Nguyen se reclinó en su butaca.

—Buena pregunta... Depende de la clase de contrato que tengan. Si el hospedaje es parte integrante del salario puede considerarse a todos los efectos un domicilio arrendado legalmente, igual que cualquier otra vivienda, con lo que el permiso sólo podría darlo el inquilino.

—Siempre que lo siga siendo.

—Vaya, nuestro doctor tiene madera de abogado —repuso Nguyen con una sonrisa—. Pues sí, si se rescinde el contrato y los Vander os dan permiso, ya estáis dentro. Y si no hubiera un contrato de arrendamiento formal adjunto al de trabajo, supongo que Huck podría considerarse un invitado. ¿Cuánto hace que vive ahí?

—Tres años —dijo Reed.

—Pues no, de invitado nada. Una cosa más: aunque alguien os firme la orden de registro de su habitación no tendríais derecho a tocar sus pertenencias, a menos que Huck las haya abandonado. Y no podéis tirar de suposiciones, han de ser pertenencias de las que es evidente que se ha desembarazado; con el tema de la privacidad los tribunales son muy puntillosos. Aunque, bien pensado, las superficies exteriores del mobiliario *permanente* que hubiera pertenecido previamente a los Vander podrían considerarse... Supongo que podríais buscar huellas por los muebles. —Se pasó una mano por la cabeza—. Para seros sincero, no tengo ni idea. Tendría que estudiarlo más a fondo. No es un caso muy frecuente que digamos. —Sonrió y añadió—: A vuestro hombre no sé si lo trincaréis, pero será un gran aporte a la jurisprudencia.

—Si los Vander nos dieran permiso y viéramos algo sospechoso a simple vista... —comenzó Milo.

Nguyen se tapó los oídos.

—¿Qué pasa?

—Eso me lo creería de algún asesino de bar oligofrénico y con el agua al cuello. ¡A simple vista, dice...! Huck no responde al teléfono y está claro que no quiere cooperar. ¿De veras creéis que va a dejar pruebas incriminatorias a la vista?

—Sin delincuentes imbéciles este trabajo sería menos agradecido que un infarto de miocardio —sentenció Moe Reed.

Milo le lanzó una mirada fulminante con un punto de diversión y se volvió hacia Nguyen:

—Aquí el agente Reed tiene toda la razón del mundo, John. Puede que Huck se sienta seguro en su fortaleza y se relaje. Si nos las arreglamos para entrar con el factor sorpresa de nuestra parte, vete a saber lo que encontramos.

—Eso suponiendo que siga allí, Milo. No le habéis visto entrar o salir desde hace dos días y del Lexus aún no hay ni rastro. No sé, los sabuesos sois vosotros, pero yo me huelo que ya ha puesto pies en polvorosa.

—He oído que hay elecciones en el club del pesimista, John. Podrías presentarte.

—Yo también me lo he planteado, pero los miembros son unos tarambanas.

—En todo caso, no nos iríamos de vacío —apuntó Reed—. Si se ha largado para no volver, las pertenencias que encontremos podrían considerarse abandonadas, ¿no?

Nguyen escrutó al joven agente.

—¡Qué sofisticada que os ha salido la nueva hornada! Pues sí, podríais tocarlas siempre que fuera indiscutible que se ha marchado para siempre. Pero ya podéis estar seguros de que os recusarían el permiso aduciendo que estaba de vacaciones y tenía derecho a su privacidad.

—¡Claro, el tío se va de vacaciones para huir de la policía...! —replicó Reed—. Eso es casi una confesión de culpabilidad.

—También puede querer huir del trabajo, del aburrimiento o de cualquier otra cosa de la que se le ocurra huir. El caso es que los padres fundadores de nuestra nación querían que la gente pudiera ir a disfrutar del parque de Yosemite sin miedo de encontrarse a la vuelta con que su casa había sido saqueada por la policía. Eso sin contar con que en el caso particular de este sospechoso la huida podría atribuirse a que de niño le condenaron injustamente. ¿Hay mejor justificación para huir de la policía?

Reed dejó caer el labio inferior y se pasó un dedo por el cuello de la camisa.

—Mirad —zanjó Nguyen—, si los Vander os dan permiso cabe alguna posibilidad. Pero aseguraos de que os lo dan por escrito. Así al menos podréis entrar en la casa, familiarizaros con el lugar y hablar con la señora de la limpieza, el jardinero o quien sea y ver si entre todos conseguís incriminar a Huck.

—No tenemos constancia de que haya más personal en la casa —dijo Milo.

—Pero es enorme, tiene que haber alguien más —terció Reed.

Nguyen se puso en pie.

—Señores, ha sido un placer, pero ahora tengo una reunión.

* * *

Al llegar al aparcamiento Reed recibió una llamada.

—Liz Wilkinson —nos informó al colgar y, algo ruborizado, corrigió—: La doctora Wilkinson. Tiene algo que decirnos sobre los huesos de la caja.

—La oficina del forense está a diez minutos en coche. Toda tuya...

—Ha vuelto a la marisma para estudiar las fotos aéreas que han sacado esta mañana desde el helicóptero.

Reed había pedido una exploración aérea.

—Muy bien. ¿Algo más?

Reed sacudió la cabeza, corrió hacia su Crown Vic y salió del aparcamiento escopeteado. Milo y yo reanudamos el camino hacia su coche.

—¿Te importa conducir, Alex? Tengo que hacer unas llamadas.

—¿No va contra el reglamento?

—Pues sí, pero qué diantre. Hay que alegrarse un poco la vida.

Me senté al volante y arranqué aquel coche grande y torpón mientras Milo marcaba el número del distinguido bufete de Beverly Hills que velaba por los intereses jurídicos de Simon Vander. La primera barrera con que se topó fue una abogada de nombre Sarah Lichter, pero en cuanto presionó un poco a su secretaria, ésta le dijo que Lichter había representado a Vander «hacía unos años, en un litigio mercantil» pero el abogado que se encargaba de «la mayor parte de sus asuntos» era el señor Alston B. Weir.

La secretaria de Weir resultó ser amabilísima, pero tampoco puso mucho de su parte y acabó pasándole con el ayudante de Weir, que puso la llamada en espera. Milo conectó el altavoz, se desperezó, bostezó y se puso a mirar por la ventana.

La dirección del coche estaba descompensada y yo tenía que batallar con el volante para mantenerlo derecho. Manejando aquel armatoste mi valoración del rendimiento laboral de Milo subió varios enteros.

—Buddy Weir —dijo por fin una voz alegre y melosa—. ¿En qué puedo ayudarles?

Milo se lo explicó.

—¿Travis? Me deja usted de piedra.

—¿Le conoce?

—Nos hemos cruzado alguna vez, sí. Lo que quiero decir es que si Simon y Nadine han contratado a un... En fin, espero que no sea el caso. En lo que respecta al permiso, no creo que los señores Vander tengan inconveniente en firmarlo, dadas las circunstancias. Siempre que supervisemos el registro, claro. ¿De veras lo cree necesario?

—Si no, no se lo pediría. Estamos a su servicio.

—Gracias, agente. Déjeme ver si localizo a Sim... al señor Vander.

—Su hija nos dijo que estaba en Hong Kong.

—¿Ah, sí? Bueno es saberlo... Una cosa más: el derecho penal no es mi especialidad, pero no puedo garantizarle que una vez Simone y Nadine les hayan firmado el permiso no puedan presentarse otros impedimentos legales.

—¿Qué clase de impedimentos?

—Todos los que se le ocurran a su abogado defensor, si es que llegamos a tal extremo.

—¿A qué se refiere?

—Ya le digo que no es mi especialidad, pero así a bote pronto se me ocurren toda clase de problemas relativos al tipo de alquiler. Si el contrato de arriendo ha sido formalizado, ya sea directamente o en forma de prerrequisito...

Weir nos soltó un rollo jurídico que venía a ser una repetición casi textual del de John Nguyen. Milo guardó silencio, remedando con la mano el pico de un pato parlanchín y, cuando la perorata concluyó, dijo:

—Lo tendremos en cuenta, señor Weir.

—De todos modos, lo primero es localizar a Simon y Nadine en Hong Kong.

—Nadine está en Taiwán, visitando a su familia.

—Bueno es saberlo. Si encuentro a alguno de ellos o, para ser más optimistas, cuando los encuentre, les pediré que me manden por fax un poder para concederles el permiso de registro.

—Muchas gracias. Ah, y no se olvide de incluir la casa de la playa, por favor.

—La casa de la playa... —repitió Weir—. No veo inconveniente.

—Una última pregunta —dijo Milo—: ¿Quién más trabaja en la casa, aparte de Huck?

—Pues de eso no estoy muy seguro.

—¿Señoras de la limpieza, encargados, empleados domésticos de algún tipo?

—Las veces que he estado me he cruzado con una cuadrilla de jardineros, pero no tienen contrato fijo.

—La casa es muy grande —repuso Milo—. ¿Quién la limpia?

—Travis administra la propiedad, puede que contrate algún servicio de limpieza a domicilio. La verdad es que no lo sé, teniente. Nosotros no pagamos las facturas, de eso se encarga un banco privado de Seattle, el... espere un momento, aquí está: el Global Investment.

Nos recitó un número de teléfono y de pronto exclamó:

—¡Vaya por Dios!

—¿Qué sucede?

—Se me acaba de ocurrir que si es Travis quien decide cuándo se limpia la casa, podrá esconder las pruebas a su antojo, ¿no?

—Por eso necesitamos el permiso cuanto antes.

—Claro, claro... Teniente, dígame una cosa: en una escala del uno al diez, ¿cuál es la gravedad del asunto?

—Se trata de un homicidio, señor Weir. No puedo decirle con toda seguridad que el señor Huck sea el autor, pero...

—Pero sospechan de él.

—Creemos que puede estar involucrado.

—¡Estupendo! Pues más vale que localice a Simon, porque le va a dar algo...

XXII

Torcía ya por Beverly Boulevard en dirección oeste cuando Milo marcó el número de Global Investment. Varios subalternos y un banquero más tarde había conseguido sonsacarles el nombre de la empresa de las Palisades a la que los Vander contrataban la limpieza de sus dos casas: Happy Hands.

—¿Quién decide cuándo llamarles? —preguntó Milo.

—¿Y yo cómo voy a saberlo? —repuso el banquero antes de colgar.

Milo le lanzó una mirada furiosa al móvil y lo guardó.

—Así que es Huck quien controla el proceso. Mi instinto me dice que se ha largado, pero no sé si recurrir a la prensa, que es un arma de doble filo. Huck eludió todos los radares desde que salió del centro de menores hasta que comenzó a trabajar para los Vander, y si le ponemos presión podría adentrarse aún más en su madriguera.

—La clandestinidad es una escuela.

—¿Qué quieres decir?

—La primera vez que le condenaron nadie duda que fuera inocente, pero tras el paso por el correccional y todos esos años en la calle, puede haber adquirido muy malas costumbres.

—¿Te refieres al estrangulamiento y la mutilación por diversión o por dinero? Lo que no acabo de entender es que un tipo así acabara trabajando para los Vander.

—Tal vez sean personas de buen corazón.

—Podridos de dinero, tiernos y caritativos. Claro.

—Puede suceder.

—¿Tú crees?

—¿Tú no?

—Haberlos seguro que los hay, pero a veces me pregunto si la clase de ego necesario para amasar semejante fortuna es compatible con la generosidad.

—Vladimir Lenin, teniente de homicidios.

—¡Proletarios del mundo, uníos! —exclamó, alzando el puño y doblando el codo para no golpear el techo del coche—. Llévame al Moghul. Los chascos me abren el apetito.

—Lo mismo dices de los aciertos.

—Al menos soy consecuente.

Dejamos el coche en el aparcamiento de la comisaría y fuimos a pie al restaurante, que hervía de actividad. Dos mesas largas congregaban a sendos grupos de oficinistas, y en el reservado del fondo encontramos a Moe Reed en compañía de Liz Wilkinson.

Se habían sentado más juntos de lo que hubiera requerido un trato puramente profesional y sus platos estaban intactos. Reed vestía la americana de siempre pero se había quitado la corbata y llevaba abierto el cuello de la camisa. Sin la malla de trabajo, la melena negra de Liz Wilkinson caía sobre sus hombros en una profusión de rizos brillantes. El turquesa oscuro de su vestido le sentaba magníficamente bien a su tez morena.

Él sonreía, ella reía. De pronto sus hombros chocaron y ambos soltaron una carcajada. Nos vieron al mismo tiempo y con idéntico sobresalto, como un par de críos sorprendidos jugando a médicos.

—Loo, doctor —nos saludó Reed poniéndose en pie—. La doctora Wilkinson tiene noticias frescas sobre los huesos de la caja. Ya iba siendo hora de avanzar por algún lado, ¿eh?

Reed hablaba atropelladamente; Liz Wilkinson le miraba en silencio.

—¿Te he convertido al curry, agente Reed? —dijo Milo al ver el plato de cordero que había sobre la mesa.

—A ella... a la doctora Wilkinson le gusta.

—La cocina india es una de mis preferidas —dijo Liz Wilkinson— y cuando Moses me propuso el sitio, me pareció estupendo. Este restaurante me lo apunto.

—¿Por qué no nos acompañáis? —dijo Reed, alzando la voz más de la cuenta.

La mujer de las gafas emergió del fondo del restaurante, con un sari color sangre. Al ver a Milo se le iluminó la cara y se apresuró a volver a la cocina.

—Parece contenta de verle —observó Liz Wilkinson.

—Aquí el teniente es una institución —le confió Reed.

Al cabo de un momento la mujer se acercó y con una floritura nos plantó en la mesa una bandeja de langosta.

—¡Vaya, vaya! Está claro quién es aquí el majarajá. Me alegro de formar parte de su séquito, teniente.

—Con Milo basta, doctora. Bueno, ¿qué hay de nuevo?

—Hemos reconstruido las falanges de la caja y tenemos tres manos completas. Dadas las dimensiones de la mano izquierda de cada una de las víctimas, establecer la correspondencia ha sido coser y cantar. Los dedos de Laura Chenoweth eran mucho más grandes que los de las otras dos, y la mano de Montouthe presentaba señales claras de artritis. También hemos averiguado que los huesos se sometieron a un baño de ácido. De ácido sulfúrico, para ser exactos, diluido para desbridar... para separar los tejidos blandos sin deteriorar la masa ósea. Ya suponíamos que los habrían tratado de algún modo, porque las superficies están bien pulidas y son mucho más suaves al tacto de lo que lo serían de haberse descompuesto lentamente en contacto con el agua. He analizado una muestra y he encontrado restos de ácido sulfúrico en la capa exterior de los huesos de las tres víctimas.

—Si les sacó brillo, debía de considerarlos un trofeo —dijo Reed.

—Si no, no los habría guardado en una caja tan bonita —apunté—. La pregunta es: ¿por qué se tomó tantas molestias y luego abandonó su pequeño tesoro para que alguien lo encontrara? Me pregunto si lo que empezó siendo un *souvenir* se convirtió más tarde en una provocación.

—«Mirad lo que he hecho» —resumió Milo.

—Eso cuadra con los juegos de mesa que Hernández encontró en el trastero.

—Quiere jugar con nosotros.

—¿Qué clase de juegos encontró? —preguntó Liz Wilkinson.

—Monopoly, Life... —repuso Reed—. Dice Hernández que sólo estaban los tableros.

—Dinero y vida —dijo Wilkinson—. Necesidades primarias.

—Dinero, vida y acabar con la vida del prójimo —dijo Reed moviéndose hacia Liz Wilkinson, a quien no pareció importarle.

—El asesinato de Selena también indica cierto exhibicionismo —apunté—. Hasta entonces el asesino había escogido a víctimas que consideraba prescindibles y las había enterrado de modo que pudieran seguir bajo tierra indefinidamente. El asesinato de Selena lo denunció, y abandonó el cuerpo al aire libre, con el carné de identidad en el bolso. Quería que supiéramos quién era y qué le había hecho.

—Y esperaba que, después de encontrarla, rastreáramos la marisma y desenterráramos a las demás —dijo Reed.

—Si no, habríais recibido un nuevo soplo.

—Dejó de pagar el alquiler del almacén para que venciera después de liquidar a Selena —advirtió Milo—. ¿No será un montaje?

Liz Wilkinson hizo una mueca.

—Si les dio un baño de ácido, tuvo que guardarlos un tiempo. Para jugar con ellos, tal vez.

—¿Te encuentras bien? —le preguntó Reed.

—Sí, sí, es sólo que no estoy acostumbrada a ver los crímenes desde esta perspectiva. —Wilkinson se llevó la mano a la cara para apartarse un mechón y le rozó a Reed el puño de la camisa—. La gente siempre me pregunta si me da asco trabajar con cadáveres; cuando les digo que me encanta, me miran como si fuera un bicho raro. Lo que pasa es que, cuando se trabaja con tejidos, siempre hay margen para la negación. En cuanto aumento la escala y empiezo a relacionar el cuerpo que tengo sobre la mesa con la persona que era... —Apartó el plato de cordero—. Supongo que ya es hora de volver al trabajo. Ya hablaremos más tarde de lo otro, Moses.

—Te acompaño al coche.

Cuando volvió a la mesa, Milo le lanzó una mirada burlona.

—¿Lo otro?

—¿Cómo?

—Nuestra preciosa doctora quiere hablar contigo de lo otro.

Reed se puso colorado.

—¡Ah, eso! Va a pasarme una bibliografía de medicina forense. Creo que me irá bien leer un par de libros para familiarizarme con el tema.

—El saber no ocupa lugar... Bueno, ¿vas a comerte ese cordero o no?

—Todo tuyo, Loo. Yo también debería ir tirando.

—¿Adónde vas?

—A casa de los Vander, por si veo a Huck.

Milo sacudió la cabeza.

—Ya hablaré yo con Su Eminencia para que mande una patrulla de paisano a vigilar la casa. Tú tienes cosas más importantes que hacer.

—¿Como qué?

—Como buscar a escala nacional otros casos de homicidio con amputaciones o cuerpos tratados con químicos. Puedes empezar por las manos si quieres, pero dales su oportunidad a otros miembros.

—Brazos, piernas...

—Cabezas, hombros, rodillas, dedos de los pies... Lo que sea, con tal de que lo hayan cortado de cuajo.

—¿Crees que puede haber cambiado de sistema?

—Como le gusta recordar al doctor Delaware, la tela es lo único que se corta por el mismo patrón. —Se volvió hacia mí y añadió—: Si se quedó con los cuerpos para jugar con ellos, lo más probable es que la casa de los Vander no sea su centro de operaciones. Por muy administrador de la finca que sea Huck, montar ahí el laboratorio del doctor Frankenstein sería demasiado arriesgado.

—A menos que los Vander sean parte de su equipo de cirujanos tarados —terció Reed.

—Me extrañaría, Moses. No olvides que ronda un crío por allí. Una cosa es montar el gran despelote en cuanto el niño se va a la cama, que lo dudo, porque no tenemos ninguna prueba de que sea gente rarita, y otra muy distinta es ponerse a descuartizar cadáveres en el salón mientras el niño duerme en su cuarto.

—Debe de tener otra guarida para sus carnicerías.

—A lo mejor es ahí adonde se ha ido a esconder y por eso no le hemos visto el poco pelo que tiene. Podrías hablar con el asesor de los Vander y averiguar si pagan impuestos de otros bienes inmuebles. Si la guarida es de alquiler estamos apañados. No habrá manera de localizarlo sin ayuda de la prensa y aún no quiero llegar a ese extremo.

—En el almacén le preguntaste en broma al encargado si tenía inquilinos en los trasteros y nos dijo que no —dije—, pero seguro que ha ocurrido más de una vez.

Milo reflexionó un momento.

—No estará de más verificarlo —dijo al fin—. Habrá que volver a Pacific Storage. Además, no le mostramos la foto de Huck al encargado, que yo recuerde. ¿Te queda algún hueco en la agenda, Moe?

—Los que quieras y más.

—Más no. ¿Seguro que no te apetece el cordero?

—No, gracias. Si te parece, voy a ir tirando.

Milo dio cuenta del cordero y redondeó el almuerzo con la langosta y dos cuencos de pudin de arroz antes de volver al despacho. Yo regresé a casa y me senté al ordenador.

La búsqueda de «Travis Huck, Edward/Eddie/Eddy/Ed Huckstadter» no arrojó ningún resultado en Internet. Al introducir «Simon Vander» en el buscador encontré una noticia sobre la venta de la cadena de supermercados por la conocida suma millonaria y un par de menciones del magnate y su mujer como miembros de la junta de varias organizaciones benéficas: el museo de arte, el zoo y la Biblioteca Huntington.

Filantropía de alta sociedad y poco más. Si el matrimonio Vander tenía un lado oscuro, había logrado mantenerlo oculto al ciberespacio.

A las cuatro y media me desconecté y le propuse a Robin cocinar algo de cena. A los dos nos apetecía pasta, así que ella se quedó trabajando un rato más y yo me acerqué al mercado de Beverly Glen y aproveché para llamar a la consulta.

La secretaria me dio un recado de Alma Reynolds.

—Por si no se acordaba de ella, me dijo que era la amante de Sil Duboff —agregó.

—Me acuerdo.

—Una forma bien curiosa de presentarse, ¿no le parece? La amante de fulano... En fin, hay gente para todo.

El teléfono de Alma Reynolds sonó ocho veces. A punto estaba de dejarlo correr cuando descolgó.

—El teniente Sturgis no ha respondido a mis mensajes, pensaba que tampoco le localizaría a usted —dijo—. Ahora mismo iba a pasarme por la morgue. Dicen que van a deshacerse del cuerpo de Sil dentro de pocos días, y a él le hubiera gustado que lo incineraran, siempre que fuera de forma ecológica. Lo ideal, claro está, sería que todos acabáramos en una pila de compost...

—Claro está. ¿Y en qué le puedo ayudar?

—¿Sabe si hay novedades?

—Aún no, lo lamento.

—Verá, le he estado dando vueltas a lo que impulsó a Sil a llevarme a la marisma aquella noche y se me ha ocurrido otra posibilidad. Normalmente no necesitaba ningún motivo en especial. Se iba a la marisma a todas horas para recoger la basura y comprobar que no había intrusos. Le tenía mucho cariño al lugar. Yo diría incluso que estaba un poco obsesionado, pero es comprensible. Sus padres eran unos *beatniks* que se mudaron de Ann Arbor a una zona rural de Wisconsin y ya se imagina qué había junto a la cabaña de familia...

—¿Un embalse repleto de juncos?

—Un pantano gigantesco. Recogía las aguas de uno de los

Grandes Lagos y Sil me dijo que era un paraje idílico hasta que abrieron allí cerca una papelera que contaminó las aguas y transformó el pantano en un infierno. Los peces murieron, el aire se hizo nauseabundo y la familia acabó por mudarse a Milwaukee. Sus padres fallecieron de cáncer al cabo de un tiempo y Sil estaba convencido de que fue por culpa de la contaminación. Su padre era un fumador empedernido de tres paquetes diarios que contrajo un cáncer de pulmón y el de su madre era muy común en su familia, pero ya podía una tratar de discutírselo. Eso o cualquier otra cosa...

—Es lógico que la marisma fuera tan importante para él.

—Era más bien una obsesión —repuso Reynolds—. A veces podía ser un verdadero estorbo.

—¿Para qué?

—Para nuestra relación. Estábamos en casa tan a gusto y de pronto me decía que tenía que ir para allá a asegurarse de que todo iba bien. A mí esos arranques me molestaban, pero casi nunca le decía nada porque intuía la carga psicológica que se escondía detrás de su idealismo. Pero la noche en que le... Aquella noche yo no tenía ningunas ganas de ir y me forzó, de modo que tendría algún motivo de peso.

—¿No le dijo que le habían prometido la clave que esclarecería los asesinatos?

—Sí, y yo le creí. Cuando encontraron los cadáveres, Sil se lo tomó muy a pecho, como si hubiera permitido que algo le pasara a su criatura. También le preocupaba que los asesinatos pudieran manchar el buen nombre de la marisma y abrir otra vía a la especulación inmobiliaria. Le parecerá una paranoia, pero Sil nunca bailó al compás de nadie. Siempre fue más bien a contrapié: si el mundo bailaba un vals, él marcaba un paso binario.

—Con la ansiedad que le producía la marisma, habría seguido cualquier pista.

—Exacto. Me alegro de haber hablado con usted y no con Sturgis.

—¿Cree que Sil conocía a quien le llamó?

—No —repuso—. He pensado mucho en ello, me he roto los cascos tratando de recordar cualquier detalle que indicara que lo conocía, pero no lo hubo. ¿Cree que pudo ser alguien de quien se fiara?

—O algún paladín de su causa. ¿Conoce a la junta directiva de Salvemos la Marisma?

—Ni siquiera sé si existe.

—¿Quién ha quedado a cargo de la oficina?

—Ni lo sé ni me interesa —dijo—. Yo ya le he dicho lo que sé y me lavo las manos.

En la oficina de la protectora nadie contestaba al teléfono.

Aparte de Duboff y el grupo de multimillonarios progresistas que habían tratado de construir en el lugar, en la junta directiva de la organización figuraba una mujer llamada Chaparral Stevens y dos hombres, Tomas Friedkin y Lionel Mergsamer.

Chaparral Stevens resultó ser una diseñadora de joyería de Sierra Madre; el doctor Friedkin era un oftalmólogo de noventa años, profesor emérito de la Facultad de Medicina; el profesor Mergsamer era un astrónomo de Stanford. Ninguno de ellos daba mucho el perfil de asesino sanguinario, pero apunté sus nombres por si acaso.

A continuación busqué en la red alguna ceremonia de captación de fondos para la marisma y encontré las crónicas de tres fiestas celebradas en el Westside, pero ninguna venía acompañada de la lista de invitados.

Pensé entonces que, si quería ver el bosque, me convenía apartarme de los árboles, no pensar en el cómo sino en el por qué. ¿Por qué le habían tendido una trampa a Silford Duboff?

El asesinato de Duboff no podía ser obra de un psicópata sexual. El único motivo razonable para despacharlo de aquella manera era que supiera demasiado, accidentalmente o no.

¿Había más huesos sepultados bajo el légamo? Las fotos aéreas no indicaban que así fuera, pero la tierra pantanosa se las arregla admirablemente bien para engullir y digerir la muerte.

O Alma Reynolds tenía razón y Duboff había caído en la emboscada por tratar de erigirse en salvador de la marisma y superar, de ese modo, un trauma infantil.

Analíticamente era la respuesta más sencilla. Aun así traté de darle la vuelta, pero no di con ninguna otra hipótesis factible. Un suave tamborileo en la puerta me sacó de mis cavilaciones.

—Te veo muy enfrascado en tus cosas —dijo Robin.

—Ya no.

—¿Seguro? Si quieres te dejo tranquilo y voy a cocinar algo.

Me levanté y la acompañé a la cocina.

—Co-o-pe-ra-ción, igual que en Barrio Sésamo —bromeó—. ¿Prefieres ser Epi o Blas?

—Hoy me quedo con Oscar el Gruñón.

—Tienes uno de esos días, ¿eh?

Blanche entró arrastrando los pies, nos vio y sonrió.

—La mesa ya la pone ella.

XXIII

—Cabeza, brazos y piernas en Missouri; cabeza, manos y pies en Nueva Jersey; tres juegos de pies y manos en los estados de... —Moe Reed echó un vistazo a sus notas y recitó del tirón—: Washington, West Virginia y Ohio.

—¿No hay manos sueltas? —inquirió Milo.

—No, y tampoco he encontrado ninguna limpieza al ácido. Además, en tres de los casos tienen una idea bastante aproximada de quién puede ser el autor, pero faltan pruebas para presentar cargos.

Nos habíamos reunido en una sala de interrogatorios de la comisaría de Los Ángeles Oeste al final de otra jornada ingrata. Milo había vuelto a llamar a Buddy Weir, cuyo ayudante le había mandado un mensaje para informarle de que «seguían en ello». La patrulla de paisano que montaba guardia en la calle Marítimo no había registrado más movimiento que la entrada en la casa de una cuadrilla de jardineros.

Ninguno de ellos sabía si Huck se encontraba en casa, y cuando Milo logró convencer a uno de ellos para que llamara al timbre de la puerta principal no contestó nadie.

Huck seguía eludiendo las invitaciones telefónicas a charlar con la policía.

—En el caso de Nueva Jersey está bastante claro que se trata de un ajuste de cuentas entre bandas callejeras. Identificaron a la víctima por una cicatriz quirúrgica en la espalda.

—Un mafioso con una hernia discal. ¿Algo más?

Reed sacudió la cabeza.

—¿En alguna de las amputaciones de mano se conformaron con una sola? —pregunté.

—No.

—Porque se las cortaron para entorpecer la investigación —argüí—. Nuestro caso no tiene nada que ver: las manos de la marisma son un símbolo.

—¿De qué? —dijo Milo.

—Mi fuerte son las preguntas, no las respuestas. No sé, podría tener algo que ver con el piano.

—Los pianistas suelen usar las dos manos, Alex.

—Pero la derecha lleva la melodía.

En sus semblantes se dibujó una mezcla de gratitud y escepticismo.

—Otra posibilidad —agregué— es que el asesino se las amputara para dar a los crímenes un aire extravagante.

—¿Para que parecieran un crimen psicosexual, quieres decir? —repuso Milo—. ¿Y qué querían ocultar?

—Por más vueltas que le doy, siempre acabo por volver a Selena. La verdad es que se desmarca mucho de las otras víctimas. Me pregunto si los demás asesinatos no podrían ser más que los preparativos.

—¿Un año de preparativos? —replicó Milo—. ¿Qué tenía Selena para que fuera tan importante matarla?

—Algo que sabía y que la convertía en una amenaza, algo lo bastante grave como para robarle el ordenador. Puede que a Duboff lo liquidaran por la misma razón.

—Los planes a largo plazo suelen hacerse por dinero.

—Y los Vander lo tienen a espuertas —terció Reed—. Todo apunta a esa familia. Y a Huck, por extensión.

—Si estás en lo cierto, hurgar en la vida de las otras víctimas será una pérdida de tiempo.

—El asesino tuvo que conocerlas de alguna manera —repuse—. Podría dar sus frutos.

—Me he pateado la zona de putas del aeropuerto de arriba abajo y nadie se acuerda de Huck —dijo Reed.

—Las prostitutas no son muy sedentarias, y a la gente le falla la memoria por toda suerte de motivos.

Milo se puso en pie, comenzó a dar vueltas por la sala y sacó un purito del bolsillo. Moe Reed se relajó un poco cuando volvió a guardarlo.

—Se va de putas, pero ¿quién dice que las vaya a buscar siempre al mismo sitio?

—¿Habríamos de buscar por otros barrios?

—Huck vive en Pacific Palisades —terció—. Si es por puro esparcimiento, puede encontrar todas las fulanas que quiera en el Westside, pero para buscar una víctima lo normal es que se desplace a alguna zona donde haya menos posibilidades de que lo reconozcan.

—Y, de paso, que quede más cerca de su sala de torturas, que podría no estar muy lejos de la casa de los Vander —dijo Reed—. Aunque en los archivos de su asesor no consta que posean un piso por ahí ni en ninguna otra parte.

—El aeropuerto, la marisma y el almacén están bastante cerca —apuntó Milo—. Puede que tenga su guarida por ahí.

—Pero si es de alquiler no la encontraremos a menos que lo ventilemos en los medios —dijo Reed.

—No descarto llegar a tal extremo, Moses, pero vamos a esperar. De momento nos centramos en otras zonas de prostitución. Si encontramos a alguna fulana que frecuentara a Huck y nos cuenta que le va el sexo duro o que le ha puesto las manos alrededor del cuello, ya tenemos motivos suficientes para ordenar su arresto.

—Yo me encargo del norte de Lincoln Boulevard.

—Perfecto. Si no sacas nada en limpio, prueba en Sunset. De hecho, no hay por qué esperar. Esta noche tú preguntas por Lincoln y Sunset entre Doheny y Fairfax. Yo me encargo de la parte Este hasta Rampart y luego bajo hacia el centro. Volveré a enviar por fax el carné de Huck a la brigada antivicio, por si a alguien le refresca la memoria.

—¿Y quién vigila la casa?

—Por el momento podemos dejárselo a la patrulla. Si Huck no da señales de vida en breve, supongo que tendré que hablar con los mandamases y organizar una rueda de prensa. No me hace mucha gracia, porque corremos el riesgo de que se dé a la fuga cuando se entere de que lo buscamos, por no hablar de que no tenemos prueba incriminatoria alguna y el tipo ya fue víctima de una injusticia jurídica en el pasado. Ya os podéis imaginar el alegato inicial del abogado defensor... —Se volvió hacia mí—. Tu teoría sobre otro entusiasta de la marisma en el papel de villano no es tan aventurada, pero ponernos ahora a husmear entre las huestes ecologistas no creo que sea una prioridad.

—Ya veré lo que puedo averiguar por mi cuenta —dije.

—Digo yo que podrías unirte al cuerpo, ya de paso —comentó Reed.

—El doctor es amigo mío, Moses —dijo Milo—. Cuidado con lo que dices.

El Comité Ciudadano de la protectora tenía su sede en un bungaló de madera beis de Playa del Rey, allí donde el distrito se transforma en un precioso pueblecito de cafés y comercios. A tres kilómetros de la marisma y aún más cerca del almacén de Pacific Storage.

La casa estaba cerrada a cal y canto y las tres plazas de aparcamiento estaban libres. No había ningún recordatorio improvisado por la muerte de Duboff ni noticia alguna de que hubiera sido asesinado.

Crucé la calle y me metí en un restaurante, el Chez Dupin, una casita de madera blanca con los postigos azules, un porche verde y un buen puñado de comensales. Pedí un café y un bollo, y me comí la mitad antes de preguntarle a la propietaria gala si sabía quién trabajaba en el bungaló vecino.

—*Non, m'sieur.* No he visto nunca a nadie.

Decidí llamar, uno por uno, a los miembros de la junta de Salvemos la Marisma.

Chaparral Stevens había grabado el mensaje del contestador de su joyería sobre un fondo de graznidos de pájaro, aguas de arroyo y móviles metálicos. Tenía la voz grave y sensual y un discurso algo entrecortado. Tras el «éxtasis tántrico» al que aseguraba haber llegado tras «seis meses de retiro espiritual en la Reserva del Bosque Nuboso de Monteverde, en la majestuosa selva de Cotha-Riica» se adivinaba la languidez del cannabis.

La secretaria del Centro de Oftalmología de la universidad me dijo que no había sabido del doctor Tomas Friedkin desde hacía años.

—A decir verdad, no le he visto en mi vida. Ojalá me equivoque, pero creo que falleció hace un tiempo.

—Qué pena.

—¿Es usted colega de profesión?

—Alumno suyo.

—¡Ah! Si espera un instante, se lo verifico.

La comprobación le llevó un buen rato.

—Sí, lo siento, falleció el año pasado. El doctor Eisenberg, otro de sus alumnos, me ha dicho que el funeral se celebró en un barco y esparcieron sus cenizas en el mar.

—Siempre fue un enamorado de la naturaleza.

—Ya podríamos ser todos como él, ¿no cree? Mejor nos iría si respetáramos la Tierra y dejáramos de ensuciarla de esta manera

—Friedkin dedicaba parte de su tiempo a la reserva natural de aves de la marisma, ¿lo sabía?

—¡Qué bonito! A mí los pájaros me encantan.

El profesor Lionel Mergsamer se había tomado un año sabático para trabajar en el Real Observatorio de Greenwich, en Inglaterra.

Por lo visto, todo el mundo estaba de vacaciones. ¿Cuánto hacía que no me daba yo un descanso?

A continuación probé a llamar al despacho de los multimillonarios progresistas, donde me dispensaron el trato previsible y me hicieron esperar una eternidad para luego colgarme el teléfono.

Si la junta directiva al completo estaba ausente, era por fuerza una institución puramente ceremonial, con lo que la gestión de la protectora debía de recaer en cualquiera que estuviera dispuesto a asumir la responsabilidad. Es decir, en Silford Duboff.

¿Quién más podía saber algo de la organización? Se me ocurrió probar suerte con el chico que había atendido la llamada del asesino... Chance Brandt.

Su domicilio en Brentwood no figuraba en el listín, pero pude dar con el número del bufete de Steven A. Brandt. Al recordar la mala disposición de su padre pensé que si le llamaba al despacho me exponía a tragarme otro de sus berrinches o, en el mejor de los casos, a toparme con un muro infranqueable, así que marqué el número del Instituto Windward. En mi calidad de policía fabricada para la ocasión ordené a una secretaria que me pasara con el director y acabé por camelármela para que me diera el número del móvil de Chance Brandt.

—¿Sí? —respondió el chico.

Le dije quién era.

—¿Sí? —repitió.

—Chance, ¿viste alguna vez en la oficina de la marisma a alguien que no fuera el señor Duboff?

—¿Sí?

Distinguí de fondo la risita de una chica y el ritmo machacón de un bajo de *hip hop*. Armándome de paciencia, repetí la pregunta.

—Aquel sitio... —comenzó

Hablaba con dificultad y a su novia algo le seguía pareciendo graciosísimo.

—¿Qué hay de aquel sitio?

—¿Sí?

Una risa masculina subrayó los estridentes graznidos de la chica.

—¿A quién viste, Chance?

—¿Sí?

—Muy bien. Hablaremos en la comisaría.

—No vi a nadie, ¿vale?

—Aparte de Duboff.

—La marisma es su territorio. Es el puto monstruo del pantano. —La hilaridad de fondo ganó varios decibelios—. Por mí como si se la folla... como si se tira a esa montaña de fango.

Chance usaba el presente del indicativo; el asesinato de Duboff aún no había salido en las noticias. Pensé en decírselo, pero al final desistí. No es que quisiera proteger la delicada sensibilidad del crío. Más bien me temía que no tenía ninguna.

XXIV

Moe Reed entró en el Café Moghul como una exhalación, con su cuerpo de boxeador inclinado hacia adelante y los hombros caídos. La postura era agresiva, pero sonreía como quien se encamina hacia una victoria segura.

Era la primera vez que le veía así de contento.

Milo engulló un pedazo de pollo *tandoori* y se pasó la servilleta por los labios.

—Al menos hay alguien que ha tenido un buen día.

Él había consagrado la noche entera a la búsqueda infructuosa de alguna prostituta que conociera a Travis Huck y había pasado la mañana en su despacho, enfrascado en discusiones telefónicas interminables con una serie ascendente de superiores sobre la conveniencia de airear en los medios la identidad de Travis Huck.

Zanjó la cuestión una última llamada del jefe de policía. La respuesta llegó de las alturas: dado el historial de abusos judiciales de Huck, era preferible esperar a acumular pruebas más sólidas.

A menos que apareciera una nueva víctima, claro está.

—Basan su política en el recuento de cadáveres —rezongó.

Yo acababa de describirle la insolente actitud de Chance Brandt.

—La generación N que la llaman —repuso—: Ene de «Necios».

Reed se sentó a nuestra mesa y agitó en el aire su bloc de notas.

—¡Dos fulanas!

Milo posó el tenedor en el plato.

—Y la pregunta es: ¿qué extra semanal incluye el cargo público de un congresista?

Reed celebró la broma con una sonrisa.

—Las he encontrado en Sunset, Ten. Le cobraron cuarenta dólares a Huck y se acordaban perfectamente de él y hasta de su boca torcida. ¿Y queréis saber lo mejor de todo? Que no llevaba gorra y no tiene un solo pelo en la azotea. —Abrió el bloc y leyó—: Charmaine L'Duvalier, nombre de guerra de Corinne Dugworth, y Tammy Lynn Adams, que es el que consta en su partida de nacimiento. Las dos trabajan en Sunset, casi siempre entre La Cienega Boulevard y Fairfax Avenue. Charmaine pescó a Huck en Fairfax hará un mes, más o menos, y con Tammy Lynn se encontraron a dos manzanas de allí. Lynn cree que fue hace seis semanas, como mucho. En ambas ocasiones Huck salió a buscar plan entre las tres y las cuatro de la madrugada en un Lexus deportivo. El color y el modelo coinciden con el de los Vander. El tío coge el coche del jefe para irse de fiesta.

—¿Alguna preferencia sexual rara?

—Las dos le recuerdan como un tipo muy callado; Adams admite que se asustó un poco.

—¿Lo admite?

—Ya sabéis cómo les gusta hacerse pasar por tías curtidas que no se asustan por nada. En cuanto insistí un poco reconoció que la asustó un poco.

—¿Por qué?

—Por lo callado que estaba. No se mostraba amigable como la mayoría de los clientes. Como si llevara toda la vida pagando a cambio de sexo y para él sólo fuera un polvete de compraventa más.

—Al contrario que para ella, que será todo romanticismo —masculló Milo.

—Esas tías siempre quiere tener la sartén por el mango y se hacen las duras —repuso Reed—. A la mayor parte de sus clientes eso les pone nerviosos, pero a Huck no. Por lo que dicen, estaba completamente relajado: aquí está la pasta, enséñame el género y chao.

—¿Qué clase de trabajito le hicieron?

—Sexo oral.

—¿Se puso agresivo? —inquirió Milo—. ¿Las agarró del pelo o las maltrató de algún modo?

—No. Yo creo que las dos se cagaron de miedo, pero Adams es la única que lo admite. Lleva cinco años haciendo la calle y dice que tiene un olfato infalible para reconocer a un chalado. Y Huck lo era.

—Pero se fue con él de todos modos.

—Al principio sólo se fijó en que iba bien arreglado y llevaba un buen coche. Fue al subirse cuando empezó a darle mala espina.

—Por ser tan callado e ir al grano...

—No es que fuera callado, es que ni siquiera abrió la boca. No le dio ninguna clase de conversación.

—¿Les has pedido a esas chicas el teléfono para poder localizarlas?

—Tengo dos números de móvil de prepago, por si sirven de algo. También les he pedido la dirección, pero ninguna tenía carné de conducir y las dos me han asegurado que estaban buscando un domicilio permanente.

—Ay, la vida bohemia... —dijo Milo.

—Es poca cosa, ya lo sé, pero menos da una piedra. Las dos me han prometido que preguntarían por Huck en el barrio. No soy tan ingenuo como para pensar que vayan a cooperar de buen grado, pero me parece que al preguntarles por él les he despertado el miedo. Si vuelven a verle, apuesto a que me avisarán.

Reed divisó a la mujer del sari y le pidió un vaso de té helado.

—¿No va a comer nada?

—No, gracias. Sólo un té.

La mujer se alejó meneando la cabeza.

—Buen trabajo, agente Reed. Lástima que no me haya enterado hace una hora —dijo Milo y le resumió la discusión sobre la conveniencia de otra rueda de prensa—. La verdad, no estoy seguro de que nos vaya a servir de mucho y el jefe teme que el caso pueda irse a pique por falta de pruebas y Huck le interponga una querella al ayuntamiento.

—¿De verdad crees que tendría huevos?

—La mejor defensa es un buen ataque, chaval. Si lo ponemos en el centro de la opinión pública sin tener chicha suficiente en su contra, va a ser él quien lleve las riendas. Ya te lo imaginas en el estrado, torciendo el gesto, mientras su abogado defensor va desgranándole al jurado todas las miserias del correccional...

—¿No podríamos ahorrarnos lo de sospechoso y decir simplemente que puede estar involucrado en los hechos?

—Ganaríamos tiempo, pero los mandamases no se atreven.

Milo se interrumpió al oír la melodía de Brahms de su móvil.

—Aquí Sturgis... ¿Quién? ¿Sobre qué? Sí, sí, por supuesto. Dame su número. —Colgó y se puso en pie—. Vamos.

—¿Qué pasa?

—Pasa que acabo de recobrar mi fe en la juventud.

La mujer del sari contempló con el té de Reed en la mano cómo salíamos del local. Cuando franqueamos la puerta se lo bebió.

La chica tenía diecisiete años y no superaba el metro cincuenta. Tenía un cuerpo macizo, la piel morena y brillante, el rostro pecoso y una exuberante melena pelirroja que contrastaba con el azul lavanda de sus ojos.

Era la viva imagen de su madre, que estaba a su lado y la cogía de la mano. Sentadas en aquel inmenso sofá de damasco azul eléctrico, se me antojaron un par de duendecillos.

El salón de paredes carmesíes relucía como la sangre bajo una araña Swarovski, suspendida por una larga cadena dorada y forrada de raso aguamarina de un techo de seis metros con artesonados bañados en oro. Las ventanas disponían de parteluz y los extremos de la sala estaban adornados por sendas chimeneas macizas de piedra. Sobre una de ellas colgaba un Renoir; sobre la otra un Matisse. Ambos parecían auténticos.

Habíamos tenido que esperar un buen rato ante la verja para que nos permitieran la entrada a su mansión de Brentwood Park.

—Estoy muy orgullosa de Sarabeth —dijo la madre.

Hayley Oster llevaba un chándal de marca color ciruela. El día era caluroso, pero el interior de la mansión estaba más refrigerado que la charcutería del súper. El chándal de su hija era del mismo modelo pero de la talla más pequeña y de color verde musgo. *Oster. Como los grandes almacenes.*

—Nosotros también, señora —dijo Milo con una sonrisa que hizo que Sarabeth se apretara aún más contra su madre.

—¿Seguro que no quieren nada de beber? —dijo Hayley Oster—. Han sido muy amables al acercarse hasta aquí y ahorrarnos el trayecto a la comisaría.

—No, gracias. La amabilidad ha sido suya al llamarnos.

—Era lo menos que podía hacer, teniente. Cuando Chance Brandt metió a Sarabeth en todo ese berenjenal decidimos que las cosas habían de cambiar, ¿verdad, cariño?

Se volvió hacia su hija sonriendo y le dio un codazo disimuladamente. Sarabeth clavó los ojos en el suelo y asintió.

—Mi marido y yo somos de la opinión de que los privilegios son una bendición de la que no conviene abusar —continuó—. Ni él ni yo venimos de buena familia y no pasa un día sin que demos gracias por la suerte que hemos tenido de haber llegado tan lejos. Harvey y yo creemos que las bendiciones del cielo han de devolverse en especie, y si hay algo que no toleramos es la debilidad de carácter. Por eso siempre hemos tenido nuestras reservas sobre su amistad con Chance.

La chica parecía a punto de saltar, pero se lo pensó dos veces.

—Ya sé que crees que soy muy dura contigo, nena, pero algún día me darás la razón. Chance es un ganso, un sinsustancia. El envoltorio será todo lo bonito que quieras, pero si rascas un poco no hay nada. Y lo que es peor: le falta carácter. En cierto sentido eso es lo que más me enorgullece de ella, que pese a estar rodeada de amorales aún tiene sus principios.

Sarabeth puso los ojos en blanco.

—Cuéntanos qué pasó, Sarabeth —le instó Milo.

—Lo que le he dicho a mi madre, nada más.

—Cuéntaselo, nena. Tienen que oírlo de primera mano.

Sarabeth suspiró y se sacudió la melena con impaciencia.

—Vale, vale... Alguien nos llamó anoche. A casa de Sean.

—¿Sean qué más? —preguntó Reed.

—Sean Capelli.

—Otro sinsustancia —terció su madre—. En su instituto los hay por docenas.

—Así que alguien llamó a Sean —recapituló Milo.

—Sí... Bueno, en realidad llamó a Chance al móvil, pero estábamos en casa de Sean.

—Ya. Pasando el rato.

—Sí.

—¿Y qué le dijo?

—Que era policía... uno de ustedes, no sé. Le preguntó si había visto a alguien más en la oficina de la protectora y Chance se lo tomó a cachondeo y comenzó a contestar al tuntún, por hacer la gracia. La encontró divertidísima.

—¿La llamada?

La chica no respondió, pero soltó un bufido al encajar otro codazo.

—Huy, pobrecita —dijo su madre, apretando los dientes—. Aligera, Sarabeth, y acabemos de una vez.

—Les dijo que no, pero mintió. Chance, digo. Porque sí que vio a alguien.

—En la oficina.

—Sí.

—¿A quién?

—Sólo me dijo que le conocía de algo, pero que no pensaba decírselo a la poli porque le volverían a trincar y a su padre se le hincharían los cojo...

—¡Sarabeth!

—Pues eso.

—¡Pues de eso nada, jovencita! —exclamó Hayley Oster—. Usa un lenguaje que realce tus virtudes.

Su hija se encogió de hombros.

—Entonces, te dijo que mintió para no verse implicado —recapituló Milo.

—Eso... Sí.

Su madre sonrió con suficiencia.

—Pues le ha salido el tiro por la culata —dijo.

Encontramos al chico jugando al tenis con su madre en el Club Riviera. Cuando nos vio entrar en la pista, a la mujer casi se le cae la raqueta.

—¿Qué quieren ahora?

—Les echábamos de menos —repuso Milo—. A su hijo, especialmente.

—Mierda —masculló Chance.

—Mierda, sí. A montones.

Chance confesó enseguida, con el rostro de anuncio de Ralph Lauren perlado de sudor y desprovisto de la mueca de listillo habitual.

Al hombre que vio lo conocía de vista.

—¿De alguna fiesta? —aventuró Milo.

—Sí.

—¿Qué fiesta?

—Una de sus fiestas —repuso el chico señalando con el pulgar a su madre.

—Pero ¡qué dices! —dijo su madre— Ni siquiera me acuerdo de la última vez que dimos una fiesta, tu padre no las soporta.

—No he dicho que la dierais —le corrigió su hijo con tono quejumbroso—. Hablo de esas que montan para recaudar fondos, ese coñazo de fiestas a las que me obligáis a ir.

—¿Qué coñazo de fiesta en particular? —inquirió Milo.

Chance se apartó un mechón rubio de los ojos.

—No sé. Una...

—Vas a tener que exprimirte un poco la mollera, hijo.

—Si usted lo dice...

—¡Por Dios, Chance! —exclamó Susan Brandt—. Diles lo que quieren saber y acabemos de una vez.

El chico botó perezosamente una pelota de tenis.

Su madre exhaló un suspiro, se pasó la raqueta a la mano izquierda y le dio un buen bofetón con la derecha. El sudor salpicó la tierra y en la mejilla del chico se marcaron cuatro dedos rojos.

Chance le sacaba casi un palmo y sus buenos veinte kilos a su madre; la diferencia pareció pronunciarse cuando apretó los puños.

—Y si sigues haciendo el payaso te la vuelves a ganar —le advirtió su madre.

—No hace falta ponerse así, señora —la apaciguó Milo—. Tengamos la fiesta en paz.

—¿Tiene usted hijos, teniente?

—No.

—Entonces no sabe de lo que habla.

—Es posible, pero aun así le ruego que...

—Era un tío, ¿vale? —le interrumpió Chance—. Le vi en Malibú, en uno de esos saraos lamentables donde toda la peña lleva una camisa hawaiana y va de surfero.

—¡Ah! —Susan Brandt se volvió hacia nosotros—. Se refiere a una fiesta que organizó la Coastal Alliance para recaudar fondos el año pasado... en otoño. Normalmente no le obligamos a acompañarnos a ninguna gala benéfica, por mucho que diga, pero aquélla era una barbacoa informal al aire libre y la gente llevaba a sus hijos. Se suponía que era más familiar, una reunión con música rock y perritos calientes. —Se dirigió de nuevo a su hijo y agregó—: ¿Tan mal lo pasaste?

Chance se frotó la cara.

—Nosotros no conocíamos a nadie. Fuimos porque el bufete de Steve había hecho una donación, los socios mayoritarios estaban en Aspen y querían que alguien asistiera en representación del despacho.

—Le vi bebiéndose una birra.

—¿Dónde se celebró la fiesta? —preguntó Milo.

—En el club Seth —dijo Susan Brandt.

—Descríbenos a esa persona, Chance.

—Era un viejo —esbozó una sonrisa—. De la edad de papá. Y rubio, rubio de bote.

—¿Teñido?

—Oxigenado. Un viejales que se las daba de surfero, con un pedazo de Bondo en la jeta.

—¿De Bondo? —preguntó su madre.

—Es un esmalte que se usa para reparar carrocerías rayadas —aclaró Moe Reed.

Chance se dio una palmada en la mejilla. La marca de la bofetada se había oscurecido un poco.

—Se habían hecho la cirugía plástica —tradujo Milo.

—Muy listo —se burló el chico.

—Chance... —dijo su madre en tono admonitorio.

A su hijo se le encendieron los ojos.

—¡Qué! ¿Vas a pegarme otra vez? ¿Delante de la policía? Como te pases un pelo, haré que te trinquen por malos tratos.

—Calma, calma —dijo Milo.

—No me habías pegado en tu vida. ¿Qué mosca te ha picado?

—Es que... —comenzó su madre, retorciéndose las manos—. Lo siento, no sabía cómo...

—Claro, claro. Lo has hecho por mi bien.

Susan Brandt le acarició el brazo a su hijo, que le apartó la mano con rabia.

Reed tomó a la mujer del brazo y la apartó unos metros.

Milo miró a Chance fijamente los ojos.

—Rubio oxigenado, la cara hecha un cromo, ¿qué más?

—Nada más.

—¿Qué edad tenía?

—La de mi padre.

—Mediana edad.

—Un viejales... un carcamal con un peinado patético.

—¿Patético?

—Llevaba un kilo de gomina. Una basura retro del palo... Billy Idol. Y con la jeta recién salida del taller.

—¿Qué relación tenía con Duboff?

—Fue a verle a la protectora.

—¿Cuántas veces?

—Una.

—¿Cuándo?

—Ni idea.

—¿Hacia el principio o hacia el final del voluntariado?

Chance reflexionó un momento.

—Hacia el principio.

—Hace tres o cuatro semanas, digamos.

—Fue justo al principio.

—Así que se pasó por la oficina. ¿Qué más?

—Por la oficina no pasó. Duboff salió y se encontraron en el aparcamiento —dijo Chance—. Yo estaba hasta los cojones de no hacer nada, me puse a mirar por la ventana y los vi.

—¿Qué hacían?

—Hablaban. No oí lo que decían y, la verdad, no me importaba un carajo. Por eso no se lo conté cuando me llamaron.

—¿La conversación te pareció amistosa?

El chico entornó los ojos, tratando de recordar.

—El tío le dio algo y Duboff se alegró.

—¿Qué le dio?

—Un sobre.

—¿De qué color?

—No sé... blanco. Sí, era blanco.

—Grande o pequeño.

—Normal.

—¿Y Duboff se alegró?

—Le dio la mano al viejales.

—¿Y luego?

—Luego el carcamal se fue en su coche.

—¿Qué coche era?

—Un Mercedes.

—¿De qué color?

—Negro, gris... ¿Cómo coño quiere que me acuerde? —repuso el chico con la mirada desafiante y se volvió hacia su madre—. Vamos, Susie, pégame otra. Quiero tu mejor golpe.

Susan Brandt rompió en sollozos.

—Vamos a enseñarte unas fotos, Chance —dijo Milo.

Mientras salíamos con el coche del club de tenis, Reed dijo:

—Un día de éstos vamos a recibir una denuncia por violencia doméstica.

—Fijo... —asintió Milo—. Por desgracia, lo que nos ha dicho no nos sirve de *nada*.* Un tío rubio de bote que conduce un Mercedes y que, según el crío, no es Huck.

—A menos que estuviera untando a Duboff —apunté.

—¿Para qué? —dijo Reed—. ¿Para darse un chapuzón en el pantano?

Milo se echó a reír.

—Enhorabuena, agente Reed.

—¿Por qué?

—El sarcasmo amargo es una señal inequívoca de adaptación al puesto. En fin, me juego la camisa a que se trataba de una donación para que cuidara de sus garzas. Si Chance le vio en una gala benéfica de ecologistas, sería uno más.

—La marisma hay que salvarla entre todos —asintió Reed.

—Salvar el caso ya lo veo más difícil.

* En español en el original. *(N. del t.)*

XXV

Las notas se amontonaban sobre el escritorio de Milo.

Tres nuevos y poco entusiastas artículos sobre los crímenes de la marisma, dos subjefes de policía que solicitaban confirmación de que Milo había recibido el mensaje sobre el aplazamiento de la rueda de prensa sobre Travis Huck.

Milo practicó su puntería con la papelera y siguió leyendo el resto de mensajes.

—Hombre, éstos mejor los guardo. Una llamada del señor Alston «Buddy» Weir y otra de Marc, el hermano de Selena, desde su casa de Oakland.

—Querrá que le pongamos al día.

—Encuentra un teléfono en la sala principal y averígualo.

En cuanto Reed salió del despachó, Milo marcó el número de Weir y conectó el altavoz para «compartir nuestras pequeñas miserias».

Contestó el ayudante de turno, pero esta vez pasó la llamada a su jefe en el acto:

—Gracias por llamar, teniente.

Su voz sonaba más aguda, más tensa.

—¿Qué hay de nuevo, señor Weir?

—Estoy empezando a preocuparme. Simon no responde al teléfono ni al correo electrónico. Ayer llamé al Península de Hong Kong y me dijeron que se marchó del hotel la semana pasada. Inmediatamente me puse en contacto con Ron Balter, de Global Investment, pero tampoco tenía ni idea de su paradero. Balter revisó sus últimas compras y me dijo que Simon cogió un vuelo de vuelta a Estados Unidos pero no ha usado la tarjeta de crédito desde que volvió.

—¿El vuelo aterrizó en Los Ángeles?

—En San Francisco.

—¿En San Francisco? ¿Es normal?

—No es tan raro. A Simon y Nadine la ciudad les encanta y a veces van a visitar ferias de arte y cosas así. Normalmente se hospedan en el Ritz, pero he llamado y en el registro no consta ningún Vander.

—¿Suele pasar tan desapercibido?

—Simon es un hombre discreto, de eso no cabe duda, pero nunca me ha costado tanto localizarlo al teléfono. Además, siempre paga con tarjeta de crédito, no lleva encima mucho efectivo. Y hay algo más, teniente. He tratado de localizar a Nadine en Taiwán, y su familia me ha dicho que se marchó con Kelvin el mismo día que Simon cogió su vuelo de vuelta desde Hong Kong.

—¿Le dijeron por qué motivo?

—No —repuso Weir—. La barrera idiomática a veces es insalvable.

—Entonces, podría tratarse simplemente de una cita en San Francisco para continuar sus vacaciones en alguna parte.

—Por supuesto. Pero la inactividad de su cuenta de crédito me escama, teniente. Simon y Nadine lo pagan todo con tarjeta. He llamado a Simone para averiguar si sabía algo de ellos. No sabe nada y se ha puesto nerviosísima... Luego me ha contado lo de Travis Huck.

—¿Piensa que puede haberle hecho algo a su familia?

—Ya no sabe qué pensar.

—¿Hay modo de que Huck se haya enterado de su paradero en San Francisco?

—No sabría decirle. Después de hablar con Simone, he pensado que había que hacer algo y me he acercado a su casa para echar un vistazo. Parece que Huck ha liado los bártulos, porque su habitación está vacía. Se lo ha llevado todo. Supongo que podría interpretarse como un indicio de culpabilidad, pero no estoy seguro.

Milo articuló un «mierda» en silencio y se frotó la cara.

—¿La ha registrado a conciencia?

—Sólo he echado una ojeada y he abierto algún cajón. Se ha largado, eso está claro.

—¿Ha ido usted solo?

—No, con Simone. Me pareció que, en su condición de familiar próxima y dadas las circunstancias, tenía derecho a entrar en la propiedad. No sé cómo no se me ocurrió antes, cuando me preguntaron cómo hacer para entrar. En fin, ¿qué opina de la huida de Huck?

—Buena pregunta.

—Es posible que se asustara cuando le interrogaron —dijo Weir—, pero si no tiene nada que temer ¿por qué habría de huir? No sé, también puede ser que se haya largado así, porque sí, de la noche a la mañana.

—Me extrañaría.

—Son cosas que pasan en California, teniente. Es por el clima.

—¿Cuándo podemos registrar el piso? —inquirió Milo.

—Cuando quiera. Mandaré a alguien para que se encuentre allí con ustedes.

—¿En una hora le parece bien?

—¿Una hora? No pensaba que fuera tan... Es que estaremos reunidos todo el día. A ver... hasta mañana al mediodía no tenemos ni un hueco. ¿Qué le parece mañana a las once? Les mandaré a Sandra, mi mejor ayudante.

—¿Ha ido a la casa de la playa?

—Simone y yo fuimos a echarle una ojeada rápida y nos pareció que llevaba vacía una buena temporada. Me ocuparé de que Sandra les lleve los dos juegos de llaves.

—Muy amable.

—Estoy seguro de que la familia está perfectamente —agregó Weir—. No hay razón para preocuparse.

Milo llamó al departamento de Seguridad Nacional para averiguar los horarios de los vuelos de Simon, Nadine y Kelvin Vander. Los tres habían vuelto en primera clase con Singapore

Airlines, pero el vuelo de Simon había aterrizado en San Francisco un día antes que el de su mujer y su hijo.

Llamó a continuación al banco de inversión de Seattle y logró camelarse a un reticente gestor financiero de nombre Ronald W. Balter para confirmar que, aparte del billete de avión, no había ningún otro cargo reciente a la tarjeta de crédito de Vander.

—¿Tienen alguna propiedad al norte de California? —le preguntó

—¿Una casa de propiedad? No.

—¿Y de alquiler?

—Tampoco —repuso Balter.

—¿Se le ocurre dónde podrían estar?

—Por supuesto que no.

—¿Cómo que por supuesto?

—Yo administro su capital, en su vida privada no me meto.

—Pues el señor Weir parece muy alterado.

—No me extraña.

—¿Y eso?

—Weir sí que se mete en su vida privada.

Moe Reed volvió al despacho con los pulgares en alto.

—Marc Green no llamaba para preguntar cómo nos iba. Quería contarnos algo que le dijo Selena.

—¿Y ahora se acuerda? —dijo Milo.

—Me da que no quería contárnoslo delante de su madre. Al parecer, Selena comenzó a salir con un tipo pocos meses antes de morir. Marc no recuerda cuándo se lo dijo exactamente, pero cree que fue hace tres o cuatro meses. Era un hombre mayor.

—¿Mucho mayor?

—Eso no se lo dijo. Pero a ella le daba un poco de vergüenza, con lo que la diferencia de edad debía de ser considerable. Y ahí no se acaba la cosa: para no perder la costumbre de confesarlo todo, su hermana le dijo que a su amante le iba el sado. Y a ella también. Los dos encajaban como un tornillo con su tuerca. Me ha dicho Marc que ésa fue la expresión que empleó.

—Pues es muy masculina. Se la tomaría prestada al tipo.

—Eso mismo he pensado yo. En fin, ahora ya tenemos un punto en común con Sheralyn y DeMaura. En sus gustos sexuales Selena no dista tanto de las otras víctimas. ¿Qué opinas, Alex?

—Pues sí, la cosa toma otro cariz —convine.

—Un tipo mayor al que le va el sado —recapituló Milo—. ¿Le contó algo más?

—Nada más —repuso Reed—. Seguramente lo conoció en una de esas orgías...

—Por la edad, Simon Vander daría el perfil de sobra —caviló Milo—. O Huck, que tiene treinta y siete y le sacaba once años. Parece que el círculo se va cerrando. Y cada vez tiene peor pinta.

Milo le resumió a Reed las noticias sobre el regreso y posterior desaparición de los Vander.

—Simon tiene más números de ser la víctima que el verdugo —opinó Reed—. A menos que se haya ensuciado las manos y quiera pasar desapercibido... Para mí Huck sigue siendo el principal sospechoso. Hay que encontrarle como sea, Milo.

Era la primera vez que se dirigía al jefe por su nombre.

Señal inequívoca de adaptación al puesto.

XXVI

A las siete de la tarde del día siguiente el nombre de Travis Huck apareció en un comunicado de prensa del Departamento de Policía de Los Ángeles. La hora de publicación se escogió cuidadosamente: demasiado tarde para que apareciera en los periódicos o en las noticias de las seis, pero con tiempo más que suficiente para incluirlo en las de las once. Como le había dicho a Milo el subjefe de policía Henry Weinberg, era un recurso que debía «aplicarse con cuentagotas, teniente, estamos aún en bragas para acaparar los medios».

Los redactores del departamento fueron con tiento. Tildaron a Huck de «individuo posiblemente involucrado en los hechos» y aludieron de pasada a su «condena previa por un delito grave». No dieron el nombre de ninguna de las cuatro víctimas de la marisma y a los Vander ni siquiera los mencionaron.

Entretanto Milo, Reed y yo fuimos a registrar las dos residencias de los Vander. Comenzamos por la casa de la playa, donde todo parecía indicar que la familia no la había pisado en años. Los sofás de cuero cogían humedad sobre una moqueta púrpura. El olor a salitre y óxido mezclado con un leve agror de pintura vieja proclamaba que la casa había caído en desuso. A juzgar por los remos y el traje de neopreno del armario, debía de haber sido un refugio de soltero.

En la mansión de la calle Marítimo franqueamos las hojas simétricas de la verja y accedimos a una serie irregular de habitaciones de techos altos, paredes vainilla y suelos de piedra caliza dorada, amuebladas con gusto aunque un tanto anodinas. Varias fotos de familia reposaban en sus marcos inclinados sobre un par de repisas y de las paredes sin ventanales colgaban pinturas abstractas. Un piano de cola ocupaba por completo el fondo de un espacioso y sombrío cuarto trasero. En la habitación azul celeste de Kelvin había otro piano, una espineta.

Los aposentos de Travis Huck se encontraban junto a una cocina de aspecto profesional y consistían en un cuarto más bien pequeño con retrete, amueblado con dos camas gemelas, un tocador de Ikea y un flexo de aluminio. El cuarto era de una sobriedad monacal, salvo por las maravillosas vistas del océano. Estaba ubicado en el ala del servicio y habría sido concebido originalmente como el cuarto de la criada.

A simple vista no había señales de violencia ni fluido corporal alguno en la habitación o en ninguna otra parte de la casa, pero de todas formas Milo llamó a la policía científica. La ayudante que Buddy Weir había mandado para supervisar el registro se alarmó un poco, pero llamó al despacho y su jefe le dijo que cooperara.

La policía científica estaba colapsada de trabajo y no podía venir hasta al cabo de «unos días», y cuando Milo llamó a la oficina de la sección sus ruegos cayeron en saco roto. Probó luego a llamar al jefe de policía pero no logró comunicar con él, y colgó con una sonrisa amarga.

—¿Lo dejamos en suspenso? —preguntó Reed.

—Dios nos libre, chaval.

Reed sonrió.

—Creo que voy aprendiendo.

Dejé a los dos policías con sus frustraciones y me fui a casa. El amante sadomasoquista de Selena ponía en entredicho mi teoría; los tres primeros asesinatos tomaban visos de ser algo más que preparativos para el de Selena y el caso comenzaba a encuadrarse en las pautas habituales del sadismo sexual.

El caso clásico del asesino que gana confianza y decide dar el salto a una víctima de más categoría, por desgracia para Selena.

Llamé a Marc Green para ver si podía sonsacarle algo más.

El chico debía de llevar una temporada al borde de un ataque de ira y mi llamada fue el empujoncito definitivo. Cuando acabó de gritarme por el auricular dije:

—Sé lo duro que es, pero tengo que preguntártelo. ¿Tienes algo más que...?

—¿Algo más? ¡¿Con toda la mierda que me habéis sacado y aún queréis más?! —me espetó furioso antes de colgar.

Me acerqué con el coche al distrito de Crenshaw para hacerle otra visita a Beatriz Chenoweth, la madre de Laura la Grande, dispuesto a servir nuevamente de receptáculo para la cólera ajena. Si hay alguien capacitado para ello, ése soy yo.

La señora Chenoweth me recibió con amabilidad, me invitó a una taza de té con barquillos de chocolate y esperó pacientemente hasta que me decidí a abordar el tema con todo el tacto del que fui capaz.

—A ver si le he entendido bien —repuso—, ¿me pregunta si a Lurlene le gustaba que le hicieran daño?

—Nos consta que a otras víctimas les gustaba y, bueno...

—La respuesta es que sí, doctor. No se lo comenté la otra vez porque... porque al verles llamar a mi puerta me quedé de piedra. Luego pensé en llamarles, pero es complicado hablar de esta clase de cosas. Si le dijera que Lurlene y yo estábamos muy unidas mentiría, pero era mi hija, y sólo pensar en lo que le ha pasado resulta terriblemente doloroso.

—Lo siento mucho.

—¿Han hecho algún progreso?

—No muchos, hasta ahora.

—Pero saben de otras víctimas a las que... ¡Dios santo! De algún modo era algo que me temía desde que comenzó a hacer la calle. —Sus hombros delgados y angulosos se movieron convulsos y le temblaron las manos—. ¿Que si le gustaba que le hicieran daño? De pequeña no, más bien al contrario. Era ella la que andaba por ahí pegando a la gente y metiéndose en problemas. Yo no me cansaba de decirle que al ser tan grande tenía que ser doblemente responsable. —Frunció el ceño—. Más tarde, al darme cuenta del complejo que tenía con su gordura, comprendí que le había dicho lo que no debía... ¿Que si le gustaba que le hicieran daño? Por lo visto, le gustaba. Pero eso empezó más tarde, cuando ya no vivía en casa. Cuando comenzó a trabajar.

Alargó la mano hacia un pañuelo y contuvo un repentino acceso de llanto.

—Si es que a eso se le puede llamar trabajo...

Se aclaró la garganta y continuó en una voz más templada:

—Un par de veces que vino a pedirme dinero vi que tenía moratones. Aquí y aquí —dijo señalándose los costados del cuello—. Al principio no estaba muy segura de que fueran morados, porque Lurlene era muy oscura de piel, igual que su padre. Además, la primera vez trató de disimularlos con un fular. Fue precisamente por eso que me fijé, porque ella no era de fulares. Vi algo de color morado debajo de la tela, le puse el dedo y ella me lo apartó. —Se estremeció antes de agregar—: No fue una palmadita cariñosa, fue un manotazo. Pero yo puedo ser tan terca como ella, de modo que insistí. Lurlene se puso echa una furia y se arrancó el fular. «¿Contenta?», me dijo. «¿Cómo voy a estar contenta de que te hagan daño, Lurlene?», le respondí. «Ni me han hecho daño ni quiero que me lo hagan», me dijo con una sonrisita. Yo estaba horrorizada, pero a ella le divertía. Entonces se arremangó la camisa y yo pensé, ya estamos, ahora me enseñará los pinchazos. ¿Qué más habrá urdido esta chica para atormentarme? Pero no, no eran pinchazos: eran más moratones en las muñecas. Al verlos di un respingo y eso la espoleó. Me dijo que había clientes dispuestos a pagar un suplemento y ella tenía experiencia para manejar cualquier situación. Yo le di un sermón, claro; le dije que era una temeridad y que por ese camino... En fin, ¿para qué aburrirle también a usted? Lurlene se rió de mí y se marchó. Y ésa es toda la historia —agregó con media sonrisa.

—Lo ha pasado usted muy mal —dije.

—De mis otras hijas no tengo ninguna queja. ¿Quiere un poco más de café?

—Bueno, ya tenemos el triplete masoquista —dijo Milo.

Había aparcado junto a la comisaría justo cuando él salía por la puerta y comenzaba a caminar calle abajo.

—¡Si sigues haciendo tanto ejercicio voy a empezar a preocuparme!

—No es nada, un paseíto anaeróbico de media tarde —repuso—. Las paredes se me echan encima cuando me siento inútil. Seguro que tú has corrido tus ocho kilómetros esta mañana.

Pasamos junto a las mismas casas y bloques de apartamentos. Esta vez el cielo plomizo no despejó. El aire era denso, caliginoso.

—La policía aeroportuaria ha encontrado el Lexus de los Vander en el aparcamiento para largas estancias del aeropuerto, pero no parece que Huck haya volado a ninguna parte.

—El truco más viejo del mundo.

—Moses y yo hemos peinado los hoteles y moteles de los alrededores, por si acaso. Hemos llamado también a todos los hoteles de lujo entre San Francisco y Santa Bárbara y a todos los vuelos chárter privados preguntando por los Vander. Nada de nada. Esto empieza a oler a psicópata desbocado y desaparecido de la faz de la tierra.

—¿Un psicópata que comete cuatro asesinatos acompañados de sadismo sexual y trajina con los huesos de tres de las víctimas para luego liquidar sin más a Duboff y a los Vander? No tiene mucho sentido...

—¿Y por qué habría de tenerlo? —replicó—. ¿Te acuerdas del cabrón aquel de Kansas? Se cargó indiscriminadamente a mujeres, hombres, niños y a todo el que encontró en la casa. Por no hablar de Ramírez, el asesino del Zodíaco, etcétera, etcétera.

—Pero en aquel caso los hombres fueron víctimas circunstanciales.

—Lo mismo podría decirse en éste. Puestos a elucubrar, qué

te parece esta teoría: Huck trabaja para los Vander durante tres años y se encapricha con Nadine, pero para tener el camino libre primero debe desembarazarse de su maridito y del crío.

—¿Y cómo se las arregla para que regresen de un viaje desde Asia?

—Les explicaría algún cuento, qué sé yo. Para esta clase de gente lo esencial es el control, ¿verdad? Pues ¿qué mejor subidón que mover a una familia entera de aquí para allá por el planeta, como si fueran piezas de ajedrez? Cuando empezamos a fisgonear y a preguntarle por Selena pensó que era sólo cuestión de tiempo que le atrapásemos y puso pies en polvorosa.

Sopesé la teoría un momento.

—Pudo mandarlos de vuelta inventándose alguna emergencia familiar. Habría bastado con decirles que Simone se había hecho daño o estaba enferma. Simon y Nadine confiaban en Huck, no tenían por qué verificarlo. Hasta aquí todo cuadra, pero ¿qué pinta Duboff?

—Lo sabremos en cuanto trinquemos a Huck. Admitámoslo, Alex, si nos dejamos de tonterías no se trata de ningún enigma policíaco. Hemos tenido al principal sospechoso en nuestras narices desde el vamos... Sus razones tendría para sudar de aquella manera.

Al cabo de diez pasos agregó:

—Sólo Dios sabe qué hizo Huck mientras vivió en la clandestinidad, antes de que los Vander le ofrecieran trabajo. Favor que por cierto les ha devuelto de un modo muy coherente, metafísicamente hablando.

—Cría cuervos.

—Los refranes habría que actualizarlos —repuso—. Cría cuervos y te atarán, te humillarán, te cortarán en pedazos y te tirarán al contenedor.

—Demasiado largo para una pegatina.

XXVII

La noticia retransmitida a las once se tradujo en treinta y cuatro llamadas de telespectadores que afirmaban haber visto a Edward T. Huckstadter, alias Travis Huck.

Milo y Moe Reed se pasaron dos días enteros dando vueltas a la noria.

Un hombre que había trabajado en el correccional de menores cuando Huck estaba internado le dijo a Reed que Huck le ponía los pelos de punta:

—Siempre andaba lloriqueando de aquí para allá, pero tenía unos ojos que...

—¿Que qué? —preguntó Reed.

—Unos ojos astutos, ¿sabe? Como si se pasara el día maquinando maldades. Yo no le habría dejado salir de ahí ni loco.

—¿Hizo de las suyas mientras estuvo recluido?

—No, que yo recuerde. Pero eso no significa nada, ya ve que tenía razón. Los tipos como él se enroscan sobre sí mismos y esperan la ocasión, igual que las serpientes.

El nombre de Huck no aparecía en la lista de reservas de ningún tren o autobús que hubiera salido de Los Ángeles, pero con un billete de metro pagado en efectivo habría podido salir sin problemas. Después de muchos rodeos de abogado quisquilloso, Buddy Weir accedió a que el Lexus de los Vander fuera examinado en el laboratorio de automóviles del departamento.

—Pero, por favor, teniente, asegúrese de que no haya desperfectos —dijo—. No quiero que Simon y Nadine vuelvan a casa y se lo encuentren estropeado.

Nadie prestaba mucha atención ya al asesinato de Silford Duboff, pero yo no podía quitármelo de la cabeza.

Llamé a Alma Reynolds, pero no respondió y tampoco saltó el contestador automático. Recordé que se había jactado de no tener móvil, igual que «Sil». Era posible que tampoco tuviera tele u ordenador. Me preguntaba si se habría enterado siquiera de la busca policial de Travis Huck.

Reynolds se había jubilado de la docencia universitaria y no había mencionado que tuviera otro trabajo, pero llamé a Milo para averiguar si en su ficha constaba algún teléfono de contacto en el trabajo. Había ido al aeropuerto a revisar los registros de salida y fue Moe Reed quien contestó:

—Déjame ver... Aquí lo tengo: una consulta médica de Los Ángeles Oeste. ¿Qué esperas que te diga?

—Probablemente nada.

—Lo haces a menudo, ¿no? Ayudarnos, digo.

—Siempre que Milo me lo pide.

—¿Te ha pedido que llames a Reynolds?

—A veces improviso.

—Ya —dijo Reed—. Eso me ha dicho.

Teniendo en cuenta su estilo de vida, supuse que la consulta donde trabajaba Alma Reynolds sería la de algún homeópata o algo similar, pero resultó ser la de un oftalmólogo convencional en un edificio igualmente convencional de Sepúlveda, cerca de Olympic Boulevard.

La sala de espera estaba abarrotada y entre los pacientes la lectura preferida eran unos folletos de LASIK en letra menuda.

Reynolds era la coordinadora de la consulta. La recepcionista parecía muy contenta de romper la rutina con preguntas como las mías. Sería de mi edad, más o menos, y tenía el pelo negro muy corto y la sonrisa fácil.

—Lo siento, ha salido a comer —me dijo.

—Son las tres menos cuarto. ¿No es un poco tarde?

—Esta mañana hemos estado desbordados. No habrá tenido tiempo de escaparse antes.

—¿Sabe adónde suele ir?

—¿Es por lo de su novio?

—Sí. ¿Se lo ha contado?

—Sólo me ha dicho que le echa de menos, que ha sido horrible y que espera que el culpable se lleve su merecido... Oiga, no lleva lentillas, ¿verdad?

—No.

—Ya me parecía. El azul grisáceo de sus ojos es natural; en las lentes suelen pasarse de azul... A Alma le gusta la comida mexicana. Hay un restaurante en el centro comercial, a tres manzanas de aquí en dirección oeste.

El centro comercial disponía de un enorme aparcamiento y seis restaurantes étnicos. Alma Reynolds era la única comensal del Cocina de Cabo y degustaba sus tacos de pescado y una lata de Coca-Cola Light en un reservado de resina moldeada azul. A pesar del calor que hacía, llevaba los mismos pantalones masculinos de lana y un jersey con el escote en pico que la hacía cinco kilos más delgada que la camisa que llevaba en la comisaría. Se había sujetado su larga melena cana en una coleta y me pareció apreciar un toque de maquillaje alrededor de las patas de gallo. El intenso azul de sus ojos sí podía ser el de unas lentillas cosméticas.

La saludé con la mano desde la puerta y ella se llevó la suya al pecho.

—¿Me ha estado siguiendo?

—En interés de la comunidad. ¿Me permite?

—¿Acaso puedo impedírselo?

—Si no es buen...

—Era broma. *Sentarse.** Creo que en México se dice así y, ya sabe, allá donde fueres... —Sacó su enorme mandíbula y

* En español en el original. *(N. del t.)*

245

clavó los ojos en el plato—. Sil era vegano; yo como pescado de vez en cuando.

—Quería preguntarle si se ha acordado de alguna otra cosa.

Reynolds apretó los labios.

—Ya veo que andan necesitados de colaboración ciudadana. Pues no, no se me ocurre nada más.

—Sabe, aún no acabamos de comprender qué relación guarda el asesinato de Sil con el resto.

—A lo mejor no tiene nada que ver.

Esperé a que prosiguiera.

—No veo por qué ha de guardar relación con nada —agregó—. Puede que se encontrara con uno de esos asesinos en serie tarados y lo matara así, por la cara. A menos que el cabrón que le tendió la trampa quisiera ocultar algo de los asesinatos.

—De hecho, le atrajo con la promesa de ayudarle a resolverlos.

La mano del pecho se movió un centímetro y atisbé un destello dorado que se apresuró cubrir de nuevo con los dedos.

—Es verdad.

—¿No podría haber sido alguien que conociera a Sil lo bastante bien como para saber cómo tentarle?

—¿Alguien que le conociera bien? ¿Por ejemplo?

—Qué sé yo, un amigo o incluso un conocido que estuviera al tanto de su devoción por la marisma.

—Yo era su única amiga —repuso—. Y su círculo de conocidos.

—No tenía mucha vida social.

—Porque no quería. La gente puede ser un engorro.

—¿Y qué me dice de alguien que le conociera indirectamente... por su trabajo?

—Es una posibilidad, pero nunca me habló de nadie en particular.

—No hemos podido encontrar la lista de socios de Salvemos la Marisma.

—Porque en realidad no es ninguna asociación. Cuando Sil salvó la marisma de las garras de esos canallas multimillonarios se creó una junta directiva, pero no era más que un puñado de ricachones que quería un bálsamo de altruismo. No hubo ni una sola reunión. A efectos prácticos, la protectora era Sil.

—¿Y quién pagaba las facturas?

—Esos cabrones podridos de dinero. Le advertí a Sil que era un riesgo, que si empezaba a depender de ellos no tardarían en hacerse con el control absoluto de la situación, como los camellos, pero él estaba dispuesto a soplarles tantos dólares como pudiera. De las consecuencias ya se preocuparía más tarde, me dijo.

Le tembló el labio inferior y alzó la mano un segundo antes de devolverla al pecho, lo justo para desvelar una perla enorme engarzada en un colgante plateado.

Cogió un taco, lo mordisqueó y lo devolvió al plato.

—Y ahora, si no le importa, me gustaría acabar de comer tranquila.

—Tenga una poco de paciencia, por favor. ¿Qué tipo de contrato tenía?

—Cobraba un estipendio. Así esos cerdos agarrados podían ahorrarse el impuesto sobre las nóminas. Le pagaban veinticinco mil al año. Sil decía que cualquiera podía subsistir con eso si vivía con frugalidad.

Su mano se abrió en abanico en torno a la perla.

—¡Qué bonita! —exclamé.

El rubor le bajó hasta los omoplatos.

—Sil me la regaló por mi cumpleaños. Yo la encontré horrible, demasiado ostentosa, y le dije que no me la pondría nunca. Y ya ve usted...

Asentí con la cabeza.

—No haga como que me entiende, porque es mentira. Las personas como Sil o como yo estamos intelectualmente más que preparadas para llevar una vida convencional y convertirnos en androides urbanos, tan gordos y ufanos como los que más. Yo me saqué dos másters y Sil era licenciado en Física. —Se inclinó un poco hacia mí, como si fuera a confiarme un secreto—. Si decidimos llevar una vida más austera fue porque quisimos. Pero hasta Sil podía tener sus arranques de romanticismo. En nuestro último aniversario quiso regalarme algo bonito. Los idealistas también necesitan un poco de belleza en su vida.

—Tiene toda la razón.

—Le dije que no la quería, que la devolviera, pero se negó en redondo. Lo discutimos un buen rato y él tuvo la última palabra. Ahora me alegro. —Sus ojos recorrieron los ventanales del restaurante—. ¿Ése es su coche, el verde de allá? Yo de modelos no entiendo.

—Sí. Es un Seville.

—¡Seville! Vaya un nombrecito que ponerle a un Cadillac... ¡Pero si de español no tiene nada! ¿En qué estarán pensando esos embusteros de corbata?

—En las ventas.

—Pues, por si no lo sabía, su coche traga un montón atroz de gasolina. ¿Le parece bonito?

—Esa carraca y yo llevamos juntos más de veinte años y me falta valor para cambiarla por otra más joven y más bonita.

Bajó la mano y arqueó el pecho, como para presumir del collar. Era una perla de color crema, gigantesca y de una redondez perfecta; se me antojó demasiado pesada para la cadena, que era muy fina y parecía chapada en plata.

—Así que los millonarios le pagaban todas las facturas y Sil manejaba el cotarro —resumí—. ¿Y no recibía donaciones?

—De tanto en tanto la gente le mandaba cheques, claro, pero Sil decía que no daban ni para pipas. Sin la camarilla de ricachones no habría salido a flote. Y ahora, ¿me dejará acabar mi almuerzo en paz? No tengo ningunas ganas de pensar más en ello, la verdad

Le di las gracias y me encaminé hacia la puerta.

—A usted el medio ambiente le trae sin cuidado, pero al menos es leal —sentenció.

En la recepción del oculista encontré a la misma chica.

—¿La ha localizado? —preguntó al verme.

—Sí, gracias por las indicaciones. La pobre está bastante deprimida.

—¿Y usted cómo estaría?

—En su lugar, probablemente peor... En fin, espero que esa perla le sirva de algún consuelo.

—Lo dudo —repuso—. Pero es verdad que no es ninguna baratija. Se la compró ayer mismo. Nos dejó a todos bastante sorprendidos.

—¿Por qué? ¿No es su estilo?

—Ni mucho menos.

—La gente de duelo a veces cambia.

—Supongo que tiene razón... ¿Puedo hacer algo más por usted?

—No, gracias —dije, disponiéndome a salir.

—Entonces por qué ha...

—Sólo quería agradecerle su colaboración.

Antes de que digiriera la mentira ya me había ido.

XXVIII

Conduje hasta la bocacalle contigua al centro comercial donde Alma Reynolds había ido a almorzar y di un par de vueltas hasta encontrar un aparcamiento desde el que pudiera observar discretamente la salida de Cocina de Cabo.

Reynolds salió del restaurante un cuarto de hora más tarde y volvió al trabajo a pie, con los andares lentos y la expresión sombría. La seguí con el coche a cierta distancia y aparqué a media manzana de la consulta.

Al llegar, pasó de largo la entrada y descendió la rampa que conducía al aparcamiento subterráneo.

No tuve que esperar mucho hasta que un viejo y abollado Volkswagen Escarabajo amarillo subió traqueteando por la rampa. Conducía inclinada hacia adelante, como si quisiera darle impulso, mientras el tubo de escape escupía un humo negrísimo. Un trasto de lo más ecológico.

La seguí hasta un bloque de apartamentos de color verde guisante de la calle 14, al norte de Pico Boulevard. La dirección coincidía con la que me había pasado Milo. Era un edificio en mal estado, semioculto entre palmeras greñudas y con el estuco desconchado.

Debía de ser el rincón menos glamuroso de Santa Mónica, aunque los residentes conservaban parte de sus privilegios: el aparcamiento era privado. Tuve que parar en medio de la calle.

A Reynolds le costó lo suyo encajar el Escarabajo en su plaza minúscula y al maniobrar chocó sin remordimientos contra los coches aparcados a ambos lados. Al salir dio un portazo que sacudió el chasis del Volkswagen.

Cuando hubo entrado en el edificio estacioné el coche junto a una boca de incendios y puse la radio. Al cabo de treinta y cinco minutos deduje que Alma Reynolds pensaba quedarse en casa y me fui a la mía.

Por el camino traté de localizar a Milo de nuevo y le dejé un mensaje. Justo al llegar a Westwood Village me sonó el móvil.

—Buenas tardes, doctor. Soy Louise, de la consulta. Le ha llamado una tal doctora Rothman.

—¿Nathalie Rothman?

—El nombre de pila no me lo ha dado, pero me ha pedido que la llamara cuanto antes. Quiere hablarle de un tal Travis.

Hacía años que no hablaba con Nathalie Rothman.

—Esto está de pacientes hasta los topes, Alex —me dijo nada más descolgar—, pero si quieres podemos quedar más tarde.

—¿Conoces a Travis Huck?

—¿Si le conozco? Eso es mucho dec... Disculpa un momento. —Después de un buen rato de espera, me explicó—: Una de las internas acaba de tener un hijo, vamos cortísimos de personal y al salir de aquí tengo un compromiso, pero puedo dedicarte el tiempo que tarde en devorar la cena. Digamos... ¿a las seis?

—¿No piensas darme ningún avance?

—Es demasiado complicado. ¿A las seis te va bien?

—Te llamaré a las seis en punto.

—No, prefiero hablarlo en persona. Jarrod, mi hijo mayor, juega un partido de baloncesto a las siete y le he jurado y perjurado que a éste sí que iría. ¿Aún vives en Beverly Glen?

—Sí. Le estás poniendo mucha intriga, Nathalie.

—Como a ti te gusta. Cualquier sitio cerca de su instituto me iría bien.

—¿Dónde queda?

—En Brentwood, es el Instituto Windward... ¿Te apetece uno de mis tailandeses favoritos? El Pad Palace, en Bundy con Olympic. ¿Lo conoces?

—Lo encontraré.

—Manduca de calidad y baja en calorías. A menudo les pido comida para llevar. Demasiado a menudo.

Otro centro comercial. Tal vez un día la inflación inmobiliaria los haga inviables.

El Pad Palace sacaba el máximo partido de sus posibilidades. El presupuesto de diseño de la fachada era limitado, los biombos y mesas de pino eran sencillos y elegantes, y las paredes estaban pintadas en toda la gama del verde menta. Las esbeltas, tímidas y jóvenes camareras se movían con presteza entre la ruidosa, alegre y moderna clientela anglosajona.

El menú era vegetariano con huevo, pero también tenían uno vegano. Poco a poco, los adalides de la pureza ganaban terreno en la ciudad. No me hubiera extrañado que Alma Reynolds apareciera por ahí. A menos que le tirara más el pescadito, claro.

A los cinco minutos de sentarme y pedir una taza de té vi llegar el BMW descapotable blanco de Natalie Rothman, que entró en el local como una bala: pequeña, rápida y directa, un metro cincuenta y cuarenta kilos de puro músculo.

Lucía una melena castaña descuidada y el rostro suave y terso de una adolescente. Tenía cuarenta y dos años y cuatro hijos con un promotor inmobiliario, dueño de varios edificios de Wilshire Boulevard, y había sido la responsable de los servicios de urgencia del hospital Western Pediatric durante más de un decenio. Cuando la conocí era una interna recién salida de Yale. Luego pasó a ser la jefa de medicina interna y entró en el cuerpo facultativo por la vía rápida. Muchas autoridades del hospital la consideraban una mujer seca y brusca. Y no les faltaba razón, pero a mí me caía bien.

Me saludó alzando un dedo y abordó a una de las camareras.

—Soy la doctora Rothman. ¿Está listo mi pedido?

Para cuando la chica dejó de asentir con la cabeza, Nathalie ya estaba sentada frente a mí.

—He llamado antes para que la tuvieran lista. Estás muy guapo, Alex, los homicidios te sientan bien. ¿Has pensado alguna vez en volver al hospital y dedicarte a tu verdadero trabajo?

—Yo también me alegro de verte.

Nathalie soltó una carcajada.

—No, no estoy tomando Ritalin, y sí, me iría bien. Esa pizca de canas te favorece. Le digo lo mismo a Charlie, pero no me cree. En fin, vamos al grano. El otro día puse el telediario y vi la noticia de Huck, así que llamé a la policía como buena ciudadana que soy y hablé con un poli, un tal Reed. Me dijo que estaba muy interesado en hablar conmigo, pero yo creo que no lo estaba tanto.

—¿Por qué lo dices?

—Porque cuando le expliqué por qué llamaba me dijo que estaba en mitad de una investigación de campo y que ya me llamaría. Qué cultivan los policías en su campo, no lo sé. De hecho, se lo pregunté, pero el agente Reed no compartía mi sentido del humor. ¿Le conoces?

—Es un poli novato.

—En lo que concierne al trato a sus fuentes de información potencialmente útil tiene mucho que aprender, desde luego. El tipo comenzó a acribillarme a preguntas: que quién era, que por qué llamaba... Ni que estuviera bajo sospecha. Cuando le dije que trabajaba en el Western Pediatric parece que se le encendió la lucecita. Se relajó un poco, me explicó que les estaba asesorando un médico que trabajó en el Western y me preguntó si te conocía. Pues claro que le conozco, le dije, desde hace tiempo. Y el tío va y me dice que, en ese caso, hablara directamente contigo. No es por criticar a nadie, Alex, pero me dio la impresión de que se me quitaba de encima. En fin, se supone que iba a avisarte de que había llamado. ¿Te ha avisado?

—Aún no.

—Ya ves. Bueno, pues yo sí. Y si el novato del agente Reed no quiere enfrentarse a nuestras discrepancias cognoscitivas, tanto peor.

—¿Qué discrepancias?

—No tenemos la misma opinión del señor Huck.

—Entonces le conoces.

—Eso es mucho decir. Le vi una sola vez, pero bastó para que aún lo tenga por un héroe.

Un plato de fideos con tofu llegó a la mesa envuelto en celofán. Nathalie comió un poco y se puso a juguetear con su anillo de diamante, un enorme solitario cuadrado. La joyería no es lo mío, pero la perla gigantesca de alma Reynolds me había aguzado la sensibilidad.

—Te hablo de hace diez años —prosiguió Nathalie—. Me acababan de ascender a directora de la sección de pacientes ambulatorios y hospitalizados y hacía el turno de noche para dejar bien claro que era una doctora más. Serían las tres de la madrugada o así cuando una enfermera de guardia me llamó porque alguien acababa de traer a un bebé cubierto de sangre. Al principio nos temimos lo peor, pero en cuanto limpiaron un poco al pequeñín vimos que no tenía heridas, ni el menor rasguño; era una niña de siete meses y, aparte de la hipotermia y la excitación, estaba perfectamente. —Cogió con los palillos un pedazo de tofu y se lo llevó a la boca—. El buen samaritano que la trajo era vuestro amigo el señor Huck. Su nombre no nos lo dijo, pero estoy segura de que era él. Tiene una cara difícil de olvidar. Estaba demacrado, casi anémico, en pésima forma, y recuerdo que adiviné en su expresión las secuelas de alguna afección neurológica, puede que una vieja lesión cerebral cicatrizada o un infarto menor.

—La boca torcida.

—¡Exacto! —exclamó y alzó dos dedos en señal de victoria—. Sabía que era él. El pobre andaba tambaleándose y la enfermera de guardia se asustó porque pensó que estaba borracho y en cualquier momento podía dejar caer el bebé, que además lloraba sin parar. Si a eso le añades la sangría, era un verdadero cuadro. En las noticias dicen que posiblemente esté involucrado en los hechos. ¿Qué significa eso?

—Significa que la policía se va por las ramas.

—¿Por qué?

—Es un poco complicado.

Me miró de hito en hito.

—Ya. Pero entre tú y yo, ¿sospechan de él?

Asentí con la cabeza.

—¡Vaya por Dios! —exclamó—. Pues te aseguro que en ningún momento me dio malas vibraciones. Era un hombrecillo nervioso, tímido, yo diría que estaba más asustado que el bebé. Nos contó que lo había encontrado en la acera mientras daba un paseo, que oyó el vagido y pensó que se trataba de un animal herido. Cuando vio que era un bebé, lo cogió en brazos y nos lo trajo. Era una noche helada y el tipo fue caminando de Silverlake a Hollywood Este, que serán tres kilómetros largos. Se había quitado la chaqueta para abrigar al bebé y no llevaba encima más que una camiseta y unos pantalones baratos a cuadros... ¡Las tonterías de las que se acuerda una! Seguramente serían de segunda mano porque los llevaba atados a la cintura con un cordel. Le castañeteaban los dientes, Alex.

—¿Y cómo es que no llamó a la policía?

—Ni idea. Quizá pensó que llegaría antes a pie.

O que con sus antecedentes se convertiría automáticamente en sospechoso.

—¿Que si nos asustó al principio? —continuó retóricamente—, por supuesto que sí. Estaba bañado en sangre, parecía salido de una de esas pelis que les gustan a mis hijos. No queríamos enfrentarnos con él, pero tratamos de que se quedara hasta que llegara la policía. En cuanto vio que el bebé estaba bien, se escurrió entre los vigilantes y se largó. Te acordarás de nuestros infalibles guardias de seguridad.

—Viejos, enclenques, perezosos y miopes.

—Eso en sus mejores días. El caso es que la policía tardó un buen rato en llegar y el bebé absorbió toda nuestra atención. Lo que no dejaba de entrañar sus riesgos, ahora que lo pienso. Vete tú a saber qué habría ocurrido si Huck hubiera sido un asesino en serie.

—¿Cómo sabes que no lo era?

—Porque el caso se cerró inmediatamente. Se dice así en la jerga policial, ¿verdad? Cerrar un caso, no resolverlo.

—Veo que has hecho los deberes.

—A Charlie le gustan las series policíacas.

—¿Y dices que cerraron el caso inmediatamente?

—La policía se acercó a la calle dónde Huck había encontrado al bebé, vio un rastro de sangre, lo siguió y descubrió entre los matorrales un cadáver que resultó ser el de la madre de la criatura, una chica de diecisiete años llamada Brandi Loring. Vivía a pocas calles de allí. Su madre y su padrastro eran alcohólicos y tenía toda clase de hermanastros. La recién nacida se llamaba Brandeen, que será el diminutivo de Brandi, digo yo. Los familiares de la chica sabían quién era el asesino: su ex novio, un chico un año mayor que ella. Al parecer, Brandi había roto con él antes de que naciera la niña y llevaba tiempo acosándola. En cuanto la policía se presentó en su casa el tipo se vino abajo y confesó que la había matado a palos. Tenía una mano rota y los nudillos en carne viva para demostrarlo. Más tarde encontraron restos de su sangre en la cara, el cuello y el pecho de Brandi. Cuando la poli le preguntó por qué había dejado al bebé en medio de la acera, se hizo el longuis: ¡Ay, el bebé, menudo olvido...!

—¿Cómo te enteraste?

—Me lo contó el poli que se encargó del papeleo. Eso fue lo que dijo: «Yo sólo me encargo del papeleo, doctora. De Sherlock Holmes no tengo ni un pelo».

—¿Recuerdas cómo se llamaba?

—Leibowitz —repuso—. Un poli de homicidios judío, quién lo iba a decir.

Antes de despedirnos le pregunté cómo le iba a su hijo en el Instituto Windward.

—Es un lugar la mar de curioso —repuso.

—¿En qué sentido?

—Podría decirse que son dos institutos... sociológicamente hablando, ya me entiendes. A uno van los niños ricos y al otro los niños forradísimos con pocas luces.

—Ya veo cuál es el común denominador.

—Con una matrícula de cuarenta mil al año, ¡qué esperabas! A Charlie le parece una exageración y supongo que a mí también. En cuanto a Jarrod, te lo clasificaría en uno u otro grupo según el día en que me lo preguntes. Ya sabes cómo son los adolescentes, no controlan sus impulsos... Mira si no cómo acabó la pobre Brandi Loring. A mí no me habría importado llevarle a un instituto público y seguro que Charlie lo hubiera preferido, pero nuestro «príncipe» quería jugar al béisbol en un equipo universitario y sabía que en la escuela pública no lo conseguiría nunca. Supongo que eso le sitúa en el grupo de los listos: el chico conoce sus limitaciones.

Llamé a la División de Hollywood y pregunté por el agente Leibowitz. El telefonista nunca había oído hablar de él y el oficial de guardia tampoco.

—Páseme con la agente Connor, pues.

—Ha salido.

Probé a llamar a Petra Connor al móvil.

—Barry Leibowitz, ya me acuerdo —me dijo—. Dejó el cuerpo al poco tiempo de que yo llegara. Y no te montes ninguna película, que tendría ya sesenta y tantos.

Solté una carcajada.

—¿Sabes dónde lo puedo encontrar?

—No, lo siento. ¿Se puede saber por qué?

Le hablé del rescate protagonizado por Travis Huck.

—Así que vuestro psicópata anda por ahí haciendo buenas obras... Tampoco es para tanto, Ted Bundy trabajaba en un servicio telefónico de ayuda a suicidas.

—No significa absolutamente nada —coincidió Milo cuando se lo conté—. BTK, el asesino en serie, era el presidente de su congregación.

—Ya me lo figuré cuando hablamos por teléfono —terció Moe Reed—. Te iba a avisar, Alex, pero me quedé empantanado revisando contratos de alquiler de coche y verificando los registros de salidas de trenes y autobuses.

—Entonces, no cabe duda de que fue el ex novio quien la mató... —insistió Milo.

—Eso es lo que Leibowitz le dijo a la doctora Rothman.

—Leibowitz... no me suena.

—Se jubiló cuando Petra comenzó a trabajar en la comisaría de Hollywood. Pensaba localizarle, pero si crees que es una pérdida de tiempo lo aparco.

—No le veo mucha utilidad, francamente.

—Si Leibowitz dio con Huck y le interrogó, sabremos algo más de su personalidad.

—Lo que yo querría saber es qué hacía Huck paseando por un callejón oscuro y desierto de Silverlake a las tres de la madrugada, pero si crees que es buena idea, adelante.

—A esa hora suele andar a la busca de fulanas —dijo Reed—. Si no las encuentra, igual le da por rondar las casas, espiar por las ventanas o algo peor.

—Al menos ya sabemos dónde estaba hace diez años: en la calle y sin número de la seguridad social. Diez contra uno a que se ganaba la vida de forma ilegal. A ver qué hay en los archivos sobre atracos nocturnos por aquella época en Hollywood Este y Silverlake. Mejor me encargo yo, Moses, tú dedícate a rastrear transportes y atender las llamadas.

—Vale.

—Huck dijo que llegó al hospital a pie —señalé—. Si no cogió el coche es porque no tenía, con lo que su campamento base debía de estar cerca del lugar donde lo encontró.

—Podía ir al centro de farra y tener su agujero en las colinas —dijo Reed.

—Vaya uno a saber —zanjó Milo—. De todos modos, ya puedes irte olvidando de preguntar por él en el centro, porque de hace diez años no queda ni un alma. El barrio residencial ya es otra historia. Si volvemos al lugar donde encontró al bebé, puede que demos con alguien que se acuerde de él.

—A lo mejor es Huck quien se acuerda del lugar y vuelve para esconderse —dije.

Milo se mordió los carrillos.

—Adonde el corazón se inclina, el pie camina.

—Los callejones de un barrio conocido son tentadores cuando uno huye de *la policía*.*

---

* En español en el original. *(N. del t.)*

XXIX

El cuerpo de Brandi Loring fue hallado en Apache Street, una calle en cuesta al oeste de Silverlake, a cuatro manzanas de Sunset Boulevard.

La vecindad se componía en su mayor parte de precarias casas de madera. Muchas de ellas eran poco más que chabolas y las más grandes estaban divididas en pisos de alquiler. El lugar donde Travis Huck encontró a la pequeña Brandeen era un pedazo de acera abombado, a punto de ceder ante el empuje imparable de las raíces de un baniano gigantesco.

Después de una hora y media recorriendo la calle de arriba abajo y llamando a todas las puertas lo único que habíamos conseguido era una sucesión intermitente de miradas socarronas y murmullos de disculpa, la mayoría en español. Fue entonces cuando encontramos a Maribella Olmos, una viejecita arrugada de ojos luminosos que recordaba el incidente.

—Aquel bebé, sí. Para hacer eso hay que ser un hombre de bien —dijo—. Y valiente.

—¿Lo conocía usted? —preguntó Milo.

—¡Ojalá! Qué valiente.

—¿Por salvar a un recién nacido?

—Y llevarlo al hospital —repuso—. Con todas esas bandas callejeando por ahí con sus pistolas. El barrio ha mejorado últimamente, pero huy en aquella época... ¡Huy!

—¿Había bandas callejeando a las tres de la madrugada?

—A todas horas. A veces oía disparos después de acostarme. Ahora el barrio está mejor, mucho mejor. Lo están haciendo muy bien.

Le agarró la mano a Milo y la apretó contra sus labios arrugados. Fue una de las pocas veces en que vi a alguien cogerle con la guardia baja.

—Gracias, señora —masculló, azorado.

Maribella Olmos le soltó la mano y le guiñó un ojo.

—Le daría otro en los labios, pero no quiero poner celosa a su mujer.

La siguiente parada era la última dirección conocida de la madre y el padrastro de Brandi Loring.

Anita y Lawrence Brackle habían vivido en un edificio de dos pisos y muros rosas construido antes de la guerra y dividido en cuatro apartamentos. Ninguno de sus inquilinos se acordaba de la familia, de Brandi o del incidente del bebé rescatado.

El resto de la tarde lo pasamos patrullando por Silverlake, mostrándole la foto de Huck a todo aquel que nos pareciera lo bastante viejo para recordarle y coleccionando miradas de perplejidad o negativas silenciosas.

Milo se sobrepuso al fracaso con dos vasos de refresco helado de tamarindo que le compró a un vendedor ambulante. Los ropavejeros habían dispuesto sus cubos de ropa usada en la acera y Milo observaba sus tejemanejes ilegales con diversión mientras bebía de su refresco. La calzada estaba en un estado deplorable y los coches pasaban dando tumbos.

—La posibilidad era remota pero había que probar —dijo Milo al volver al coche—. Si aún quieres localizar a Leibowitz, por mí perfecto. Yo voy a volver al despacho para ampliar la búsqueda de bienes inmuebles a condados vecinos, por si Huck ha vuelto a subirse al tren inmobiliario. Luego me toca volver a hacer la ronda del viejo Hollywood. Tal vez encuentre una mano amputada en alguna esquina.

—¿Se sabe algo de los Vander?

—Nada. Buddy Weir no para de llamarme; el tipo empieza a ponerse histérico.

—Mira por dónde, un abogado que sufre por sus clientes.
Milo soltó un bufido.

—Si no vuelven, ¿a quién va a pasarle la factura?

No tardé ni medio minuto en encontrar el nombre de Barry
Leibowitz en Internet. Alguien con ese nombre había acabado
en la cuarta posición del último torneo benéfico de golf de
profesionales y amateurs organizado por el club de golf Tres
Olivos y el centro deportivo Life de Palm Springs. Para un
policía jubilado, el desierto puede ser un lugar asequible.

Encontré también una foto de grupo en la que aparecía al
fondo el golfista Barry Leibowitz, un hombre de pelo blanco
con bigote que podía tener la edad de mi hombre. Al bucear
un poco más en la red di con un artículo más extenso publicado en el boletín del club, que incluía una breve biografía de
los cuatro mejores jugadores de categoría amateur.

Dos dentistas, un contable y «el agente Leibowitz, nuestro
brazo atontado de la ley, que se cansó de capturar delincuentes y hoy prefiere capturar trofeos».

Llame al club Tres Olivos y me presenté con mi nombre y
profesión reales, pero dije que llamaba en nombre del Western
Pediatric y necesitaba la nueva dirección postal del señor
Leibowitz:

—Correos nos ha devuelto el trofeo que ganó hace poco en
el torneo de nueve hoyos del hospital y querríamos enviárselo
de nuevo.

En el peor de los casos, la secretaria del club sería lo bastante cauta para llamar al hospital y comprobar que yo estaba
en plantilla pero que no existía tal trofeo.

No se tomó la molestia:

—¿Tiene algo para apuntar, doctor?

En contra de mis pronósticos, al agente de policía jubilado
Barry Z. Leibowitz no le gustaban los aires del desierto. Vivía
en un apartamento de un dormitorio en Pico Boulevard, al
oeste de Beverwil Drive.

Llamé a su casa y no contestaron, pero me acerqué de todas maneras.

La dirección se correspondía con un complejo residencial rodeado por una verja. Se llamaba Hillside Manor y no era gran cosa, apenas cien metros de carretera privada orlada de bungalós color tierra que lindaban con el extremo norte de los verdísimos dieciocho hoyos del Hillcrest Country Club.

El club se ajustaba bien a las aficiones de Leibowitz, pero no acababa de entender cómo podía haber pagado la cuota de ingreso en el club un policía jubilado.

En el interfono se listaban los nombres de los treinta residentes. Introduje el código de Leibowitz y respondió una voz de bajo:

—¿Sí?

Comencé a explicarle quién era.

—Me toma el pelo.

—Nada de eso. Trabajo con el agente Sturgis y he venido para hablar de Travis Huck...

—Espere.

Al cabo de cinco minutos, el golfista de la foto apareció por el lado oeste de la carretera truncada, ataviado con un polo, pantalones negros de lino y chancletas. Era más alto y fornido de lo que aparentaba en la foto y tenía un torso de tonel que a duras penas se sostenía sobre unas piernas cortas y macizas. El pelo cano le raleaba en la coronilla, pero tenía el bigote bien espeso y engominado.

En su cara se dibujaba una expresión jovial que recordaba vagamente a la del señor del monóculo del Monopoly.

En cuanto llegó a la verja le mostré mi placa de colaborador de la policía.

—¿Para qué me enseña eso?

—Por si quiere verificar mi identidad.

—Acabo de llamar a Sturgis —me informó mientras abría la verja—. Había oído hablar de él, pero nunca llegamos a trabajar juntos. Debe de ser curioso.

—Los casos pueden serlo.

Me estudió detenidamente.

—A eso me refería.

262

Su piso se encontraba en la parte trasera del segundo piso y había sido sometido a una limpieza rayana en la asepsia clínica. En un rincón vi dos bolsas de golf apoyadas contra la pared, y en un mueble bar con ruedas varias botellas de buen whisky de malta y una ginebra de primera. Una docena de trofeos de golf compartían la estantería con unos cuantos libros en rústica.

Novelas negras, la mayoría.

Leibowitz vio que las miraba y soltó una risita.

—Pensará que añoro el trabajo, ¿no? Pues nada de eso. En la vida real trincábamos al sesenta o a lo sumo el setenta por ciento de los maleantes. Esos detectives novelescos atrapan al cien por cien. ¿Quiere una copa?

—No, gracias.

—Yo voy a servirme un Macallan de 16 años. ¿Está seguro?

—¿Sabe qué? Me ha convencido.

Leibowitz se rió entre dientes.

—La flexibilidad es señal de inteligencia.

Sacó un par de vasos anticuados del estante inferior del mueble bar, los examinó al trasluz y se los llevó a la cocina para lavarlos, secarlos e inspeccionarlos de nuevo antes de repetir el ritual.

Por la ventana de la cocina, entre las copas de los pinos, se veía un retazo oblicuo y verdísimo del campo de golf. En lo alto de una cuesta ondulada, una figura de blanco estudiaba el *green*.

—Bonitas vistas, ¿eh? —dijo Leibowitz—. Soy como el pobre desgraciado aquel de la mitología... Tántalo. Todos los placeres del mundo en mis narices, siempre a trasmano.

—Rancho Park no está tan lejos.

—¿Juega al golf?

—No, pero el campo de Rancho lo conozco. Cuando denunciaron a O. J. Simpson leí que comenzó a jugar en campos públicos.

—¡O. J.! —exclamó Leibowitz riéndose—. Gracias a Dios que no me crucé con él.

Trajo un par de copas bien cargadas y se sentó en un sillón reclinable. La primera mitad del vaso la paladeó a sorbitos, el resto lo apuró de un trago.

—¡Hay que descubrirse ante los escoceses! Bueno, quería usted saber de Eddie Huckstadter... que es como se llamaba por aquella época. Pues en lo que a mi caso respecta, se portó como un héroe, sobre todo si se tienen en cuenta sus circunstancias.

—¿Qué circunstancias?

—Era un vagabundo. Huy, disculpe, me refiero a «un individuo sin techo que no debe ser juzgado conforme a ideas convencionales». —Soltó una nueva carcajada y se acercó al mueble bar para servirse un dedo más de whisky—. La verdad, doctor, es que yo no juzgo a nadie. Ya no. En cuanto uno deja el trabajo empieza a verlo todo de otro color. Y lo mismo sucede con Sturgis. Cuando me uní al cuerpo no habría trabajado con alguien así por nada del mundo. Ahora, ya no lo sé. Si el tipo tiene agallas, su vida privada me trae sin cuidado. —Me escrutó un momento—: Si le he escandalizado, no era mi intención.

—Descuide —repuse—. Por lo que me han dicho, Huckstadter se largó del hospital. ¿Cómo lo encontró?

—Usando mi formidable olfato policial. —Volvió a soltar el trapo—. No exactamente. La gente del hospital me dio su descripción y un par de polis que habían patrullado por el barrio le reconocieron en el acto. Eddie era un vagabundo habitual. Lo trincamos al día siguiente.

—¿Por dónde se movía? ¿Por Hollywood?

—Solía mendigar a la salida del Teatro Chino o un poco más arriba, cerca de la sala Pantages. Dondequiera que hubiese turistas a los que sacarles unas perras, supongo. Llevaba el pelo largo, la nariz perforada y la pinta rarita acostumbrada. Así eran por aquella época. Ya no eran hippies, eran raritos.

—¿Como lo reconocieron? ¿Lo habían arrestado antes?

—Lo tenían visto porque era un vagabundo. Y no uno cualquiera: era cojo y tenía la boca contrahecha. —Arrugó los labios en una mueca que le combó el bigote—. Me lo trajeron, le interrogué y me contó la misma historia que les había contado a las enfermeras del hospital, aunque para entonces era completamente irrelevante porque el caso estaba cerrado. El asesino firmó una confesión de culpabilidad en el acto... Un hijo de la gran puta llamado Gibson DePaul. Gibbie —agregó, pronunciando el apodo con desdén, y dio otro sorbo a su copa—. Pero se habían tomado la molestia de cumplir y traérmelo a la comisaría y no quería que pensaran que habían perdido el tiempo. Yo también calenté asiento en un coche patrulla. Pasé diez años en Van Nuys y cuatro en West Valley antes de decidirme a usar esto en lugar de esto. —dijo, dándose una palmadita en la frente y otra en el bíceps—. Cuando mi mujer vivía, teníamos una casa en West Valley... —Empinó su bronceado codo para dar cuenta de su segundo whisky—. ¡Dios, qué bueno está esto! Lo envejecen en barricas de jerez. ¿No le gusta?

Di un trago, lo saboreé y sentí el ardor bajar por la garganta.

—Me encanta.

—Así que a Huckstadter le ha dado por hacer el salvaje... Cuando Sturgis me lo dijo casi me caigo de culo, no me había enterado de nada.

—¿No lo vio en el telediario?

—Ya no pierdo el tiempo viendo esa basura. La vida son cuatro días. Tengo una tele gigante en el dormitorio, pero sólo pongo los deportes.

—Entonces, ¿Huckstadter no le pareció una persona violenta?

—No, pero tampoco es que le psicoanalizara.

—De todas formas, le sorprende.

—Todo me sorprende —repuso Leibowitz—. Las sorpresas te mantienen joven... El secreto es la flexibilidad, ya le digo.

—¿Cómo era Eddie por aquel entonces?

—Era un caso perdido como cualquier otro, doctor. En Hollywood los hay a manos llenas. Ya sabe... todo ese *glamour* que pudo ser.

—Como adulto no tiene antecedentes.

—¿Cometió algún delito cuando era menor?

—Pasó algún tiempo en un centro de menores, pero la sentencia se revocó.

—¿Qué hizo?

Le relaté el homicidio por el que lo condenaron.

—Es probable que la deformidad de la boca sea la secuela de una lesión cerebral que sufrió en el correccional —añadí.

—Comprendo que el tipo esté cabreado con el mundo.

—¿Eso le pareció?

—No, me pareció que estaba muerto de miedo. Como si le asustara la luz del día.

—¿Tenía problemas de drogas?

—No me extrañaría. Los vagabundos siembre acaban yonquis, borrachos o chalados. Ahora, si lo que me pregunta es si le vi algún pinchazo o la nariz en carne viva, si hablaba por los descosidos o flipaba o arrastraba una resaca de caballo, la respuesta es que no. Y a simple vista tampoco era ningún loco. De hecho, se expresaba de un modo coherente y me explicó la historia paso por paso, con mucha lógica. Todo lo que puedo decir de él es que parecía hundido.

—¿Por qué?

—Por el rumbo que había tomado su vida, digo yo. Cuando uno no tiene ni dónde caerse muerto es fácil venirse abajo. Yo no soy psicólogo, doctor: le tomé declaración y cuando acabamos me ofrecí a llevarle en coche adonde quisiera. Me dijo que no, que me lo agradecía pero prefería caminar. Y ahora me dice que el tío la ha liado de mala manera. Estoy desconcertado, créame. Si me dio alguna señal de que era capaz de algo así, la pasé por alto. ¿Hay indicios de que anduviera estrangulando a mujeres por aquel entonces?

—No.

—¿No o todavía no?

—Todavía no.

—Esos crímenes de la marisma, ¿seguro que son cosa suya?

—Todo apunta a que sí.

—¡Caray! —exclamó—. ¡Quién lo hubiera dicho! Yo no vi ninguna señal, nada.

—A lo mejor no la hubo.

—¿Qué quiere decir? ¿Que sabía ocultar sus bajos instintos?

—Sí —asentí—. Eso digo.

*　*　*

No pude localizar a Milo en el móvil hasta el anochecer.

—¿Se sabe de algún atraco violento que le podamos adjudicar? —le pregunté.

—Los únicos que podrían servir son casos cerrados; el resto son robos de joyas o equipos de música, sin más, nada de medias en la cabeza o cosas raras. Por lo demás, Huck se ha mantenido completamente al margen del boom inmobiliario. No tiene a su nombre ni una sola propiedad.

—Mejor que no pierdas más el tiempo con el asesor. Hace diez años era vagabundo y no creo que entre tanto haya acumulado mucho patrimonio.

—Lo que no acabo de entender es cómo pasó de dormir en la calle a ser administrador de una finca como aquélla.

—A lo mejor es verdad que los Vander tienen un corazón de oro —repuse—. También puede ser que, cuando lo conocieron, Huck ya se hubiera reformado.

—Reformado o no, ¿de dónde sacó un tipo así a una pareja de millonarios?

Reflexioné un momento.

—De algún otro trabajo, tal vez —aventuré—. A lo mejor trabajó de camarero en alguna función benéfica o se los encontró por casualidad.

—Ya, y les convenció de que se había reformado y era un santo. Más que un corazón de oro, deben tenerlo de merengue.

—Gente idealista... como la que dona dinero para salvar la marisma.

Milo guardó silencio.

—Una posibilidad interesante —dijo al fin.

—Lo malo es que no he encontrado ninguna lista de donantes de Salvemos la Marisma y Alma Reynolds asegura que no existía una asociación oficial de aportación de fondos. La organización sólo contaba con la pasta que pusieran los especuladores multimillonarios, que al parecer no daba más que para el alquiler de la oficina y los veinticinco mil dólares anuales que cobraba Duboff. Me pregunto si se las arregló para conseguir alguna clase de extra. Lo digo sobre todo por el rubio de la jeta operada que Chance vio entregándole un sobre.

—Si es verdad que el señor Bondo lo estaba untando, ¿qué recibía a cambio?

—No lo sé, pero es posible que pese a su parco salario hubiera ahorrado algo de dinero del que Alma se ha apoderado.

Le hablé de la perla que Reynolds había tratado de ocultarme, la perla que había comprado poco después de su muerte y que conmigo había intentado hacer pasar por un regalo de Duboff.

—Quizá le haya dado por derrochar y le dé vergüenza admitirlo, con ese rollo ascético de vegana abnegada que lleva.

—De vegana nada: come pescado. Y no me extrañaría que hasta le diera al filete.

—¿Una hipócrita?

—Tiene algo que ocultar, de eso no cabe duda. En cuanto me vio intentó disimular la perla, pero luego cambió de estrategia y se puso a alardear de ella, como si me incitara a darle más importancia de la que tenía. Lo que está claro es que no quería que la viera y eso la turbó. En lugar de volver al trabajo se fue a su casa.

—Igual le sentó mal la comida... En fin, puede que hayas descubierto un chanchullo pecuniario, pero no tiene por qué guardar relación con los asesinatos. Y si es verdad que Duboff tenía dinero bajo el colchón, no sería el de su casa porque la registré yo mismo. Antes o después tendré que dedicarle un momento a nuestra querida Alma, pero ahora mismo tengo demasiado que hacer. Encontrar al señor Huck, entre otras cosas. Puede que el truco del aeropuerto esté muy manido, pero funciona. Ni rastro del tipo.

—A lo mejor nos envía una postal.

—Sería un detalle encantador. ¡El tío Milo se siente muy soooolo...!

XXX

A la mañana siguiente no recibí ninguna llamada de Milo o de Reed y ninguno de los dos respondía al teléfono.

Me levanté achicharrado por el sol y con Travis Huck en el pensamiento.

Petra y Milo tenían razón: una buena obra aislada no significaba nada. Los psicópatas son magníficos actores y la fachada de altruismo les viene perfecta para cometer las crueldades que anhelan.

La admiración general alimenta su sed de control y de atención. El viejo tango del «mírame». Los crímenes de la marisma apestaban a exhibicionismo: la elección de un terreno protegido para deshacerse de los cadáveres, la llamada de aviso, la conservación de los huesos en una cajita de anticuario...

¿Por qué habría colocado a las mujeres mirando hacia el este?

No habíamos pensado mucho en ello desde el primer día.

La única explicación que se me ocurría era que tuviera alguna suerte de significado geográfico: Nadine Vander era una norteamericana de origen chino y la habían visto por última vez en Taiwán, antes de coger un vuelo a San Francisco.

Simon había volado desde Hong Kong.

¿Giraría todo en torno a la familia o los Vander eran sólo la guinda de una orgía de sangre?

Aplasta a los ricos y los poderosos y heredarás sus almas... Si era ése el móvil, ¿por qué no exhibir sus cadáveres? Hasta ahora, el único que había dejado a la vista era el de Selena, una joven de apariencia tímida que había tocado en *auténticas* orgías antes de aficionarse al sadomasoquismo.

Por muchas vueltas que le diera, los asesinatos siempre acababan por parecerme la obra de un psicópata sexual desbocado. La relación con los Vander podía residir en otra joven.

¿Habría sido Nadine el objetivo primordial de Huck, como Reed había aventurado? ¿Sería la señora de la casa el distante objeto de su lujuria y deseo, y su marido y su hijo meros daños colaterales?

Tal vez Travis fuera capaz de ello, pero la buena obra que había llevado a cabo diez años antes no parecía orientada a llamar la atención. Más bien al contrario: en cuanto le confirmaron que Brandeen Loring se encontraba bien se fue de allí volando.

También cabía que ya por aquel entonces tuviera secretos que temiera desvelar.

Huck fue criado por una madre alcohólica y sufrió abusos hasta que lo redimieron a los dieciocho años. Entre esa fecha y la de su segunda redención por obra de los Vander su vida seguía siendo un misterio. Y en cinco lustros de vida callejera pueden pasar muchas cosas.

Después de darle vueltas durante una hora todavía estaba más confundido y tuve que tomarme una pastilla de Advil para combatir una jaqueca fulminante. Me dispuse entonces a hacer las tareas de autómata que tenía pendientes: pasé revista a las facturas, puse en orden el despacho, me fui a correr y para acabar de relajarme saqué a pasear a Blanche, hice estiramientos y me duché.

Al terminar le dije a Robin que necesitaba dar un paseo en coche.

No se extrañó.

En la calle 14 no había ni rastro del Volkswagen amarillo de Alma Reynolds, así que llamé a la consulta.

Estaba de baja por enfermedad.

Tal vez Milo hubiera encontrado un hueco para dedicárselo y ahora estuviera con Reynolds en alguna sala de interrogatorios de la comisaría de Los Ángeles Oeste. Probé de nuevo a localizarlo en el móvil, pero seguía sin responder.

La posibilidad que había apuntado Reed de que Huck se hubiera agazapado en su viejo barrio tenía su lógica; me preguntaba ahora si el mismo principio podría aplicarse a Alma Reynolds a la hora de comprar joyas. Joyerías en el barrio de Santa Mónica había muchas, pero sólo encontré dos especializadas en perlas.

La primera resultó ser un bluf publicitario y no era más que un puestucho de bisutería en un mercadillo de anticuarios. La segunda estaba en Montana. Se llamaba Le Nacre y tenía en su aparador multitud de estuches de terciopelo gris con collares de perlas y piezas exclusivas, entre ellas las gigantescas «maravillas de los Mares del Sur».

Estudié las brillantes esferas una a una. Las había blancas, negras, grises, verdosas, azuladas y doradas. En el escaparate, como era de esperar, no se indicaban los precios.

A la segunda ojeada distinguí en un estuche del centro un colgante que parecía el hermano gemelo del capricho vergonzante de Alma Reynolds.

La dependienta era una cuarentona rubia de cara zorruna y lucía un vestido negro de licra con adornos de encaje que atestiguaba las largas horas de tortura que había pasado en el gimnasio. Me dejó mirar un rato antes de deslizarse a mi lado y señalarme la perla.

—Bonita, ¿verdad?

—Y gigantesca.

—Si quiere tamaño y calidad, no hay nada como una perla de los Mares del Sur. Esta es una esférica de diecisiete milímetros. Pueden llegar a medir veinte, pero no hay muchas de diecisiete con tanto brillo y semejante nácar... El nácar es la capa exterior y el de ésta tiene un grosor uniforme de un milímetro. La forma y la suavidad son excelentes. Es la última que nos queda.

—¿Tenían muchas?

—Sólo dos. Nos las trajeron de Australia. La otra se vendió hace unos días y, créame, ésta también nos la quitarán de las manos. Las perlas de esta calidad vuelan.

—Debió de alegrarse la afortunada —comenté—. ¿Fue un regalo de cumpleaños o de reconciliación?

—¿Y usted? —preguntó con una sonrisa—. ¿Qué clase de regalo busca?

—De aniversario. Pero deme tiempo suficiente y lo convierto en uno de disculpa.

Soltó una risita.

—Le creo. Si quiere que le diga la verdad, la otra no fue un regalo. La mujer que la compró me dijo que su madre siempre había llevado collares de perlas y le apetecía darse un capricho.

—¡Pues menudo capricho! ¿Puedo verla de cerca?

—Por supuesto. —Mientras abría la cerradura para sacarla del escaparate me dio un breve cursillo de cultura y tasación de perlas—. ¿Qué tonalidad de piel tiene su mujer? Porque es para su mujer, ¿verdad?

—Sí. —No era cuestión de ponerse quisquilloso—. Tiene sangre española e italiana. Su tez tiene un toque rosado pero es más bien olivácea.

—Está claro que la adora. Un hombre no describe tan bien a una mujer a menos que la quiera con locura. Si tiene la piel olivácea la perla le sentará de maravilla. Los tonos rosados se valoran aún más que los tonos crema. Tuvimos una perla rosada de dieciséis milímetros hace meses, pero salió por esa puerta el mismo día que llegó. De todos modos, a las mujeres morenas les van mejor los tonos crema. Le va a encantar.

—¿Cuánto cuesta?

Le dio la vuelta a una etiqueta minúscula y apuntó el código.

—Está de suerte, la compramos a muy bien precio —repuso tras un instante—. Le sale por seis mil cuatrocientos con la cadena incluida, que es de dieciocho quilates y está hecha a mano en Italia, con estas preciosas incrustaciones de diamante espaciadas a la perfección. Le recomiendo que la deje engarzada en la cadena porque le va de maravilla, eso se lo garantizo.

—¿Se puede comprar sin cadena? —pregunté—. ¿Y qué hace la gente con una perla suelta?

—Eso digo yo, pero los hay que tienen ideas de bombero. La señora que compró la otra perla me dijo que tenía su propia cadena. Yo pensaba que se referiría a alguna cadena antigua heredada de su madre, pero la mujer va y nos saca una baratija chapada en plata, pura quincalla. —Sacó la lengua con desagrado—. Por ahorrarse un par de dólares... A mí me duelen los ojos de ver una perla como ésta engarzada en semejante cadenucha, pero hay gente para todo.

—Digamos que tenía un gusto particular.

—No era la clase de mujer que aprecia una mercancía de esta calidad —zanjó, acariciando la cadena—. Bueno, ¿qué me dice? ¿Va a llevar a su mujer al éxtasis de la felicidad antes de empezar a hacer travesuras?

—¿No podría ajustarme un poco el precio?

—Hummm... Le puedo hacer un diez por ciento de descuento, porque es usted.

—Si me hace un veinte, cerramos el trato.

—Lo siento, pero no puedo rebajársela más de un quince. Si se para a pensar lo que cuesta un buen diamante, es una verdadera ganga.

—Es que yo de perlas no sé mucho...

—Yo sí y, créame, ésta lo vale. Si me apura mucho, puedo llegar al diecisiete por ciento. Y ya puede dar gracias de que le haya atendido yo y no mi marido. A ese precio apenas tenemos margen y cuando Leonard se entere de la rebaja que le he hecho va a echar chispas. —Me acarició la muñeca con las suaves yemas de sus dedos—. Y un regalo de disculpa para Leonard no es cualquier cosa.

A Robin se le quedaron los ojazos castaños como discos de calidoscopio.

—¿Te has vuelto loco?

—Me ha dado el punto.

—Y menudo punto... Es preciosa, cariño, pero me va grandísima.

—A mí me parece que te va bien.

—¿Y cuándo me la pongo?

—Ya encontraremos la ocasión.

—De verdad, Alex, no puedo aceptarla.

—Póntela una vez, ni que sea —insistí—. Si no te gusta, la devuelvo.

—¡Eres lo que no hay! —Pasó un buen rato frente al espejo y susurró—: Te quiero.

—Es perfecta para tu tono de piel.

—Pero me va grande... enorme.

—Ya que la tienes lúcela, mujer.

Exhaló un suspiro.

—¡Vaya!

—¿Seguro que no te gusta?

—No era esa clase de «vaya» —dijo—. ¡Vaya si no voy a estar a la altura!

Después de una larga cena en el Bel-Air regada con buen vino hicimos el amor y me quedé frito, lo bastante para tener una noche decente de sueño del que me despertó el recuerdo de la perla sobre el pecho de Robin. El collar yacía desplegado sobre el tocador del dormitorio y cuando salí a echar un vistazo por la ventana de la cocina vi que Robin había encendido la luz del estudio.

Volví a llamar a Milo por enésima vez y le localicé en el móvil. Le pregunté si había hablado con Alma Reynolds, pero en lugar de responder a la pregunta me dijo:

—Acaban de llamarme los colegas de la científica. El cuarto de Travis Huck en la mansión está limpio, pero han encontrado sangre en el desagüe del lavabo. Grupo sanguíneo AB. No sabemos cuál es el de Huck, con lo que en principio podría ser suya, pero ya sabes lo raro que es el grupo AB y sería mucha casualidad que lo tuvieran dos personas que viven bajo el mismo techo.

—¿Quién es la otra?

—Simon Vander. El médico llamó a Simone y ella se lo confirmó. Por lo visto, siempre llaman a «papá» para que done sangre. Reed también ha hablado con Simone, que se ha prestado a darnos una muestra de ADN para ver si podemos establecer alguna relación. La chica está atacada, al borde del síncope. No me sorprendería que se presentara Aaron Fox en cualquier momento para ofrecer su ayuda a unos servidores, pobres palurdos de la policía. Entretanto me ha llamado Su Santidad. Parece que con la sangre del desagüe basta para ascender a Huck al rango de sospechoso oficial y dar una conferencia de prensa en pleno para informar sobre la búsqueda.

—¿Sólo había sangre en el desagüe? ¿En el del lavabo o en el de la ducha?

—En el del lavabo. Lo cual tiene sentido, dado lo poco que hemos encontrado. Si Huck hubiera visto alguna mancha en su ropa, la habría lavado. Si incluso se tomó la molestia de frotar el lavamanos para limpiar cualquier resto. De hecho, el grado de limpieza de su habitación es más sospechoso que un cuarto reluciente de luminol. Lo ha limpiado a conciencia el muy hijoputa, pero lo que no se esperaba es que revisaríamos las tuberías.

—¿Es una práctica habitual?

—Lo es cuando yo lo ordeno. Yo creo que se los cameló de algún modo para que volaran a San Francisco, les fue a recoger al aeropuerto, se los cargó en alguna parte del norte o el centro de California, los enterró y volvió a Los Ángeles para conservar la fachada de empleado leal.

—Hay mucho bosque por la costa.

—¡Ya te digo!

—Si sentía alguna clase de atracción sexual por Nadine, es lógico que haya enterrado los cuerpos cara al Este —dije—. Mirando a Oriente.

Noté que se le aceleraba la respiración.

—¿Qué te pasa?

—Es la sensación de siempre, Alex... Todo empieza a cuadrar. Mira, yo tengo que mantenerme a la escucha por si Zeus se decide a llamar desde el Olimpo. Si quieres echarme una mano, trata de pensar dónde puede haberse agazapado ese cabrón.

* * *

La foto de Travis Huck apareció bajo la etiqueta de principal sospechoso en los periódicos y en el telediario de las seis.

Una nueva ola de llamadas de personas que creían haberle visto mantuvo atareados a Milo, Moe Reed y otros dos polis de refuerzo durante las siguientes cuarenta y ocho horas.

En vano.

Por mi parte, elaboré varias hipótesis sobre el posible escondrijo de Huck, consulté varios mapas y no llegué a ninguna conclusión palpable.

Después de pasarse dos días extasiada en la contemplación de la perla, Robin la guardó en la caja fuerte.

Por la tarde volví a pasarme por el apartamento de Alma Reynolds, vi su coche aparcado afuera y llamé a su puerta.

—¿Quién es?

—Alex Delaware.

—¡Váyase! —exclamó—. ¡Deje ya de acosarme!

—Seis mil pavos por una sola perla —dije—, su madre estaría orgullosa...

El grito que oí al otro lado de la puerta podía ser de rabia o de miedo. El silencio que siguió era señal de que había mordido el anzuelo.

Me pasé casi una hora sentado en el coche al otro lado de la calle, y ya estaba a punto de darme por vencido cuando Reynolds salió de su casa apresuradamente y se metió en el Escarabajo amarillo.

La seguí hasta la filial de Washington Mutual de Santa Mónica Boulevard, donde pasó tres cuartos de hora. Al salir del banco se acercó a la consulta de oftalmología pero, tras una breve pausa, pasó de largo y se dirigió hacia Pico para aparcar junto a un asador coreano de Centinela Avenue.

El restaurante tenía un escaparate enorme y me fue muy fácil tenerla controlada hasta que le trajeron la comida.

Un plato gigantesco de costillas y una jarra de cerveza.

—¿Qué celebramos? —pregunté al franquear la puerta.

Reynolds lanzó otro grito ahogado y se puso a farfullar de rabia. Por un momento pensé que tendría que recurrir a la maniobra de Heimlich para reanimarla, pero al final masticó con furia y tragó. Le rechinaban los dientes.

—¡Lárguese!

—Ya me parece bien que guarde la perla en una caja de seguridad, pero eso no significa que pueda quedársela.

—No sé de qué me habla.

—Su madre le alabaría el gusto en cuestión de alhajas, aunque no sé si aprobaría la fuente de financiación.

—¿Por qué no se va a la mierda?

—Si ha tenido que soportar a Duboff todos estos años y se considera su legítima heredera, yo no seré quien se lo discuta. El problema es la forma en que ese dinero llegó a manos de Duboff. Puede que no guarde relación con los asesinatos, pero en Hacienda estarán muy interesados.

Alzó una costilla entre los dedos y por un momento pensé que iba a usarla como arma arrojadiza.

—¿Por qué me hace esto? —dijo en tono quejumbroso.

—No se trata de usted, sino de otras cuatro mujeres —repuse, acariciando la costilla—. O más bien de sus huesos.

Reynolds se puso pálida. De pronto se levantó y se fue corriendo al lavabo.

Pasaron cinco minutos, diez, quince.

Me acerqué al fondo del local y encontré ambos baños vacíos y una puerta trasera abierta que daba a un callejón atestado de basura. Cuando volví al comedor del restaurante, el Escarabajo ya no estaba.

XXXI

Aparqué a tres manzanas del edificio de Alma Reynolds, caminé hasta la esquina de su casa y me quedé al acecho detrás de un ceibo viejo y polvoriento. Me sentía un poco ridículo en mi papel de detective de serie negra, pero en mi cabeza se arremolinaban las ideas.

Al cabo de cuarenta minutos Reynolds aún no había regresado y comencé a pensar que la había amedrentado en exceso. Estaba seguro de que se había costeado la perla con el dinero que Duboff había cobrado en negro, pero un sobre que cambia de manos en un aparcamiento tanto podía contener un soborno como una donación.

Y, en cualquier caso, nada indicaba que tuviera relación con el asesinato de Duboff.

Volví a subir al Seville y no había conducido ni una manzana cuando me llamó Milo.

—Huck ya se ha buscado un abogado.

—¿Lo habéis atrapado?

—No exactamente.

El bufete de Debora Wallenburg ocupaba los dos últimos pisos de un edificio cuadradote de Wilshire a cinco manzanas del océano. En la puerta se apelotonaban los nombres en letras doradas y el suyo era el segundo empezando por arriba.

Wallenburg frisaría la cincuentena y tenía los ojos verdes,

las mejillas coloradas y un cuerpo robusto que había logrado embutir en un vestido gris de cachemira. Llevaba anillos de platino y pendientes de diamante que destellaban en todas direcciones, y un collar de tres vueltas de perlas de tonalidad plata rosada y diámetros gradualmente ascendentes que, en mi flamante condición de aficionado, situé entre los diez y los quince milímetros.

Era una mujer bien parecida y lo bastante segura de sí misma como para elegir un traje del mismo color que su cabello, peinado con una estricta raya en medio. Había declinado la invitación de Milo a la comisaría aduciendo que prefería hablar en su despacho.

Y allí estaba, al otro lado de un escritorio recubierto de cuero, hablando por teléfono con un tal Lester. Adornaban la superficie de la mesa varias piezas de bronce de Tiffany, entre ellas una elaborada lámpara con pantalla de cristal plisado a imitación del papel. La pared del fondo estaba consagrada a una maternidad al pastel de Mary Cassatt, imagen perfecta de la ternura. La ausencia de fotos de familia o cualquier objeto que pudiera asociarse a un hijo le confería al cuadro un aire puramente decorativo.

Milo, Reed y yo nos quedamos de pie como suplicantes mientras Wallenburg celebraba con una risa estentórea las ocurrencias de Lester. Su despacho eran poco menos de cien metros cuadrados del lujo más aberrante: paredes de brocado de un rojo arterial, molduras decorativas, techos de lámina de cobre y una alfombra azul turquesa y lavanda de Aubusson sobre un entarimado de teca. Desde el piso catorce las vistas eran una combinación de calles gris marengo, agua plateada y herrumbrosas garras de costa que arañaban el océano.

Me pregunté si se veía desde allí la casa de los Vander y concluí que la vista era buena pero no tanto.

—Me tomas el pelo, Les —dijo Wallenburg y se giró de tal modo que desvió mi mirada hacia una pared lateral donde colgaban, enmarcados, varios títulos de las mejores universidades y galardones del colegio de abogados.

—De acuerdo, Les. Gracias. —Colgó y se dirigió a nosotros—: Siéntense si lo desean, caballeros.

Nos distribuimos frente a su escritorio como pudimos y fue Milo quien tomó la palabra:

—Gracias por recibirnos, señora Wallenburg.

—Las gracias se las doy a ustedes por cruzar la jungla de Los Ángeles Oeste.

Nos dedicó una sonrisa gélida y consultó su reloj.

—Si sabe dónde se encuentra Travis Huck... —comenzó Milo.

—Antes de nada, teniente, quiero que conste que con Travis se equivoca. De parte a parte. ¿Qué pruebas tiene para tacharle de sospechoso?

—Con el debido respeto, señora, aquí el que hace las preguntas soy yo.

—Con el debido respeto, teniente, si estamos aquí es para evitar que mi cliente sufra una nueva e igualmente flagrante injusticia, y el primer paso es explicarme por qué quiere arruinarle la vida a mi cliente. Por segunda vez.

—¿Y el segundo paso?

—Eso depende del primero.

—Comprendo su punto de vista, señora Wallenburg, pero no podemos desvelarle los pormenores de la investigación a menos que el señor Huck sea acusado formalmente de los asesinatos.

—Pues yo diría que ya lo han juzgado y condenado.

Milo no respondió. Debora Wallenburg cogió un bolígrafo Tiffany y lo hizo oscilar entre las puntas de los dedos.

—En tal caso, lamento haberles hecho venir en balde. ¿Necesitan un vale para el aparcamiento?

—Si ha dado refugio a Huck, sabe que se expone a...

—Ya empezamos con las amenazas. —Entornó sus ojos verdes—. Adelante, teniente, pero le informo de que ya he comenzado los trámites para presentarles una demanda que traerá cola.

—¿Ése es el segundo paso del que hablaba?

—Estoy segura de que todos tenemos mucho que hacer, teniente.

—¿Nos va a demandar a instancias del señor Huck o la idea ha sido suya?

Wallenburg sacudió la cabeza.

—Así no va a sonsacarme nada.

—No es momento para contiendas, señora Wallenburg. Estamos hablando de cinco asesinatos confirmados y otros tantos probables. Una matanza brutal y premeditada. ¿Ya sabe a quién quiere dar cobijo?

—¿Cobijo? Mire, teniente Sturgis, a mí la publicidad no me interesa. Todo lo contrario. Si llevo diez años dedicada íntegramente al derecho corporativo es porque acabé hasta la coronilla de esa barraca de feria que algunos llaman justicia penal.

—¡Diez años! —exclamó Milo—. Disculpe, pero podría ser que estuviera fuera de su elemento...

—O que lo esté usted. —repuso Wallenburg—. De hecho, estoy segura de que lo está. Travis Huck es un hombre honesto y yo no soy ninguna buena samaritana oligofrénica que defienda causas perdidas o niegue la existencia de la maldad. Maldades he visto a tutiplén.

—¿Tan feo se pone el derecho corporativo?

—Es usted la mar de ingenioso, pero no tengo tiempo para bromas. Ni he dado refugio a Travis ni tengo la menor idea de su paradero.

—Pero ha estado en contacto con él.

Su bolígrafo hizo un clic.

—Permítame que le dé un poco de asesoramiento jurídico gratuito: no sea tan estrecho de miras y nos ahorrará a todos un montón de problemas.

—Entonces, ¿me puede sugerir a algún otro sospechoso?

—Ése no es mi trabajo.

Moe Reed resopló. Si Wallenburg lo advirtió, no se dio por aludida.

—Huck ha huido de la justicia —arguyó Milo—. ¿Le parece la conducta normal de un hombre inocente?

—Lo es cuando ha sufrido repetidos abusos por parte de la justicia.

—Ha recurrido a usted porque ya le ayudó una vez, y usted le ha pedido que no le informe sobre su paradero ni su implicación, para que nadie pueda citarla a comparecer y averiguarlo. Legalmente la maniobra es impecable, pero se le escapa el lado moral del asunto. Si Huck vuelve a matar, será usted quien cargue con ello en su conciencia.

—¡Por favor! Debería usted escribir guiones.

—Los guiones se los dejo a los abogados desencantados.

Wallenburg me buscó con la mirada, creyendo reconocer al niño bueno de la clase. Como no respondí, se volvió hacia Reed.

—Huck será apresado, juzgado y condenado —dijo éste—. No compliquemos más las cosas.

—¿Para quién?

—Para los familiares de las víctimas, en primer lugar —repuso Reed.

—¡Claro! Quiere que les ahorre las complicaciones a todos menos a Travis. Hace diecinueve años lo detuvieron como a un indeseable, lo juzgaron ante un tribunal arbitrario, lo torturaron...

—¿Quién lo torturó? —preguntó Milo.

—Quienes lo tenían a su cuidado. A su cuidado, eso decían. ¿No han leído mi escrito de apelación?

—No.

—Pues ya les enviaré una copia.

—Lo que sucediera entonces no cambia en nada los hechos —objetó Reed—. Está usted muy segura de que es inocente, pero no tiene una sola prueba en la que basarse.

Wallenburg se echó a reír.

—¿De veras creen que van a sonsacarme información a base de insultos? ¿Por qué no me dan alguna prueba ustedes? Adelante, convénzanme de que es culpable, soy toda oídos. La única pista que tienen es una relación absolutamente casual con una de las víctimas.

—Eso es lo que él le ha dicho —repuso Milo.

—¡Me lo temía! No tienen una sola prueba... —dijo Wallenburg—. ¿Por qué será que no me sorprende en absoluto?

—¿Qué insinúa? —dijo Reed—. ¿Que escogimos su nombre al azar en el listín telefónico?

—Insinúo que ahora mismo en su investigación se agarrarían a un clavo ardiendo.

—Si le dijera que tenemos pruebas tangibles, ¿cambiaría de parecer? —terció Milo.

—Depende de las pruebas y de la meticulosidad con que las hayan encontrado.

Ahora fue Reed quien se echó a reír.

—¡Ya estamos! Igual que con O. J. Simpson...

—Piensen lo que quieran, caballeros —repuso Wallenburg—. Pueden proponerme el papel que más les guste en esta farsa, pero no lo aceptaré.

—¿A qué farsa se refiere? —dijo Milo.

—A la condena injusta de un inocente. Por segunda vez. Tendría que haber leído mi apelación. En aquel centro de menores le cascaron tan fuerte que salió con lesiones nerviosas permanentes. ¿Y sabe por qué lo encerraron? Porque le paró los pies al matón de la clase. Por oponerse a la riqueza y el poder.

—¿Cómo es que aún no nos ha presentado esa demanda? —inquirí.

Wallenburg parpadeó.

—Travis no quería. No es una persona vengativa.

—Mire, le concedo que la primera vez fue una vergüenza y usted fue la heroína de la historia —dijo Milo—. Pero aquel caso y el que nos ocupa no guardan ninguna relación.

—¿La heroína, dice? Aparque su condescendencia, teniente. Sólo hice lo que habría hecho cualquier abogado defensor que se precie.

—Igual que ahora.

—A ustedes no les debo ninguna explicación.

—La vida que llevó Travis desde que lo pusieron en libertad hasta que comenzó a trabajar para los Vander es una incógnita. Cuando lo liberaron, usted quiso ayudarle a reintegrarse, pero la dejó plantada y se convirtió en un vagabundo. A un inválido que vive en la calle pueden pasarle infinidad de cosas. ¿Qué le hace pensar que Huck es la misma persona a la que sacó del correccional?

Wallenburg dejó el boli sobre la mesa y cogió un precioso secante de balancín.

—Diecinueve años en la sombra —dijo Milo—. Si aguantó tanto tiempo algo debía de esconder.

—Una deducción completamente gratuita.

—Entonces, ¿cómo se lo explica?

Debora Wallenburg clavó una uña larga y plateada en el secante y masculló:

—No tienen ni idea de lo que...

—Sí que la tenemos —repuse—. Huck salió traumatizado y se sentía solo y estaba tan desesperado que ni siquiera aceptó la ayuda que le brindó para reintegrarse a la sociedad.

No respondió.

—¿Qué pieza del rompecabezas nos falta? —insistí.

Justo entonces sonó el teléfono y Wallenburg descolgó:

—Claro, pásamelo. Hola, Mort, ¿qué hay? Ah, pues te lo mandé ayer, estará a punto de llegar. ¿Cómo dices? Claro... Descuida, me lo tomo con mucha calma.

Haciendo un espectáculo de su relajación se arrellanó en su butaca y siguió conversando con el auricular hasta que reparó en nosotros y fingió sorprenderse de vernos aún en su despacho.

Al cabo de un momento una secretaria rubia y altísima con un vestido casi tan elegante como el de Wallenburg entró con paso seguro sobre unos tacones que casi eran armas blancas.

—Caballeros —dijo—, acaban de llamar del aparcamiento. Su coche está listo.

—No hay nada que hacer, Milo —dijo John Nguyen.

—¡Pero si está encubriendo a un fugitivo!

—¿Lo ha reconocido en algún momento?

—Lo ha negado.

—¿Podéis demostrar que miente?

—Es evidente que Huck ha contactado con ella. Seguro que sabe dónde se aloja.

—¡Siempre me toca el mismo papel! —se quejó Nguyen.

—¿Qué papel?

—El del señor Jarro de Agua Fría. No podéis hacer absolutamente nada. Milo, tienes experiencia de sobra para saberlo.

Nos encontrábamos en el Pacific Dining Car de la calle 6, al oeste del centro, y Nguyen se estaba zampando un buen plato de mar y montaña. Reed y yo nos conformábamos con un refresco y Milo había pedido algo de comer pero no tenía hambre, lo que equivalía a decir que se avecinaba el fin del mundo.

—¡Por Dios, John! ¿Te das cuenta de la resonancia que puede tener el caso?

—He leído el memorándum —repuso Nguyen—. Y he oído decir que los jefes querían frenar la investigación.

—Pues ahora les ha dado por acelerarla. Wallenburg se hacía la sueca deliberadamente y, cuando se lo dije, no lo rebatió.

—Es justo lo que yo haría en su lugar.

—John, ahí afuera hay un psicópata sexual en huelga de celo y podría ayudarnos a encontrarlo.

—Podría ser.

—Fue ella quien lo sacó del trullo hace años. Por fuerza tuvo que llamarla cuando se dio a la fuga. Aunque no sepa exactamente dónde para, es probable que tenga una idea aproximada.

—Demuéstrame que lo encubre y veré si puedo echaros una mano.

—Si la seguimos, podríamos...

—Cómo lo hagas es asunto tuyo —le cortó—. Pero eso sí: nada de chapuzas. Debora va a estar preparada y a la que te pases de la raya os va a endiñar un pleito del copón.

—Vamos, que los abogados tenéis privilegios especiales —masculló Reed.

—Por algo nos metimos a derecho. —Nguyen ensartó con el tenedor un buen pedazo de filete, lo pensó mejor y lo cortó por la mitad—. ¿Para qué vais a seguirla? ¿Por si coge el Ferrari y se va a verle a su guarida?

—¿Tiene un Ferrari?

—Y un Maybach, el mejor Mercedes de la gama —repuso Nguyen—. Una baratija que valdrá... cuatrocientos de los grandes, sin contar los impuestos por alto consumo de gasolina.

—La delincuencia está bien pagada —dijo Reed.

—Pues yo tengo un Honda, así que no me toques la fibra. A Debora la conocí en la universidad, cuando impartía clases de derecho penal. Era una grandísima profesora, además de una de las mejores abogadas de oficio de la ciudad.

—¿Y ha amasado toda esa pasta revolviendo papelajos mercantiles? —preguntó Milo.

—En cierto modo. Al poco tiempo de cambiarse al derecho corporativo le confiaron la redacción de unos cuantos contratos multimillonarios de empresas de Internet. Lo que ganó lo invirtió con mucha vista y lo sacó en el mejor momento. A decir verdad, no sé ni por qué se molesta en seguir trabajando.

—Será por la diversión —dijo Milo.

—¡Ja ja ja!

Nguyen mojó un pedazo de langosta en la mantequilla derretida y sorbió de su martini.

—John, si te pidiera tu visto bueno para pincharle el teléfono...

—Te recomendaría que probaras suerte en el Club de la Comedia.

—Piensa en esas pobres mujeres asesinadas, piensa en los Vander... Un niño al que a lo mejor ya le han amputado la mano, John.

Nguyen contempló el resto de su filete y exhaló un suspiro.

—Si nos rajamos ahora, la opinión pública nos crucificará —agregó Milo.

—No podéis pincharle el teléfono, Milo. Es su abogada, no su novia.

—Nunca se sabe —dijo Reed.

—¿Tenéis pruebas de que exista entre ellos alguna clase de relación sentimental?

—Todavía no.

—¡Pues encontradlas! Encontrad cualquier cosa que me demuestre que ha violado la ley y os echaré un cable.

—Si fuera su novia, sería la cerebrito más imbécil del planeta —dijo Milo—. Las *partenaires* sexuales de Huck suelen acabar mutiladas y enterradas en el lodo.

—De cara al este —agregué, por si a Nguyen le picaba la curiosidad.

No dio resultado.

—Me encantaría ayudaros, pero creo que deberíais olvidaros de Debora y buscar a Huck a la vieja usanza.

—¿A la vieja usanza? —dijo Milo.

—Gastando suela, interrogando a la gente por la calle, qué sé yo... lo que quiera que hagáis en estos casos. —Probó otro trozo de filete y lo masticó sin ganas—. Además, hay otra buena razón por la que no deberíais cabrear a Debora. Cuando atrapéis a Huck puede ser ella quien se siente en el banco de la defensa, y el que se comerá el marrón seré yo.

—¿La ves dispuesta a aparcar sus casos corporativos para defender a un pelagatos?

—Por lo que decís, está convencida de su inocencia. Lo defienda ella personalmente o no, seguro que pone de su parte. La conozco.

—Una mujer tenaz —dije.

—Sobremanera.

—Con un Ferrari y un Maybach en el garaje, ya podrá andar por ahí en plan Robin Hood —rezongó Reed.

—Ya me gustaría a mí —dijo Nguyen.

XXXII

En mi vida he tomado parte en unos cuantos cortejos fúnebres y el ambiente que se respiraba en el coche durante el trayecto de vuelta a la comisaría era una combinación de asombro y desánimo muy similar.

—Con lo lista que es la tía y se deja embaucar por un farsante cualquiera —gruñó Milo.

—Me recuerda a esos pringados que se consagran en cuerpo y alma a los presos del talego —dijo Reed—. ¿Cómo es qué les da por ahí, doctor?

—Normalmente es gente con poca autoestima y ganas de llamar la atención.

Ninguna de las dos cosas podía aplicarse a Wallenburg, pero no era buen momento para poner trabas al resentimiento.

Milo se frotó la cara.

—Está podrida de dinero, pero tiene una vida tan vacía que necesita sentirse honrada.

—Liberales de limusina... —rezongó Reed.

Milo arqueó las comisuras de los labios pero no acabó de sonreír.

—Ésa no la oía desde hacía años, Moses —dijo.

—Así decía mi madre que les llamaba mi padre.

—¿Se te ocurre cómo lograr que Wallenburg cambie de parecer? —me preguntó Milo.

—Si fuera cualquier otra persona, trataría de abrumarla con detalles escabrosos. Le mostraría fotos de las víctimas y de las autopsias y haría hincapié en el padecimiento de las víctimas. Tratándose de Wallenburg, es probable que eso la reafirme en su postura

—La tía es inamovible. Y lo peor es que le gusta.

—Salvar a Huck fue muy importante para ella y la mera posibilidad de que se haya convertido en un asesino despiadado la asusta. Sólo si encontráis alguna prueba de peso que apele a su raciocinio podréis minar su resistencia.

—Eso es lo que intentaste en su despacho: hacerle entender que no es culpa suya si Huck no es el chiquillo inocente de otro tiempo.

—¡Pero si tenemos sangre en el desagüe! —dijo Reed.

—Estuve a punto de decírselo, pero no quería darle información a la que agarrarse —repuso Milo—. Lo primero que nos habría dicho es que «un grupo sanguíneo no es una prueba de ADN».

—Aunque Huck lo confesara todo, seguiría estando de su parte. Una pobre víctima del sistema, nos diría —renegó Reed, meneando la cabeza—. La buena samaritana en su Ferrari.

—¿Te apetece seguirla, Moses? —le propuso Milo.

—Será un placer. Pero espero que el Maserati me lo pague el departamento, porque si pisa el acelerador no me va a servir cualquier trasto.

—Si lo consigues por cuarenta pavos al día...

—Por ese precio me agencio un bólido. Y eso sí: nada de chapuzas.

Ya en casa y a salvo de su mal humor, me pregunté si Wallenburg mentía cuando nos dijo que no conocía el paradero de Huck.

La gente inteligente hace tonterías sin parar. Así es como prosperamos los psicólogos. Pero si Wallenburg hubiera cometido la imprudencia de encubrir a un fugitivo peligroso, mucho me temía que nunca lo averiguaríamos.

Me puse a pensar en Huck, en aquel hombre desarraigado y lleno de angustia y en su representación magistral de superhéroe cívico.

El salvador de un bebé abandonado en la calle.

La buena obra que hizo Debora Wallenburg al ponerle en libertad creó entre ellos un vínculo indisoluble. ¿No podía ser que existiera una relación similar entre Huck y la familia de Brandi Loring?

La búsqueda en Internet de «Anita y Lawrence Brackle» no dio ningún resultado, pero el nombre de «Larry Brackle» aparecía en una noticia de sucesos publicada hacía tres años en el *Daily News*: «Hombre de cuarenta y tres años arrestado en Van Nuys por conducir en estado de embriaguez.»

No había más noticias, pero al rastrear imágenes di con una foto de Brackle sacada dos años antes, durante el Campeonato del Club de Bolos de la Asociación de Meadowlark celebrado en la bolera de Canoga Park.

Eran doce jugadores risueños y Brackle estaba en el centro de la primera fila. Y es que el tamaño a veces importa. Las mujeres que lo flanqueaban eran poca cosa, pero aun comparado con ellas Brackle parecía muy menudo. Era un hombre flaco y enjuto, con el pelo negro peinado hacia atrás y unas patillas que le llegaban hasta la base de la mandíbula.

La Asociación de Meadowlark resultó ser la comunidad de propietarios de una urbanización de Sherman Oaks. Ochenta y nueve apartamentos *deluxe* repartidos en una hectárea y media al norte de Ventura Boulevard, junto a la autopista 101. Los precios oscilaban entre los varios cientos de miles de las «Suites Hacienda» de un dormitorio y el millón escaso de los «Rancheros de tres dormitorios y dos cuartos de baño».

En las fotos de alta definición se exhibían varios módulos blancos de tejados rojos rodeados de helechos, palmeras, bananos y árboles del caucho. La urbanización contaba con «elegantes senderos para pasear» y tres piscinas, dos de ellas con «*spas* de hidromasaje», amén de una sala de proyección y un gimnasio «con baño turco y sauna de lujo».

En relación con el piso de alquiler de Silverlake que Brackle y su familia tenían por hogar diez años antes, la mejora era considerable.

Busqué los nombres del resto de jugadores de bolos y comprobé que ninguna de las mujeres era Anita Brackle. Quizá no le gustaban los bolos. O Larry había seguido dándole a la botella y ella había terminado por abandonarlo y llevarse a la pequeña Brandeen...

Estudié el rostro de Brackle en busca de indicios de una vida disoluta, pero lo único que vi fue a un hombre canijo y flacucho con gafas, contento de estar entre amigos.

Anoté la dirección de Meadowlark y le dije a Robin que iba a dar una vuelta.

—Esta vez percibo algo más que inquietud —dijo—. Esos ojitos azules brillan de excitación.

Le conté lo que había averiguado sobre Brackle.

—Y crees que ahora van a devolverle el favor a Huck —dedujo.

—Eso es lo que voy a ver.

—Ver para creer —dijo y me dio un beso de despedida—. Ten cuidado, ¿quieres?

Cuando llegué a la puerta agregó:

—Espero que al bebé le vayan bien las cosas.

La realidad de la urbanización Meadowlark era un montón de casitas de estuco blanco ennegrecido por el tiempo y la polución y rodeadas de una profusión de plantas que pedían a gritos una poda, todo ello bajo el flatulento y constante zumbido de la autopista vecina.

El sistema de seguridad era rudimentario pero efectivo: una verja de malla metálica cerrada con candado. En la lista de inquilinos del interfono no encontré el nombre de Brackle y pensé que se habría mudado o lo habría subarrendado.

Pero en la lista inferior un nombre me llamó la atención. Era el del Ranchero número cinco, una de las casas más caras.

Estaba a punto de llamar al interfono cuando un mensajero de FedEx entró por la verja como una exhalación. Logré detenerla justo antes de que se cerrara, entré con disimulo y pasé junto a las dos primeras piscinas, ambas desocupadas y cubiertas de hojas.

Las Suites Hacienda eran una serie de casitas de dos pisos

apelotonadas en la esquina noroeste de la urbanización y separadas por muros bajos de ladrillos de cemento.

La puerta naranja que conducía al Ranchero número cinco estaba semioculta entre las enormes hojas de un banano que había logrado crecer en la sombra pero que ya nunca daría fruto.

Llamé al timbre y contestó una voz de mujer:

—¡Larry! ¿Ya te has vuelto a olvidar la llave?

Contesté con un murmullo que podía ser tanto de afirmación como de negación y me abrió la puerta una mujer de mediana edad, pelo castaño y una delgadez enfermiza, con una blusa blanca escotada que le venía grande, unos pantalones negros de yogui y un cigarro entre los dedos. Iba descalza y llevaba las uñas de los pies pintadas de rosa; para las de las manos había escogido un esmalte rojo. Una cadena de oro descansaba sobre el empeine de uno de sus pies varicosos. Su rostro, inclinado sobre un cuello largo y esbelto, ostentaba las facciones de una belleza venida a menos. Las arrugas que contorneaban su boca ancha y delgada le conferían el aspecto de un mono capuchino. Sus marcadas ojeras daban testimonio de viejas historias que nunca acabarían de cicatrizar.

—¿Dónde está Larry?

Tenía una voz áspera de fumadora empedernida y su piel exhalaba una mixtura aromática de Chanel y tabaco.

—¿Señora Vander?

—¿Quién es usted?

Me presenté y le mostré mi placa de colaborador de la policía.

—¿Médico, dice? ¿Le ha pasado algo a Larry?

—No se apure, sólo he venido a hablar con él.

—¿De qué?

—De viejos amigos.

—Pues no está.

—¿Cuándo va a volver el señor Brackle? —logré preguntar antes de que me cerrara la puerta en las narices—. Es urgente.

La puerta se detuvo.

—¿Señora Vander?

—Ya le he oído.

A su espalda entreví una gran sala de techos altos con una

tele de pantalla plana y sofás de cuero rosa. Sobre una mesa lateral había una botella de dos litros de Fresca abierta. En los altavoces, Jack Jones le aconsejaba a una chica que se peinara y se maquillara.

—Ha salido a por tabaco —me informó Kelly Vander.

—No importa. Le esperaré aquí fuera.

—¿De qué viejos amigos quiere hablar?

—De Travis Huck, para empezar.

—Travis —murmuró.

—Le conoce.

—¿Cómo no voy a conocerle? Trabaja para mi ex marido.

—¿El señor Vander y usted siguen en contacto?

—Hablamos, sí.

—¿Ha hablado con él recientemente?

Sacudió la cabeza y dijo:

—¿Esto tiene algo que ver con Simon?

—¿Fue Larry quien le consiguió a Travis su trabajo en casa de Simon? —pregunté.

Kelly Vander dio una larga calada.

—Yo no respondo en nombre de Larry. Ni en el de nadie. Deme su teléfono y le diré que le llame.

—Prefiero esperar.

—Como quiera —dijo.

La puerta se cerró cinco centímetros más.

—Simon no ha dado señales de vida en dos semanas —le dije—. Nadine y Kelvin tampoco.

—Estarán de viaje —repuso—. Viajan sin parar.

—Hace dos semanas volvieron de Asia a San Francisco. ¿Sabe de algún sitio donde puedan haberse quedado?

—A mí eso no me lo cuenta. ¿Qué tiene que ver todo esto con Larry?

—¿No se ha enterado de lo de Travis?

—¿De qué?

Le di la versión abreviada.

—Qué locura.

—¿El qué?

—Pensar que Travis haya podido hacer algo así. Nos quiere con locura.

—¿A toda la familia?

—A casi toda —dijo—. Lo siento de veras por esas mujeres, es horrible. ¡Espantoso! —Se puso a juguetear con el cuello de la blusa—. Seguro que están bien... Simon y Kelvin, digo. Y Nadine. Kelvin es un niño monísimo y toca el piano como Elton John. A mí me llama tía Kelly.

—¿Los ve con frecuencia?

—De uvas a peras.

—¿Y qué quiere decir con «casi toda»?

—¿Cómo?

—Dice que Travis quiere con locura a «casi toda» la familia.

—Nos tiene mucho cariño a todos. —El cigarrillo le tembló entre los dedos y le cayó un poco de ceniza en el pecho. Se la limpió de un manotazo, tiznándose la blusa blanca—. ¿Me hace un favor? ¿Puede leer la etiqueta y decirme las instrucciones de lavado?

Se pasó un pulgar por el cogote para sacar la etiqueta y bajó la cabeza, ofreciéndome una visión inmejorable de su pecho plano con el esternón arrugado.

—Sólo admite lavado en seco.

—Me lo temía.

—Así que Travis les tiene mucho cariño a todos.

—¿Por qué no habría de tenérnoslo?

Al decirlo me mostró su dentadura marrón y picada. El cigarro se le escurrió entre los dedos y fue a aterrizar sobre su pie izquierdo, esparciéndolo de brasas. Debió de dolerle, pero se quedó mirando el pequeño cilindro ardiente, como si quisiera evaluar los daños.

Me agaché y recogí el cigarrillo, que ella me arrebató bruscamente para encajárselo de nuevo entre los labios.

—Siento importunarla —masculle.

—¿Importunarme? Para nada. Déjeme echarle otro vistazo a esa placa que me ha enseñado.

XXXIII

Los sofás rosas de Kelly Vander eran blandos y mullidos, y su apartamento tenía un extraño regusto a vivienda provisional.

La televisión de setenta pulgadas hacía las veces de equipo de música, sintonizada a algún canal de cable o de satélite que repasaba los éxitos de diversos cantantes. Jack Jones acababa de dar paso a Eydie Gorme, que le echaba la culpa a la *bossa nova*.

Kelly pasó un dedo por la botella de Fresca.

—¿Le apetece un refresco? Si quiere cafeína, en la nevera hay Pepsi Light.

—No, gracias.

Apuró el cigarrillo hasta el filtro, lo tiró al fregadero, cogió un paquete de Winston Light y se encendió otro.

—Ahora dicen que los productos *light* son malos para la salud, pero a mí me siguen pareciendo mejores que esa tonelada de azúcar. Larry no tardará en llegar.

Dicho esto, descolgó algo de la pared y me lo mostró. Era un anuncio de prensa enmarcado, un desplegable en color de May Company de modelos exhibiendo una serie de vestidos y suéters sobre fondo blanco. La fecha era de hacía treinta y un años.

—Ésta soy yo —dijo señalando a una chica rubia con un vestido a cuadros, sin mangas y muy escotado. Aun sin arrugas, la boca de Kelly Vander tenía un toque simiesco y la hubiera reconocido sin vacilar.

—¿Fue usted modelo?

Se sentó en la esquina del sofá y dijo:

—Ahora mido metro sesenta y tres, pero antes de que se me encogiera la columna pasaba del metro sesenta y cinco. Aun así era demasiado baja para llegar muy lejos. Al principio sólo me daban ropa de niña. Los pechos me crecieron tarde porque... En fin, que en cuanto tuve un poco de pecho la agencia me pasó a la ropa juvenil, y allí me quedé. Fue así como conocí a Simon. Él trabajaba en el ramo textil, era representante de una fábrica de tejido sintético. Un día organizaron una exhibición para los clientes y montaron una pasarela en el Scottish Rite, que se llenó hasta la bandera.

—Eso queda por Hancock Park, ¿no? Cerca del Ebell —añadí, preguntándome si la sala donde Kelvin había dado sus recitales suscitaría alguna reacción.

—Ahí fue, sí. Puro karma —repuso Kelly Vander, sirviéndose un vaso de Fresca—. ¿Seguro que no quiere un poco?

—Seguro. ¿Qué fue puro karma?

—Conocer a Simon. Nos pusimos todas en fila y nos asignaron los vestidos al azar. Fue pura casualidad que a mí me tocara uno de su empresa. Era uno azul de marinero, cruzado y con botones metálicos. Tenía la gorra de marinero y todo. —Se pasó la mano por la cabeza y se permitió una sonrisa marrón y desigual—. Era una porquería de poliéster que picaba como una mala cosa y me moría de ganas de quitármelo. Luego Simon vino a hablar conmigo. Había sacado un buen pedido y me dio las gracias. Era un poco mayor que yo y parecía un tipo sofisticado...

Exhaló el humo y los vapores de la nicotina flotaron dentro del vaso de refresco, confiriéndole el aspecto de una poción.

—Es psicólogo, ¿no? Yo he conocido la tira de psicólogos. Algunos buenos, otros no tanto.

—Al menos no eran todos malos.

—¿Trabaja para la policía?

—Les asesoro en algunos casos.

—Debe de ser interesante.

—A veces.

Sonrió de oreja a oreja.

—¿Cuál ha sido su caso más emocionante?

Le devolví la sonrisa por toda respuesta.

—Tampoco les culpo —agregó—. A los psicólogos que trataron de ayudarme, digo. Yo padecía de aversión al cambio. «Desórdenes alimentarios crónicos, aversión al cambio.» Me dijeron que si me seguía matando de hambre la palmaría de un ataque al corazón. Me asustaron, pero no lo bastante ¿sabe? Es como si tuviera el cerebro dividido en dos partes: la que razona y la que quiere más. Uno de los psicólogos que me ayudó me aconsejó que desarrollara nuevos hábitos y me hizo hacer ejercicios. Ejercicios mentales, para que se impusiera la parte racional. ¿Le encuentra sentido?

—Sí.

—Ya estoy mejor. —Se recorrió el cuerpo esquelético con las manos—. Aún puede pasarme factura lo que le hice a mi cuerpo en aquella época, pero de momento toco madera.

—No estaría tan mal de salud si tuvo una hija.

—¿Conoce a Simone? Es igualita que yo... Tendría que arreglarme los dientes. Se nota mucho, ¿verdad? Están podridos por la bulimia, todo el mundo me dice que me quitaría diez años de encima si me los arreglara, pero no sé si quiero.

—¿Parecer más joven?

—Exacto. Cada vez que me miro al espejo se me cae el mundo encima y me acuerdo de lo que me hice a mí misma para llegar a este estado. ¿Usted qué cree? Como psicólogo. ¿Necesito un recordatorio?

—No la conozco lo suficiente —dije.

—¡Bingo! Buena respuesta. —Soltó un bufido y miró hacia un reloj de pared—. ¿Dónde se habrá metido Larry...? Al final llegué a comprenderlo mejor. A la tercera rehabilitación va la vencida.

—¿Conoció a Larry en el centro de rehabilitación?

Sacudió la cabeza.

—Ya le he dicho que no hablo en nombre de Larry. Sus cosas son sus cosas y en su universo emocional no me meto. Y hablando del rey de Roma... —agregó volviéndose hacia la puerta.

Agucé el oído para escuchar los pasos pero no oí nada. Al

cabo de un momento la puerta naranja giró sobre sus goznes y apareció en el umbral una figura de metro sesenta escaso con una camisa hawaiana, balanceando en la mano una bolsa blanca cubierta de grasa. Bajo el brazo llevaba un cartón de Winston Light.

—Te he traído unos donuts, cariño. Los crujientes de canela y nueces con caramelo que tanto te...

Se quitó las gafas de sol.

—¿Tenemos visita?

—*Tú* tienes visita, tesoro —repuso la mujer—. Quiere hablar contigo.

Larry Brackle dejó caer la ceniza del cigarro en una taza de café.

—¿Qué me está contando? ¿Que Travis es un asesino en serie? No se lo tome a mal, pero eso es un disparate.

—Es lo que yo le decía, mi vida.

Estaban sentados el uno junto al otro, rodilla con rodilla, fumando al unísono y dando buena cuenta del refresco.

—La policía le considera el principal sospechoso —dije.

—Como la otra vez —repuso Brackle.

—¿Conoce la historia?

Vaciló un instante.

—Claro. Salió en los periódicos.

—No en los de Los Ángeles.

Silencio.

—*The Ferris Ravine Clarion* es un periódico muy poco conocido, señor Brackle. ¿No se habrá enterado por otra vía?

Brackle se volvió hacia Kelly Vander, que le devolvió una mirada impasible.

—Si usted lo dice —repuso al fin—. Lo sé de oídas.

—Travis se lo dijo.

—Si usted lo dice.

—¿Se conocieron en un centro de rehabilitación?

—Mire, quiero ser tan buen ciudadano como el que más, pero por Travis no respondo. Sus cosas son sus cosas y mi mierda me la como yo. No se lo tome a mal.

—Pues responda por usted: ¿Le conoció antes o después de que llevara a Brandeen al hospital?

Brackle meneó la mandíbula. Era un verdadero tapón, pero tenía unas manos y unas muñecas gruesas y fuertes.

—¡Dios, qué hambre! —exclamó al tiempo que se ponía en pie y trotaba hasta la cocina, de donde volvió con un pedazo de pastel de bizcocho en un plato de papel—. ¿Nos lo partimos, cariño?

—No. Todo tuyo.

Brackle la besó en la mejilla.

—¿No me vas a ayudar un poco?

—Eres un cielo, pero tengo la barriguita a punto de reventar —dijo Kelly—. Esperaré a la cena.

—¿Seguro? Está buenísimo.

—Seguro, corazón.

—Bueno. Para cenar podemos hacer los bistecs.

—Hazte uno tú, Lar. Son muy grandes para mí.

—Te los puedo cortar a tiras.

—Ya veremos.

—Antes te gustaban a tiras.

—¡Que sí, que están buenos! Pero es que estoy muy llena...

—Algo me dice que conocía a Travis antes de que rescatase a Brandeen —les corté—. Que él fue a buscar a Brandeen y su madre para echarle a usted un cable.

—Vamos, déjese ya de adivinanzas. Travis es un buen hombre.

—No digo lo contrario. Y ya sé que a Brandi no le hizo ningún daño.

Brackle cerró los puños con tal fuerza que le relucieron los nudillos.

—Pues claro que no... Todo el mundo sabe quién mató a Brandi.

—Gibson DePaul.

—¡Esa escoria! Le cayó una cadena perpetua, mató a otro preso y tuvieron que enviarle a la prisión de Pelican Bay.

—¿Le tienen controlado?

—Tenemos esas cartas de notificación que mandan a los familiares de las víctimas.

—¿El plural es por ustedes dos o por usted y su ex mujer?

—Lo que a ella le mandan no lo sé.

—¿Dónde está Anita?

—Usted sabrá.

—¿Han perdido el contacto?

—Anita no pudo cambiar de vida. Ni siquiera lo intentó.

—¿Y qué hay de los niños?

—Les veo a veces en vacaciones —repuso Brackle—. ¿A usted qué le importa? ¿A qué viene tanto interés por mi familia?

—Disculpe. En realidad, quien me interesa es Travis.

—Pues desvaría, porque Travis no ha matado a nadie. ¡Ni entonces ni ahora!

—Qué curioso...

—¿El qué?

—La policía le considera el principal sospechoso, pero no para de aparecer gente que le tiene por un santo.

—¿Como quién?

—Como Debora Wallenburg.

Brackle y Kelly Vander se miraron y soltaron una risa estridente al unísono.

—Se me ha escapado el chiste —dije.

—Santos no existen —dijo Brackle—, es lo que siempre decimos. Sólo hay pecadores en distintos grados. Lo importante es aprender a perdonarnos y dejar de esperar que lo haga algún predicador.

—Así que conocieron a Travis en el centro de rehabilitación...

No hubo respuesta.

—No es un secreto que pueda ocultarse mucho tiempo, se hacen cargo.

—Travis tiene derecho a preservar su intimidad, doctor.

—No veo por qué habría de avergonzarse por haber buscado ayuda. Más bien tendría que estar orgulloso si se recuperó.

—Vale, vale. Nos conocimos allí, sí —cedió Kelly Vander.

—Y le recomendaron a Simon para agradecerle que salvara a su nieta —deduje.

—Es usted muy listo —repuso Brackle—. ¿Por qué no emplea ese cerebro que Dios le ha dado en algo que valga la pena?

—¿Hacía mucho que se conocían cuando mataron a Brandi?

—Poco. Seis o siete meses, como mucho. Yo ya estaba decidido a dejar a Anita porque se negaba a salir del pozo y sabía que si me quedaba con ella no tardaría en palmarla. Lo único que me frenaba eran los niños. Tres eran suyos, entre ellos Brandi, y uno era de los dos. Randy se llama. Ahora mismo está sirviendo a la patria allá en Faluya y me lo han condecorado.

—Es un chico estupendo —dijo Kelly con nostalgia.

—Con él, Anita y yo llegamos a un acuerdo... —prosiguió Brackle—. En fin, que ahí fue donde conocimos a Travis, mientras los tres tratábamos de enderezar nuestras vidas. A Travis el tratamiento se lo pagó la abogada esa, Wallenburg. Todo un detalle por su parte. Yo siempre le decía a Travis que había tenido una suerte increíble y que tenía que aprovecharla y recuperarse. La clínica aquella costaba un ojo de la cara y yo lo pagué todo de mi bolsillo y la pensión de discapacidad.

—Mi factura corrió a cargo de Simon —dijo Kelly—. Aunque por entonces ya estábamos divorciados.

—¿Cuánto hace de eso?

—Doce años. Simon y yo nos separamos tres años antes, pero quedamos como amigos. Se las hice pasar canutas al pobre y dejó de quererme, pero aún me tiene cariño. Hubo momentos malos, pero nunca le levanté la voz. Ni traté de sacarle más dinero, aunque él luego se forró. Yo pensaba que no merecía su amor e hice lo que pude para que dejara de quererme. Simone era una adolescente y fue bastante estresante... yo no me ocupaba de nada, pero Simon me dijo que lo intentara otra vez, que me lo debía a mí misma, que encontraríamos una buena clínica con todas las comodidades. Me trajo unos folletos y me gustó la de Pledges porque había muchos árboles.

—¿Pledges? ¿La clínica de South Pasadena?

—¿La conoce?

—Buen sitio —asentí—. La cerraron hace unos años.

—Un sitio magnífico —dijo Brackle—. La compró una de esas grandes corporaciones y los muy cabrones la echaron abajo.

—A Larry lo conocí el día que llegué —dijo Kelly—. Yo le gustaba y se enamoró, pero tardó años en admitirlo porque seguía casado. Y en mi estado yo no estaba muy receptiva que digamos... La verdad, no creía que pudiera entregarme a nadie.

—¿Cuánto hace que están juntos?

—Oficialmente, nueve años. Aquí —dijo Brackle golpeándose el pecho—, desde siempre.

—Fue amistad y aceptación a primera vista —dijo Kelly—. No me había pasado con ningún hombre. Simon es buena persona, pero yo sabía que le fallaba constantemente y nadie puede vivir sintiéndose un desastre sin remedio.

—La policía dice que Travis se metía toda clase de droga. ¿Es cierto? —pregunté.

No respondieron.

—Ustedes se recuperaron, pero él no, ¿me equivoco? Al cabo de dos años seguía viviendo en la calle.

—Ahí me lo encontré.

—¿En la calle?

—Yo trabajaba en Hollywood, de portero auxiliar de un bloque de apartamentos, un sitio bien al oeste de La Brea. Para volver a casa cogía la avenida y pasaba por delante del Teatro Chino. Una noche me encontré allí a Travis pidiendo limosna a los turistas. Tenía muy mal aspecto. Peor que el que tenía en Pledges, que ya es decir. Llevaba el pelo greñudo y grasiento, se había dejado barba, iba todo encorvado. Con los turistas tampoco le iba muy bien porque no les daba mucho la murga. Travis es así, siempre le ha faltado un poco de morro. En fin, que di la vuelta a la manzana, paré a su lado y le puse un billete de veinte en la mano. Cuando me reconoció se puso a llorar y me pidió perdón por haberme fallado.

—Antes de que nos dieran el alta, los tres hicimos la promesa de ayudar al primero de nosotros que volviera a las andadas —dijo Kelly—. Larry y yo la cumplimos a rajatabla y así es como lo superamos. Pero a Travis le perdimos de vista.

Brackle asintió con la cabeza.

—«Nadie te está echando nada en cara, hombre —le dije—. Ven a casa a darte un buen baño y comer algo.» Travis huyó corriendo y al día siguiente ya no estaba. No volvió hasta al cabo de una semana. Cuando volví a verle estaba igual, mendigando y con una pinta aún peor. Esta vez se dejó convencer y vino conmigo. Anita se mosqueó, claro. «¿Has visto alguna habitación de invitados en esta casucha, lumbrera?», me dijo. ¿Dónde iba a dormir ella, yo, los niños, los dos perros que teníamos? Le dije que yo podía dormir en el jardín, si quería. Me dijo que me fuera a dormir al jardín y que me llevara conmigo a Travis. Al final lo instalamos en una caseta de herramientas que teníamos. Saqué todos los trastos al jardín y le puse un colchón; él iba y venía a su antojo. Un día le llevé a la peluquería y en cuanto le cortaron las greñas vimos la cantidad de pendientes que llevaba en las orejas. Estaba más agujereado que un pirata. A los niños los pendientes les encantaban, Anita no podía ni verlos.

—Pero al final le cogió cariño —dijo Kelly.

—Cuando vio lo bueno que era con los críos cambió de opinión. Al poco tiempo ya le dejaba contarles cuentos. Luego comenzó a cuidar del bebé y se le daba de maravilla. Tampoco es que fuera todo sobre ruedas, porque con lo que chupaba y la mierda que fumaba, Anita era impredecible, pero durante una temporada vivimos más o menos en paz.

Dio una larga calada al cigarro.

—Travis adoraba al bebé... ¡Joder, ha pasado una eternidad! ¿Y ahora viene usted y me cuenta que Travis es una especie de asesino chalado? ¡Y qué más, hombre! Yo no soy loquero, pero conozco a un par de buenas personas y Travis es una de ellas.

—Hábleme de la noche en que Brandi desapareció.

—No *desapareció*: él se la llevó, esa escoria que no prefiero ni mentar. Ése sí que era un demonio, si hasta su familia estaba acojonada. Cuando Brandi no volvió fuimos a su casa. Travis y yo. Los padres parecían asustados y nos dijeron que el comemierda de su hijo les comentó que iba a ver a Brandi y a la niña, que era todo lo que sabían. Travis y yo comenzamos a buscarlos por el barrio. Él se encargó de unas calles y yo de otras. Al cabo de un rato encontró al bebé y al ver toda esa sangre se lo llevó al hospital.

—Entonces, sabía que algo le había sucedido a Brandi.

—El cuerpo estaba escondido... Eso nos dijeron los maderos, que estaba entre unos matorrales. El bebé estaba en medio de la acera y cuando Travis lo vio no pensó en nada más.

—¿Por qué se fue a pie hasta el hospital en lugar de reunirse con usted?

—Porque estaba asustado. ¿Qué habría hecho usted? Ya había acabado en el trullo una vez por algo que no había hecho y ahora tenía un bebé ensangrentado en brazos. No me lo ha confesado nunca, pero me lo imagino. El pobre chaval se ha pasado la vida acojonado. Tenía pesadillas constantes, cuando pasaba junto a la caseta le oía gemir en sueños. Y por el día tenía una mirada, cómo le diría... de angustia. Vivía angustiado por lo que le habían hecho. Con la de hostias que le dieron en el coco, no me extraña. Cuando pensó que tendría que hablar con la poli y que quizá le echarían la culpa, se le pusieron por corbata, pero de todos modos se aseguró de que el bebé estuviera sano y salvo.

—¿Nunca ha hablado con él de aquella noche?

—No. Después de dejar a la niña en el hospital desapareció del mapa.

—¿Cómo saben que fue él?

—Los polis nos dieron su descripción y nos preguntaron si le conocíamos, pero no soltamos prenda. Estábamos desquiciados por lo que le había pasado a Brandi y tampoco era cuestión de complicar las cosas. Lo primero era trincar al asesino. De él sí que les hablamos.

—Travis tuvo que caminar tres kilómetros en una noche helada —comenté.

—Era muy andariego. Se pasaba el día caminando.

—¿Adónde iba?

—A cualquier lado, de aquí para allá —repuso Brackle—. Pero no era ninguna manía de chalado, no vaya a creer. Le gustaba caminar, eso es todo.

—No hay mejor ejercicio —terció Kelly—. Yo antes caminaba quince kilómetros diarios. Ahora me planto en siete.

Brackle arrugó el entrecejo, pero se forzó a adoptar un aire jovial:

—Ni que el tío quisiera hacer aeróbic... De eso nada, simplemente le gustaba caminar.

—¿Cómo es que acabó trabajando para Simon? —pregunté.

—Eso fue al cabo de unos años —repuso Kelly—. Llevábamos una temporada sin noticias suyas y cuando menos lo esperábamos llamó a Larry para contarle que se había recuperado.

—Al final consiguieron sacarle del pozo —dijo Brackle.

—¿Dónde?

—No me lo dijo y tampoco se lo pregunté. Al teléfono su voz sonaba bien, comprendí que esta vez era distinto. Le invité a tomar un café con nosotros y tenía buena cara.

—Y la mirada limpia, despierta —abundó Kelly—. Nunca le había visto así, antes siempre estaba deprimido. Nos dijo que andaba buscando trabajo y que estaba dispuesto a hacer cualquier cosa con tal de ganarse el pan honradamente. Yo sabía que Simon buscaba a alguien para cuidar de su casa. Había contratado ya a un par de tipos que le habían salido rana y quería a alguien de confianza. Cuando se lo propuse le pareció bien, y funcionó de maravilla.

—¿Les contó qué había sido de su vida desde la última vez? —pregunté.

—No —dijo Brackle.

—¿Dónde vivía?

—No sé, me dio la impresión de que había viajado.

—¿Por dónde?

—No se lo preguntamos, no queríamos entrometernos —dijo Kelly—. Con Simon le iba bien y estábamos encantados; fue un gran cambio para todos. Simon me dio las gracias por habérselo recomendado. Travis es un buen hombre, no le haría daño a nadie... Bueno, ahora sí que me está entrando el hambre.

—Y a mí, ya es hora de comer algo. Le invitaríamos a cenar, pero siempre compramos raciones para dos.

* * *

Al volver a casa encontré aparcado ante la puerta un Volkswagen amarillo. No había ocupante, el motor estaba frío y de Alma Reynolds no había ni rastro.

El comentario sobre las perlas de su madre la habría asustado.

Tal vez Robin la hubiera dejado pasar.

Mientras subía las escaleras oí una voz a mi espalda:

—Ahora soy yo quien le persigue.

Salió de su escondite y se acercó con un maletín de vinilo verde en una mano. Era nuevo, aún tenía la etiqueta en el asa. Se parecía al que usa Milo cuando se le acumula el papeleo de algún caso. Llevaba una camisa a cuadros, vaqueros y botas de montaña. Su melena gris le ondeaba en todas direcciones y los ojos le brillaban de ira.

—Tenga —dijo, tendiéndome el maletín con brusquedad—. Se lo queda y hemos terminado.

La miré fijamente, sin sacar las manos de los bolsillos. Reynolds me tocó el pecho con el maletín.

—No se apure, que no es una bomba. Cójalo.

—Primero vamos a charlar un poco.

Reynolds dio un vuelco brusco al maletín y abrió los pasadores. Estaba lleno de fajos de billetes de veinte sujetos con tiras de goma. Encima del dinero había un joyero de terciopelo negro.

—¡Y puede quedarse también la maldita perla! —me espetó.

—¿Va a retomar su vida frugal?

—Ya puede aparcar sus lindezas. ¿No era esto lo que quería? Pues ya lo tiene.

—Lo que yo quiero es una explicación.

—¿No le parece lo bastante claro?

—No. ¿Por qué no sube a mi casa y charlamos un poco?

—¿Qué quiere? ¿Otra paciente? ¿Me va a echar en su diván? En el colegio de psicólogos dicen que pasa consulta aquí. Debería andar con más cuidado porque ya veo que es su casa. ¿Qué pasaría si fuera una psicópata?

—¿Debería preocuparme?

—Vaya si debería. Soy una loca peligrosa y estoy que trino. —Soltó una carcajada, se dio vuelta a los bolsillos, dejó el maletín en el suelo, se fue hasta el Volkswagen y, dándome la espalda, puso las manos sobre el capó—. La postura es ésta, ¿no?

—Vamos —insistí—. No le robaré más que unos minutos.

Se enderezó y me miró, con los ojos empañados.

—Fue Sil quien me enseñó a ponerme así, ¿sabe? En las protestas lo hacía sin que se lo ordenaran, era un automatismo. A veces le cascaban de todas formas. Era un hombre de principios y ya ve cómo ha terminado... Qué narices, ¿por qué habría de pasarme a mí algo tan bonito?

—Era un hombre de principios, no lo dudo. Al encontrar el dinero debió de llevarse una sorpresa aún mayor.

—Mayúscula, sí. Pero ahora es suyo. Puede quedarse hasta el último centavo. Yo me lavo las manos. Adiós.

—Aclaremos un par de cosas y le prometo que la dejo en paz.

—Eso lo dice ahora.

—Para mí, Alma, la persona de principios es usted —dije—. Yo estoy de su parte.

Reynolds cruzó los brazos, se secó las lágrimas y le dio un puntapié al maletín con la bota.

—¡Qué caray! Me criaron católica. ¿Qué daño puede hacerme una confesión más?

XXXIV

Alma Reynolds saltó sobre mi diván y se echó a reír.

—Así que es verdad que tiene uno... ¡Ay, si el cuero pudiera hablar!

Dejé el maletín en el suelo, entre sus pies y los míos.

—¿Y eso qué es? —dijo—. ¿El altar de la verdad sempiterna? ¿Voy a tener que arrodillarme?

Aparté el maletín.

—Me trae sin cuidado lo que piense —prosiguió—. Sil era un hombre de principios. Es cierto que aceptó el dinero, pero no se lo gastó.

—La policía registró hasta el último rincón de su apartamento. ¿Dónde lo encontró?

—¿Eso qué importa?

—Sil ha sido asesinado. Todo importa.

—No veo por qué, pero ya que insiste, lo encontré en su coche. En el maletero del coche, que encontré aparcado en plena calle. A eso me refiero, justamente: no era algo de lo que Sil se avergonzara. En realidad, la cosa no tiene más misterio: recibía pequeñas donaciones y en lugar de ir cada vez al banco con la calderilla, la guardaba para ingresarla de golpe en la cuenta de la protectora.

—Ya. Juntaba la calderilla.

—Vaya. Cuando quiere, sabe escuchar...

—¿Le habló alguna vez del dinero? —inquirí.

—No, pero es la única posibilidad que tiene sentido.

—Sil era el titular de la cuenta.

—Fue él quien la abrió. Salvemos la Marisma era él, como quien dice, eso ya se lo he contado. Pero no se gastó un centavo, aparte del mantenimiento.

—Y de su sueldo.

—Nunca se lo subió. No es que fuéramos muy materialistas, Sil y yo. Ahora que veo cómo vive, entiendo que no le entre en la mollera. Esta casa parece sacada de un suplemento dominical de decoración... Sé lo que cuesta vivir en este barrio y me parece muy bien que usted le dé tanta importancia al dinero, pero Sil no se la daba. El hecho de que dejara el maletín en el maletero y aparcara el coche en cualquier calle es la prueba de que no es dinero sucio.

—¿Cuánto hay?

—Quince mil —repuso al instante—. Sí, sí, lo he contado. ¿Cómo no iba a contarlo?

—¿Incluida la perla?

La pregunta le sacó los colores.

—¡Quédese con la maldita perla! —exclamó—. De todas formas no es mi estilo... ¡Qué tío! Desde que la vio no ha parado de tocarme los cojones. Pues haga con ella lo que quiera. Désela a su mujer, si es que tiene.

Afortunadamente, Robin trabajaba en el anexo y no tuve que morderme la lengua:

—La perla es suya. ¿Por qué habría de quedármela?

—Es usted un verdadero cielo... ¡Pero olvídelo! Yo me lavo las manos de todo este asunto. Sil tenía razón, el afán de lucro te ensucia para siempre.

—El dinero también podría ser suyo, a menos que Sil dispusiera otra cosa en su testamento...

—Sil no testó —repuso—. Y yo tampoco pienso hacerlo. Los dos decidimos de común acuerdo evitar cualquier tentativa patética de controlar las cosas desde el más allá.

—En ese caso, supongo que le pertenece. Si él tenía un ser querido, era usted.

—¿Qué le pasa? ¿Es duro de entendederas o quiere manipularme? No quiero el maldito dinero... Y no me venga con cuentos, sé perfectamente que la policía va a confiscarlo.

¿Acaso no es parte del tinglado? Como la guerra contra el narcotráfico, que no es más que una componenda para sacar tajada.

—Los policías con los que yo trabajo se dedican a resolver crímenes, y al agente Sturgis, con su tono de piel, la perla no le sentaría bien.

—¡Es usted un encanto! Apuesto a que le educaron entre algodones y siempre ha sido tan mono que ha hecho lo que le ha dado la real gana. Pues mire, no se lo voy a repetir: no quiero el dinero y la maldita perla tampoco. No sé en qué estaría pensando cuando me la compré. Así que ya puede dejar de atosigarme... ¡Mira que seguir el rastro hasta la joyería! Increíble... Me recuerda a los mangantes de la Seguridad Nacional.

—Alma —le dije—, lo único que quiero saber es lo que sucedió en la marisma.

—¡Me ha seguido el rastro! Y esa broma que hizo sobre mi madre... ¿Cómo le dio por buscar la joyería?

—Me gusta mi trabajo.

—Pues que le cunda... Y, por si le interesa, yo no quería algo tan caro. Entré para comprar alguna baratija que me recordara a Sil, pero al verla me dije: ¡Qué caray! Al fin y al cabo, estaba en pleno duelo... —Se contuvo las lágrimas y agregó con un hilo de voz—: Se ha ido, se ha ido para siempre... Qué voy a hacer ahora con las horas muertas, dígame.

—Lo siento.

—Y una mierda, que lo siente. Lo que usted quiere es marearme.

—Lo que quiero es saber quién mató al hombre que tanto añora. Y a un montón de gente más.

—¿Qué le hace pensar que es la misma persona? Y aunque así fuera, no creo que hablar de dinero le ayude a encontrarla. Ya le digo que eran pequeñas donaciones.

—Por un total de quince mil dólares —repliqué.

—Muchos pocos hacen un mucho.

Su voz perdía seguridad.

—¿Los billetes son de distintos montos?

No respondió.

—Es bien fácil de comprobar.

—Son todos de veinte, ¿vale?

—Qué coincidencia...

—Sil debió de cambiarlos todos por billetes de veinte... para contarlos con mayor facilidad.

—Si fue al banco a cambiar los billetes, ¿por qué no los ingresó?

Reynolds se puso en pie.

—Escuche, yo estoy limpia —dijo—. Y olvide esa mierda del catolicismo: nunca me ha gustado flagelarme.

—Sil recibió un sobre en mano.

—¿Qué?

—Un hombre se lo dio en el aparcamiento trasero de la oficina.

—¿Quién lo vio?

—Un testigo.

—¿Quién?

—Eso no puedo decírselo.

Sonrió con malicia.

—Claro, otra de sus «fuentes anónimas», como las que el gobierno siempre se saca de la manga.

—Un testigo sin ningún motivo para mentir.

—Eso es lo que usted dice.

—Puede que no fuera nada malo, pero sucedió.

—Debía de ser alguien que prefería realizar las donaciones en persona. ¿Qué tiene eso de malo?

Le describí al hombre rubio de la cara operada.

—Vamos, un ricachón de Los Ángeles como cualquier otro —repuso.

—¿No sabe quién pudo ser?

—¿Por qué habría de saberlo? —Se dispuso a salir—. Le dejo el maletín, no lo gaste todo de un tirón. Adiós.

—Una cosa más.

—Con ustedes siempre hay una cosa más.

—¿A quién se refiere?

—A los burócratas. Al Estado.

—Pues usted todo lo reduce a la política —repliqué.

—Porque lo es.

—¿El cuchillo que le rebanó el cuello a Sil le parece una cuestión política?

Los brazos se le agarrotaron.

—¡Usted y sus lindezas! A primera vista parece un hombre sensible, pero cuando le da la vena cruel se ensaña como el que más.

—Sólo quiero llegar a la verdad. Pensaba que en eso estábamos de acuerdo.

—La verdad es una gilipollez —sentenció—. La verdad cambia con el contexto.

—El contexto es justamente lo que me interesa. Si quiere canonizar a Sil, por mí perfecto, pero si amplía un poco el horizonte y se plantea alguna alternativa puede que averigüemos quién le mató.

Si en aquel momento hubiera cogido la puerta no me habría sorprendido, pero no lo hizo.

—¿Qué alternativa?

—Supongamos que Sil aceptó ese sobre. No tuvo por qué ser nada irregular: podía ser una cantidad estipulada por hacer la vista gorda. Creo que quien se la pagaba fue quien le tendió la trampa... alguien que conocía la marisma y quería impedir que Sil cantara.

—Esos ricos hijos de puta —dijo—. Ya ve que todo se reduce a la política.

—¿Lo dice por algún rico hijo de puta en particular?

—Por esos mangantes de los estudios de cine, para empezar. El dinero corrompe y las sumas que maneja esa gente rayan en lo obsceno. Fueron ellos quienes fundaron la asociación protectora, pero nunca han dejado de maquinar para quedarse con el terreno. Sil aceptaba su dinero pero les despreciaba.

—¿Y habría acudido a una cita en la marisma en mitad de la noche, como un lacayo cualquiera?

No hubo respuesta.

—¿En quién confiaba?

—En nadie. No era lo que se dice un hombre confiado. Yo era la única a la que se confiaba, y aún así era muy reservado.

—¿Muy reservado?

—Tenía muchos cambios de humor. A veces se metía en su concha y no había forma de comunicar con él. Pero eso no significa que se vendiera a nadie. Ese maldito montón de cieno lo era todo para él. Además, ¿para qué habrían de sobornarle?

—Eso es lo que no sé.

—Pues yo tampoco. Adiós.

Abrí el maletín, cogí el joyero y se lo tendí, apretándoselo entre los dedos. Reynolds sacudió la cabeza como para declinar la oferta, pero no me lo devolvió.

—Según vayan las cosas, es posible que también le devuelva el dinero.

—Pero si no lo quie... ¿Por qué hace esto? ¿Quién coño es usted?

—Sólo un hombre criado entre algodones.

Me miró de hito en hito.

—Mire, si tuvo otra clase de infancia lo siento mucho, pero eso tampoco cambia las cosas. A fin de cuentas, representa usted al Estado.

—No tiene por qué avergonzarse, Alma —la tranquilicé—. La he presionado.

—Sí, me ha presionado. —Su mano se cerró en torno al joyero—. Esto está siendo un infierno... tengo que superarlo.

Mientras la acompañaba a la puerta estudié detenidamente todos los cuartos por los que pasábamos. Cuando llegamos a su Volkswagen, me dijo:

—La única posibilidad por la que Sil pudo haber... No, olvídelo. No tiene ningún sentido. Nadie pagaría quince mil dólares por eso.

—Dígamelo de todas formas.

—Hay otra vía de acceso a la marisma. Un calvero en el extremo opuesto a la entrada oficial, por el lado oeste. La concibieron inicialmente como la entrada principal, pero había demasiada vegetación y Sil insistió en que la preservaran. Si de él hubiera dependido, habría vedado el acceso público a la marisma entera.

—¿Por el lado oeste? ¿A qué altura?

—Justo en el centro. Está llena de maleza y no se puede ver desde la calle, pero a la que uno se adentra un poco se topa con una verja que Sil tenía siempre cerrada con candado. A él le gustaba ir de vez en cuando... era su rincón secreto. A mí me llevó algunas veces. —Se sonrojó—. Es precioso, hay sauces gigantescos, juncos altísimos, balsas salobres con colonias de ranas y renacuajos... Y como está más cerca del océano hay infinidad de aves.

—¿Iba a menudo?

—¿Sil? No lo sé. A mí sólo me llevó tres o cuatro veces, siempre de noche. Nos estirábamos sobre una sábana y mirábamos las estrellas. «La gente pagaría mil millones por esta vista si la conociera», me decía. Era sólo una forma de hablar, ya sabe. ¿Quién pagaría la friolera de quince mil dólares por un par de pícnics en la intimidad? ¿Y por qué habría de ser ese alguien una amenaza para Sil? —Sacudió la cabeza—. No le busque tres pies al gato.

—Gracias, de todos modos.

—¿Por qué? ¿Por divagar?

—Yo prefiero llamarlo creatividad. Y el mundo anda muy necesitado, créame.

XXXV

Me fui volando a la marisma para buscar la entrada secreta.

El margen occidental era un muro frondoso de eucaliptos y sauces de unos seis metros de espesor, vallado con postes metálicos rústicos de un metro de altura. No tardé ni tres pasos en divisar el hueco en la arboleda, pero para llegar a la segunda verja hube de cruzar varios metros de follaje protegiéndome la cara de los latigazos de las ramas.

La verja se alzaba entre dos estacas de cedro y, como había dicho Reynolds, estaba candada, pero sólo medía un metro y se podía saltar sin problemas. Al otro lado tuve que avanzar de nuevo entre los guantazos imprevisibles de la maleza, sosteniendo las ramas como podía mientras me abría camino por un sendero de tierra desigual cubierto de hojas muertas.

Caminaba despacio, mirando a ambos lados en busca de cualquier indicio de intrusión.

Al cabo de diez metros lo encontré. Pisadas. Estaban bastante difuminadas, pero había una más nítida: la huella de un zapato de hombre con la suela ribeteada.

El follaje susurraba sobre las aguas calmas y unas eneas se balancearon para despedir a una garza real enorme con el cuello serpentino y el semblante fiero de un pterodáctilo, que alzó el vuelo torpemente, batiendo las alas en dirección al océano. Cuando desapareció en el horizonte se movía ya con suma elegancia.

Pasaron varios segundos de silencio antes de que se moviera otro animal en la fronda.

Me agaché y miré de cerca las huellas. Los puntos de la suela parecían poco corrientes, pero no soy ningún experto, así que le tomé una foto con el móvil y cavilé qué hacer a continuación. Sobre mi cabeza lo único que se veía era el verde de las copas de unos árboles lo bastante altos y frondosos para tapar el cielo y ensombrecer la tierra.

Podía ser que aquello no fuera más que un rincón secreto, pero quince mil dólares es mucho dinero para un lugar de pícnic clandestino.

A decir verdad, la idea no era tan rocambolesca. A los habitantes de Los Ángeles o Nueva York nada les estimula a entrar en un sitio como la posibilidad de no ser admitido. Por eso a los fabricantes de cordones de terciopelo nunca les faltarán los pedidos. Por eso hay tantos payasos disfrazados haciendo cola durante horas en las aceras, de madrugada, camelándose a porteros y arriesgándose a la humillación de que les pidan el carné para poder tomarse una copa a precio de oro y bailar al ritmo de una música que les derrite el cerebro.

En Los Ángeles la gente se llena la BlackBerry —y por ende la cabeza— con dos listas: sitios a los que ir y sitios que rehuir:

A esa parte de la marisma ya no voy nunca porque está llena de gente y es un agobio, pero hay otra entrada, cariño, un lugar mucho más bonito...

Chance Brandt recordaba haber visto al hombre rubio del aparcamiento en una función benéfica, el tipo de fiesta que frecuenta la gente preocupada por la naturaleza, realmente o de boquilla.

En principio, no había por qué poner en duda las buenas intenciones del tipo de la jeta remendada: tal vez el contenido del sobre no fuera sino el precio que un hombre rico estaba dispuesto a pagar por sus noches exclusivas bajo las estrellas.

Pero, entonces, ¿por qué le habían tendido una emboscada a Duboff para quitárselo de en medio? ¿Por qué degollarlo y abandonarlo en el lado de la marisma abierto al público, como los otros cuerpos?

Me quedé un rato ahí plantado, preguntándome qué secretos macabros podía esconder aquel lugar idílico. Al final resolví imprimir las fotos de la huella y enviárselas a Milo. Por si acaso.

A las ocho de la mañana siguiente Milo me dio los buenos días con voz somnolienta en el contestador.

—Reed logró seguir a Wallenburg, pero ha vuelto con las manos vacías —me informó cuando le llamé—. Hemos quedado para comer mañana al mediodía donde siempre. Si has tenido una de tus ideas luminosas, me guardaré algo de hambre para los postres.

—¿Te han llegado las fotos?

—Suelas de zapato —repuso—. Probablemente sean las de Duboff, pero se las enseñaré a alguien que se maneje en estos temas.

Al día siguiente Reed llegó con apetito y engulló su comida como una cosechadora, al mismo ritmo que Milo. Otra señal inequívoca de adaptación al puesto.

Cuando yo llegué, aparcó el tenedor un momento para darme el parte:

—Wallenburg vive en una zona residencial de Pacific Palisades, junto a Mandeville Canyon. Así que voy hasta allá de mañana y me escondo junto la verja para echar un ojo. A las once y media aún no ha salido de casa y empiezo a pensar que estamos sobre la buena pista. En esto que se para junto a la caseta de la entrada un Chevrolet de alquiler seguido de una furgoneta de Hertz y cuando la furgoneta se va, hay dos ocupantes en lugar de uno. Al cabo de un cuarto de hora Wallenburg se marcha al volante del Chevrolet. Se ha agenciado un coche de alquiler para ir de incógnito, me digo, la cosa se pone interesante. La sigo hasta Mar Vista y veo que aparca delante de una casa un poco desastrada para una abogada de copetín y entra con su propia llave. Así que aquí tiene su guarida ese cabrón, pienso. Pero al cabo de diez minutos Wallenburg sale de la casa y se larga. —Se aflojó el nudo de la corbata—. No supe qué hacer. Podía llamar a la puerta o seguir tras ella... Al final me decidí por el timbre, pero no contestaron. Probé a llamar a la puerta trasera y tampoco encontré a nadie. Y las cortinas estaban corridas. No sé, me temo que Wallenburg me vio y me la jugó. A lo mejor es una casa que alquila y me llevó hasta allí para darme esquinazo antes de ir a su guarida.

—Era la mejor opción que tenías —le tranquilizó Milo.

—Si tú lo dices...

—¿Y cómo estás tan seguro de que Huck no estaba? —pregunté.

—Los vecinos me dijeron que allí viven los Adams, una familia tranquila que no da problemas. Les enseñé fotos de Huck rapado y con melena, pero nadie lo reconoció. —Dibujó en la mesa un cuadradito con el dedo y agregó—: Vuelva a la casilla de salida.

—Así que la familia Adams...

—Tiene gracia, ¿verdad? La lástima es que hoy no estoy de humor.

—¿Sabes cuántos son?

—No se lo pregunté. ¿Por qué?

—Si fueran una mujer y una niña de diez años, podría tratarse de Brandeen Loring, el bebé que Huck rescató en la calle, y su abuela, Anita Brackle. Y Huck podría estar con ellas, pese a lo que digan sus vecinos. No debe de ser tan difícil entrar de tapadillo por la noche. Si es lo bastante discreto, ¿quién va a saber que vive allí?

—¿Crees que Anita se atrevería a dar cobijo a un fugitivo de la justicia?

—Es sólo una teoría. Será algo aventurada si quieres, pero en algunos círculos Huck es una persona muy querida.

Les referí la conversación que había tenido con Larry Brackle y Kelly Vander.

—¿Conque su primera mujer, eh? Eso explica que Vander contratara a Huck, pero poco más. Tú mismo has dicho que, a Anita Huck no le caía especialmente bien y fue Larry quien lo llevó a su casa.

—Pero Anita cambió de parecer y a veces la fe más sólida es la de los conversos.

—Tendría que ser muy sólida para acoger en su casa a un sospechoso de homicidio —objetó Milo—. Sobre todo si vive con una niña.

—Una niña a la que ese mismo hombre le salvó la vida —repuse—. Además, puede que Huck haya tenido contacto regular con Brandeen. Cuando le salvas la vida a alguien es tu responsabilidad para siempre, ya conocéis el proverbio chino. Y algo me dice que también podríamos aplicárselo a Debora Wallenburg.

—Todo el mundo anda salvando vidas, pero entretanto van apareciendo más cadáveres —dijo Reed—. ¿Crees que Huck puede inspirar tanta devoción?

—Kelly y Larry Brackle lo tienen por un santo.

—El típico psicópata —zanjó Milo—. Si nos despistamos, se presenta a las elecciones.

Reed se pasó una mano por la rala pelambre del cráneo y reanudó la comilona.

—Si la señora Adams no es Anita, puede que sea alguien que conoció en la clínica de desintoxicación —apunté—. Los momentos difíciles unen mucho a la gente. Si Wallenburg no te la jugó, algún motivo había de tener para ir allí. Y para que corrieran las cortinas, ya que estamos.

—Si Huck tiene una red social de colegas ex yonquis, podría encontrar refugio por toda la ciudad —rezongó Milo.

—El héroe... —comenzó Reed, pero se interrumpió. Algo había visto que le hizo volverse hacia la puerta del local y apretar el cuchillo con fuerza.

Aaron Fox se acercaba hacia nuestra mesa, ataviado con un traje negro de seda cruda hecho a medida, una camisa turquesa y un pañuelo amarillo. Impecable, como de costumbre. Sólo que esta vez no caminaba con su desenfado habitual.

Reed se puso en pie.

—Llegas en mal momento —dijo plantándole cara—. Estamos ocupados.

—No lo dudo. Pero vais a tener que hacerme un hueco.

Fox se derrumbó en una silla desocupada junto a su hermano. Tenía los ojos despiertos, pero un ribete rosáceo le orlaba la esclerótica. Lucía un afeitado chapucero, con cortes y restos en el ángulo muerto de la mandíbula.

—¿Una mala noche? —inquirió Milo.

—Unas cuantas —repuso—. Me voy a buscar la ruina hablando con vosotros, pero prefiero la ruina que el talego.

—¿Te has metido en algún marrón profesional? —inquirió Reed.

—¿Se me nota en el aliento? Pues sí, hermanito, en un buen marrón. Mi trabajo está lleno de interrogantes, lo sé, pero este es distinto. ¿Me permites?

Cogió un vaso de agua de la mesa, lo apuró de un trago y se sirvió otro. Alargó luego la mano hacia el *chapati*, rompió un pedazo y lo trituró entre los dedos. Repitió la operación. Al cabo de unos segundos había levantado una montaña de migas de pan sobre la mesa.

Moe Reed ponía cara de aburrimiento. Fox alisó el montoncito, se limpió la mano con una servilleta y se arregló el pañuelo de la solapa en forma de corona.

—Cuando Simone Vander me contrató para investigar a Huck me dijo que era idea suya y se opuso a que hablara con ninguno de los socios de su padre. Le dije que ése no era mi modo habitual de trabajar y que si quería una investigación de biblioteconomía podía hacerla por su cuenta.

—Pero al final te bajaste los pantalones... —le cortó Reed.

—Basta ya, Moses. —Fox se volvió hacia Milo—. Simone me dijo que no me contrataba únicamente para investigar a Huck, me prometió un trabajo mucho más serio: destapar un complot financiero contra su padre, una conspiración de sus subalternos... ésa fue la palabra que empleó. Le pregunté por qué se habían vuelto contra él y me contó que su padre era un buen empresario pero que se aprovechaban de él a todas horas porque era un manirroto.

—¿De qué subalternos sospechaba, concretamente? —preguntó Milo.

—De todo el mundo, de cada uno de los abogados, contables y gestores financieros de papá. Según me dijo, eran unas sanguijuelas que inflaban todas las facturas para chuparle la sangre. Y los abogados le parecían especialmente turbios.

—Alston Weir —dijo Milo.

—Y compañía. Simone temía que el bufete entero se hubiese confabulado para quedarse con todo su patrimonio con la ayuda de Huck.

—Un poco paranoica, la niña.

—Un poco, sí, pero con la pasta que hay en juego nunca se sabe. La tentación es grande y empleados rapaces los hay a montones.

—¿Y por qué creía que Huck se había conchabado con ellos? —preguntó Reed.

Fox sacudió la cabeza.

—No tenía ninguna prueba, pero le escamaba porque era un bicho raro que se había integrado en la familia con mucha astucia y, sobre todo, por el modo en que le doraba la píldora a Kelvin. Me aseguró que lo estaba malcriando. Luego, cuando se enteró de la muerte de Selena, le entró el canguelo y me llamó.

—Pues hasta ahora no he oído ninguna novedad —dijo Reed.

—La novedad, Moses, es que me engañó. Con la perspectiva del otro trabajo, para empezar. Y para acabar, aprovechándose de mi buena fe: no me ha pagado ni un centavo de la factura y pasa de mí olímpicamente; no responde a los mensajes de correo ni contesta al teléfono. La culpa es mía, por no haber pedido un depósito pensando que sería un pispás. Y lo fue, con lo que la factura tampoco es exagerada. Aun así, me gusta que me paguen lo que me deben.

—¿Así que ahora somos tus cobradores del frac?

—¿De cuánta pasta estamos hablando, Aaron? —le preguntó Milo.

—Cuatro de los grandes, más o menos.

—No está mal por cuatro datos encontrados en Internet.

—Cuatro datos que os pasé a vosotros, aunque seguramente los habríais encontrado solitos.

—Te estamos muy agradecidos, Aaron —repuso Milo—. Y la historia es muy bonita... ¿Tiene algún epílogo?

—Vaya si lo tiene —dijo Fox—. Simone me mosqueó, y mosquearme es mala idea. A los acreedores hay que perseguirlos hasta que devuelven el último penique, ésa es mi filosofía; hay que lanzarse sobre ellos como un bulldog porque si no le toman a uno por un mariquilla y se corre la voz. Y eso hice. Empecé por consultar sus antecedentes y encontré un par de datos interesantes. Por lo visto, a la niña la arrestaron un montón de veces entre los dieciocho y los veintidós años por consumo de drogas: maría y anfetas. Los abogados de papá la sacaron con la condicional.

—¿Desde entonces está limpia?

—Oficialmente sí, pero ahí no acaba la cosa: aún hay más. El otro trabajo no fue la única mentira que me coló. Parece que lo de mentir es su principal ocupación. Cuando la conocí me contó mil historias: que si había sido cantante profesional, que si bailarina de ballet, que si analista financiera de un fondo de inversión...

—A nosotros se conformó con colarnos que era profesora.

—De educación compensatoria —precisé.

—Eso también me lo dijo —repuso Fox—. Supuestamente adoraba a los críos, aunque su verdadero amor era «el ballet».

—Un puñado de huesos en tutú —bromeó Milo pasándose una servilleta por los labios.

—Me dijo que había bailado en la compañía del Ballet de Nueva York hasta que una lesión en el pie truncó su prometedora carrera. La «compañía» nunca ha oído hablar de ella, por supuesto. —La boca de Fox se contrajo en una tímida sonrisa—. Ahí di por concluida la investigación preliminar. Comenzaba a hervirme la sangre y me fui a vigilar su casa y hurgar en sus basuras.

—El trabajo dignifica —dijo Milo.

Una gran sonrisa se adueñó de los labios de Fox.

—Y lo que uno aprende —dijo—. Por lo visto, la criatura se alimenta del aire. No toma nada más que refrescos *light* y Special K. Y tampoco es que abuse de los cereales. También le da al Ritalin y a un montón de anticongestivos con prescripción médica. Yo diría que ha vuelto a las andadas, sólo que ahora se conforma con anfetas legales.

322

—El Ritalin encaja con el interés por la enseñanza especial —observé—. Si de pequeña tuvo alguna clase de problema de aprendizaje es normal que ahora fantasee con estar al otro lado. También es muy eficaz para adelgazar, aunque entraña graves riesgos. Y lo mismo puede decirse de los anticongestivos. En lo que respecta a los desórdenes alimentarios, la chica tiene un modelo muy cercano.

—¿Quién?

Miré a Milo, que asintió discretamente, y le referí a Fox la lucha que había librado su madre con la anorexia.

—De tal palo tal astilla, y nunca mejor dicho —bromeó Fox—. Cuando la conocí ni me fijé; en el Westside la mitad de chicas están así de esqueléticas. Pero ahora que lo decís, tiene sentido.

—Vale, la chica es una liante raquítica —intervino Reed—, pero ¿eso qué tiene que ver con Huck?

—Hay que situar las cosas en su contexto —replicó su hermano—. Simone es una mentirosa y una adicta a los fármacos, con lo que es posible que también tenga problemas de personalidad, lo que a su vez explica mi último hallazgo en su basura: una foto del padre, la madrastra y el hermanito pequeño destrozada, con el marco roto y el cristal hecho añicos. —Levantó su vaso, como para brindar—. Ha mandado a su familia a la mierda, chicos. Literalmente.

—¿Es esa en que aparece el padre y el hijo de traje y la madre con un vestido rojo? —pregunté.

—La misma.

—La tenía sobre la mesa de centro y cuando nos recibió se aseguró de que la viéramos: «Mi hermano Kelvin. Es un genio».

—Pues ahora es un genio desfigurado —repuso Fox—. Su carita es un montón de confeti, como si alguien hubiera cogido una cuchilla y se hubiera ensañado con ella. Para colmo lo envolvió todo en papel de váter y, bueno, no es mi intención arruinaros el apetito, pero no estaba limpio. Para que luego digáis que en la empresa privada es todo glamour.

—La foto era parte del atrezzo —señaló Milo—. Quería presentarnos a una familia unida y feliz.

—Una familia que ya no necesita para nada, porque...
—Reed no terminó la frase—. Y hace dos semanas que no se sabe nada de los Vander.

Fox cogió otro *chapati*.

—¡Pues aún hay más! —exclamó Fox con la voz de un vendedor televisivo—. ¡Llame ahora y recibirá de regalo un cuchillo Ginzu y este magnífico luminorrallador automático! Mi putita morosa empieza a darme mal fario, así que decido vigilarla de cerca. El primer día se limita a las chorradas habituales de una niña bien. Se va de compras, se da un masaje y retoma sus compras. Actividades algo despreocupadas para una chica que está tan inquieta por su familia, todo sea dicho. El segundo día empieza igual: entra en Neiman Marcus, se da un paseo hasta Two Rodeo, le echa un vistazo a la joyería de Tiffany, pasa por Judith Ripka y acaba por comprarse unas gafas de sol en Porsche Design. Luego coge el coche para recorrer dos manzanas, hay que pensar que la niña se crió en Los Ángeles, hasta un edificio de oficinas de Wilshirte con Canon que resulta ser el del bufete de papá. Después de ponerme verdes a los abogados de su padre, ahora va a hacerles una visita. Total, que me apuesto al otro lado de la calle, espero un rato y cuando sale ya no va al volante de su Beemer sino de pasajera en el Mercedes de un tipo. De ahí se van derechitos al Península y el amigo de Simone le da al portero suficiente propina para que le aparque el coche delante de la puerta. Al cabo de dos horas salen los dos con ese aire bobalicón de quien se acaba de quitar la calentura a polvos. Entretanto yo he rastreado la matrícula del Mercedes... No me preguntéis cómo, ¿vale?

—¡Dios nos libre! —dijo Milo.

—La matrícula está a nombre de Alston Weir —prosiguió Fox—, nuestro amigo el picapleitos desaprensivo. De ese cerdo avaricioso Simone no se fía un pelo, pero cuando le apetece un polvete a media tarde, eso es otra cosa.

—¿Está calvo? —preguntó Reed.

—El cuero cabelludo no se lo vi, pero no se me ocurre otra razón para embutirse ese peluquín de feria, un casquete viejo, inverosímil, con un tinte de orines sucios. Parecía sacado de

Halloween, os lo juro. Una fregona rubia y polvorienta. Y lo más curioso es que el tipo sabía vestir: traje de Zegna, corbata de Ricci y zapatos de Magli. Con esos trapos de primera encima y va el tío y la jode con un peluquín de espanto. Que alguien me lo explique.

—A lo mejor tiene una imagen un poco exagerada de sí mismo —adujo Milo.

—¿Qué quieres decir?

—Quizá se crea más guapo de lo que realmente es, sobre todo después del arreglito que se ha hecho en la jeta.

—Ah, sí, la cara... —Fox frunció el ceño—. Un momento. ¿Todo eso ya lo sabíais? No me digáis que acabo de perder un cliente en balde.

No respondimos.

—¡Pues muy bonito! Los tres ahí callados como tumbas, esperando a que acabe de soltar el rollo. —Se volvió hacia su hermano—. ¡Qué, Moses! ¿Te lo pasas bien?

Reed sonrió, pero sin atisbo de ironía o resentimiento; tal vez con algo parecido al cariño fraternal.

—Bueno, ¿qué?

—Algo sabíamos, Aaron. Gracias a ti sabemos mucho más.

Salimos del restaurante juntos. Fox y Reed iban el uno al lado del otro y parecían a punto de entablar una conversación que ninguno de los dos hermanos se atrevía a iniciar.

—¿No habrás guardado por casualidad la basura de Simone? —preguntó Milo.

—Estáis de suerte, porque nunca tiro nada. Moses os lo puede confirmar. Su esquina de la habitación parecía un *asram*, la mía estaba siempre repleta de juguetes.

—Más bien de trastos —dijo Reed.

—¿Se dignarán sus señorías a recogerlo o prefieren que se lo entregue a domicilio?

—Ya iremos nosotros, Aaron. Y muchas gracias.

—Pensé que era mejor contároslo, esa chica es un mal bicho. ¿Podréis arreglaros para mantenerme en el anonimato?

—Haremos lo que podamos.

Fox se pasó un dedo por el pañuelo y buscó su Porsche con la mirada.

—O sea, que no.

—Ya sabes cómo son estas cosas —dijo Milo—. Según lo que saquemos en claro tendremos más o menos margen. Entretanto, si esperas un poco antes de cobrarle la factura a Simone nos harás un favor.

—¿Que espere? ¿Hasta cuándo?

—Hasta nueva orden.

—Vamos, que ya me puedo ir olvidando de la pasta.

—Hasta nueva orden, he dicho.

—¡Hombre, ya era hora! —exclamó Fox—. Por fin te ha salido ese teniente que llevas dentro.

Encontrar la ficha de Alston «Buddy» Weir en la base de datos de Tráfico fue un momento. Varón de cuarenta y cinco años, rubio, ojos azules, moreno de bote y una cara tosca entre la tirantez artificial y la rendición definitiva ante la fuerza de la gravedad. Su expresión aburrida e insolente era la de un hombre con mejores cosas que hacer que posar para un funcionario que, al menos oficialmente, no había puesto en duda la autenticidad de su peluca de feria.

No tenía antecedentes penales, pero hacía dos años el colegio de abogados le había interpuesto una demanda por malversación de fondos que seguía pendiente.

Localizar a Chance Brandt nos llevó una hora larga. Lo encontramos en Westwood, en casa de un amigo suyo de nombre Bjorn Loftus. Los padres de Bjorn estaban de vacaciones, pero a la entrada de la casa había varios deportivos tuneados.

En cuanto Bjorn se asomó a la puerta, salió de ella una música estridente y una buena vaharada de marihuana. El chico nos soltó una sarta atropellada de mentiras que Milo hubo de cortar ordenándole que fuera a buscar a Chance *ipso facto*. Al cabo de un momento aparecieron los dos, tambaleándose levemente en el umbral.

—¡Hombre, ustedes por aquí! —exclamó Chance con una sonrisa atontada.

—¿Reconoces a este hombre? —preguntó Reed sin más preámbulos.

—Sí, es él.

—¿Quién?

—El tío que le dio el sobre al pringadete empantanado. —Sacudió la cabeza y esperó en vano a que nos riéramos de la ocurrencia—. Ya ven que voy un poco...

Se le nubló la mirada mientras cavilaba cómo rematar la frase.

—Firma junto a la foto —ordenó Milo.

El garabato de Chance resultó ininteligible y Reed se lo hizo repetir. Bjorn Loftus soltó una risita de fumado y le dijo:

—Vas a tener que testificar, colega. ¡Ya ves!

—Eso ni de coña —repuso Chance y se giró hacia nosotros en busca de confirmación.

—Seguiremos en contacto —le dijo Milo por toda respuesta.

—¿Has oído eso, colega? Seguirán en *contacto* contigo...

—A mí esos maricones no me toquetean por muy polis que sean, colega —dijo Chance, que ya se perdía por la casa dando tumbos.

—¡Qué bueno, colega! —celebró Bjorn.

Milo escrutó la foto firmada.

—Tengo la cabeza a punto de estallar —dijo—. Ya es hora de tomarse un Advil, sentarse un rato y ver qué sabemos y qué nos queda por saber.

—Mi casa está a diez minutos y en el congelador tengo una bolsa de hielo para ese cuello —propuse.

—Es la cabeza lo que me va a estallar, no el cuello.

—Tendrás algún traumatismo cervical después de darle al caso tantas vueltas de campana.

Reed y Milo rieron al unísono.

—¡Vale! Vámonos a la Casa Blanca. Tiene un caserón de escándalo, Moses, y una monada de perra. Puede que ella le encuentre más sentido a todo esto.

—Además, hoy tengo un reclamo especial —repuse—. Quince mil dólares.

XXXVI

Reed y Milo se quedaron pasmados en el sofá de cuero, completamente inmóviles.

Blanche apoyó la cabeza en el regazo de Milo y sonrió. Él ni se enteró.

Sólo tenía ojos para el dinero.

—¿Cuándo te lo dio? —preguntó Reed por fin.

—Ayer. Os lo iba a contar cuando apareció Aaron.

—Quince de los grandes es mucha guita para un par de pícnics. Ya podemos ir llamando a los forenses. Y a los perros rastreadores de cadáveres. —Blanche levantó las orejas—. Sin ánimo de ofender, preciosa.

—Ya veo por dónde vas —dijo Reed—: Weir y Simone untan a Duboff para poder entrar por el lado oeste a hacer de las suyas y cuando descubre el motivo de los sobornos se lo tienen que cargar.

—Dudo mucho que lo descubriera, porque lo habría gritado a los cuatro vientos —argüí—. Precisamente por eso no podían correr riesgos.

—Además, allí era Duboff quien manejaba el cotarro. Si alguien podía enterarse, era él... ¿Y si Duboff lo averiguó y quiso hacer más caja?

—A nadie se le ocurriría chantajear a un asesino en serie. O quedar con él de noche en un lugar desierto, si a eso vamos... Yo creo que le tendió una trampa: le dijo que sabía quién era el culpable y le convertiría en un héroe. Como conocía la parte secreta de la marisma, tenía más credibilidad.

Reed reflexionó un momento.

—Tiene sentido, Loo. Duboff se llevó a Reynolds porque no pensaba encontrarse con problemas. El tío comenzaba a creerse el dios de la marisma... Sea como sea, Huck no tiene por qué estar limpio.

—Completamente de acuerdo. En fin, a ver si acelero un poco el análisis pericial de la pisada.

—Huck fue el primero en pirárselas, Ten —agregó Reed—. Cuanto más lo pienso, más me da que están todos conchabados.

—Ya, los tres mosqueteros asesinos... Si así fuera, ¿cómo es que Simone contrató a Aaron para entregarnos a Huck en bandeja?

—Weir y ella lo utilizaron y cuando vieron que ya no les servía lo dejaron tirado.

—A fin de cuentas, Huck era el punto flaco del plan —observó Milo—. Antecedentes penales, problemas de drogadicción y, para colmo, un putero redomado... Sí, todo cuadra.

—Las fulanas asesinadas dan que pensar —objeté—. A lo mejor las despacharon para inculpar a Huck, que era quien las frecuentaba.

—Y para acabar la faena le pusieron un poco de sangre en el desagüe —discurrió Reed—. Puede ser, pero Huck me sigue dando mala espina.

—Lo que nos remite a otra alternativa —señaló Milo—. Porque si el papel de Huck era puramente instrumental, darle ocasión de escapar habría sido muy mala idea.

Reed le miró fijamente.

—¿Qué quieres decir? ¿Que no se la dieron y estamos buscando a un muerto?

—O está bajo tierra o es un psicópata asesino que actúa en solitario y Simone no es más que una chiquilla con muy mala hostia y una afición desmedida a las mentiras.

—¿Y la foto de familia destrozada? —arguyó Reed, volviéndose hacia mí—. Le arrancó a su hermano la cara a tiras...

—Es un ataque de furia desmesurado —asentí—. Y la familia ha desaparecido.

—Bueno —terció Milo—, supongamos por un momento que

Simone, Weir y Huck estaban conchabados. El móvil no podría ser otro que deshacerse de los Vander.

—Un móvil de cien millones, que no está nada mal —dijo Reed.

—¿Y qué pintan las mujeres enterradas en la marisma?

—Una maniobra de distracción, ya lo decíamos —tercié—. Si hubieran liquidado a los Vander de buenas a primeras todo habría apuntado al dinero y habríamos sospechado automáticamente de la única familiar con vida, pero si le endilgábamos a Huck los crímenes previos los Vander parecían víctimas colaterales, los últimos coletazos de un psicópata desbocado. Y eso explica además la puesta en escena: sepultaron los primeros cadáveres pero se aseguraron de que encontráramos el de Selena para ponernos sobre la pista de Huck.

—Y no olvidemos los huesos del almacén —agregó Reed—. Huesos y juegos de mesa... Han estado jugando con nosotros desde el principio.

—Si tuvieron tiempo para tratarlos con ácido y prepararlo todo tan minuciosamente, debieron de matarlas con calma, almacenar sus cadáveres en alguna parte y enterrarlas una a una.

—Por poder, podían dejarlas en el trastero alquilado cubiertas de hielo —observó Reed.

—Una pregunta —dije—: ¿Quién es el villano calvo de la película? ¿Huck o Weir sin el peluquín?

—¿Tú qué opinas? —me preguntó Milo.

—Podría ser cualquiera de los dos. Pero el hecho de que ambos vayan pelados podría ser otro modo de inculpar a Huck.

—Tampoco es un *look* tan extraño, ya lo decía Nguyen. De todas formas, cuántas más vueltas le doy más veo a Huck en el papel de chivo expiatorio, al menos en parte. Si Huck ha sido lo bastante hábil para matar a tanta gente sin dejar ningún rastro, ¿por qué habría de huir ahora y convertirse en el principal sospechoso?

—A veces el miedo puede más que la razón —apunté—. También podría ser que se enterara de que Weir y Simone iban a traicionarlo. Con tanto dinero en juego, debía de olerse que harían lo que fuera para no darle su parte del pastel.

—Treinta y tres millones es una tarifa un poco alta por un trabajito sucio, sí. —convino Reed—. Pero aceptó de todas maneras, porque matar es lo suyo.

—O porque Simone le sedujo.

—¿De que clase de trío estamos hablando?

—¿Por qué descartar la posibilidad? —aduje—. A lo mejor se liaron pero Huck se dio cuenta a tiempo de que iban a dejarle en la cuneta y huyó. Quizá se enteró de que Aaron le seguía la pista o se puso nervioso cuando os vio venir.

—Simone se lo vendió a Aaron como un tarado de la peor clase que siempre le había dado mala espina —dijo Milo—. La verdad es que con todas sus rarezas, Huck lo tiene todo en contra.

—No me extrañaría que apareciera su cadáver por ahí cualquier día. Suicidio aparente, acompañado de una bonita confesión en la que además nos indicaría el lugar donde enterró a los Vander. De un plumazo cerraríamos un montón de casos y Simone se convertiría en una de las chicas más ricas de Los Ángeles.

—Pero si es cierto que Huck ha puesto pies en polvorosa, Weir y Simone deben de estar acojonados —dijo Reed.

—Simone tenía que estar muy estresada para destrozar la foto de esa manera —apunté.

—La niña no soporta las contrariedades —dijo Milo.

—Si es así, Weir y Simone deben de estar preparando un plan B para deshacerse de todas las pruebas que les incriminan y darle la vuelta al caso en su favor. —De pronto caí en la cuenta—. ¡Por eso Duboff tenía que morir, porque podía relacionar a Weir con la marisma!

—¡Joder! —exclamó Reed—. Esa gente es de otro planeta.

—Se nos ha olvidado algo —agregó Milo—: Si Huck estuviera muerto, Wallenburg no se esforzaría tanto por encubrirle.

—A lo mejor cree que está vivo pero no lo está —repuse—. Un mensaje de texto se lo puede enviar cualquiera.

—Entonces, ¿quiénes son los Adams? ¿Una familia de chiflados de baja estofa a los que va a ver de cuando en cuando? Enciende el ordenador, Alex.

Reed era más rápido que Milo al teclado y se sabía de memoria los códigos de entrada. Al cabo de unos segundos ya tenía delante el registro civil del condado.

Anita Brackle, de soltera Loring, había dado una tercera oportunidad al matrimonio hacía dos años para casarse por lo civil en el juzgado de Van Nuys con un hombre negro de sesenta y dos años llamado Wilfredo Eugenia Adams, residente en Mar Vista.

Al introducir su nombre encontramos tres condenas por conducción en estado de embriaguez, la última de hacía seis años.

—Otro romance de rehabilitación, me juego la camisa —dijo Reed.

—La clínica del amor punto com... Pues como idea de negocio no esta mal —bromeó Milo—. Bueno, vamos para allá.

—¿Lo del forense y la unidad canina lo aplazamos?

—Ni hablar. Ya estás llamando a la doctora Wilkinson. —Le lanzó una sonrisita—. Y ya que estás, dile que eche un vistazo al lado oeste de la marisma.

Reed se quedó boquiabierto.

—El trabajo es eso, chaval —dijo Milo.

—¿Qué?

—Largos períodos improductivos salpicados de grandes disgustos puntuales.

Milo y yo esperamos a Reed en su coche mientras hacía la llamada. Al acabar se acercó con aire apesadumbrado.

—A lo mejor le ha dado calabazas —me susurró Milo.

El joven agente se sentó en la parte de atrás.

—¿Qué hay, Moses?

—No me lo ha cogido. Le he dejado un mensaje.

—¿Te ocurre algo?

—Habría bastado con un mensaje de texto. Eso a mí se me debería haber ocurrido.

—¿Por qué a ti? ¿Porque tú eres de la generación de la electrónica y yo soy una antigualla que añora los caballos de tiro y acaba de tirar su Betamax?

—¿Y eso qué es?

—Una marca de fustas para calesas.

Una furgoneta Dodge estaba aparcada justo a la entrada del bungaló de Wilfred y Anita Loring Brackle Adams. Si Wilfred estaba en casa, no se daba por enterado. La voz de su mujer, en cambio, era un taladro despiadado que amenazaba con agujerear la puerta desde el otro lado.

—¡Váyanse de aquí!

—Señora...

—¡No pienso abrir la puerta y no me pueden obligar!

Era ya la cuarta vez que repetía la misma cantinela.

—A no ser que volvamos con una orden de registro —la amenazó Milo.

—¡Pues ya están yendo a buscarla!

Milo apretó el timbre de nuevo. Cuando paró, la risa de Anita tintineó como el hielo de un vaso de whisky.

—¡Ya me explicará dónde le encuentra la gracia! —exclamó Milo.

—Aprietan ustedes el timbre como si quisieran ablandarme los sesos. ¿Pues saben qué? Les daría mejor resultado un poco de rap a todo trapo en la radio del coche. Y ya verán la de amigos que hacen en el barrio. Sobre todo cuando les diga que no tienen ningún derecho a...

Sus pullas nos acompañaron hasta el coche de Milo.

—¡Qué encanto de mujer! —exclamó—. Dios, mi madre parecería fácil al lado de esa arpía...

Subimos al coche y nos quedamos mirando la casita de madera, yo sorbiendo de mi café frío y él de su Red Bull. Al cabo de cinco minutos llamó a Moe Reed para saber cómo le iba. Liz Wilkinson iba ya camino del lado oeste de la marisma junto a tres estudiantes de posgrado que estaban de prácticas en el laboratorio anatómico. Quedaba poca luz diurna para un rastreo exhaustivo del terreno, pero de momento querían hacer un estudio preliminar. Wilkinson había propuesto una batida de helicóptero y, por supuesto, estaba de acuerdo en que trajeran a los perros.

De la pisada no había noticias.

Milo colgó al tiempo que un coche se detenía detrás del nuestro.

Un Maybach gris acero. Debora Wallenburg salió de su coche y miró a uno y otro lado antes de acercarse al nuestro. Llevaba un vestido Chanel aguamarina y el pelo gris recogido en una austera coleta. En sus lóbulos fulguraban los mismos pendientes de diamantes.

—¿Se ha cansado del Chevrolet, abogada?

Wallenburg parpadeó desconcertada, pero se recompuso al instante.

—¿Así que me han estado siguiendo? Muy bonito.

—¿Ha charlado ya con su esquivo cliente?

Wallenburg se echó a reír.

—Se le ha vuelto a rallar el disco.

—Lo que de verdad tiene gracia es que se lo tome a risa. ¿Le parece una comedia?

—Más bien teatro del absurdo.

—Pues si Huck le preocupa tanto como dice, le recomiendo que se lo tome en serio.

—¿El qué? ¿Su presunta culpabilidad?

—Su desaparición.

Le temblaron los músculos de la mejilla. Los años de práctica judicial demoraron la respuesta:

—No sé de qué me habla.

—¿Cuándo fue la última vez que habló con nuestro amigo Travis?

Wallenburg ladeó la cadera en una pose relajada, pero la tensión acumulada en torno a los ojos desbarató la representación.

—Me lo temía —dijo Milo.

—Espere, ahora es cuando me sonsaca un dato crucial con sus diestras artimañas. ¿Me equivoco?

—Sí. Ahora es cuando le digo que sé que Huck no le ha llamado, que recibió un mensaje de texto y no se le ocurrió que podía haberlo enviado cualquiera. Sin ánimo de ofender, pero debe de ser cosa de la edad. Ingenuidad digital, que lo llaman...

—Desvaría —repuso Wallenburg.

—Yo diría que más bien la incomodo.

—La verdad incomoda; usted está para que lo encierren.

—Insulto asimilado, digerido y a punto de ser excretado.

—De entre mis clientes, teniente, los únicos que deberían preocuparle ahora mismo son el señor y la señora Adams. Dejen de atosigarles o se las verán conmigo.

—Yo creía que lo suyo era el derecho mercantil —repuso Milo—. ¿Ahora también representa a un par de borrachines que casualmente conocen a Travis de los campamentos para yonquis?

—Ya veo —dijo Wallenburg—. Le sale la vena clasista y se mofa de la gente que tiene el coraje de rehabilitarse.

—Mi padre era conservador y he conocido a un par de borrachines, pero esto no va de política. Va de asesinato.

Wallenburg no respondió.

—¡Qué diantre! —exclamó Milo—. ¿A una mujer curtida en los juzgados como usted qué pueden importarle un puñado de fulanas estranguladas y con las manos amputadas?

—Es usted un canalla.

—El caso es que ni siquiera representa bien a sus clientes —prosiguió Milo—. Yo a Travis no lo considero el verdadero culpable. Los verdaderos culpables fueron quienes lo utilizaron y luego le dieron puerta, y encontrarlos le interesa tanto como a mí.

Debora Wallenburg sacudió la cabeza e hizo balancear los pendientes.

—No dice más que tonterías.

—Pues deme una prueba. Si Huck todavía respira, entréguenoslo. Que coopere y lo trataremos bien.

Wallenburg chascó la lengua.

—Es inútil —dijo—. Les pido por última vez que dejen de acosar a los Adams. Son buena gente y no tienen ningún derecho a molestarles. Por lo que he oído, los costes de asistencia jurídica del departamento de policía se han disparado.

—¿Nos va a demandar? ¿Y de qué nos acusa, si me permite la pregunta?

—Ya se me ocurrirá algo —repuso Wallenburg, dando media vuelta para marcharse.

—Huck es un cabo raso, abogada. Quienes me interesan son los oficiales.

—Son ustedes lo peor —dijo Wallenburg—. Se lo toman todo como si fuera la guerra.

—Dejémoslo en conflicto armado. Si quiere demostrarme que Huck sigue vivo, entréguemelo.

—Huck es inocente.

—¿Y cómo está tan segura?

Wallenburg reanudó el camino hacia su coche.

—No queda mucho tiempo, Deb. En cuanto consigamos la orden de registro, la suerte está echada

—Vive usted de fantasías. *Desvaría*. ¿Y dice que me faltan razones para demandarle?

—Eso cuénteselo a la jueza Stern.

—Lisa y yo éramos compañeras de facultad.

—Entonces sabrá qué opina sobre los derechos de las víctimas. O sobre los funcionarios judiciales que interfieren en asuntos ajenos a la administración.

Wallenburg se pasó una uña roja por los labios.

—¡Qué encanto de hombre!

Sacudió la cabeza, se metió en su Maybach y se marchó.

—¿Has hablado con la jueza Stern?

—Hace dos años —dijo—. Un tiroteo entre bandas, pan comido.

—El arte de la guerra.

—O el del funambulismo.

A las cuatro y cuarenta y siete de la tarde un autobús escolar municipal estacionó junto a la casa de los Adams. Una chica rubia con una camiseta roja, vaqueros y zapatillas de deporte se bajó y se encaminó hacia la puerta. Tendría diez años, era menuda y espigada y avanzaba penosamente bajo el peso de una mochila gigantesca.

—Brandeen ha crecido mucho —susurré, más para mí mismo que para Milo.

—¡Ay, chico, se me saltan las lágrimas!

Antes de que la niña llegara a la puerta, ésta se abrió y una mujer bajita de pelo blanco se asomó por el umbral para arrastrarla adentro. En lugar de cerrar la puerta se tomó su tiempo para observarnos. Detrás de ella apareció entonces un hombre alto, negro y barbudo. Incluso de tan lejos se le distinguían los ojos de cansancio.

Wilfred Adams le dijo algo a su mujer, ella replicó con brusquedad, nos hizo un gesto desafiante y cerró de un portazo.

—Pues aún va a ser verdad que Huck está vivo —comentó Milo—. Esa mujer tiene algo que proteger, no cabe duda.

Volvió a sonar su móvil. Era Moe Reed, que llamaba desde el ala oeste de la marisma. A primera vista no había ninguna irregularidad notoria, pero el perro que había encontrado los otros cadáveres acababa de llegar y parecía muy «interesado».

—El lugar es precioso —dijo Reed—. Parece el jardín del Edén.

—Pues encuentra a la serpiente —repuso Milo.

Después de colgar Milo se encendió un cigarro y no había dado ni un par de caladas cuando el Maybach de Debora Wallenburg apareció rugiendo al extremo norte de la calle. El coche se detuvo al lado del nuestro y la luna ahumada de la ventanilla bajó silenciosamente.

Wallenburg llevaba el pelo suelto y se había retocado el maquillaje, pero su cara traslucía un agotamiento difícil de disimular.

—¿Me echaba de menos? —la saludó Milo.

—¡Languidecía en su ausencia! —bromeó—. Mire, le ofrezco la posibilidad de arreglarlo de forma amistosa, pero antes déjeme establecer las reglas del juego: sé muy bien que la ley les autoriza a mentir a un sospechoso como los cabrones intrigantes que son, pero le aconsejo que se olvide de sus tejemanejes si está presente su abogado...

—Disculpe, ¿de cuál de sus clientes me habla ahora?

—Y no se le ocurra ocultarme absolutamente nada.

—Más sincero no he podido ser.

—Me ha dicho que no considera a Travis el verdadero culpable... ¿Va de farol?

—No.

—Le hablo en serio, teniente. Necesito garantías de que vamos a trabajar en un contexto admisible. Además, ha de prometerme que no se pasará de la raya.

—Es decir...

—No habrá demostraciones de fuerza ni destrozos innecesarios. Ahí dentro hay una niña pequeña y no quiero que salga traumatizada. A cambio les proporcionaré toda la información que necesiten.

—¿Qué información?

—Ahora mismo no puedo especificar más.

Milo soltó un aro de humo y luego otro más pequeño que engarzó en el primero.

—Tiene que confiar en mí —insistió Debora Wallenburg.

Milo descansó la cabeza en el respaldo del asiento.

—¿Dónde y cuándo?

—Los detalles se los comunicaré a su debido tiempo. Doy por sentado que el doctor Delaware estará presente...

—¿Huck necesita apoyo psicológico?

—Prefiero que venga, si al doctor le parece bien.

Ni siquiera nos habían presentado.

—Por supuesto —repuse.

—Mal Worthy, Trish Mantle y Len Krobsky son socios de mi club de tenis —me dijo. Reconocí los nombres de tres peces gordos de la abogacía de familia.

—Deles recuerdos —dije.

—Me han hablado muy bien de su trabajo.

Wallenburg se volvió hacia Milo:

—Entonces, estamos de acuerdo. Le llamaré. —Y con un guiño agregó—: O puede que le envíe un SMS.

XXXVII

Travis Huck temblaba de pies a cabeza.

Tenía las sienes cuajadas de venas que se internaban en el cuero cabelludo, bajo el vello hirsuto que le cubría el cráneo, y miraba al vacío con unos ojos tan hundidos que apenas se distinguían a buena luz. Sus mejillas parecían vaciadas con palas de heladero y el derrumbe general de sus facciones era una historia aparte. Debora Wallenburg le había comprado una camisa de algodón azul celeste que aún lucía las arrugas de la caja. En suma, tenía todo el aspecto de un preso aspirante a la condicional.

Wallenburg había hecho correr el escritorio un metro hacia adelante para colocarse junto a Huck al otro lado de la barrera de madera maciza. La madre y el hijo de Mary Cassatt miraban la escena con discordante serenidad. La escenografía de luces dispersas que había montado para relajar a su protegido era un fracaso rotundo. Huck bullía inquieto en su silla, sudando copiosamente.

Tal vez lo hubiera pasado peor bajo la luz de neón de una sala de interrogatorios policial. Tal vez no hubiera nada que pudiera marcar la diferencia.

Eran las cuatro de la mañana. El mensaje de texto de Debora Wallenburg había despertado a Milo a las dos y cuarto. Al cabo de veinte minutos pasó a recogerme y convirtió las calles silenciosas y desiertas hasta Santa Mónica en un circuito automovilístico improvisado. Salvo por una ristra de ventanas ambarinas en los pisos superiores, el edificio del bufete de Wallenburg era un bloque de granito clavado en un cielo sin estrellas.

Al detener el coche junto a la entrada del aparcamiento subterráneo, se abrió una puerta metálica automática y se acercó un guardia de seguridad uniformado.

—Documentación, por favor.

La placa que le mostró Milo no le sorprendió. Nos estaba esperando.

—El ascensor está por allí. Aparque donde quiera —dijo, señalándonos con la mano un mar de plazas de aparcamiento vacías. El único vehículo a la vista era un Ferrari color cobre.

—El deportivo de Wallenburg —observó Milo—. Espero que no nos la juegue.

En el asiento de atrás Moe Reed reprimió un bostezo y se frotó los ojos.

—Si quiere jugar, jugaremos —dijo.

Debora Wallenburg puso su mano sobre la de Huck, que apartó la suya. La abogada se enderezó en su silla. Iba toda repeinada y llevaba la capa completa de maquillaje y el inevitable cortejo de diamantes.

Su seguridad de leguleya experimentada sólo flaqueaba cuando miraba a Huck, que seguía en su mundo y rehuía cualquier clase de contacto visual.

—Cuando quieras, Travis —le instó Wallenburg.

Siguió un minuto y medio de silencio. Moe Reed cruzó las piernas y, como si hubiera estado esperando la señal, Huck tomó la palabra:

—Jeffrey es el único a quien he matado.

Wallenburg frunció el ceño.

—Aquello fue un accidente, Travis.

Huck ladeó la cabeza con disgusto, como si le hubiera ofendido el comentario.

—Últimamente pienso mucho en Jeffrey. Antes no podía.

—¿Antes? —pregunté.

Huck aspiró hondo.

—Yo antes vivía en un limbo permanente. Ahora estoy sobrio y despierto, pero no siempre resulta... agradable.

—Demasiadas cosas en qué pensar —convine.

—Cosas horribles —dijo.

—¡Travis! —le amonestó Wallenburg.

Huck se movió y un haz de luz le cruzó el rostro. Tenía las pupilas dilatadas y la frente empapada en sudor, y le había salido una especie de eccema en torno a la nariz, como una eflorescencia de bayas diminutas en mitad de una llanura helada.

—Desbordo de pesadillas. Soy un monstruo.

—Travis, tú de monstruo no tienes nada.

Huck no replicó.

—¿Cómo no vas a sentirte estigmatizado siendo el blanco de tantos prejuicios?

Wallenburg se dirigía a Travis, pero el discurso era para el jurado.

—Debora —le dijo Travis con un hilo de voz—, tú eres una de esas aves raras que vuelan por libre. Lo que yo soy no lo sé.

—Una buena persona. Eso eres, Travis.

—El alemán de a pie.

—¿Cómo?

—El hombre fundido con la masa. El que se conforma con su traje de domingo y sus buenos zapatos y no hace caso del hedor.

—Travis, vamos al grano... —le rogó Wallenburg.

—Te hablo de Dachau, Debora, te hablo de Ruanda, de Darfur, de los barcos de esclavos, de Camboya, de los polos medio derretidos. El alemán de a pie se sienta en un café y se come sus pastelitos de crema. Sabe hacia dónde sopla el viento y sabe de dónde viene el hedor, pero hace como si no lo oliera. Tú has elegido volar, Debora, pero la masa elige siempre la jaula. Yo he elegido la jaula.

—No se trata de la guerra y...

Huck se volvió hacia ella.

—Sí, claro que sí —la cortó—. La guerra palpita en el interior de cada uno de nosotros. ¡Roba de la baraja del vecino, saquea los poblados, le chupa la sangre a la juventud! En un mundo perfecto el ser humano podría dejar de ser un animal. Tú has escogido la humanidad. Yo, en cambio...

—¡Basta, Travis! Estamos aquí para que les cuentes todo lo que sabes...

—Yo he puesto la cara al viento y el hedor me ha traspasado el cerebro. ¡He sido yo quien lo ha permitido!

—Has permitido que se cometieran los asesinatos —tercié, adelantándome a la réplica de Wallenburg.

Huck puso las palmas sobre el escritorio, como si fuera a caerse. Sus dedos largos y huesudos se aferraron al cuero y se deslizaron hacia el borde dejando el rastro de diez caracoles. Se pasó luego la mano por la mejilla hundida.

—Travis, tú no tuviste absolutamente nada que... —comenzó Wallenburg.

—¡Pude haberlo evitado! No merezco seguir viviendo... —musitó, tendiéndonos las muñecas para que se las esposáramos.

Debora Wallenburg le apartó las manos y Huck se puso aún más rígido.

—¿Cuándo lo supiste? —pregunté.

—Yo... No hubo un comienzo. Estaba aquí. Y aquí y aquí y aquí —dijo Huck sacudiéndose la cabeza, la mejilla, el pecho y la barriga, con más fuerza en cada golpe.

—Presagiaste lo que se avecinaba.

—¡Kelvin! —Bajó la cabeza y se dirigió en un susurro al cuero del escritorio—: Le llevaba a pasear. No hablábamos mucho, es un niño muy callado. Le gustaba mirar los ciervos, los lagartos, las águilas, los coyotes. Y escuchar el océano. Decía que es un bajo continuo, que el zumbido del universo es un canto gregoriano.

—Y Kelvin está... —dije.

Huck me miró con fijeza.

—La familia entera está muerta —concluí.

Huck se deshizo en sollozos y un bigote de mocos apareció sobre sus labios contrahechos. Debora Wallenburg le tendió un pañuelo y cuando vio que no lo cogía le limpió la nariz ella misma.

—¿Cómo lo sabes? —le pregunté.

—¿Dónde están, si no? —gimió.

—¿No sabes dónde están?

—Pensaba que ella les quería, pensaba que era capaz de querer.

Me tendió una palma mendicante. Estaba bien limpia, lavada a conciencia, pero tenía los dedos regordetes muy maltratados. Cuando la giró, vi en sus nudillos unas marcas blancas y brillantes que parecían las ampollas de viejas quemaduras.

—¿A quién te refieres con «ella»? —inquirí.

No respondió.

—¿Quién es «ella»? —insistí.

Articuló el nombre con los labios. El sonido nos llegó más tarde, como en un doblaje defectuoso:

—Simone.

Moe Reed entornó los ojos. Los de Milo estaban cerrados, y sus manos descansaban plácidamente sobre su barriga. A primera vista parecía dormido, pero estaba despierto: no roncaba.

—¿Simone ha matado a su familia? —pregunté—. ¿Eso dices?

Huck se estremeció a cada palabra.

—¿Lo crees o estás seguro?

—No es sólo que lo crea.... Lo sé. Lo sé por lo que ella... Yo pensaba que era una chica frágil, no... Se hacía daño.

—¿Se hacía daño?

—Heridas que no se veían si no... Era nuestro juego secreto.

—¿Se cortaba?

Asintió con la cabeza.

—Y se bebía su propia sangre —agregó.

—Cuando la conocimos no vimos que tuviera ningún corte...

—Se corta donde no se ve, en los puntos secretos.

Se pasó la lengua por los labios.

—¿Y eso tú cómo lo sabes?

Huck dejó caer la cabeza hacia adelante y entre sus labios apretados se abrió paso un alarido frío y cortante.

—Os hicisteis amigos.

Huck soltó una risa ahogada y volvió a apoyar las manos sobre el escritorio.

—Un sueño absurdo —musitó—. Ella tenía otros planes.

—Cuéntales todo lo que me has contado —le instó Wallenburg.

Silencio.

—¡Cuéntales cómo te sedujo, Travis!

Huck sacudió la cabeza con rabia.

—La seducción es algo romántico y no fue romántico. Fue una... Una...

—Si no se lo dices tú, se lo diré yo.

—Debora —suplicó Huck.

—Les he prometido información, Travis. Nadie va a tomarte en serio si no te ciñes a los hechos.

Pasó un minuto hasta que Huck retomó la palabra:

—Yo... Esto... Simone vino a casa, a la casa grande. No había nadie. Yo la había estado mirando, porque es muy bonita. Físicamente, digo. A hablarle no me atrevía porque era la hija del patrón y yo era un miembro del servicio. Pero fue ella quien me habló. Y era como si me pudiera ver los pensamientos, como si leyera en mi interior. Estar con ella era como abrir un gran ventanal.

—Ella te comprendía —dije.

Asintió.

—Se encogió a mi lado y contemplamos el océano. Luego vino a mi habitación y me puso la cabeza sobre... Me mostró sus heridas y lloró hasta empaparme la camisa. Fue una revelación. La geografía de la carne. Ella lloraba en mis brazos y éramos uno.

Se frotó los nudillos lustrosos.

—Porque tú ya conocías la geografía de la carne.

Huck clavó los ojos en el cuero del escritorio.

—Sólo que a ella le gustan las cuchillas y tú prefieres el fuego —añadí.

En su rostro se dibujó una sonrisa torcida.

—Antes lo necesitaba. Necesitaba el castigo...

—¿Hablas del correccional?

—Y de después —susurró, como si temiera la reprimenda de Wallenburg.

Pero Wallenburg no abrió la boca.

—Lo siento, Debora. Cuando salí en libertad volvieron las imágenes de Jeffrey y... no quería ser una carga para ti. —Se volvió hacia mí—. Necesitaba sentir algo, ¿sabe?

—¿Qué usa Simone para cortarse? —pregunté.

—Cualquier cosa. Hojas de afeitar, cuchillos de cocina, cúters... También tiene unas pistolas que le regaló su padre. Cuando se casó con Nadine, ella le pidió que sacara todas las armas de fuego de la casa. Simone se las quedó y me hablaba de ellas. Eran pistolas y escopetas muy caras y ella se ponía el cañón en la boca y hacía ver que... A veces también se metía los dedos en la garganta para vomitar. Luego se le irritaba y tosía sangre, pero a ella su sangre le gusta.

Reed exhaló en silencio. Milo continuaba repantingado en su silla con la panza moviéndose rítmicamente de arriba abajo. Wallenburg reparó en ello y se volvió hacia mí.

—¿Qué más puedes decirnos de Simone? —inquirí.

—La primera vez que me mostró sus estigmas, así es como los llamaba, estigmas frescos... la primera vez que me los mostró nos abrazamos. Entonces decidimos... Simone decidió raparme la cabeza, me dijo que sería su sacerdote, que tenía un cráneo precioso. Yo pensaba... esperaba ayudarla.

—¿Cuánto duró vuestra relación?

Huck puso los ojos en blanco y devolvió los iris a su lugar como si fueran las cerezas de una tragaperras.

—Una eternidad.

—¿Puedes concretar un poco?

—Dos meses —puntualizó Wallenburg—. Y terminó hará medio año.

—¿Es verdad, Travis?

Asintió en silencio.

—¿Cómo supiste que Simone no era la persona que creías que era?

—La acosé.

Reed tensó los hombros. Milo ni siquiera parpadeó.

—Esa expresión no es muy afortunada —le advirtió Wallenburg—. Limítate a contar los hechos.

—Pero es verdad, Debora —protestó—: la acosé.

—Estabas preocupado y comenzaste a vigilarla.

—A seguirla —propuse.

—La llamé durante una semana, pero no contestaba al teléfono. Yo estaba hecho un lío. La última vez me había dicho... cosas bonitas. Y de pronto, nada. Pensé que le había pasado algo. Luego se me ocurrió que a lo mejor estaba esperándome, que quería que yo tomara la iniciativa. Siempre me decía que la espontaneidad la excitaba, que tenía que relajarme un poco, pero a mí la improvisación... me da miedo. Las sorpresas no son mi... no me gustan. Simone sabía que no me gusta salirme del guión y supuse que la sorpresa le gustaría.

—Le hiciste una visita sin avisar.

—Una sola.

—¿Cuándo?

—Hace tres meses —repuso Wallenburg.

—Simon, Nadine y Kelvin habían ido a pasar el fin de semana a Ojai —dijo Huck—. Kelvin quería conocer a Nikrugsky, el compositor. Yo estaba tranquilo, no había mucho que hacer en la casa y Simone seguía sin contestar al teléfono. La tranquilidad fue dando paso a... viejos deseos.

—Deseos de fuego y de dolor.

—Encontré unas cerillas y las encendí, pero no me quemé. Llamé luego a un asistente social. Charlamos un rato, pero no le conté lo que realmente me pasaba. El silencio comenzaba a ser ensordecedor y me dije: anda, ve, sé espontáneo. Así que me fui a Malibú Canyon, cogí unas flores para hacer un ramillete, lo até con un cordel de cocina, rellené una botella de vino con mosto y le puse un lazo, un lazo negro, que es su color favorito. También llevaba dos cajas de galletas de agua que cogí de la despensa. Havershams, las galletas inglesas de la familia real. Simone no come mucho más que galletas de agua... Pero una vez la vi devorar dos cajas de un tirón. Luego las... devolvió. Lo devuelve todo y le sangra la garganta. El vómito parece un pudin de fresa.

—Fuiste a su casa —recapitulé.

—Quería darle una sorpresa, como hacen los amantes. Nadie respondió al timbre, así que rodeé la casa por la parte de atrás. A ella le gusta estar al aire libre. Haga el tiempo que haga se quita la ropa y... Siempre se corta al aire libre. Hay manchas de sangre seca en sus muebles de exterior. Son de teca. El jardín es minúsculo y está lleno de maleza, no es más que un terraplén trasero con una pequeña glorieta donde a veces se queda a dormir. —Hizo una pausa—. Los oí antes de llegar: estaba acompañada. Mi cerebro captó el mensaje, pero mis piernas no se detuvieron. Encontré un rincón desde el que espiarles y eso hice. Tampoco hacía falta, ya sabía lo que...

Posó la mirada en el techo y recobró el aliento.

—¿Qué hacían? —pregunté.

—Se lamían. Se manoseaban y se lamían, se lamían como gatos en celo. —Se humedeció los labios—. Se lamían, gruñían, reían, decían maldades.

—Simone y...

Hubo un largo silencio.

—¿Con quién estaba, Travis?

—Con el peluquín.

—Danos un nombre.

—Con él —repuso Huck—. Con el peluquín, con la sonrisa, con Weir el abogado, un personaje de pesadilla. Me había dicho que le odiaba, que era un canalla, que le robaba a su padre y ella se lo iba a contar, que no lo hiciera yo, que cuando ella lo hiciera la mierda iba a llegar al ventilador: les enseñaría una lección a esas sanguijuelas y luego seríamos libres para...

—Pero Weir estaba en su jardín...

—Y se lamían. No había odio entre ellos, no había más odio que el que compartían.

—¿Que el que compartían?

Silencio.

—¿A quién odiaban?

Huck comenzó a respirar trabajosamente y revolvió los ojos.

—¿A quién, Travis?

—Se lamían, reían, decían cosas horribles.

—¿Qué cosas?

—Esa culi, esa amarilla de mierda.

—¿Hablaban de Nadine? —pregunté—. ¿La odiaban porque era asiática?

—Se les llenaba la boca con la palabrita: su querindonga la culi, la amarilla de mierda esa, la culi hijaputa, esa zorra amarilla, la arpía de los ojos rasgados, la madre de la escoria amarilla. —Huck apretó los puños y las quemaduras de los nudillos brillaron como perlas—. Sentí que la cabeza me daba vueltas... me entraron ganas de volver a quemarme. Volví a casa, encontré otra caja de cerillas y llamé al asistente social. —Se le llenaron los ojos de lágrimas—. Pero no avisé a Simon... —añadió con un hilo de voz.

—Simone odia a su familia.

—Peor que eso —repuso—. Es... no tengo palabras para explicarles lo que siente.

—¿La habías visto alguna vez resentida porque su padre se hubiera vuelto a casar?

—No, no, qué va. Al contrario. Simone *adoraba* a Nadine, la encontraba inteligente, elegante, bonita, todo lo que no era su madre. Yo a Kelly la conozco y es buena gente, pero no crió bien a su hija. Y lo entiendo, todo el mundo lo entiende, pero...

—Así que adoraba a Nadine...

—Me decía que ojalá la hubiera criado ella. Siempre andaban besándose y abrazándose... Nadine la trataba como a una hermana y Simone se pasaba horas acariciándole el pelo a Kelvin. Qué pelo tan bonito, le decía, y le besaba en las mejillas. Qué mono. Le quiero tanto, Travis. Es un genio, Travis, le adoro. Y esas manos de oro...

—Manos de oro.

—De oro, de diamante, de platino, manos mágicas... Decía que la música que tocaba era puro sentimiento, que le llegaba al alma.

—Pero aquel día en el jardín no le quería tanto.

—Se me cayó el mundo encima y volví a encerrarme en mi jaula.

—No avisaste a los Vander porque no tenías pruebas —arguyó Wallenburg—. Nadie habría creído una palabra.

—Se rechaza la protesta —dijo Huck con una sonrisa—. No ha lugar.

—Travis...

—No les avisé porque soy un cobarde.

—No digas disparates. Eres más valiente que la inmensa mayoría de nosotros.

—En eso no le falta razón —convine.

Moe Reed arqueó una ceja. Milo permaneció impávido.

—La decisión tuvo que ser dura —proseguí—: Soterrar el asunto y esperar que la cosa no vaya más allá, que la cloaca no acabe por rebosar...

—¡Excusas! —gruñó Huck—. Las excusas del alemán de a pie.

—¡Dios Santo, Travis! —exclamó Wallenburg—. No hemos hecho venir a esta gente para ponernos filosóficos. Esto es un asunto legal. Tú no tenías forma de saber lo que planeaban ni obligación de divulgar lo que habías oído.

Milo abrió un ojo.

—A menos que estuviera involucrado —objetó.

—¡Hombre, por favor! ¿Seguro que estaba despierto? ¿No se habrá perdido algo?

—No he perdido ripio, y la historia es buena.

—¿Qué esperabas, Debora? —dijo Travis—. Hace años maté a un crío y ando con mujeres de mala vida...

—¡Cállate!

—¿Y qué hay de las otras víctimas? —inquirí.

—Pobres mujeres —dijo Travis.

—Sheralyn Dawkins, Lurlene Chenoweth, DeMaura Montouthe.

Al oír los nombres ni siquiera parpadeó. Si las conocía no pudo disimularlo mejor.

—Me enteré por la tele —repuso—. Fue entonces cuando me largué.

—¿Por qué?

—Porque eran lo que eran... la clase de mujer con la que yo trato. Pensé que a lo mejor las conocía y les había hecho algo.

—¿Les hiciste algo?

—A veces me cuesta estar seguro de lo que hago y lo que no.

Le repetí los nombres.

—No, no me suenan. Creo que no las conozco.

Wallenburg apretó los dientes.

—¡Travis! Eso no es... lo que me dijiste.

—Deb...

Reed sacó tres fotos de archivo del bolsillo. Huck las examinó con calma y negó con la cabeza.

—Ya ven que él no tuvo nada que ver —dijo Wallenburg—. Le entró el pánico y se dio a la fuga, punto.

—¿Has ido alguna vez a buscar plan por el aeropuerto?

—No.

—¿Adónde vas?

—A Sunset.

—¿Nunca vas al aeropuerto?

—No puedo alejarme tanto de casa, por si me necesitan.

—¿Para qué?

—Para hacer algún recado o ir a buscarles algo de comer... A veces a Nadine le entra el hambre muy tarde. De vez en cuando también voy a buscarle a Kelvin algún disco a Tower Records, la tienda de Sunset. Eso era antes, ahora que la han cerrado tengo que ir a Virgin.

Ambas tiendas quedaban muy cerca del lugar donde Reed había localizado a las prostitutas que le conocían.

—Disponible las veinticuatro horas del día —dije.

—Para eso me pagan.

—¿Simone sabía que te ibas de putas?

Huck esbozó una sonrisa ambigua.

—¿Qué te hace tanta gracia? —le espetó Reed.

Huck dio un respingo.

—Nada... Tampoco voy muy a menudo. Sólo... de vez en cuando.

—¿Simone lo sabía? —insistí.

—Yo se lo dije.

—¿Por qué?

—Porque nos lo contábamos todo. No teníamos secretos.

—Los compartíais.

—Sí.

—¿Qué secretos te contó Simone?

—Me dijo que se bebía su sangre, que necesitaba emociones fuertes. Me confesó que quería tener un cuerpo perfecto y no podía soportar mirarse al espejo porque le parecía que estaba hecha una vaca y se veía grasa por todas partes.

—¿Y tú qué le dijiste?

—Le dije que antes de conocerla sólo había estado con mujeres de la calle, que estar con ella era como aterrizar en otro planeta.

—Una nueva vida.

—Un nuevo mundo.

—Pillarla con Weir debió de ser...

Huck dejó caer el puño sobre el escritorio.

—Un mazazo.

Me volví hacia Milo, que tenía los ojos cerrados y había vuelto a su estado de reposo.

—Háblanos de Silford Duboff.

Huck parecía confundido.

—¿De quién?

—Del hombre que cuida de la marisma.

—Nunca he ido a la marisma.

—¿Nunca?

—Nunca.

Le repetí el nombre.

—¿Tendría que conocerle? Lo siento, pero no me suena de nada.

—Pues hablemos de alguien a quien conoces: Selena Bass.

Para esta pregunta estaba preparado:

—Cuando me enteré de lo que le pasó ya no me cupo duda.

—¿De qué?

—De que el odio de Simone no se quedaba en las palabras.

—Pensaste que la había matado.

—Fue ella quien le consiguió el trabajo.

—¿Simone?

—Ella la encontró y la trajo a casa por primera vez. Dijo que lo había hecho por Kelvin.

—Le buscó una profesora de piano.

—Era amiga suya y se enteró de que también ella había sido una niña prodigio y daba clases de piano.

—Simone te dijo que era amiga suya.

—Se comportaban como amigas.

—¿Qué quieres decir?

—Se pasaban el día riendo —repuso—. Las dos estaban igual de delgaditas y llevaban los mismos vaqueros de pitillo.

—Pero no eran tan amigas...

—Al cabo de un tiempo Simone me contó que apenas la conocía, que la había oído tocar el piano en una fiesta y vio que tenía la misma magia en los dedos, que tenía unas manos de oro iguales que las de Kelvin y era la profesora perfecta para él. Kelvin tenía un profesor viejo y gruñón, y quería dejar las clases. Simone le dijo a Selena que podía ganar mucho dinero si se llevaba bien con el crío. Tendría que haberme olido que había algo más.

—¿Algo más?

—La primera vez que la vi yo llegaba de la compra. El coche de Simone aparcó delante de la puerta y salió con otra chica, las dos muertas de risa. Yo entré en casa, pero ellas no. Cuando volví a salir para hacer otros recados las dos contemplaban las vistas abrazadas por la cintura. Vi que Simone bajaba la mano y le tocaba... el culo.

—¿Mantenían relaciones sexuales?

—Puede.

—Pero eso fue antes de que te liaras con Simone.

—Sí.

—¿Y no te dio que pensar?

—¿Sobre qué?

—Sobre las preferencias sexuales de Simone.

Huck me lanzó una mirada ceñuda.

—No me importaba.

—Pero luego Simone te dijo que se la había encontrado en una fiesta...

Huck asintió en silencio.

—¿Y qué te contó de la fiesta?

—Que era una fiesta, nada más.

—¿Una reunión con té y galletas de barquillo?

Vaciló antes de contestar:

—Más tarde se me pasó por la cabeza.

—¿El qué?

—Fue cuando los vi en el jardín... Después de darse los lametones, él se levantó y Simone se desperezó en su hamaca... —Parpadeó antes de seguir—. Tenía en la mano una hoja de afeitar y le dio a probar su sangre cuando volvió. Él había traído un montón de cosas. Cuerdas, collarines, un enorme conso... Me di la vuelta porque no quería mirar, pero lo oí todo. «Que empiece la fiesta», dijo él y ella respondió: «Dedos de oro, cariño. Ya sólo nos falta ella y el piano».

Huck sacudió la cabeza y una gota de sudor cayó sobre el escritorio; Wallenburg la vio pero dejó que el cuero la absorbiera.

—Que empiece la fiesta. Es decir...

—Que a Selena le gustaba lo mismo que a ella.

Me escrutó en busca de confirmación.

—Y cuando te enteraste de que habían matado a Selena ataste cabos.

—Lo sentí en las tripas.

—Pues cuando fuimos a hablar contigo no nos dijiste nada.

—Yo estaba... No podía... Me confundieron, me llenaron de dudas. Y cuando las dudas se evaporaron, ya no supe qué hacer.

Sin abrir los ojos siquiera, Milo repuso:

—Podías habernos llamado.

—¿Y decirles qué? —terció Wallenburg—. ¿Que confiaran en su intuición?

Milo le dedicó una sonrisa amistosa.

—En estos casos cualquier consejo es bueno.

—Claro —repuso la abogada—. Seguro que le habrían tomado en serio.

—Se lo habría dicho a Simon. Si...

—¿Si qué? —le animé.

—Si se lo hubiera dicho a alguien.

—Si... —dijo Reed—. Es muy fácil hablar en condicional.

—Lo pensé, de veras que lo pensé —replicó Huck—. Pensé en contárselo a Simon, pero es su hija y la quiere. Yo sólo era el mozo de los recados.

—Así que te cruzaste de brazos —dijo Reed.

—No, yo... le llamé por teléfono. Quería oír su voz, pensaba que a lo mejor al oírla sabría qué hacer. No contestó. Probé un montón de veces y nada. Le escribí luego un correo electrónico, pero no respondió, y Nadine tampoco. Entonces comencé a preocuparme. Fue uno de esos días cuando encontraron a esas mujeres... Al enterarme de lo que les había pasado me dije: «Tú te relacionas con mujeres así».

—Y huiste —dije.

—He matado a alguien, voy de putas y conocía a Selena. Para colmo, los demás están forrados. —Se volvió hacia Wallenburg—. Me dijiste que volviera y no te hice caso, no te obedecí.

—Vamos, no es cuestión de obede...

Milo se puso en pie, se acercó al escritorio y miró fijamente a Huck.

—¿Ésa es toda la historia?

—Sí.

—Vaya cuento que tienes...

—Vuélvame a encerrar. Me merezco todo lo que me hagan y más.

—¿Ah, sí?

Wallenburg se levantó de golpe y puso el brazo entre los dos.

—Eso no es ninguna confesión de culpabilidad, teniente.

—A ver si lo he entendido bien —repuso Milo—: la muerte de Selena y de las fulanas es sólo parte de un montaje para echarte a ti la culpa. Qué oportuno.

—¡Por el amor de Dios! ¿Es que no lo ve? En apariencia, Travis es el chivo expiatorio perfecto.

—¿En apariencia?

—Escarbe un poco, vaya hasta el fondo: un hombre que fue condenado injustamente y ni siquiera guarda rencor, que ha llevado una vida absolutamente pacífica, que salvó a un bebé... ¡Por el amor de Dios!

—No lo salvé, Debora. Yo sólo lo recogí en la calle y...

—¡Calla de una vez! ¿No has visto cómo te mira Brandeen? Si no la hubieras encontrado, aquel hijo de puta habría vuelto para matarla a palos, como a su madre.

—Debora...

—No me vengas con tus «Deboras»... Ya va siendo hora de dejar de hacer tonterías y preocuparte un poco de ti mismo. Fue una tontería huir y no volver cuando te lo pedí. Y cuando por fin te decides a venir te comportas como un perfecto imbécil.

—Yo...

—La vida es una mierda, estamos de acuerdo. Hemos pillado el mensaje, Travis. Pero estos platos rotos no tienes que pagarlos tú. Si te atienes a los hechos, la policía te creerá.

La última frase la dijo mirando a Milo, que no abrió la boca.

—Yo lo he permitido, Debora... —continuó Huck.

—Tú eras el recadero, no un perro guardián omnipotente. Si les hubieras contado algo malo de Simone habrías perdido el trabajo y ella habría tenido las manos libres para camelarse a su padre y llevar su plan a cabo.

—¿De qué plan estamos hablando? —pregunto Reed.

—Hablamos de ciento treinta y tres millones de dólares —repuso Wallenburg—. Nada habría detenido a esa chica. Nada.

—Una cifra muy precisa, la que nos da —dijo Milo.

Wallenburg encajó el comentario con una gélida sonrisa.

—Si así fuera —prosiguió Milo—, sería un plan a muy largo plazo. Hablamos del asesinato de varias prostitutas que hubieron de sepultar una tras otra durante un período de quince meses sólo para que los Vander parecieran las víctimas de un asesino en serie...

—No olvide que había ciento treinta y tres millones en juego. El asesinato de Selena les hizo investigar a los Vander y les condujo inevitablemente a Travis. A juzgar por las tres primeras víctimas, los crímenes parecían obra de un psicópata y esa zorra ladina les puso a Travis en bandeja. Con su historial, sabía que la policía se lanzaría sobre él con los ojos cerrados.

—¡Dios! —dijo Milo—. ¿Le ha propuesto el guión a algún estudio?

—Ciento treinta y tres millones, piénselo —insistió Wallenburg—. Al fin y al cabo, un año de planificación no es tanto tiempo.

—Como película sería fabulosa.

—Se llevaría el Oscar al mejor documental.

—Y se supone que nos la hemos de creer porque el señor Huck lo sintió todo en sus tripas —agregó, tocándose la panza.

—Tienen que creérselo porque es cierto, tiene sentido y no tienen ninguna prueba que relacione a Travis con los asesinatos.

Milo le mostró su sonrisa del lobo feliz, se inclinó sobre el escritorio y acercó su cara a la de Huck, que se pasó la lengua por los labios, inquieto.

—No hace falta recurrir a la intimidación físi... —comenzó Wallenburg.

—Mira, Travis —dijo Milo—, tu historia me ha encantado. ¿Por qué no me cuentas otra?

—¿Otra?

—Una sobre la sangre que encontramos en el desagüe de tu lavabo.

La nuez de Huck subió y bajó.

—No sé... Debí de hacerme un corte. A veces tengo dolores de cabeza y pierdo el equilibrio. A lo mejor me corté en las manos y me lo lavé.

—¿Tienes alguna costra? —Inspeccionó las manos de Huck—. Yo no veo ninguna.

—Enciérreme, a mí ya me está bien —repuso Huck.

—¿Cuál es tu grupo sanguíneo, hijo?

—O positivo.

—La que encontramos en tu desagüe era del grupo AB.

Huck palideció.

Milo puso su mano derecha sobre la izquierda de Huck, cuyos dedos se aferraron a los de Milo como los de un niño asustado.

—¿Y qué puedes decirme del grupo AB?

—Es el de Simon —repuso Huck—. Es muy poco frecuente, siempre le están pidiendo que done sangre.

—Pues parece que ha donado a tu desagüe... ¡Cuéntame otra historia!

—A alguien que ha perpetrado una masacre tan calculada no le costaría nada echar unas gotas de sangre por el maldito desagüe —arguyó Wallenburg—. Simone tiene la llave de la casa y apuesto a que Weir también podía entrar. Si son tan íntimos, lo único que tenía que hacer Simone era darle la maldita llave...

Sin soltar la mano de Milo, Huck alzó el brazo libre.

—¡Enciérreme!

—¡Ni una palabra más! —exclamó Wallenburg.

—Parece que su cliente y yo hemos llegado a una especie de acuerdo —dijo Milo—. En pie, hijo, te vamos a leer tus derechos y nos vas a acompañar.

—Muy bien —asintió Huck.

Wallenburg se incorporó y le puso a Huck las manos sobre los hombros.

—¿De qué cargos se le acusa?

—De homicidio múltiple en primer grado, para empezar. Ya veremos qué más se nos ocurre.

Ahora era ella quien temblaba.

—Cometen un gravísimo error.

—La veo muy implicada emocionalmente —le dijo Reed—. ¿Me he perdido algo?

En los labios de Wallenburg se dibujó un insulto.

—Teniente, acordamos explícitamente que...

—Que escucharíamos lo que tenía que contarnos —la cortó Milo—. Bien, ya lo hemos escuchado y ahora le arrestamos.

Wallenburg no cejaba:

—¡Perfecto! Era previsible... pero le prometo que será totalmente inútil, teniente. Y asegúrese de que no recibe malos tratos. En cuanto salga por esa puerta voy a empezar a redactar el recurso.

—No esperaba menos de usted... ¡En pie, chico!

Huck obedeció.

—Pasa por aquí —dijo, sacando las esposas.

—¿Le llevan a la comisaría del Oeste o a la del centro? —inquirió Wallenburg.

—Le tendremos detenido en la del Oeste hasta que dispongamos del transporte adecuado para el traslado

—Conforme a los procedimientos, claro —repuso Wallenburg—. Hablando del alemán de a pie... En fin, ya pueden vigilarlo para que no se suicide o me van a oír.

—No me mataré —musitó Huck—. Ya estoy muerto.

Wallenburg alzó una mano como para abofetearle, pero se quedó mirando sus dedos temblorosos y la dejó caer.

—Gracias por todo, Debora —dijo Huck.

—Eres mi peor quebradero de cabeza —le espetó Wallenburg.

—No teníais alternativa —dijo Huck en el ascensor, mientras bajábamos al aparcamiento.

—¿Por qué te tiene tanta estima? —le preguntó Reed.

Huck pestañeó.

—Debora trabaja como voluntaria en protectoras de animales. No puede tener hijos.

—Y tú eres un sucedáneo.

—No, pero una vez me dijo que si salvas a un animal y lo llevas a la protectora has de responsabilizarte de él para siempre.

—Así que eres uno de sus cachorritos.

Huck sonrió.

—Puede ser.

Cuando la puerta se abrió Milo cogió a Huck por el brazo esposado y le arrastró hacia el coche.

—¿Tienes algo más que decir? —le preguntó.

—No. De todas formas, no me creerían.

—¿Dónde has aprendido a ser tan manso? ¿En la clínica de rehabilitación?

Huck suspiró.

—Mi vida ha sido muy larga. Más de lo que creía.

—¿Y ahora vas a tirar la toalla?

—Cuando hay que hacer algo lo hago, pero a estas alturas no hay nada que hacer.

—No estoy tan seguro —repuse.

XXXVIII

Tras despojarle del cinturón y los cordones de los zapatos, Milo dejó a Huck en una sala de interrogatorios vacía de la comisaría del distrito Oeste. No le inscribió ni le tomó las huellas, ni le sacó una foto para el archivo. Se limitó a darle un vaso de agua y una manta áspera y cachearlo de nuevo, por si acaso.

En el primer cacheo, al que le sometió nada más salir del despacho de Debora Wallenburg, le había confiscado un boli Bic azul muy roído, tres monedas de diez centavos, un recibo del aparcamiento del aeropuerto de Los Ángeles y un *post-it* amarillo donde había apuntado una dirección de Washington Boulevard.

—¿Qué hay en Washington? —le preguntó.

—Un café Internet.

—¿En Mar Vista?

—Sí.

—Tu vínculo con el mundo, ¿eh?

Silencio.

—¿No llevas nada de dinero?

—Me lo he gastado.

—Debora te iba abasteciendo de pasta, ¿no?

No respondió.

—Pues sí que viajas ligero de equipaje —dijo Milo.

Huck se encogió de hombros.

—¿Dónde tienes el carné de identidad?

—Lo... lo perdí.

—Seguro.

—Sabe perfectamente quién soy.

—Eso sí. —Milo agitó el recibo del aparcamiento del aeropuerto—. El del Lexus de Simon, ¿me equivoco?

—Lo siento —masculló Huck.

—¿Por qué?

—Por dejarlo ahí.

—¿Querías despistarnos? Pues ése es un truco muy viejo, chico.

—Lo siento.

—¿De quién fue la brillante idea? ¿Tuya o de Debora?

—Mía, mía —se apresuró a responder—. Yo corro con los gastos de la grúa.

Reed y yo nos quedamos observando al otro lado del cristal ahumado. Milo se detuvo un momento detrás de Huck antes de situarse frente a él. Huck se enderezó ayudándose del respaldo de la silla.

—Ponte cómodo, Travis.

—Estoy bien de pie.

—Siéntate.

Huck obedeció.

—Bueno, ¿tienes algo más que contarme?

—Ya se lo he contado todo.

Milo esperó.

—Se lo aseguro —agregó Huck.

—Está bien. Espera un momento, ahora vuelvo... ¿La temperatura está bien?

—Sí.

—Si te entra frío, ya sabes dónde está la manta.

—Gracias.

Milo se reunió con nosotros en la sala adyacente. En mitad del vidrio ahumado había un manchurrón lechoso de sudor seco o algún otro fluido corporal que, en la posición en que se encontraba Huck, le tapaba media cabeza.

Un hombre desdibujado.

Al cabo de un rato, se levantó y fue a sentarse en un rincón, se tapó los ojos con un brazo y se hizo un ovillo más pequeño de lo que parecía humanamente posible.

Moe Reed exhaló un bostezo y bromeó:

—Nada como un poco de ejercicio para empezar el día.

En cuestión de segundos Huck dejó caer la mandíbula y se durmió.

—Para estar torturado por la culpa, le veo muy sosegado —comentó Reed.

—Dormir es un modo de huir de la realidad —repuse.

—Es posible que le embaucaran, pero no me dirás que está completamente limpio...

—Lo único que digo es que su cabeza no funciona como la nuestra.

—¡Precisamente! El tío está como una regadera, se le podría adiestrar para que nos dijera cualquier cosa.

—Ya sé que el sospechoso más obvio suele ser el culpable, pero la forma en que nos vendieron a Huck con la ayuda de tu hermano me ha escamado desde el principio. El odio que Simone le tiene a su familia, según Huck, explica la foto mutilada que Aaron encontró en su basura, y el encuentro con Buddy Weir en el hotel que presenció apunta a la existencia de una relación entre ambos, por mucho que le criticara a sus espaldas.

—Sangre y juguetitos macabros —dijo Reed—. Menuda relación.

—La poca comida que había en su basura es señal de bulimia, una enfermedad que por otro lado encaja con su complexión corporal y la educación que recibió. En general la historia de Huck me parece verosímil. Y si le quitas el peluquín, Weir podría ser el calvo que vio la vecina de Selena. También encaja mejor que Huck con el tipo atractivo y dominante que sedujo a DeMaura Montouthe. Weir pudo averiguar dónde vivía Selena en alguna de las orgías en que coincidieron o por medio de Simone. De cualquier modo, le habría sido muy sencillo llevarse su ordenador y dejar los juguetitos pornográficos en el cajón, donde probablemente los encontró.

—El calvo también podría ser Huck. Por la forma en que hablaba de Selena, de lo mucho que se reía con Simone y los vaqueros que llevaba, yo diría que le ponían las dos. Estamos hablando de un hombre que nunca moja sin pagar. De pronto aparecen por su casa un par de tías buenas, se acelera hasta que ya no puede aguantarlo más y explota. Además, ya has visto que se está dejando crecer el pelo. Una melena le habría venido que ni pintada si lo que quería era desaparecer. Y desaparecer siempre se le ha dado muy bien.

—Pero si se ha prestado voluntariamente a declarar.

—Porque sabía que estábamos a punto de trincarlo.

—Simone le afeitó la cabeza —repuse—. Una jugada perfecta para exculpar a Weir...

Reed se frotó su pelo corto y encrespado.

—Eso nos lo ha dicho él —dijo—. Al final, todo depende de que le creamos o no.

—Weir no suele quitarse el peluquín —terció Milo—. Lo llevaba cuando sobornó a Duboff.

—Ésa es otra —apunté—. El soborno. ¿Qué motivo podía tener Huck para matar a Duboff? Cuando le pregunté por él su nombre no le sonaba y no aprecié ninguna reacción que indicara lo contrario. A Weir, en cambio, sí podemos relacionarle con Duboff: quedó con él en el aparcamiento y le pasó un sobre que a buen seguro era un soborno para acceder a su jardín secreto.

—Si soltó quince de los grandes por un par de pícnics, ¿cómo es que Duboff no desconfió?

—Esto es Los Ángeles, piénsalo —repuse—. El otro lado de la marisma era lo más parecido a una sala VIP, y en eso aquí no se escatima. A ojos de Duboff, Weir era la fuente de donaciones habitual: abogado de Beverly Hills, comprometido con el medio ambiente... Probablemente suponía que al tipo le sobraba la pasta y necesitaba redistribuirla un poco para apaciguar su conciencia. Y cuando le dijo que había descubierto algo, es natural que se lo creyera.

—Porque conocía la otra entrada —dijo Milo—. De acuerdo, si encontramos algo por ese lado comenzaré a barajar otras posibilidades.

—Eso mismo digo yo —coincidió Reed—. Hasta entonces, me quedo con Huck.

—A mí me la pueden colar como al que más, pero el caso es que a Huck le falta carácter —argüí—. Por otra parte, si ha podido sacarse todo eso de la manga, ¿cómo es que no se las ha arreglado para irse de rositas? Podría habernos dicho simplemente que no sabía nada, pero en lugar de eso dice que presintió lo que se avecinaba, no avisó a nadie y ahora se siente culpable. Un poco más y se pone las esposas él mismo.

—Podría ser una de sus estratagemas —objetó Reed—. Igual ha montado con su abogada un plan en dos fases: primero dejan que lo acusemos prematuramente y luego Wallenburg le saca del talego y nos monta tal cirio que no podemos tocarle un pelo nunca más.

Milo contempló un momento a Huck, que dormía plácidamente.

—A Wallenburg me la imagino entre tanto embuste, pero a Huck... No lo sé. La verdad es que el tío no tiene mucha labia, Moe.

—Wallenburg le ha preparado para el interrogatorio, Loo.

—Seguro, pero todo tiene un límite y el tío este tiene un no sé qué... Desapareció durante años y podía habernos dado esquinazo mucho más tiempo. La pregunta es si podemos creer que Simone sea una chica tan mala como nos la pintan.

—Si me permitís ponerle una pizca de psicología... —comencé.

Milo sonrió.

—¿Qué?

—La obtención de placer mediante el dolor, por activa o por pasiva, cuadra muy bien con el carácter de Simone.

—La chica se corta, sí —dijo Reed—. Supuestamente.

—Se corta, se mata de hambre, fue criada por una madre que no estaba por la labor y ha fracasado en sus aspiraciones. Todo ello puede haberla conducido a una imagen gravemente distorsionada de su cuerpo y un embotamiento de las emociones. La gente así suele necesitar estímulos radicales para tener una respuesta emocional.

—¿Quieres decir que no sienten dolor ni piedad? —preguntó Milo—. Estamos hablando de un grado de crueldad extremo.

—Aaron no se ha inventado esa foto en su basura.

—No pagar a mi hermano es un craso error —musitó Moe Reed.

—Supongamos que Simone conoció a Selena en una fiesta y la invitó a participar en sus jueguecitos sexuales con Weir para acabar por presentársela a su familia. Puede que al principio se tratara realmente de hacerle un favor a una amiga y granjearse la aprobación de su padre, pero cuando concibió su plan macabro Selena se convirtió en la víctima propiciatoria.

—Una chica solitaria y desarraigada que también tendría sus secretos... Podría ser —coincidió Reed.

—Quienquiera que matara a Selena la usó a modo de cebo. Los tres primeros cadáveres fueron sepultados, pero el de Selena lo dejaron tirado ahí en medio y hasta nos precisaron su ubicación con la llamada anónima. Me gustaría consultar el registro de llamadas de Simone y Weir de aquellas horas. Y el de Huck, ya que estamos. Sería un buen modo de saber quién está sucio y quién no.

—¿Nos permitirán consultarlos con lo que tenemos hasta ahora, Ten?

—Llamaré a John a las ocho.

—Los huesos de la cajita fueron otro señuelo —dije—. Si no los encontrabais, no pasaba nada. Pero si aparecían, el juego se decantaba a su favor.

—Eso sin contar con lo que debieron disfrutar marraneando con los cuerpos —apuntó Milo.

—Además.

—Tal como lo cuentas, el cadáver de Selena no fue más que una señal que apuntaba hacia los Vander —dijo Reed.

—Que siguen sin dar señales de vida —repuse—. Y entre tanto Simone contrata a tu hermano para que nos cuente la vida y miserias de Huck.

—En cuanto empezamos a sospechar de él —prosiguió Milo—, averiguamos que los Vander han desaparecido y nos montamos la película de un psicópata asesino que anda suelto por ahí, con el viejo Travis en el papel de Pol Pot, claro. Para darnos la razón, el tío desaparece. Y lo peor es que, aunque no le hubiésemos localizado, no habríamos sospechado nunca de Simone o de Weir y ella habría heredado la friolera de ciento treinta millones.

—Ciento treinta y tres —puntualizó Reed—. Aunque tampoco viene de eso. La verdad, no puedo ni imaginarme semejante cantidad de pasta.

—Simone seguro que puede —repuse—. Sobre todo después de que Weir la pusiera al corriente de la cuantía del patrimonio familiar. Debieron de concebir el plan hará un año, tal vez después de asesinar y enterrar a DeMaura Montouthe en algún jueguecito sadomasoquista que se les fue de las manos. Luego buscaron a otras fulanas y definieron el patrón que seguirían las muertes.

—¿Y quién lleva la batuta? —dijo Reed—. ¿Simone o Weir?

—No lo sé. En el caso de Weir supongo que es simple afán de lucro. Simone tiene más incentivos.

—¿Ciento treinta y tres mil de los grandes no es suficiente? —dijo Milo.

—Lo es, pero a ella lo que más le apetece es acabar con la competencia, despojarla de todo, incluso de la vida.

—Liquidar a la advenediza que quiso arrebatarle la fortuna de papá.

—Y a papá, de paso. Por abandonarla.

—¿Y Kelvin?

—Kelvin es su competidor directo y además es un crío dotado de un enorme talento —repuse—. Mientras su hermano el niño prodigio da conciertos, ella se las ve y se las desea para encontrar trabajo. Eso explica las manos cortadas y la disposición de los cuerpos hacia el este. En principio podrían ser pistas falsas que apuntaran a un asesino en serie, pero aunque lo fueran, ¿por qué elegir ese sello característico y no otro? Yo les asignaría un valor simbólico.

—Kelvin, Manos de Oro —dijo Reed.

—Ya me la imagino maquinándolo todo en una larga noche de invierno. La melodía la lleva la derecha y hay que poner fin al concierto...

—Y enterró los cadáveres cara al este para que miraran hacia Asia, como tú dijiste —agregó Reed.

—Si Huck no miente, hay un componente racista en el desprecio que Simone siente por su familia política.

—Por esos perros amarillos, que los llamaba —dijo Milo—. ¡Qué encanto de chica!

—Si es verdad que Simone quiere borrar del mapa a su familia —dijo Reed—, ¿no incluiría a su madre en el lote?

—No creo. Kelly es una pobre mujer, bastante pasiva en general. Además, quiere a Huck con locura.

—Una chiquilla depravada conchabada con un abogado codicioso —sintetizó Milo.

—Lo de abogado codicioso es redundante —dijo Reed.

—Wallenburg no te gusta especialmente, ¿verdad?

—Sus coches me gustan. ¿Cuánto va a tardar en sacar su varita mágica y poner a Huck en libertad?

—Le hemos empapelado por homicidio múltiple, no le será fácil sacarlo en libertad bajo fianza —repuso Milo, mirando a través del cristal emborronado a Huck, que había cerrado la boca pero seguía en la misma postura.

El móvil de Reed se puso a cacarear. Cuando vio el número se le iluminó la cara pero trató de sofocar la reacción con una seriedad forzada y más bien cómica.

—Hola... ¿En serio? Caray... Espera, que apunto... ¿Qué? Claro... Más tarde, sí, perfecto... ¿Cómo? —se sonrojó y le lanzó una mirada a Milo—. Depende del jefe... Sí, yo también. Claro. Adiós.

—A ver si lo adivino —dijo Milo—. La doctora Wilkinson tiene buenas noticias y quiere volver al restaurante indio.

Reed se puso como la grana.

—Ha llegado temprano con los becarios y han instalado unos focos. —El color se le bajó de las mejillas—. Los perros han encontrado otros cuatro fiambres, Loo.

—¿Los Vander y quién más?

—Simon, Nadine y dos juegos más de huesos muy dispersos. No parece que los enterraran en la misma dirección y no falta ninguna mano. Es probable que los otros dos cadáveres sean mujeres. Uno de los cráneos corresponde sin atisbo de duda a una persona de raza negra; el otro aún no está claro. Los cuerpos de los Vander fueron fáciles de identificar, porque no estaban tan descompuestos. Estaban en el rincón más apartado de la marisma, pero los habían dejado en la orilla, vestidos, con la cartera y el bolso a la vista. —Respiró hondo—. Les faltaba la mano derecha y estaban los dos cara al este. Han encontrado también varios huesos de pollo y algo que podría ser una ensalada de patata y repollo muy pasada. Parece que lo del pícnic no era sólo una excusa.

—¿No hay rastro del niño? —inquirió Milo.

—A lo mejor se apiadaron de él.

—O todo lo contrario.

Reed se estremeció.

—¿Crees que a Manos de Oro le espera algo peor? ¡Joder!

—¿No puede ser que su cadáver esté en la marisma y aún no lo hayan encontrado?

—Siguen rastreando la zona, pero supongo que será más fácil con la luz del día. También han encontrado varias huellas como la que fotografió el doctor... parece una zapatilla deportiva poco corriente, no es de ninguna marca común y puede que no esté en la base de datos. En cualquier caso, el laboratorio nos ha prometido una respuesta a lo largo del día.

—Si están tan descompuestos —dije, tratando de librarme de las imágenes de Kelvin Vander que se agolpaban en mi cabeza—, es probable que los otros dos cadáveres precedieran a los tres primeros. Por otro lado, a ninguno de los dos le falta la mano, con lo que es probable que empezaran por despachar a prostitutas por puro placer sádico y al ir cogiendo práctica decidieran aprovechar el filón con fines lucrativos.

Un movimiento al otro lado del cristal captó nuestra atención. Huck se deslizó hasta darnos la espalda y se hizo un ovillo aún más prieto, abrazándose las rodillas.

—Le he estado dando vueltas a lo que dijiste en el garaje, Alex... —dijo Milo—. Si apelamos a su sentido del deber cívico, a lo mejor Huck puede echarnos una mano.

—Si es inocente, se prestará.

—Podríamos contarle lo de los Vander para ver cómo reacciona y motivarlo aún más.

—Si queremos reclutarlo no creo que sea buena idea —repliqué—. Corremos el riesgo de sumirlo en una vorágine emocional.

—¡¿Ahora queréis *reclutarlo*?! —exclamó Moe Reed.

Milo le señaló el móvil.

—Ponte al aparato, Moses.

—¿Y a quién llamo?

—A tu hermano.

XXXIX

De: rivrboat38@hotmail.com
A: hardbod2673@tw.com
Enviado a las: 8.32
Asunto: ya sabes

soy yo. lo sé todo, pero puedo guardar el secreto. por un módico precio.

De: rivrboat38@hotmail.com
A: hardbod2673@tw.com
Enviado a las: 8.54
Asunto: ya sabes

no estás ahí? te doy una hora más, y si no respondes...

De: hardbod2673@tw.com
A: rivrboat38@hotmail.com
Enviado a las: 9.49
Asunto: ya sabes

dnd tas?

De: rivrboat38@hotmail.com
A: hardbod2673@tw.com
Enviado a las: 9.56
Asunto: ya sabes

eso es lo de menos. arréglatelas para mandarme 50.000 $.

De: hardbod2673@tw.com
A: rivrboat38@hotmail.com
Enviado a las: 10.11
Asunto: ya sabes

tas d kña

De: rivrboat38@hotmail.com
A: hardbod2673@tw.com
Enviado a las: 10.15
Asunto: ya sabes

yo no le veo la gracia. lo que veo es lo que le ha pasado a esa hijaputa amarilla, a su chinito cabrón de las manos de oro, a la zorra del piano y a esas tres fulanas, y todo para echarme a mí el marrón. muy pero que muy feo. pensándolo mejor, que sean 100.000.

De: hardbod2673@tw.com
A: rivrboat38@hotmail.com
Enviado a las: 10.18
Asunto: ya sabes

keeee????

De: rivrboat38@hotmail.com
A: hardbod2673@tw.com

Enviado a las: 10.22
Asunto: ya sabes

con la cantidad de pasta que te vas a sacar, tampoco es tanto. será un pellizquito de nada, no te vas ni a enterar... así que
apoquinando!!

De: hardbod2673@tw.com
A: rivrboat38@hotmail.com
Enviado a las: 10.28
Asunto: ya sabes

tnms k ablar, pro n x e-m.

De: rivrboat38@hotmail.com
A: hardbod2673@tw.com
Enviado a las: 10.34
Asunto: ya sabes

ni hablar! quieres despacharme como al resto? me parto
contigo! contigo y con tu amiguito del peluquín de feria... ya
ves que lo sé todo.

De: hardbod2673@tw.com
A: rivrboat38@hotmail.com
Enviado a las: 10.40
Asunto: ya sabes

t krs ke sabs alg pro n sabs 1 mrda. tnms k verns. n 1 lgar
sguro xa ti. la ksa d la plya?

De: rivrboat38@hotmail.com
A: hardbod2673@tw.com
Enviado a las: 10.46

Asunto: ya sabes

claro, en tu territorio! por qué no me pegas un tiro y termi-
namos antes?

De: hardbod2673@tw.com
A: rivrboat38@hotmail.com
Enviado a las: 10.54
Asunto: ya sabes

n qiero djar + pstas x inet. vy a psr el privacykeeper. dnd
tas? n l cfe inet?

De: rivrboat38@hotmail.com
A: hardbod2673@tw.com
Enviado a las: 10.59
Asunto: ya sabes

cien mil. quieres que te lo repita? cien mil! cien mil!!!

De: hardbod2673@tw.com
A: rivrboat38@hotmail.com
Enviado a las: 11.04
Asunto: ya sabes

n t pngas paranoico. la ksa d la plya t va bn. sta yeno d gnt,
k pued pasar?

De: rivrboat38@hotmail.com
A: hardbod2673@tw.com
Enviado a las: 11.08
Asunto: ya sabes

deja la puerta abierta a las 19.30 (de esta tarde!!!) y tú no vengas hasta las 19.45. la puerta del garaje la quiero abierta para ver que no está tu coche ni el del peluquín. la marea baja hacia las 20. camina hasta la marca que dejan las algas a las 20.10 y trae la pasta en una bolsa de trader joe's. lo quiero todo en billetes, envueltos en plástico para que no se mojen. más te vale que esté todo!!!

De: hardbod2673@tw.com
A: rivrboat38@hotmail.com
Enviado a las: 11.12
Asunto: ya sabes

m llevra su tmpo sacr cncuenta d ls grnds, pro spng k pdre. si m retraso t ncuentro n l msm e-m?

De: rivrboat38@hotmail.com
A: hardbod2673@tw.com
Enviado a las: 11.16
Asunto: ya sabes

cincuenta??? me parto contigo. he dicho cien, y no me vengas con excusas.

De: hardbod2673@tw.com
A: rivrboat38@hotmail.com
Enviado a las: 11.21
Asunto: ya sabes

tas muy tcacjones. sesnta s tdo lo k pdo cnsegr y m kdo n brgas. tas muy tcacjones, no t recnozco. psa alg???

De: rivrboat38@hotmail.com
A: hardbod2673@tw.com
Enviado a las: 11.29

Asunto: ya sabes

sesenta es muy poco. me he ganado los cien a pulso pero
está bien, lo que quiero es largarme. que si me pasa algo? y tú
me lo preguntas? me parto la caja contigo. jua jua jua!!!

De: hardbod2673@tw.com
A: rivrboat38@hotmail.com
Enviado a las: 12.05
Asunto: ya sabes

n toy d brma. m preocpas. qiero cuidar d ti.

De: rivrboat38@hotmail.com
A: hardbod2673@tw.com
Enviado a las: 12.11
Asunto: ya sabes

si lo que quieres es cuidar de mí, más pasta y menos cháchara.

De: hardbod2673@tw.com
A: rivrboat38@hotmail.com
Enviado a las: 12.14
Asunto: ya sabes

ablar smpr ayda. td ira bn. prometido. sguims d wen rllo, n?

Silencio cibernético.

XL

Moe Reed se lo explicó todo a Aaron Fox, que escuchaba en silencio al otro lado de su escritorio, una mesa amplia y angulosa con el tablero de cristal ahumado.

Se lo contó Reed porque se lo pidió Milo, ya fuera para completar su formación o para que los dos hermanos volvieran a hablarse, aunque no valía la pena hacer conjeturas porque esta última posibilidad no la habría admitido nunca.

Fox escuchó la exposición impertérrito y no habló hasta que su hermano hubo concluido:

—¡La muy zorra! —gruñó—. Sabía que esa niñita mimada no era trigo limpio, pero esto no me lo esperaba. ¿Estáis seguros de que Huck dará la talla?

—Nosotros no, pero él sí —repuso Reed.

—¿Y te parece garantía suficiente?

—Ahora mismo es nuestra única opción. Tranquilo, que le tendremos controlado. Fue ella quien propuso la playa y es un lugar muy abierto.

—Será lo abierto que quieras, pero siempre puede pasarle la pasta y hacer que alguien le siga —dijo Fox.

—Si es así, le estaremos esperando.

Fox se alisó el cuello de su camisa blanca de seda bordada.

—Weir también podría apostarse en el tejado de la casa con un fusil de mira infrarroja y llenarnos de plomo al pobre infeliz. Si tira cuando rompen las olas ni siquiera oiremos los disparos.

—Tenemos su casa y su despacho vigilados —repuso Reed—. Si aparece por la playa reevaluamos la situación.

Lo que no le dijo es que Robin había llamado al bufete de Weir para interesarse por sus servicios. La secretaria apuntó el nombre falso que le dio y le dijo que el señor Weir estaría reunido todo el día pero le haría llegar el mensaje.

—¿Reevaluar la situación? —dijo Reed—. ¿Abortar el plan, quieres decir?

—Reevaluar la situación, digo.

—La Costa es una playa privada, Moses. ¿Cómo vais a colaros sin llamar la atención?

A Reed se le hinchó el cuello.

—¿A qué viene ese derrotismo?

—Yo lo llamo realismo, Moses. Y toma nota porque es el secreto de la longevidad.

—Un vecino nos presta su casa y tendremos una unidad de incógnito aparcada al otro lado de la autopista: está todo controlado. Ahora ya conoces el plan: tú decides.

Fox deslizó un dedo por la esfera plateada de su reloj de escritorio.

—Son las cuatro —dijo—. ¿Quién nos dice que Weir no se ha adelantado y nos espera allí escondido?

—Estamos en ello, Aaron —le tranquilizó Milo.

—Vale, vale —cedió por fin—. Así que un vecino de Malibú os deja su casa... Pues sí que estáis bien relacionados. ¿Y se puede saber quién es?

—Un conocido del doctor Delaware.

Fox se desperezó y en sus puños destellaron dos gemelos de ónix.

—Vaya, creo que el doctor Delaware y yo tendríamos que conocernos mejor. En fin, voy a buscar los juguetitos.

—¡Menudo despacho! —exclamó Milo en cuanto hubo salido—. No creo que tu hermano añore mucho el funcionariado.

El despacho de Fox estaba en San Vicente con Wilshire, al sureste de Beverly Hills. Lo había decorado con sillas muy finas tapizadas de cuero italiano, litografías cubistas y acabados de cromo, latón y cristal. Era un inmueble de dos plantas de los años veinte, uno de los últimos vestigios de lo que en otro tiempo fue una calle tranquila de un barrio residencial, que ahora compartía con edificios comerciales y de oficinas.

Fox administraba el «negocio» en el otrora dormitorio principal de la mansión, una estancia amplia y luminosa que daba al jardín de cactus de la parte trasera y disponía de paneles de aislamiento acústico bajo el fieltro gris marengo que recubría las paredes. El reino del «ocio» —sus aposentos— se encontraba en el segundo piso, al que se accedía por una escalera de caracol de teca rescatada con toda probabilidad de algún yate desahuciado.

—Seguro que deduce los gastos del edificio entero —dijo Reed—. Es un artista a la hora de desgravar.

Fox regresó al despacho con un maletín marrón de ante en la mano, se sentó al otro lado del escritorio y hurgó un poco en su interior hasta encontrar una caja negra del tamaño de un paquete de cigarrillos que puso encima de la mesa, acompañada de lo que parecía un bolígrafo y un botoncito blanco minúsculo unido a un cable y una clavija. De cada componente salía una maraña de cables indistintos. El equipo entero cabía en el bolsillo de un pantalón corriente.

Fox agitó sus manos color café sobre el dispositivo como un capellán castrense bendiciendo el armamento.

—El no va más de la tecnología, caballeros —anunció solemnemente.

—¿Eso es todo el equipo? —preguntó Milo, sorprendido.

—Eso y mi ordenador portátil. La interfaz capta la señal y con sólo pulsar una tecla tenemos un DVD para la posteridad.

—¡Qué pijada!

—Privilegios de la empresa privada.

Milo señaló la caja negra.

—¿El módulo de registro?

—Con transmisor incorporado. Y esto de aquí es la cámara —agregó Fox poniendo el dedo sobre el botón blanco—. No me preguntéis lo que me ha costado. Estamos hablando de infrarrojos de alta definición que penetran en la oscuridad como un cuchillo en un pedazo de gelatina. —Deslizó sus hábiles dedos al bolígrafo—. El micrófono no está mal, aunque si he de ser sincero, tampoco es la octava maravilla. Según el catálogo tiene un alcance de seiscientos metros, pero por lo que he visto hasta ahora no llega a más de trescientos y a veces se cuelga. Los fabricantes de alta tecnología son como los políticos: siempre prometen más de lo que pueden dar. Para ir sobre seguro, decidle al paleto ese que no se separe de ella más de tres metros. Tengo otro un poco más fiable, pero está cosido a una chaqueta vaquera y si le abrazara muy fuerte podría descubrirlo.

—¿Cuántos cables tendrá que llevar encima? —preguntó Reed.

—La caja negra va en el bolsillo del pantalón. Le hacemos un agujerito, conectamos el cable al boli que llevará en el bolsillo de la camisa; luego sustituimos uno de los botones por éste y ya tenemos señal de vídeo. ¿Quién sabe coser?

Silencio.

—O sea, que voy a tener que haceros también de sastre. En fin, aseguraos de que lleva una camisa con bolsillo y los botones del mismo color. Y no se os ocurra pedirme una. Mi generosidad tiene un límite.

—Lleva una camisa azul con botones blancos recién comprada —le informó Reed—. Cortesía de su abogada.

—Pensaba que Wallenburg se dedicaba al derecho corporativo —dijo Fox—. ¿De qué conoce a Huck?

—Es una historia muy larga —repuso Milo—. ¿Has trabajado alguna vez para ella?

—¡Qué más quisiera...! Oye, si esto sale bien igual podríais recomendarme para que me pase algún caso de los suyos, a ver si doy el campanazo con otro escándalo Enron-Worldcom.

—¿Si esto sale bien igual podríais...? —coreó Reed con sorna.

—Mira, Moses, yo os deseo lo mejor, pero una cosa es la electrónica y otra es el factor humano —replicó Fox—. Cuando uso estos juguetitos soy yo quien lleva la batuta: o los llevo yo o se los confío a algún especialista. Yo para estos trabajos suelo reclutar a ex agentes especiales; vosotros vais a trabajar con un lunático.

—Está muy motivado —adujo Reed.

—De buenas intenciones, etcétera etcétera.

—Algún día tendrán que empedrar el cielo —terció Milo.

—Si tú lo dices...

En cuanto le explicamos el plan, Travis Huck cambió por completo de conducta. Sus miedos se evaporaron por arte de magia y se le dibujó en la cara una sonrisa tan grande que casi le disimulaba la boca contrahecha. Yo me preguntaba si en su concepto del cielo se incluiría la posibilidad de una ascensión inminente, pero no dije nada. ¿De qué habría servido?

—¿Seguro que no me necesitáis para nada más que esperar aquí sentado y supervisar la grabación? —agregó Fox.

—Seguro —aseveró Milo.

—¡Pues vaya!

—Si quieres acción, siempre puedes volver al cuerpo y hacer un trabajo de verdad.

—¡Cómo no se me habrá ocurrido antes...! Por cierto, que de cobrarle mis horas al departamento o pedirle un seguro por el equipo ya me puedo ir olvidando, ¿no?

—Los desperfectos del equipo te los cubro yo personalmente —dijo Milo—. Además, si todo acaba bien podrás cobrarle a Simone la pasta que te debe.

—No te preocupes, que se la cobraré. Por las buenas o por las malas.

XLI

Las siete y cincuenta de la tarde, La Costa Beach, Malibú.

El mundo se ha comprimido entre las cuatro esquinas enmarcadas en negro de la pantalla de diecinueve pulgadas de un ordenador, el mundo verde y gris de la iluminación por infrarrojos. De pie junto al cerco que ha dejado la marea alta hay un hombre que permanece inmóvil. Al fondo las olas rompen con una cadencia morosa, casi sensual.

Desde mi silla disfruto de una visión oblicua de la pantalla del ordenador, que hemos instalado sobre una mesa antigua de pino. Enfrente se ha sentado Milo, que de tanto en tanto acerca la cara a la pantalla para volver a repantingarse y despacharse otra lata de Red Bull.

A su izquierda se ha sentado Aaron Fox, que bebe con moderación, casi con delicadeza de su botella de Agua Mineral de los Fiordos Noruegos. Entre sorbo y sorbo masca chicles de canela.

Moe Reed, de pie en un rincón, contempla el océano.

La mesa medirá unos dos metros, es de caballetes y está encerada, llena de nudos y entrecruzada de marcas que parecen hechas adrede. Ocupa casi todo el comedor de una casa a diez puertas del refugio playero del difunto Simon Vander. Como la suya, es una construcción cuadrada de dos pisos tirando a pequeña, edificada sobre pilotes maltrechos con una mano de cerosota. Pese a sus dimensiones, su precio no bajará de los diez millones. A diferencia del bungaló de madera vista de Vander, éste tiene los muros estucados de un azul similar al del vientre de una ballena, y las sencillas ventanas originales han sido sustituidas por otras de guillotina de color cobre, resistentes al óxido. El interior es acogedor, con las vigas a la vista, un equipo de vídeo de última generación y uno de audio más propio de una sala de conciertos. Las paredes están enlucidas de un blanco mate diamantino y salpicadas con moderación de esa clase de obras de arte que hace a la gente sonreír y bromear que sus hijos pintan igual de bien.

El mobiliario no está a la altura. Son los vestigios del que había en la casa cuando era un «chiringuito playero» corriente y moliente, en su mayor parte muebles funcionales de ratán, mimbre y madera maciza. Parecen los artículos de la tienda de muebles de segunda mano donde probablemente acabarán y están dispuestos al desgaire sobre alfombras orientales de colores desvaídos hechas a máquina y algo maltratadas por la humedad. En la cocina apenas caben dos personas de pie. Parece un milagro que hayan logrado meter ahí dentro un frigorífico Sub-Zero de acero inoxidable y una encimera de granito violáceo.

La decoración es lo de menos esta noche, claro, y tampoco debe de importar mucho cualquier otra noche, dado el magnífico panorama del Pacífico que se extiende al otro lado de las puertas de vidrio correderas de la galería oeste.

Las puertas están abiertas, el océano ruge y por encima del alero de la terraza distingo alguna que otra estrella.

Mis ojos regresan rápidamente a la pantalla, cuyo mundo en miniatura permanece inerte. Palpo la superficie suave y encerada de la mesa. No está mal. Tal vez sea cierto que la «rescataron» de un monasterio de la Toscana, como asegura la actual inquilina, que al parecer vive aquí de gorra. El dueño de la casa es su hermano, una estrella del rock de origen británico que acaba de reunir a su antiguo grupo parar irse de gira y está tocando por Europa. Moe Reed cree que soy yo quien ha encontrado la casa, pero el verdadero mérito es de Robin, que hace años le hizo una reparación a la guitarra del músico, que estaba empezando y tuvo que pagársela a plazos.

Actualmente la casa de Malibú comparte su cartera inmobiliaria con las de Bel Air, Napa, Aspen y el pisito que tiene en el San Remo, al oeste de Central Park.

Su hermana es una mujer de cincuenta y tres años que, según dice, trabaja como «asistente de producción» y se llama Nonie. Ni siquiera se ha molestado en decirnos su apellido, como si fuera un honor que ninguno de nosotros se merece. Es alta, tiene el pelo rubio platino y la piel tostada por el sol. Su blusa corta revela un ombligo en el que no debiera haberse puesto un *piercing*. Es evidente lo mucho que se esfuerza por parecer una treintañera; no ha hecho otra cosa desde hace años.

La frialdad con que nos ha recibido delata la opinión que le merecemos: la función de la policía no está muy por encima de la de un estropajo séptico, y Milo, Reed, Fox y un servidor deberíamos agradecerle con una genuflexión cada diez segundos el privilegio de usar la casa en la que vive de prestado.

Su actitud no le habría gustado nada al dueño de la casa, que cuando habló con Robin por teléfono desde Lisboa tachó a su hermana de «gorrona insufrible» y se avino de buen grado a dejarnos su casa.

—Gracias, Gordie.

—De nada, querida —dijo el músico—. Suena muy emocionante.

—Pues ojalá que no lo sea.

—¿Cómo...? Ah, sí, claro. En todo caso, es tu casa siempre que la necesites, querida. Y gracias por limpiarle la pastilla del puente a la Telecaster; acabo de tocar delante de setenta y ocho mil personas y suena como los ángeles.

—Me alegro. ¿Le dirás a Nonie que vamos para allá?

—Acabo de llamarla y le he dicho que colabore. Si os pone problemas, le recuerdas que siempre está a tiempo de volver al cuchitril donde vivía antes.

A pesar de la llamada de su hermano, Nonie nos recibe con un arranque de mal humor. Milo decide adopta un enfoque mucho más diplomático que el sugerido por Gordie y escucha pacientemente mientras Nonie le hace un recuento pormenorizado de los famosos a los que frecuenta, se atusa el pelo con coquetería, bebe un brandy tras otro y se revuelca penosamente en su fama de segunda mano.

Cuando la mujer calla para tomar aliento, Milo le pregunta por la mesa de la Toscana y celebra su buen gusto sin cargar demasiado las tintas, aunque en ningún momento nos haya dicho que fuera ella quien la eligió. Nonie le mira con recelo pero acaba por ceder a la adulación y a la acuciante necesidad que tiene de sentirse importante.

Cuando llega el momento propicio, Milo le ruega que abandone la casa por su propia seguridad y le da cien dólares para que se vaya a cenar a un buen sitio. Invita el Departamento de Policía de Los Ángeles, le dice, pero yo sé que el dinero es de su bolsillo. Nonie se queda mirando el billete.

—Con esto no me llega ni para copas en los sitios adonde voy —le espeta.

Milo saca más billetes, que ella acepta con aire de gran sacrificio personal antes de coger su bolso de Marc Jacobs, echarse el chal de Prada por los hombros y encaminarse hacia la puerta taconeando con sus Manolos de talón descubierto.

Moe Reed la acompaña hasta su Prius y se queda en la entrada hasta que la mujer se incorpora a la autopista del Pacífico con un volantazo temerario que a punto está de provocar la colisión con un deportivo que se aproxima por la derecha entre un coro de bocinazos.

Antes de entrar, Reed echa un vistazo hacia el sur, aunque sabe que no puede ver al agente Sean Binchy, apostado a unos cincuenta metros en un sedán de incógnito enfrente de un tenderete de pizzas cerrado, con un portátil en el asiento del pasajero programado para recibir la misma señal de vídeo que visualizamos en el de Aaron Fox. Hacer funcionar ese «pedazo de chatarra inmunda» ha sido la parte más complicada del plan hasta el momento y Aaron Fox ha maldecido repetidas veces los «ordeñadores funcionariales» antes de lograr establecer la conexión. Aun así, la transmisión es irregular y a la señal de audio se superpone el fragor del tráfico de la autopista.

Milo le dio a Binchy el portátil a las seis de la tarde y llevaba ya una hora vigilando la casa de los Vander cuando llegamos a la de Gordie. Nadie ha entrado o salido desde entonces y la puerta del garaje está abierta, conforme a las instrucciones.

Huck sigue de pie en la playa, esperando.

Nos dan las ocho de la tarde pasadas. Las ocho y cinco, y diez, y doce...

Comenzamos a preguntarnos si el plan va a fracasar, pero la puerta del garaje abierta es buena señal, y a ella nos aferramos.

Las ocho y cuarto. Huck no parece impacientarse. Ahora que lo pienso, tampoco lleva reloj.

El momento esperado llega a las ocho y dieciséis, con la brusquedad y discordancia de un ataque al corazón.

Moe Reed es el primero en verla y nos la señala en la pantalla, levitando casi de tensión sobre su silla.

Simone Vander ha aparecido en la playa como por ensalmo. La cámara que Travis Huck lleva en el botón capta el avance aéreo de su figura esbelta, que por un instante se me antoja la de una sirena surgiendo de las aguas.

A medida que se acerca la bolsa que lleva en la mano va tomando forma. Es un bolsón grande de papel con el logo de Trader Joe's. Por el momento, todo marcha según el plan.

Reparo en que la ropa de Simone está seca. Puede que haya venido caminando sobre las aguas, como un mesías.

Ahora llega bordeando el agua con la melena al viento, hollando la arena con sus pies descalzos. Es una chica escuálida, pero camina con garbo y seguridad, sin prisas, meneando la bolsa en una mano como una niña rica sin ninguna preocupación que pasea de noche por su playa privada.

Huck la espera allí plantado.

—¿De dónde coño ha salido? —dice Milo.

—No sé —contesta Aaron Fox—. Los primeros planos son fabulosos pero a cierta distancia la imagen pierde definición.

Como para ilustrar las prestaciones de la cámara, Simone se detiene a cinco metros de Huck para mirarle y sus facciones adquieren una sorprendente nitidez. Tal vez esté un poco más tensa de lo que aparentaban sus andares. Tiene los huesos más marcados de lo que recordaba y el verde de la imagen no la favorece mucho.

Aun así, es guapa.

Lleva un modelito de diseño: vaqueros de talle bajo atomizados, blusa oscura con el vientre al aire, varias esclavas y grandes pendientes de aro.

En el ombligo luce dos *piercings*. La brisa le aparta un mechón de pelo de la oreja izquierda, revelando el brillo de un diamante solitario en mitad del lóbulo. La resolución de la cámara es verdaderamente buena.

Huck sigue ahí plantado y Simone tampoco se mueve durante unos segundos.

—Travis —dice por fin.

El sonido es un tanto áspero y la voz tiene un deje agudo, distante, sordo, como si estuviera hablando con la boca llena de merengue. O de sangre.

—Simone.

—¿Adónde vas a ir?

—Eso no importa.

Simone sonríe y se acerca un poco, balanceando la bolsa.

—Pobre Travis.

—Pobre Kelvin.

El comentario le hiela la sonrisa.

—Tu amiguito Kelvin.

—Tu hermanito Kelvin.

—Medio hermano —le corrige.

—Y medio perro amarillo —agrega Huck.

Simone da un respingo y entorna los ojos, haciendo memoria para averiguar dónde ha oído eso.

—No sabía que fueras racista.

—Te lo oí decir a ti, Simone.

Algo ha cambiado en su voz. Se ha hecho más profunda, más rígida. Fox es el primero que repara en ello.

—Esto se está calentando —observa—. Si arremete contra ella estamos muy lejos para intervenir.

Nadie responde.

—Así que me has estado espiando —dice Simone.

—Sí.

La confesión descarada le arranca una carcajada a Simone.

—Ya veo. Te pegué cuatro polvos y aún no te has recuperado.

—Cinco.

—El último no cuenta, payaso. Para llamarlo polvo tendrías que meterla antes de correrte.

Simone ríe ahora con más ganas, pero una ola mitiga la parte final de su cruel regocijo.

Se ha acercado un poco más.

—Eres un tarado, Travis, un payaso tarado.

—Ya lo sé.

Esta vez la mansa conformidad de Huck la enfurece y sus ojos se transforman en dos incisiones quirúrgicas. La chica se detiene, se hunde un poco en la arena y cambia de postura para pisar un terreno más firme. La bolsa se balancea todavía más.

—¿Crees que vas a dejar de ser un payaso por el hecho de admitirlo? ¿Son ésas las memeces que te enseñaron en la clínica de desintoxicación?

Huck no se molesta en responder.

—Eres un payaso, un tarado, un aborto mongoloide —se ensaña Simone—. ¿Crees que puedes jugar conmigo? Si he venido es porque te tengo lástima. ¿Sabes qué es lo primero que vas a hacer cuando te dé la pasta?

Silencio.

—A ver si lo adivinas, soplapollas.

Silencio.

Simone se atusa el pelo y coge la bolsa con ambas manos.

—Lo primero que vas a hacer es meterte hasta el último centavo por la nariz o por la vena, y con un poco de suerte para los dos la cascarás de una sobredosis descomunal. ¿Qué te parece? ¿No sería la mejor solución para todos, cariño?

Huck no responde. El agua se desliza por la arena, lamiéndole los pies.

Me pregunto si estará sudando. Moe Reed está sudando, Milo también, y en la camisa blanca de Aaron Fox se han dibujado dos cercos oscuros bajo las axilas. Yo tengo el cráneo empapado y la boca seca.

Llega otra ola, una grande que rompe con fuerza.

—Hazlo por mí, Travis —prosigue Simone—. Sé bueno, pégate el gran chute y líbranos a todos de nuestras miserias.

—¿Por qué lo hiciste?

Simone suelta una carcajada.

—¿Por qué follé contigo? Buena pregunta, cretino.

—¿Por qué los mataste?

Simone no confiesa, pero tampoco niega la acusación. Se ha quedado ensimismada, mirando la playa que se extiende más allá de Huck. A lo mejor espera compañía.

Los cuatro nos ponemos aún más tensos.

Pasa un instante antes de que Huck vuelva a hablar:

—¡Los mataste a todos! A Kelvin también... ¿Cómo has podido caer tan bajo?

La risa de Simone es repentina, estridente, perturbadora.

—Tarde o temprano hay que deshacerse de la basura, cariño. Ya sabes lo limpia que soy.

Huck no abre la boca. Tal vez haya enmudecido de puro asombro, tal vez sea lo bastante listo y tenga experiencia suficiente como paciente psiquiátrico para sacarle partido al silencio.

Simone balancea la bolsa y arquea la espalda, como si quisiera alardear de un pecho casi inexistente.

—Y dale con las posturitas —murmura Fox—. Desde que la conozco que no ha parado de contonearse.

—Me alegro mucho de verte, semental, pero vamos al grano —zanja Simone.

Huck no responde y Simone parece distraerse en la contemplación del océano.

—¿Qué pasa? ¿Además de tarado ahora estás tonto o qué?

Silencio.

—Di algo, hombre —susurra Fox, con la mandíbula cargada de tensión—. Dale cuerda.

La altiva indiferencia del detective se ha esfumado por completo y me hago una idea de cómo debía de ser cuando trabajaba en homicidios.

Simone se acerca un poco más y ya tiene a Huck al alcance de la mano. A juzgar por la imagen estática de la cámara del botón, él sigue sin moverse. No ha movido ni un músculo desde que lo dejamos ahí plantado.

—Así de fácil —le dice a Simone.

—¿El qué?

—Me pagas y quedas libre de todo pecado.

—¿Pecado? ¿Y qué cojones significa eso?

—¿Ya no te acuerdas del sexto mandamiento?

—Ah, sí... El de no mata-bla-bla-bla.

—Y todo por dinero... —Agrega Huck en tono compasivo.

—¿Se te ocurre un mejor motivo?

—Los celos —replica Huck—. Estás celosa de Kelvin, siempre lo has estado.

—Celosa —repite ella, como si fuera una palabra extranjera.

—Él tiene talento, tú sólo tienes problemas.

Simone mira a la cámara. Se le ha acelerado la respiración, pero sonríe.

—¿Sabes cuál es mi problema, Travis? Haber venido hasta aquí a pagarle una pasta a un soplapollas que se lo va a meter por la vena o por la napia. Ése es mi problema, así que corta el rollo... ¡Dios, la de rollos que ya te he aguantado!

—Te portaste bien conmigo para que me comiera yo el marrón, ¿verdad?

—¿Que me porté bien?

—O lo fingiste.

—A ti el marrón siempre te ha sentado bien, cielo.

—Y todo para limpiarles la fortuna.

—Y dejarla como los chorros del oro —añade Simone con voz cantarina.

—Tu padre te lo dio todo, Simone. Podrías haberlo tenido todo sin necesidad de matar a nadie.

—Claro, todo para mí y para ella nada... No, si aún será verdad que eres un retrasado mental.

—Había bastante para todos.

Simone le tiende bruscamente la bolsa.

—¡Cógela y calla la boca de una puta vez!

Su figura se encoge en la pantalla. Huck ha retrocedido unos centímetros.

—¡Cógela!

Milo se inclina hacia adelante.

—Vamos, vamos, vamos —masculla Reed.

—Pero tú quieres la pasta para ti sola —insiste Huck.

Simone sonríe con suficiencia.

—La pasta ya la tengo, payaso.

—¡Era un niño! —exclama Huck lastimeramente—. Tú le abrazabas, le besabas, le tocabas el pelo. ¡Acuérdate! Y con Nadine también eras cariñosa. Y ahora resulta que son perros amarillos...

—Siempre lo han sido.

—Les besabas.

Simone suelta una risotada.

—Como en *El padrino*, ya sabes... El beso de la muerte.

—¿Fue fácil, Simone? ¿Les miraste a los ojos...? ¿Miraste a Kelvin a los ojos?

Simone ríe aún más fuerte.

—No hay para tanto —dice—. Tarde o temprano todos la cascamos.

—Vamos, preciosa —susurra Milo—, sigue hablando.

—Les miraste a los ojos —insiste Huck.

—Los ojos cambian, ¿sabes? —repone Simone y al instante los suyos adoptan un aire soñador—. Es como si se les apagara la luz. No hay nada igual. —Arquea la espalda nuevamente y agrega—: Cuando se le apagó a Nadine casi me corro de gusto.

Milo alza un puño triunfal.

—¡La tenemos!

Simone deja la bolsa sobre la arena.

—Aquí tienes lo que querías. Que te den.

La cámara no se mueve ni un milímetro.

—¿Qué pasa? ¿Crees que te estoy timando? Acércate, payaso. Mira...

—¿Qué hicisteis con ellos?

—Nos los comimos —repone Simone—. Con habitas y un buen *chianti*... ¿Que qué hicimos? Les metimos un cartucho de dinamita por el culo... ¿A quién coño le importa lo que hicimos con ellos? ¡Coge tu pasta y largo!

Simone se agacha, saca de la bolsa un fajo atado de billetes y se lo lanza a Huck, que no se mueve ni un palmo y deja que el dinero aterrice en la arena.

Simone le mira de hito en hito.

—¿Qué coño te...?

—Está bien —le corta Huck—. Deja ahí la bolsa y vete.

Simone le estudia el rostro.

—Déjala y vete —repite Huck—. Te deseo la vida que crees que te mereces.

—¿Y eso qué se supone que es? ¿Una maldición? ¿Alguna clase de maleficio? —le espeta Simone—. Viniendo de ti las maldiciones son bendiciones, cariño.

Se vuelve para marcharse, pero se detiene, da media vuelta, mete una mano en la bolsa y saca algo que no es dinero. Un objeto largo y afilado que sostiene en alto.

—¡Mierda! —exclama Fox al tiempo que Simone arremete contra Huck.

La cámara capta la mirada entre ardiente y glacial y la expresión indolente de la chica al clavarle el cuchillo. Las manos de Huck tratan de arrebatarle el arma y obstruyen el objetivo de la cámara. Simone le embiste de nuevo, se retuerce, resopla. Mana la sangre.

Huck encaja las cuchilladas en silencio.

Milo corre hacia la escalera de la terraza que conduce a la playa, Reed le sigue y pronto toma la delantera.

Aaron Fox se queda pegado a la pantalla, pasmado, antes de salir corriendo detrás de Milo y Reed. Cualquiera que le viese ahora mismo no sabría que es un hombre tan elegante y seguro de sí mismo.

El golpeteo acuoso e insistente que sale del ordenador me retumba aún en los oídos cuando pongo los pies en la arena, pero no tardo en salir del alcance de los altavoces.

XLII

Al llegar al punto en que Simone Vander ha acuchillado a Travis Huck le encontramos sentado en la arena con las piernas cruzadas, como un yogui, contemplando con calma cómo le gotea la sangre por las manos, los brazos y el pecho.

Simone está tendida sobre la arena unos metros más allá, a escasos centímetros del rompiente, con el vientre al aire y los dos *piercings* fulgurando a la luz de la luna.

A un costado del cuello sobresale el cuchillo, un cuchillo de cocina de hoja larga y mango de madera. Tiene el cuerpo crispado, como si aún tratara de huir, y los ojos en blanco, sin brillo.

Moe Reed se acuclilla a su lado como un jugador de béisbol y trata en vano de encontrarle el pulso. Se pone en pie, sacude la cabeza y se acerca a Milo, que se ha quedado junto a Travis Huck.

Milo ha llegado con la lengua afuera y aún está sin aliento. En mitad de la carrera le ha dado por sacar el móvil para llamar a una ambulancia.

Los dos atienden ahora a Huck como pueden, haciéndose jirones las camisas para usarlos de torniquete. Al cabo de unos segundos la camiseta interior de Milo y el pecho desnudo de Reed están cubiertos de sangre.

A Huck parece que le hace gracia el alboroto.

Dos fajos de billetes de veinte dólares sujetos con una goma yacen sobre la arena. Más tarde descubriremos que, salvo los de ambos extremos, son todos de un dólar. En total, setenta dólares cada uno.

Al cabo de un momento llega Aaron Fox para inspeccionar el lugar, se acerca al cadáver de Simone y lo mira como quien ve un objeto extraño y blando arrastrado por la marea. Una ola rompe sobre él y lo voltea, dejándole en la cara una capa de espuma que se desvanece a medida que las burbujas revientan al aire cálido de la noche.

No se ha encendido ninguna luz en las casas vecinas. Es una urbanización playera de fin de semana y es probable que estén vacías. Al amanecer la marea habrá limpiado la sangre de la arena, pero ahora está repleta de manchurrones pegajosos.

Fox y yo nos quedamos de pie mientras Milo y Reed, trabajando en silencio y perfecta coordinación, oprimen los vasos sanguíneos hasta reducir la hemorragia a un goteo uniforme. Huck palidece y su rostro adquiere el color del hueso. Comienza a perder el sentido.

Milo le rodea con los brazos y Reed le aprieta las manos.

—Aguanta, amigo —le alienta Reed.

Huck se vuelve hacia el cadáver de Simone y mueve los labios:

—Lo... L-lo...

—No hables, hijo —dice Milo.

Huck encoge los hombros, con los ojos clavados en el cuerpo inerte de Simone.

—No te muevas —le susurra Reed.

Huck farfulla palabras ininteligibles.

—¡Chsss! —insiste Milo.

Huck menea la cabeza y cierra los ojos. Esta vez se esfuerza por vocalizar:

—L-lo he vuelto a hacer —dice de un tirón.

Aún estoy pensando en ello cuando un movimiento en la casa capta mi atención, un ajetreo casi imperceptible en la parte de abajo, donde una bombilla que cuelga del alero arroja una luz tenue sobre el tabique y los pilotes que cimientan la estructura.

Algo se mueve allá abajo. Nadie ha reparado en ello, pero no quiero distraerles. Me acerco a ver.

Sujeta de una viga por unas cadenas cuelga una zódiac, detrás de la cual distingo una puerta empotrada en el contrachapado que recubre el tabique. No tiene cerrojo y está entornada. Seguramente conduce a alguna especie de trastero y se ha abierto con el viento.

Aspirando el olor a sal, alquitrán y arena mojada me escurro entre los pilotes y entro en una suerte de cueva que forma el voladizo de la terraza. La zodiac está completamente inflada y de las vigas cuelgan otros trastos como embutidos de charcutería: un pequeño esquife metálico y dos juegos de remos. En una viga transversal algo escorada han clavado un viejo cartel de Coca-Cola, tan oxidado que apenas se distingue el eslogan:

Todo va mejor con...

Me asomo por la rendija de la puerta, donde apenas cabría una persona de lado. No se ve nada. El cuarto está a oscuras y no medirá mucho más que el metro escaso que separa el tabique de la puerta. Se debió de abrir con el viento hace mucho tiempo.

Para asegurarme, la abro de un golpe.

Y me topo con un ocho negro en las narices: la boca de una escopeta de dos cañones.

Al otro lado distingo una cara entre fláccida y artificialmente tirante. No tiene un solo pelo, ni siquiera en las cejas o en las pestañas.

A la luz indirecta que lo ilumina parece una máscara.

Va rapado, tiene los ojos claros y lleva una camiseta negra sudada y zapatillas de deporte. En uno de los dedos que apresan el gatillo veo relucir un enorme anillo de diamante.

La culata es de una madera brillante y nudosa; por el grabado de las placas metálicas deduzco que se trata de una pieza de coleccionista, un arma mil veces mejor que la que usaba mi padre para sus masacres de pájaros. Debe de ser una de las escopetas raras de las que Simon Vander se deshizo a instancias de su mujer.

El anillo de brillantes de Buddy Weir rota a medida que el dedo se tensa sobre el gatillo.

—Tranquilo —alcanzo a decir.

393

Weir resolla y suda copiosamente. Es un tipo de aspecto amable un poco cargado de hombros y exhala un olor sulfuroso característico: el olor del miedo.

Un hombre asustado puede ser más peligroso que uno furioso.

Sus ojos pálidos se posan un momento en la escena que se desarrolla en la playa, a mis espaldas. Parece a punto de romper a llorar.

El anillo rota de nuevo, el cañón se acerca hasta detenerse a unos centímetros de mi nariz y por alguna extraña razón se apodera de mí una maravillosa indiferencia mientras me oigo decir:

—Ése es el ojo malo —le digo.

La confusión le paraliza el dedo.

—Eres diestro de mano pero de la vista puede que seas zurdo. Cierra un ojo, luego el otro y mira con cual de los dos me muevo menos. Y deja de hacerle ascos al chisme, a las escopetas se las trata con cariño. Inclínate sobre ella, abrázala, fúndete con ella... Vamos, guiña uno y otro ojo, a ver de qué lado cojeas.

Weir me mira con sorna y aire de superioridad, pero sus ojos se pliegan inconscientemente a mi mandato y la escopeta le tiembla entre las manos.

Me agacho y le encajo un puñetazo con todas mis fuerzas en la base del estómago, seguido de la patada más malintencionada de mi repertorio, directa a la entrepierna. Weir se dobla con un grito ahogado y alza el cañón de la escopeta.

Al instante resuena un disparo y cruje la madera astillada.

Weir sigue retorciéndose de dolor mientras yo junto las manos y con todo mi peso le asesto un golpe en mitad de la nuca que le derriba sobre la arena

Como no ha dejado ir la escopeta le piso el brazo con todas mis fuerzas y oigo cómo se quiebran un par de huesos antes de que la suelte.

Una preciosa escopeta de caza, probablemente italiana. La madera es de nogal de primera y los grabados del metal representan a cazadores renacentistas acechando a bestias mitológicas.

Weir gime lastimeramente. Después me dirán que le he hecho añicos el cúbito y su brazo no volverá a ser el mismo. Le veo estremecerse de dolor y me permito un momento de satisfacción inconfesable.

Milo, que ha oído el disparo de la escopeta, llega a la carrera, pistola en mano. Da la vuelta a Weir de un puntapié y se sirve de un cordel de plástico para atarle las muñecas y los tobillos.

Ya se oye el ulular de la sirena. El servicio de emergencias médicas de Malibú ha enviado una ambulancia con una sola camilla, y Travis Huck tiene prioridad.

Weir tendrá que esperar y sufrir un poco más. Mala suerte.

Entre sus gimoteos distingo un ruido proveniente del otro lado del tabique.

Unos golpes sordos que el fragor de la marea alta habría velado por completo.

Milo también los ha oído: con su nueve milímetros apunta hacia la puerta, se detiene, echa un vistazo al interior y entra. Yo le sigo.

El hedor de las heces, la orina y el vómito es insoportable. Apoyado contra una columna de cemento está el niño, envuelto en bolsas negras de basura atadas con hilo de nailon como un pedazo de carne para estofar. La venda que le cubre los ojos es de muselina negra y la bola que le han embutido en la boca de un naranja chillón. Respira por la nariz, pero la tiene repleta de mocos. Lleva la cabeza afeitada.

Con sus piececitos desnudos sigue dando patadas contra la pared de contrachapado del zulo, que no mide ni medio metro cuadrado. Los asesinos convictos disfrutan de más espacio.

Corremos a liberarle. Milo llega antes a su lado, le llama por el nombre y le dice que está a salvo, que todo va bien. Al arrancarle la venda Kelvin Vander nos mira con sus ojos almendrados.

No llora. Está en otro mundo.

Cuando le acaricio la mejilla, el crío se pone a chillar como un mapache atrapado.

—Todo va bien, hijo —le tranquiliza Milo—. No tienes por qué preocuparte, ya estás a salvo.

El crío le clava sus ojazos sagaces y estudiosos. En las mejillas luce marcas de dedos, verdugones, cortes.

Pero aún conserva ambas manos.

—Todo va bien, hijo —le dice Milo, ladeando la cabeza para esquivarle la mirada.

Y disimular la mentira.

XLIII

Caso cerrado. Un caso sonado. El jefe de policía rebosaba de satisfacción o un remedo aceptable de ella.

El trabajo del ayudante del fiscal del distrito John Nguyen no había hecho más que empezar, pero también parecía contento. Por retorcidos y precisos que fueran sus planes, Simone Vander y Buddy Weir habían dejado un bonito reguero de pistas: más de un año de llamadas incriminatorias y otro trastero alquilado, éste en el centro del distrito Oeste y pagado por Weir religiosamente con un cheque mensual de su propia chequera.

En su interior encontraron más juegos de mesa y varios documentos que atestiguaban la posición de Weir en el ranking nacional de Scrabble, backgammon y bridge, amén de un extracto detallado de los últimos cargos a su tarjeta de crédito que daba testimonio de sus frecuentes escapadas a Las Vegas, a menudo en compañía de Simone. Al parecer, en el blackjack y el póquer tenía menos pérdidas que ganancias, pese a que el equipo de Nguyen seguía investigando el estado de sus cuentas bancarias y aún no habían desentrañado del todo su particular maraña financiera.

Por si cabía alguna duda, las huellas encontradas en el lado oeste de la marisma coincidían con las de un par de zapatos de automovilista Legnani de seiscientos dólares que Weir guardaba en el armario de su casa de Encino.

En el trastero encontraron también tres cajas de madera pulida semejantes a la que contenía los huesos de las falanges. En las cajas encontraron una colección de fotos muy particular.

Weir y Simone en distintas posturas y con el atuendo sadomasoquista completo y cinco mujeres parcialmente vestidas o desnudas.

Los rostros de tres de ellas fueron fáciles de cotejar con las fotos de archivo de Sheralyn Dawkins, Lurleen Chenoweth, alias Laura la Grande, y DeMaura Montouthe. Las dos restantes poseían fenotipos similares a los esqueletos hallados en la parte occidental de la marisma, pero la identificación oficial llevó su tiempo. Con la ayuda del subdirector, Milo y Moe Reed establecieron finalmente que se trataba de Mary Juanita Thompson, de veintinueve años, y June Paulette, alias Junebug, de veintidós, prostitutas ambas que habían trabajado por los alrededores del aeropuerto. La noticia no captó ni un segundo de atención mediática y el departamento tampoco quiso convocar una rueda de prensa.

La relación de cada una de las víctimas con Weir y Simone respondía a un patrón secuencial tan regular que, por fuerza, había sido premeditado: intercambio inicial de dinero, participación inicial voluntaria, cambio paulatino al uso de la mordaza, sogas en pies y manos, tortura y muerte por estrangulamiento. Había también primeros planos de un par de podaderas de mango verde junto a los cadáveres. Unas veces las sostenía Weir y otras Simone.

Huesos.

Milo no era tan ingenuo para pensar en términos de final feliz, y la llamada de la jefatura para asignarle la revisión de cinco casos en punto muerto acabó de sumirlo en un estado de reflexivo descontento.

Moe Reed pidió un traslado a la comisaría del distrito Oeste, pero una orden de los superiores para que hiciera algo más por esclarecer la desaparición de Caitlin Frostig le mantuvo atado a la de Venice. Me llamó para ver si podía echarle un cable y quedé con él para revisar el caso, pero yo tenía la cabeza en otra parte.

* * *

Una tarde, mientras iba a la comisaría para presentar mi informe corregido sobre los asesinatos de la marisma, vi por la calle a Reed caminando de la mano con la doctora Liz Wilkinson. Los dos reían de buena gana. Hasta ese momento apenas había visto al joven agente esbozar media sonrisa.

Aquella noche llevé a Robin a cenar al Hotel Bel-Air, y lució su perla.

Travis Huck pasó dos meses ingresado en el Cedars-Sinai. La mayoría de las puñaladas habían dañado el tejido muscular, pero una le había lesionado los nervios, lo cual se tradujo en cierto grado de dolor y debilidad residual. Cabía la posibilidad de que las profundas heridas que presentaba el brazo izquierdo condujeran a la paulatina insensibilización e infección del miembro, y los médicos se plantearon la terrible perspectiva de amputárselo si las cosas empeoraban, opción que ratificó el doctor Richard Silverman, director del servicio de urgencias del hospital.

Rick, a quien Milo le pidió que siguiera de cerca el progreso de Huck, nos dijo al cabo de un tiempo que la recuperación física del paciente era satisfactoria.

—Aunque no acabo de entender su cuadro psicológico —me confesó—. Las cosas no parece que le afecten como debieran.

—Te parece que sonríe en exceso.

—De oreja a oreja, pase lo que pase. Y eso que se niega a tomar calmantes.

—Casi mejor, con su historial.

—Supongo que sí, pero le tiene que doler una barbaridad.

Cuando fui a visitarle lo encontré en paz, con el rostro tan manso y sereno que apenas se le notaba el cansancio. El personal de enfermería lo había elegido por unanimidad el paciente del mes. En una sala tan concurrida lo que más se aprecia es la docilidad.

Huck veía mucha tele, leía y releía sus siete tomos de Harry

Potter y comía parte de la fruta y los dulces que le hacía llegar Debora Wallenburg por un servicio de mensajería y que él distribuía entre el resto de enfermos.

Wallenburg se ofreció como fiscal para el juicio de Buddy Weir, pero John Nguyen declinó la oferta con gran deferencia y me confió que al hacerlo seguramente había «jodido cualquier posibilidad de pasarme al derecho privado».

Una vez me crucé con Kelly Vander y Larry Brackle, que acababan de salir de la habitación de Huck. Kelly se puso roja como un tomate y pasó a mi lado como una exhalación; Brackle se detuvo y por un momento me dio la impresión de que quería decirme algo, pero me limité a sonreírle y el hombre salió corriendo detrás de su mujer.

El vigilante del hospital que hacía guardia junto a la puerta de Huck cuando tenía tiempo se apresuró a saludarme:

—Hola doctor. Cuando me ha dicho quién era —señaló hacia atrás con el pulgar— no la iba a dejar entrar, pero el señor Huck me ha dicho que podía pasar. Le he revisado el bolso y como no he encontrado nada sospechoso...

—¿Cuánto rato han pasado con él?

—Veinte minutos. He estado atento, doctor, y no he oído que discutieran. También he echado un ojo sin que me vieran. La mujer le ha cogido la mano al señor Huck y se ha puesto a hacer pucheros. Creo que él le ha pedido que le perdonara o algo así, pero ella le ha dicho que no, que era a ella a quien tenía que perdonar. Al final se han puesto los dos a llorar a moco tendido.

—¿Y el otro tipo qué hacía?

—¿El otro? Nada. Ahí sentado.

Le di las gracias y entorné la puerta tras de mí. Huck dormía boca arriba plácidamente. Cuando acabé de revisar su hoja clínica y charlar con su fisioterapeuta aún no se había despertado y me marché. Quería pasar por otro hospital.

En el centro de rehabilitación de pacientes hospitalizados del Western Pediatrics le habían asignado a Kelvin Vander una habitación privada con un servicio de vigilancia las veinticuatro horas subcontratado a través de Aaron Fox, que cobraría un tercio de las horas totales facturadas.

Los nuevos abogados de Kelvin las pagaban muy a gusto, no obstante, porque se cobraban sus propias horas de trabajo de una cuenta de siete ceros asociada al fondo patrimonial de los Vander. El patrimonio total había sido valorado en más de ciento setenta millones. El juez del juzgado de familia al que se le asignó la protección de Kelvin prometió cuidar de su dinero: si las cosas se salían de madre limitaría los honorarios anuales de sus abogados a un millón o dos.

Por espacio de tres semanas pasé con Kelvin más de cien horas que también le facturaría en su momento. Aunque a mí lo que me interesaba era otra cosa.

Cuando me presenté, el crío me miró fijamente sin abrir la boca. Al cabo de un mes aún no había pronunciado palabra.

Lo probé todo: dibujé, traté de jugar con él y me quedé allí sentado como un pasmarote, con mi silencio más benevolente.

Cuando se me agotaron los recursos llamé al juez para hacerle una petición.

—¡Hummm...! Es usted muy creativo. ¿Cree que funcionará?

—A estas alturas ya tendría que haberse abierto un poco, así que prefiero no hacer pronósticos.

—Le entiendo. Yo también he ido a verle y es un crío muy majo, pero parece una estatua. Por supuesto, tiene mi autorización.

Al día siguiente me encontraba en la habitación de Kelvin cuando trajeron el piano vertical de su casa con la banqueta a juego. En el cajón de la banqueta había varios pliegos de partituras que encontré sobre el piano de cola Steinway que había en el cuarto del chico con vistas sobre el océano en su casa de la calle Marítimo.

Saqué unas cuantas y las dispuse en abanico sobre su cama de hospital.

El niño cerró los ojos.

Esperé un rato antes de salir de la habitación y ya estaba redactando su hoja clínica en el mostrador de las enfermeras cuando lo oí. Al principio eran notas vacilantes, pero fueron ganando potencia hasta atravesar la puerta y reanimar al vigilante de guardia.

La planta entera se paralizó al escuchar la música.

—¿Qué es? —me preguntó una enfermera—. ¿Mozart?

—Chopin —le dije, bastante seguro de que se trataba de uno de sus estudios.

Lo tocaba una y otra vez.

Volví a casa y desenterré un montón de cedés de un estante. Al cabo de diez minutos lo encontré: era el opus 25 número 2 en fa menor. Técnicamente peliagudo, a ratos lleno de brío y a ratos triste.

Más tarde las enfermeras me dijeron que lo tocó sin parar hasta bien entrada la noche.

mosaico

es un sello editorial de Grupo Norma, S. A.

© 2010, Jonathan Kellerman
Título original: *Bones*
Editor original: Vallantine Books. New York. Random House, Inc.
© 2010, de la presente edición en castellano para todo el mundo
Parramón, S. A. para

mosaico

Rosselló i Porcel 21, 9ª planta, 08016 Barcelona
(Grupo Norma, S. A.)
www.edicionesmosaico.es

© por la traducción, Alex Gibert

Primera edición: febrero de 2010

Diseño de la colección: Compañía
Imagen de cubierta: Agefotostock

Director de producción: Rafael Marfil
Producción: Guillermo Blanco

ISBN 13: 978-84-92682-15-7
Depósito Legal: NA-8720-2010
Maquetación: VÍCTOR IGUAL, S. L.
Impresión y encuadernación:
RODESA (Rotativas de Estella, S. A.)

Impreso en España – *Printed in Spain*